Una historia casi verdadera

MATTIAS EDVARDSSON

Una historia casi verdadera

Traducción de
Carlos del Valle Hernández

Grijalbo

Título original: *En nästan sann historia*
Primera edición: enero de 2018

© 2016, Mattias Edvardsson
Publicado originalmente por Bokförlaget Forum, Estocolmo, Suecia.
Publicado en castellano por acuerdo con Bonnier Rights, Estocolmo, Suecia.
© 2018, Penguin Random House Grupo Editorial, S. A. U.
Travessera de Gràcia, 47-49. 08021 Barcelona
© 2018, Carlos del Valle Hernández, por la traducción

Printed in Spain — Impreso en España

ISBN: 978-84-253-5603-2
Depósito legal: B-22.951-2017

Compuesto en La Nueva Edimac, S. L.

Impreso en Romanyà Valls, S. A.
Capellades (Barcelona)

GR56032

Penguin
Random House
Grupo Editorial

Para Kajsa

De todo lo escrito, yo solo amo lo que el hombre escribió con su propia sangre. Escribe con sangre y aprenderás que la sangre es espíritu.

FRIEDRICH NIETZSCHE

No hay duda de que la ficción hace un mejor trabajo con la verdad.

DORIS LESSING

El *asesino inocente*

de Zackarias Levin

Prólogo

La verdad tiene que salir a la luz.

Uno de los escritores más prominentes de Suecia ha desaparecido y un hombre inocente ha sido declarado culpable de asesinato. Después de doce años la gente ha empezado a olvidar, pero hay quien nunca olvida.

Adrian Mollberg no olvida. Yo tampoco lo olvidaré jamás.

Hace tiempo Adrian era mi mejor amigo. Hace tiempo compartimos apartamento, vida y sueños. Eso fue antes de que lo condenaran por un crimen que no había cometido, además de que no se encontró el cadáver. Antes de que a Adrian Mollberg lo tildaran de asesino.

Han pasado doce años y ahora tengo la intención de volver a encontrarme con él. En esta ocasión me enteraré de la verdad y lo revelaré todo.

Pero ¿por dónde empezar?

Todos los que han llegado a alguna parte han tenido el valor de empezar. Se necesita valor para iniciar un relato y no siempre resulta fácil hacerlo desde donde uno se encuentra. Eso lo aprendí durante ese fatídico otoño de 1996 cuando yo, pese a las objeciones de mi madre, me fui a Lund a estudiar Creación Literaria.

Este es mi comienzo.

Agosto de 2008

Fue un verano de mierda.

La misma semana en que Caisa me dejó, me convocaron a una reunión y mi editor me explicó que tenía que despedir a una tercera parte de los empleados. La debacle de la prensa había llegado a la capital. La gente ya no quería pagar por las noticias del día anterior y la red rebosaba de chismes y opiniones controvertidas de todo tipo. Yo era prescindible.

Aunque no se puede decir que se tratara de algo inesperado, resultó igual de brutal. Caisa me dijo que había madurado más que yo, que necesitaba algo más estable, algo duradero y con futuro; ni siquiera esperó al *Midsommar*, la fiesta del solsticio de verano, para mudarse. El editor me dio el preaviso de quince días.

Me pasaba las mañanas durmiendo, las tardes las ahogaba en alcohol y, por la noche, salía a las terrazas y clubes. Dormía en el asiento trasero de un taxi ilegal o en casa de alguna tía que estuviera lo suficientemente borracha. Me despertaba con una sensación ociosa y de abandono e intentaba mantener el pánico a raya.

Cuando mi madre llamó, mentí sin ningún rubor. «Todo me va de maravilla, nada nuevo, ningún problema.» Después desayuné helado directamente del recipiente de dos litros, desnudo en el sofá, con los pies sucios sobre la mesa, y leí el periódico a golpe de clic, ese periódico que había sido mi segundo hogar y la niña de mis ojos. Me dediqué a rellenar el espacio de los comentarios con insinuaciones burlonas y acusaciones de lo más explícitas. Estando borracho, le había enviado a Caisa unas últimas y lamentables muestras de amor y me bloqueó en todos los canales. Envié mi currículo a varias redacciones en las que no me hubiera importado trabajar y a otras en las que nunca habría imaginado poner un pie. Una tarde fui en bicicleta hasta Långholmen y me senté en una silla plegable junto a dos colegas que compartían mi destino.

—¿Cómo estás? —me preguntaron—. ¿Qué piensas hacer? ¿Hay alguna novedad?

Hablé de mantener el perfil bajo durante un tiempo, quizá cambiar de rumbo, hacer algo por mi cuenta o reavivar mis sueños literarios de juventud. No había razón para preocuparse.

—Para ti es fácil —dijeron al unísono—. Como no tienes familia… Ni hipoteca…

Ellos, por su parte, ya se habían pasado por todas las grandes empresas de medios de comunicación con la mano tendida, vendiéndose como si estuvieran de rebajas, dispuestos a dilatar el concepto de periodismo de un modo que cualquier gacetillero de revista femenina fruncíría el entrecejo.

No fue hasta agosto que desperté de mi sueño de verano y comprendí que tenía que hacer algo. Iba retrasado con el alquiler, tenía el contestador automático repleto de mensajes indignados de un arrendador mezquino dispuesto a cobrar por vía ejecutiva. En la pizzería del barrio ya no tenía crédito. La angustia brotaba como una tormenta en mi pecho.

Después de algunos correos electrónicos y conversaciones telefónicas quedó bien claro que la situación laboral en los medios de comunicación en Estocolmo era bastante precaria.

—¿Qué has hecho hasta ahora? (Editor de cualquier periodicucho.)

—Artículos, crónicas de entretenimiento, reportajes. (Yo.)

—¿Y te llamas? Zackarias ¿qué más? (El editor de nuevo.)

—Zackarias Levin. Pero me suelen llamar Zack a secas. (Yo, ahora un tanto abatido.)

—¿Zack a secas? (El editor, justo antes de finalizar la llamada.)

Y cuando mi repugnante arrendador finalmente aporreó la puerta de tal forma que el chihuahua del vecino hizo un falsete, no pude más y llamé a mi madre.

—¡Por fin! —exclamó cuando le pregunté si podía vivir con ella durante un tiempo.

—No te asustes, será solo una temporada.

Me senté en la cocina y navegué un rato por las redacciones de Escania con la intención de llamar. En ningún momento imaginé que un periódico regional con algo de dignidad rechazaría a un gacetillero de Estocolmo relativamente conocido (bueno), que había publicado en las grandes cabeceras.

Estaba equivocado.

—Estamos fatal. Tenemos que despedir a parte de la plantilla.

—Los periódicos gratuitos se han apoderado por completo del mercado.

—Hoy en día la gente lo que quiere es basura.

Las perspectivas no mejoraron hasta que hablé con el responsable de Cultura, y a la vez único periodista cultural, de la publicación local que salía cada dos días, donde tiempo atrás comencé mi carrera.

—¿Has vuelto a casa?

Ni siquiera se esforzó en ocultar la alegría de su voz.

—Es algo temporal.

—¿Puedes entregarme una crónica a la semana? De esas socarronas que cabrean a la gente, ya sabes. Quinientas coronas más dietas es la tarifa habitual. Lo siento, pero no puedo ofrecerte más aunque seas tú, Zack.

Quinientas coronas. Tendría que vivir a costa de mi madre hasta que me jubilara.

A pesar de todo dejé la puerta entreabierta. Prometí llamarle de nuevo, primero tenía que echar un vistazo a las demás opciones. Me imaginé al jefe de Cultura delante de mí: una sonrisa de alegría tal que el *snus* se le caería por la comisura de los labios. Qué-te-había-dicho y todo lo demás.

—¿En qué vas a trabajar? —preguntó mi madre cuando le pedí que me prestara dinero para el billete.

—No lo tengo del todo claro.

—¿No ibas a escribir un libro? Siempre has hablado de escribir un libro.

Me pagó el billete de avión. Tenía que salir al día siguiente, y no volví a pensar en lo que ella dijo hasta que esa última noche en Estocolmo me encontré dando vueltas en la cama a causa del pegajoso calor estival. Mi madre estaba en lo cierto. Tenía que escribir un libro.

Es tan raro que algunas cosas se pongan patas arriba en un instante como que otras permanezcan indiferentes al paso del tiempo. Regresé a casa de mi madre y mis ojos recorrieron el museo sobre mi infancia: los tapices bordados, los recipientes de cobre en la pared de la cocina, los pósteres de amas de casa con los bordes amarillentos... Todavía olía a pastel de frutas y azúcar moreno. Ella estaba sentada en la mecedora del abuelo, infectada de carcoma, y parecía veinte años más vieja. No sabía cómo dar un abrazo, pero ya había puesto los granos de café y la máquina funcionaba como un mecanismo de vapor sobre la encimera.

—Ahora cuéntame: ¿en qué lío te has metido?

Estaba sentada con los brazos cruzados y mirada de enfado. Volví a sentirme como un niño de doce años.

—¡No he hecho nada!

—Algo has tenido que hacer para que te echen. No sé cuántas veces te he dicho que dejes de escribir esas tonterías. La gente normal se enfada. Uno no puede creerse que es alguien solo porque se haya mudado a la capital y trabaje en el *Aftonbladet*.

—Nunca he trabajado en el *Aftonbladet*.

—Vaya, ahora prestas atención a las palabras.

Se quedó mirando fijamente la cafetera hasta que esta también comenzó a temblar para terminar capitulando con un sumiso pitido.

—¿Qué ha pasado entonces?

—Mamá, han despedido a un tercio de la plantilla. Esos

a los que tú llamas gente normal ya no leen la prensa. Pertenecen a una maldita generación que no desea pagar por la calidad.

—¿La calidad? —dijo ella, y susurró—: Dios nos libre, amén.

Ocupábamos nuestros antiguos sitios a la mesa. El café había que diluirlo con una buena dosis de leche, pero creó un liberador oasis de silencio y reflexión.

—¿Y Caisa?

—La relación no iba bien. Nos hemos distanciado.

Había intentado no pensar en Caisa. Ahora el dolor volvió a abrirse como si fuera una herida infectada.

—¿Os habéis distanciado? A veces uno tiene que luchar, Zackarias. La vida es un toma y daca.

—A ti ni siquiera te gustaba Caisa.

Ella simuló no oírme.

—Ya tienes más de treinta años. Cuando yo tenía tu edad...

—Pero ¡mamá!

Bajó la guardia. La mirada apestaba a amarga decepción.

—Me gustaría ser abuela alguna vez. Todas las mujeres de mi edad son abuelas maternas o abuelas paternas o abuelas de mentira o sabe-Dios-qué. Solo quedo yo, y no es nada divertido.

Ahora volvía a ser ella. *Same old, same old.* Llevaba media hora en Escania y ya estaba hasta el gorro. Empecé a pensar en escribir un libro, ordené mentalmente la docena de ideas que se me habían ocurrido durante el vuelo. Armar un libro no debería ser demasiado complicado. Si trabajaba duro podría tenerlo para la primavera. Escribirlo me llevaría un par de meses y revisarlo otro par más, después estaría listo para producirlo, imprimirlo y comercializarlo. Que se publicase en primavera parecía un objetivo razonable; la edición de bolsillo podría estar a punto para la campaña de Navidad.

—¿Tienes cera en los oídos? —dijo mi madre, y me sobresalté—. No me estás escuchando. ¿Te has drogado o qué? Estás completamente ausente y tienes los ojos rojos.

—¡Para ya! ¿Qué has dicho?

Ella esbozó una mueca de malhumor.

—Hablaba de chicas. Quizá quede alguna por aquí a la que puedas conocer.

—¿Aquí, dónde? ¿En Veberöd?

—En efecto. Esa chica tan guapa con pecas que iba a tu clase. Ahora está separada. Tiene dos hijos, pero a su pareja no se le ve nunca. ¿Cómo se llamaba?

—¿Malin Åhlén? ¿Te refieres a Malin Åhlén?

Llevaba hablando de Malin Åhlén desde 1985.

—Sí, eso, Malin.

—Mamá, Malin Åhlén alcanzó su apogeo en el bachillerato. Además, no sé si una relación amorosa es lo que necesito justo ahora.

Tomó la cafetera y rellenó mi taza hasta rebosar.

—No, yo tampoco creo que necesites una relación amorosa. Lo que necesitas es una mujer.

No aguanté más. Saqué el móvil mientras mi madre continuaba sin parar al otro lado de la mesa.

—¿Has probado alguna vez las citas esas en internet? El chico de Evelyn encontró una chica así. Ella es guapa y normal. Y por lo visto también tiene mucho dinero.

—Venga, mamá. Necesito concentrarme en mí mismo por un tiempo.

—¿Concentrarte en ti mismo? ¿Eso es lo que la gente

hace en Estocolmo? Pronto cumplirás treinta y dos años.

—Ya sé cuántos años tengo. Pero las cosas no son como en tus tiempos, mamá.

—¿No son como en mis tiempos?

—Ahora es distinto.

—Sí, claro —dijo, y sopló el café antes de llevárselo a los labios—. Ya me he dado cuenta.

Esa misma tarde me encerré en la habitación de mi infancia y seguí esbozando las mejores ideas para el libro. Mi madre había convertido mi habitación en un almacén y había llenado las estanterías con la enciclopedia nacional sueca completa. Sin embargo, de una pared todavía colgaba mi viejo póster de Bon Jovi, como una rareza, seguramente no estuviera muy lejos del ideal estético de algún bloguero medio perverso.

Con el portátil en la cama, escribí una rápida sinopsis. Si uno se esforzaba de verdad, ¿dónde radicaba la dificultad de urdir algo emocionante?

Enseguida me vi arrojado de vuelta al tiempo de la creación literaria. Poseía gran parte de la técnica. Era como montar en bicicleta. Si encontraba la historia adecuada estaba seguro de poder llevar a cabo el proyecto.

Pero los recuerdos de aquel otoño de los años noventa en Lund siguieron entrometiéndose y pronto se apoderaron de mi conciencia. Ya no pude seguir concentrado en los personajes de mi novela. Pensé en Adrian y en Fredrik. Pensé en Leo Stark, el famoso escritor desaparecido. Pensé en nuestra profesora, la poetisa Li Karpe, la princesa posmoderna. Pero sobre todo pensé en Betty. Y eso empezó a dolerme.

Abandoné mi sinopsis para navegar en busca de rostros. Deseaba ver cómo eran ahora, doce años después. Pero no pude encontrar a Betty ni a Adrian. La red estaba repleta de comentarios sobre el asesinato del escritor, especulaciones, rumores y toda clase de opiniones, pero nada sobre qué había sido de Betty y Adrian, quiénes eran hoy en día. Entonces busqué a Fredrik Niemi y me encontré de repente cara a cara con una época de mi vida que había significado mucho para mí, que lo había cambiado todo, pero de la que había escapado y me había apartado durante toda una década. Resultaba tan remota que aparecía como un sueño.

La imagen de Fredrik me hizo retroceder en el tiempo. No había cambiado. Un ligero lustre de clase media con el pelo más ralo y gafas más caras, pero por lo demás seguía siendo exactamente el mismo. Qué raro verlo después de todos esos años.

Sabía que trabajaba en el mundo editorial y, después de husmear un rato, descubrí que era el editor de una pequeña editorial de Lund.

Era demasiado bueno. Demasiado bueno para no aprovechar la oportunidad.

Me desperté temprano y telefoneé. Fredrik Niemi pareció sorprendido cuando comprendió de quién se trataba.

—¿Zack Levin? —dijo—. ¡Cuánto tiempo!

A continuación le entraron las prisas, voces de fondo y alguna reunión a la que tenía que asistir. ¿No podía enviarle un correo electrónico? Pero insistí y me comporté como un gacetillero hasta que conseguí una cita para almorzar. En el Saluhallen, junto al mercado, si todavía recordaba el lugar.

—¿Que si me acuerdo? —dije, y sentí cómo todo volvía. Los viejos roles, el equilibrio de poder, ese tipo de cosas inasibles en las que no influye el desempleo o el *blues* del retornado u otras derrotas mundanas.

Mientras mi madre limpiaba toda la casa como si fuera a tener visita o jornada de puertas abiertas para agentes inmobiliarios, yo aproveché para practicar con alguna idea para la novela. Bosquejé los rasgos de un antihéroe que bien podría llenar una trilogía completa y hojeé el diccionario de nombres en busca de aquellos que fueran perfectos para mis futuros personajes.

Después mi madre me prestó el coche a regañadientes y conduje hasta Lund, aparqué en la plaza de Mårtenstorget y fui dando un paseo entre palomas y carritos de la compra mientras la afilada luz del sol de finales de verano bañaba los edificios centenarios.

Fredrik Niemi ya esperaba sentado en el Saluhallen. El apretón de manos resultó tenso, y reconocí el tic nervioso alrededor de sus ojos.

—He leído algunos de tus artículos —dijo.

Cada uno hojeó su menú, y yo esperé a que continuara, alguna confirmación, al menos por cortesía, pero Fredrik no comentó nada más.

—¡Cuánto tiempo! —dijo en cambio, y esbozó una sonrisa vacilante.

A continuación me preguntó si tenía previsto quedarme mucho. Mentí y le dije que necesitaba tomarme unas vacaciones de Estocolmo, que aquí todo quedaba más cerca y era más tranquilo, y que eso era justo lo que ahora necesitaba.

—Es muy interesante cómo mira la gente por aquí. Como si investigaran, examinándolo a uno de verdad. En Estocolmo la gente apenas tiene tiempo de mirarse.

Fredrik asintió sin interés.

—Se trata de una tía, ¿verdad?

—Entre otras cosas.

—Recuerdo lo destrozado que estuviste después de la historia con Betty.

—¿La-historia-con-Betty?

Dibujó una sonrisa torcida.

—Más que destrozado —dije—. Apenas éramos unos adolescentes.

—Sí, claro.

Pedí un solomillo, poco hecho. La camarera esbozó una sonrisa falsa y chasqueó el bolígrafo junto a nuestra mesa mientras Fredrik seguía hojeando la carta.

—¿Es tierna la carne?

—¿El solomillo? Sí, está bien.

La camarera me miró de reojo con un gesto de complicidad, se rascó la clavícula y bostezó. Fredrik pidió uno bien hecho, ella garabateó algo en su bloc y se marchó sin hacer ruido.

—Es por el estómago —dijo Fredrik, y me miró como si yo realmente quisiera saberlo.

Fredrik Niemi no había cambiado en absoluto. Las gafas, el flequillo torcido y esa piel reseca que hacía que uno se sintiera tentado de alargar la mano y pasarle la palma por las mejillas cuarteadas. Delante de mí tenía al mismo joven inseguro que hacía doce años apareció cargando con una máquina de escribir portátil en el curso de Creación Literaria.

Después de aquel otoño de 1996 pasó un año en Dublín, estudió Historia de la Literatura y caminó tras los pasos de Leopold Bloom. Ni siquiera sonó irónico cuando me lo contó. De vuelta en Suecia consiguió trabajo en una editorial indie en Gotemburgo, y conoció a Cattis, el amor de su vida, en un concierto de Broder Daniel. Después de eso las cosas fluyeron, como él dijo. El tiempo pasó y él lo siguió. Ahora tenía una casa con jardín en Bjärred, una hija que estaba a punto de ir a la escuela y un hijo que pronto cumpliría cinco años. Llevaba trabajando en la editorial Lunda casi dos años, era el máximo responsable de las obras de ficción y traducía prosa poética francesa que nadie leía.

Yo no hablé mucho de mi vida y Fredrik no me hizo ninguna pregunta. Cuando la camarera apareció con nuestros solomillos fui directo al grano:

—Estoy pensando en escribir un libro.

Fredrik toqueteó la carne con el tenedor y dijo:

—Haces bien.

—¿Qué quieres decir?

Se contuvo y me miró asustado.

—Bueno, quiero decir que no existe mejor terapia que escribir una novela, ¿no? Una amarga historia de amor con elementos de una venganza refinada.

Sonrió con cautela, pero yo apenas negué con la cabeza.

—No estoy amargado. Y no necesito ninguna terapia. Necesito dinero.

Fredrik masticaba con dificultad y se volvió para mirar por la ventana, al parecer incómodo ante mi franqueza.

—Es ahí donde tú entras en acción —dije, y corté el solomillo poco hecho—. Tú eres editor.

—Bueno, no sé. Probablemente no haya nadie que conozca de verdad el negocio editorial. Es como si tuviera vida propia.

—Pero tú sabes de qué va. Mucho mejor que la mayoría de la gente.

Se retorció en la silla.

—¿A qué te refieres exactamente?

Me quité la salsa de los labios con la lengua y le di un buen trago a mi cerveza Staropramen.

—Quiero escribir un best seller, otro *Código Da Vinci*, otro *Los hombres que no amaban a las mujeres*. Creo que ahora el mercado está preparado para algo nuevo. Falta algo, algo que la gente anhela. Todo consiste en que se le ocurra a uno en el momento preciso, y en ser el primero en publicarlo.

Fredrik pinchó el solomillo con el tenedor y movió el cuchillo con fuerza.

—Me temo que no es tan sencillo —dijo sin mirarme—. Mi trabajo resultaría mucho más fácil si se pudiera predecir el mercado de esa manera. Aunque también más aburrido, claro.

—Bueno, estoy simplificando, por supuesto. Pero ya sabes a lo que me refiero. Tengo algunas ideas que me gustaría que vieras.

—No sé.

Por fin había conseguido cortar un trozo de carne que ahora trituraba lentamente entre sus molares.

—Me parece que has empezado por el extremo equivocado —murmuró entre bocado y bocado—. Deberías escribir a partir de tu propia experiencia: profundizar en ti, como suele decirse. ¿Qué clase de libro quieres escribir? ¿Qué deseas contar?

Me reí.

—Ahora suenas igual que Li Karpe.

Dejó de masticar y me miró expectante. Durante un segundo o dos su nombre colgó como un peso entre nosotros.

—¡Piensas como Li Karpe!

—Claro que no —protestó Fredrik, conteniendo la risa con la comisura de los labios—. Pero, a pesar de todo, ella tenía sus razones.

—Pero este no es uno de esos proyectos —dije—. No quiero escribir un libro de esos.

Se rascó la axila.

—¿A qué te refieres?

Dejé los cubiertos a un lado y me sequé la barbilla con la servilleta.

—No se trata de calidad. No quiero ganar el Premio August. Estoy preparado para escribir cualquier cosa, con tal de que el libro acabe en la lista de los más vendidos y me permita mudarme de la casa de mi madre.

Me miró como si hubiera blasfemado dentro de su iglesia.

—No hablo de creación literaria —dije—. Ya no somos unos jóvenes románticos de diecinueve años.

Fredrik sonrió indulgente.

—No creo probable que haya una receta para el éxito, Zack. Además, yo trabajo sobre todo con literatura que se publica en ediciones de quinientos ejemplares. Poesía china, cuentos rumanos. Cosas más pretenciosas.

—¡Vamos, hombre! Podrías darme algunos consejos… Un género, un tema, cualquier cosa. ¿Qué es lo que el mercado desea ahora mismo?

Suspiró, se recostó en la silla y dejó que su mirada vagara del solomillo demasiado hecho hacia mí.

—Escribe algo autobiográfico, algo sensacionalista, a poder ser algo fuerte. Desnúdate a ti mismo y a todos los que te rodean, y deja a un lado las especulaciones. Exagera y añade detalles morbosos.

—¿Hablas en serio?

—Eso vende.

Pensé en todo lo que había leído en la red sobre Betty y Adrian, todas esas especulaciones sensacionalistas sobre Leo Stark, el escritor desaparecido, y el juicio por asesinato del que tanto se habló en su día.

—¿Estás hablando de...? ¿Estamos pensando en lo mismo?

Fredrik pareció sorprendido.

—¿Te refieres a que escriba sobre nosotros?

—¡No, no, en absoluto! No me refería a eso...

—Aunque indirectamente, eso es lo que has dicho. ¡Escribe sobre el asesinato del escritor!

—Por supuesto que no —dijo Fredrik tajante—. No hay ninguna razón para hurgar en ello.

No dije nada, no pensaba discutir con él. Ya me había decidido. En cuanto germinó la idea, lo tuve claro. Deseaba ponerme a escribir en ese mismo instante.

—¿Mantienes algún contacto con Adrian? —preguntó Fredrik.

Negué con la cabeza.

—¿Y tú?

—No, ninguno.

Vi a Adrian frente a mí. Vi el juicio, las sombras en su rostro, la mirada esquiva. El momento en que se leyó la sentencia. Las lágrimas y los gritos, la sensación de irrealidad.

—Creo que sigue viviendo por esta parte del país —dijo Fredrik—. Me han dicho que por los alrededores de Bjärred.

Tenía problemas para concentrarme en Fredrik. En cambio, pensé en la portada y el título, vi imágenes sugestivas del edificio de la Universidad de Lund y la fuente que había delante, algo en gris y negro, quizá con un toque rosa para alegrar. *El asesino inocente*.

—Ya ni siquiera pienso en ello —dijo Fredrik—. Durante un tiempo tuve pesadillas cada noche, pero ya no. He conseguido olvidarlo.

Negué con la cabeza.

—Ninguno de nosotros podrá olvidarlo nunca. Es imposible.

Fredrik miró interesado el reloj.

—Tengo que largarme —dijo, y sonrió para finalizar.

El título se me venía a la cabeza como si fuera un letrero luminoso móvil. *El asesino inocente.* Ya me veía a mí mismo en la Feria del Libro, junto a Guillou, con las mangas arremangadas, ante las serpenteantes colas para la firma de libros. Después me veía sentado en el sofá de Malou, el programa de televisión, y también podría escribir reseñas sobre otros libros en alguna página cultural. Incluso me llamarían del programa de televisión *Babel*.

Fredrik carraspeó y me trajo de vuelta a la realidad. Después nos pusimos en pie y nos dimos la mano. Ninguna mención a llamarnos de nuevo. Probablemente Fredrik pensaba que olvidaría mi idea infantil sobre ese libro a las primeras de cambio. Como le pasaba a mucha gente. ¿A cuántas personas había oído decir que iban a escribir un libro?

Me subestimó.

El asesino inocente
de Zackarias Levin

1

Septiembre de 1996

La primera vez que vi a Adrian Mollberg me encontraba sentado en un banco enfrente de la biblioteca de la universidad, cuyas paredes, repletas de vegetación, empezaban a salpicarse de colores otoñales. Hojeaba un libro, pero estaba demasiado nervioso para poder leer, ya que él se alzaba como una gran sombra en mi campo de visión.

—No fue un suicidio. Lo sabes, ¿verdad?

Casi me asustó. El revoloteo del abrigo, el cabello alborotado y su forma de colocar el cuerpo le daban un aspecto inclinado, como si tuviera una pierna más larga que otra.

—Kurt Cobain —dijo, y señaló mi camiseta de Nirvana—. La que disparó fue Courtney.

Hice sombra con la mano y miré mientras él hacía aparecer un cigarrillo de un paquete de Marlboro aplastado.

—No se encontraron huellas dactilares en la escopeta —murmuró, e intentó encender el mechero—. ¿Cómo diablos se dispara alguien en la cabeza sin dejar sus huellas?

Agitó frenético el mechero y, finalmente, consiguió una llama pequeña y temblorosa que acercó deprisa al cigarrillo.

—¿Qué vas a estudiar? —preguntó, y me tendió el paquete de tabaco.

Le di unos golpecitos para sacar un cigarrillo, pero tardé en responder; apenas se lo había contado a nadie y todavía no me sentía del todo seguro de mi elección. Hacía solo unos minutos, sentado en ese banco, había estado sopesando si mandar todo a la mierda, pasar por el servicio de orientación escolar e informarme de si aún quedaban plazas en el curso de bibliotecario o en algún programa de formación de profesores. Lo más seguro es que mi madre tuviera razón cuando calificó mis planes como una pérdida de tiempo y un despilfarro del préstamo estudiantil.

—Voy a estudiar aquí... —dije, y señalé la facultad de Literatura.

Él siguió mi movimiento con el pitillo en la boca y el humo serpenteó hacia el cielo despejado.

—¿Literatura? —dijo entusiasmado.

—Sí, aunque... sí.

—¡Yo también voy a estudiar ahí! ¿Eres un novato?

—Sí, terminé el bachillerato en primavera.

—¿Estás nervioso?

—Bah —dije, y me reí nervioso.

Entonces se acercó al banco y estrechó mi mano.

—Me llamo Adrian. Me mudé ayer, así que todavía no conozco a mucha gente.

—Yo me llamo Zackarias, pero la gente me llama Zack.

—¿Por qué?

—Seguramente porque es más sencillo.

—A mí no me gusta la sencillez. ¿Por qué la gente le tiene tanto miedo a lo complejo?

Apagó el pitillo con la suela del zapato y se sentó a mi lado con las piernas cruzadas. Me miró fijamente con sus grandes ojos y su amplia sonrisa.

—Zackarias, ¿qué vas a estudiar?

Yo prefería no decirlo.

—Creación Literaria.

—¿De verdad? ¿Con Li Karpe? ¿Creación Literaria con Li Karpe? —Adrian estaba tan exaltado que casi cantó las palabras—. ¡Yo también! Zackarias, creo que seremos compañeros de curso.

—Sí, eso parece.

Intenté expresar una alegría contenida, aunque todavía no estaba seguro de que la noticia fuera positiva.

—Por supuesto que todo se debe a Li Karpe. De no ser por ella, nunca habría venido aquí —dijo Adrian.

—Yo tengo mis dudas. Habrá que ver qué pasa. En el peor de los casos, siempre puedo dejarlo.

—Yo no. Mientras Li Karpe siga, me quedaré aquí.

Asentí. Por supuesto, nunca admitiría que Li Karpe era un nombre completamente nuevo para mí.

—Como habrás notado, Li me tiene un poco obsesionado. —A Adrian le brillaban los ojos—. En mi opinión, ella es la posmoderna más importante del país. Un puto genio, vamos. Por lo demás, soy bastante escéptico con los estudios de Creación Literaria, pero si tengo la oportunidad de pasar cinco días a la semana con Li Karpe, estoy dispuesto a inscribirme en un curso de Historia de la Filatelia.

Se rio en voz alta y desenfadada, y después de mirarle de hito en hito como un tonto durante un rato fue como si me contagiara, como si ya no pudiera resistirme, y también me eché a reír, y enseguida se apoderó de todo mi cuerpo esa impulsividad salvaje.

Tan repentinamente como había brotado la risa, Adrian se quedó paralizado, borró todo rastro de sonrisa en su rostro y hundió el codo en mi costado. Señaló al otro lado del verdor, hacia el sendero de gravilla que había entre los árboles, y yo seguí la dirección de su dedo en el aire.

Por allí se deslizaba ella, piernas largas y tacones altos, el cabello como una bandera al viento, la espalda erguida y la mirada perdida. Parecía requerir toda su concentración para desplazarse.

—Li Karpe —dijo Adrian.

Su nombre sonaba como un caramelo en su boca.

—¿Es ella?

Aunque desconocía por completo el posmodernismo, al parecer mi mente sí tenía cierta idea preconcebida sobre cómo debería ser un posmoderno. Y Li Karpe no se correspondía en absoluto con esa imagen.

—Mira su aura —señaló Adrian.

Nuestros ojos se quedaron clavados en su cuerpo durante su paseo por el parque. Se detuvo delante del Absalon, el edificio de ladrillo rojo que albergaba la facultad de Literatura, y agitó el cabello, dio media vuelta y nos miró fijamente.

Agosto de 2008

Era como si se lo hubiera tragado la tierra. Escruté la red, pero no encontré ni dirección ni número de teléfono. Llamé a la delegación de Hacienda y me informaron de que en Suecia no había ningún Adrian Mollberg.

—Tiene que vivir cerca de Lund. He oído que en los alrededores de Bjärred.

La mujer de la delegación de Hacienda tecleó en su ordenador, y yo tuve que escuchar una monótona música de espera antes de que volviera, una vez más, con una respuesta negativa.

—Lo he comprobado un par de veces. No hay ningún Adrian Mollberg censado en Suecia, ni en Lund, ni en Bjärred ni en ningún otro lugar.

—Entonces ¿podría haber cambiado de nombre?

—Sí, claro.

Fue inútil. Así que decidí centrar la búsqueda en Betty. Puse la cafetera y subí el volumen del programa de radio *P4* —Lotta Bromée y Lasse Stefanz—, mientras mi madre revoloteaba por el alféizar de la ventana con la regadera hasta que las macetas quedaron encharcadas.

—Tendrás que comprarles chalecos salvavidas a las begonias.

Se quedó mirándome fijamente.

—¿Ahora me vas a enseñar tú a regar las plantas? Eres la única persona que conozco capaz de dejar que un cactus se seque.

Para enfatizar sus habilidades levantó la regadera y echó en cada maceta una pizca más de agua.

—Eso es todo.

Con el café humeando en nuestras tazas, mi madre se sentó frente a mí y yo abrí mi portátil para iniciar una nueva ronda de búsqueda.

—¡Ah, ya! —masculló—. ¡Seguro!

Escribí «Betty Johnsson» y me desplacé entre los resultados. Encontré una Betty Johnsson que había ganado un concurso de equitación, otra que era una temerosa actriz americana y otra escocesa de catorce años que aseguraba morirse por Justin Bieber.

—¿Tienes que hacer eso mientras tomamos café?

Mi madre removía la taza y lanzaba miradas fulminantes a mi ordenador como si este la hubiera ofendido.

—Lo siento, no pensaba que… —dije, y cerré la tapa.

—¿Realmente hay tantas cosas interesantes en esa caja? ¿Es Facebook? Karla también se ha metido en eso. Dice que es la única manera que tiene de ver a sus nietos.

—No, mamá, no es Facebook.

¡Mira que no pensar en ello! Volví a abrir el portátil.

—Pero ¿no puedes parar ni un minuto?

—Mamá, eres genial —dije.

Ella clavó la vista en mí.

—Ya lo sé.

Me reí y regresé a la pantalla. Escribí el nombre de Betty en Facebook y aparecieron una serie de caras. Me desplacé por ellos y, finalmente, la encontré.

Se llamaba Betty Writer, pero no había duda de que se trataba de ella. Estaba tal como la recordaba, ni un solo día parecía haber dejado huella en su rostro. El mismo brillo en los ojos, el mismo caos desenfadado en su cabello y esos delgados labios rosa-salmón de siempre.

A pesar de lo que había llovido desde entonces y el tiempo que habíamos estado sin vernos, fue como si me arrancaran una tirita de una herida ensangrentada. Los recuerdos y los sentimientos afloraron a borbotones. Todo lo que creía haber olvidado, al parecer, apenas había estado aletargado bajo la piel.

—¿Qué te pasa? —dijo mi madre.

Tuve que hacer un esfuerzo para no derrumbarme.

Según Facebook, Betty seguía viviendo en Lund. Tecleé un escueto mensaje:

Pienso escribir un libro. ¿Quieres ayudarme?

El asesino inocente
de Zackarias Levin

2

Septiembre de 1996

Nos encontrábamos en la planta del sótano. Asistíamos a un curso de Creación Literaria de un año. O, tal como lo definía mi madre, un despilfarro del dinero de los contribuyentes. Según Adrian Mollberg, era más bien un pasatiempo algo pretencioso bajo la dirección de la genio más bella del mundo.

Nuestro primer ejercicio consistía en describirnos a nosotros mismos. Adrian y yo estábamos sentados en la primera fila de un aula blanca y sucia, donde los tubos fluorescentes colgaban del techo y en la que se vislumbraba el aislante entre las molduras de la pared. Daba grima. El olor del vestíbulo se te metía por la nariz, y Li Karpe avanzaba con pasitos cortos arriba y abajo entre las mesas.

—Ahora dad rienda suelta a vuestra creatividad innata. ¡Reflexionad, pensad algo nuevo, pensad a lo grande!

Su voz era pausada, al igual que sus movimientos. Nada se hacía deprisa, todo estaba calculado al milímetro.

—Ya te lo dije —me susurró Adrian—. ¡Es una genio!

Me di la vuelta con cuidado cuando ella pasó a nuestro lado envuelta en un vago aroma azucarado. El cabello le caía sobre los hombros en finos tirabuzones y llevaba unos vaqueros de cintura alta que se le ajustaban en los muslos. Sus tacones medían por lo menos diez centímetros.

—¿Quién eres? ¿Quién eres en realidad? —dijo mientras su mirada planeaba sobre catorce rostros inmóviles.

Así que empezamos. Tomé mi pluma nueva, mi pluma de escritor, y clavé la vista en la primera página en blanco de mi cuaderno con tapas de cuero negro. Adrian resoplaba a mi lado. Cada vez que sacaba punta al lápiz, esta se rompía y se caía. Se rindió después de algunas quejas y se dio media vuelta para tomar prestado un bolígrafo de la chica que se sentaba detrás de nosotros. Se quedó un rato en silencio observando el bolígrafo antes de dirigirse a mí:

—¡Oye, Zackarias! ¿Me puedes dar una hoja de papel?

Arranqué de mala gana una hoja del cuaderno que había comprado en la misma papelería exclusiva que la pluma, y que a corto plazo estaba destinado a albergar el primer borrador de la más impactante novela de un debutante después del *Jack* de Lundell. Luego seguí con la mirada fija en las rayas de la hoja en blanco. A mi alrededor se oía el crujido de las ansiosas puntas de los bolígrafos sobre el papel. Además, al fondo de la clase repiqueteaba un lento vals de un solo dedo. Allí estaba sentado el único hombre del curso, sin contarme a mí y a Adrian. Tenía mal cutis, el pelo peinado a raya teñido de gris y gafas redondas de montura fina. Había sacado una máquina de escribir portátil y parecía no preocuparle si la gente se le quedaba mirando.

Pasaron diez minutos y aún no había conseguido escribir una sola línea en mi cuaderno. Miraba de reojo intentando leer el papel de Adrian. Sus ojos se encontraron con los míos y sonrió satisfecho.

Escribí con lentos movimientos mi nombre completo en la parte superior de la hoja.

—Tenéis diez minutos para acabar —anunció Li Karpe.

Se dejaron sentir suspiros entrecortados y la velocidad de los bolígrafos sobre el papel se incrementó. Eché un último vistazo a mi alrededor. Y después escribí:

Cumpliré diecinueve años en diciembre y no sé muy bien quién soy. Creo que es algo bastante normal. Creo que soy bastante normal.

Crecí en un pueblecito con mi madre. Ella no es tan normal. Mi padre es marinero en el golfo Pérsico y, cuando yo era pequeño, regresaba a casa cada dos meses, pero un día dejó de venir.

No le he contado a nadie que estoy haciendo este curso. En el sitio de donde yo vengo no es normal pensar que alguien pueda ser escritor. En ese aspecto no soy del todo normal. Pero por lo demás, sí.

Me gusta la buena música y quedarme levantado hasta bien entrada la noche. Probablemente la escritura sea lo único que se me da bien. Esa es la razón de que siga en ello.

Zackarias Bror Levin

—Escuchad —dijo Li Karpe con la cabeza inclinada—. He pensado que ahora podéis leer las presentaciones de vuestros compañeros. Como una forma de conoceros.

Adrian y yo nos miramos.

—Podéis intercambiarlas con la persona que se sienta a vuestro lado —dijo Li Karpe.

Adrian se rio y me tendió su papel. Yo le pasé el cuaderno.

Así se describía Adrian Mollberg a sí mismo:

Yo no soy como tú.

—¿Eso es todo? —le pregunté.

Asintió.

—Lo complejo no necesita ampliarse. En lo pequeño se concentra la grandeza.

Mientras él ojeaba mi texto, yo leía esa frase una y otra vez. Intentaba comprender qué significaba. «Yo no soy como tú.» ¿Debía considerarlo un rechazo o se trataba de una simple constatación? No me atreví a preguntárselo.

—Me gusta tu repetición de la palabra «normal» —dijo Adrian, que se había quedado pensando al leer mi presentación. Nada más. No dijo nada sobre mi sueño de ser escritor ni sobre mi madre o mi padre.

—Ahora coged vuestras presentaciones —dijo Li Karpe—. Poneos de pie y moveos por el aula, elegid a alguien que os parezca interesante, alguien a quien deseéis conocer mejor, y pedidle que os deje leer su presentación.

Se me hizo un nudo en el estómago. Adrian se levantó y agitó su papel, pero mis piernas pesaban como si fueran de hierro.

—Venga, Zackarias.

Y me obligó a levantarme. Tras un pequeño ataque de vértigo pude seguir a Adrian. Dos rubias se reían en una esquina, y una chica de ojos asustados se pegaba contra la pared. Si el rumor era cierto, éramos catorce elegidos, catorce entre varios centenares. Once mujeres y tres hombres, todos entre dieciocho y veinticinco años. Elegidos con esmero después de pasar exámenes en distintos géneros: prosa, poesía y teatro. Creación Literaria era una de las pocas ramas a las que yo podía acceder a pesar de mis mediocres notas finales.

Li Karpe tenía que ser una de las personas que me había seleccionado. Ella había leído mis textos y había visto el potencial. Ahora sonreía frente a mí y quería ayudarme a encontrar a alguien con quien intercambiar los papeles.

—Allí —dijo, y señaló a una chica en el otro extremo del aula que llevaba una camiseta con estampado de camuflaje, vaqueros anchos y unas Dr. Martens rojas—. Habla con ella.

Así que se estiró, Li Karpe quiero decir, y le hizo una señal con los dedos a la chica, que parecía moderadamente emocionada.

Adrian ya estaba enfrascado en una animada conversación con otra joven que gesticulaba mucho. Los dejé a un lado y le tendí la mano a la chica con camiseta de camuflaje.

—Betty —dijo serena.

El apretón de manos fue flácido y neutro. Ni siquiera me miró a los ojos.

—¿Intercambiamos? —le pregunté, y le pasé mi cuaderno.

—Uy, un cuaderno entero.

Lo abrió por la primera página y leyó.

—¿Y el tuyo? —dije, pero no recibí respuesta.

Leyó todo el texto antes de alzar la vista. Pareció sorprendida, como si tuviera dificultad para encajar lo que había leído con la persona que tenía delante.

—Sí, claro —dijo, y me alargó una hoja con una pésima letra y los renglones torcidos.

Soy algo afilado en tu garganta,
soy el pus de la herida que nunca cicatriza,
soy el guisante bajo el colchón,
soy la china de tu zapato,
soy el susurro nocturno en los oídos,
soy una bomba de relojería,
soy un acceso negado,
soy un tendido eléctrico caído,
soy la sombra bajo la cama,
soy el esqueleto de tu armario,
soy el cuchillo en tu espalda,
soy un billón de sinapsis
y cinco litros de sangre.
¿Quién coño eres tú?

Tuve que leerlo dos veces.

—¡Joder, qué bueno! —dije.

—Bah —respondió ella, y me arrancó el papel de la mano.

Nos quedamos en silencio y nos miramos de reojo un rato los zapatos. Esperando sin nada que esperar.

—Yo también vengo de un pueblo de esos —dijo ella sin levantar la mirada—. De esos donde una no puede pensar en ser alguien.

—Odio esos lugares. Tan pronto como consiga una habitación de estudiante, pienso largarme de Veberöd y no regresaré nunca más.

—Te entiendo —dijo ella—, me he pasado la vida con una sensación de ansiedad en el pecho. Creía que la vida siempre sería así. No sabía que había nuevas oportunidades, que se puede empezar de nuevo, vivir otra vida.

—¿Otra vida?

Betty apenas asintió. Me miró fijamente, sorprendida, quizá irritada. Me sentí incómodo, pero no sabía qué hacer. Después de lo que parecieron varias horas, dijo al fin:

—¿Sabes que no pasó como dicen?

No entendí. Empezaba a sentirme mareado, ausente, aturdido.

Betty señaló mi camiseta.

—Kurt Cobain —dijo—. No pudo ser un suicidio.

Agosto de 2008

La esperé en la esquina del hotel Lundia. Cada vez que pasaba una mujer con un mínimo parecido, daba un salto y me llevaba la mano al pecho.

Betty respondió a mi mensaje esa misma tarde. Accedió de mala gana a tomarse un café, y ahora me sentía como un intruso.

Por el rabillo del ojo vi llegar a un chico en un monopatín. Su pelo rubio rizado se agitaba bajo la gorra y saltó del monopatín en marcha, lo pisó haciendo que se elevara del suelo y lo atrapó bajo su brazo. Vino directo hacia mí.

—¿Eres Zack?

—¿Quién lo pregunta?

—Vengo de parte de Betty. Te espera en el apartamento.

Me tendió la mano y me dijo que se llamaba Henry. Entonces dejó caer el monopatín y me indicó que lo siguiera con un gesto.

—Betty no suele salir durante el día.

—¿Por qué?

Henry no respondió. Puso el pie en el asfalto y se impulsó; tuve que trotar tras él para alcanzarlo. Subimos hacia la plaza Clemenstorget, pasamos de largo la facultad de Sociología, donde uno de mis viejos amigos de Veberöd presentó un ensayo sobre la función de los juegos de rol antes de conseguir trabajo en Framfab, y durante el auge de las IT cobraba cada mes el equivalente a un salario anual.

Henry se detuvo en la plaza delante de una casa roja y agarró el monopatín con la mano.

—Es aquí —dijo, y la señaló.

El ascensor chirriaba y mantuvimos las espaldas pegadas a la pared. Henry me estudiaba con descaro de arriba abajo.

—¿Hace mucho? —dijo.

—¿Hace mucho...?

—Sí, Betty y tú. ¿Os conocéis desde hace mucho?

—Sí, pero hace tiempo que no nos vemos.

¿Por qué había enviado a este chico? ¿Acaso no confiaba en mí? Henry sujetó la puerta del ascensor y me dejó pasar primero. En la puerta ponía WESTERGREN, y justo debajo había un pósit con el nombre «B. Johnsson» escrito a mano. Olía a manteca de cerdo y detergente.

—Pasa —dijo Henry, y se quitó las deportivas en el recibidor.

Se requería cierta precisión para sortear el desorden de zapatos que había en el angosto recibidor. Entramos directamente en la cocina, donde había una mujer sentada a la mesa frente a un plato de comida vacío. A pesar de que se dio la vuelta hacia mí, tardé un rato en estar seguro del todo.

—¿Betty?

Ella apretó los labios. Sus ojos brillaban húmedos.

No podía creer que fuera ella. Constatarlo fue como recibir un golpe en el estómago. No sabía dónde fijar la mirada. Me di cuenta de que dejaba traslucir todo. Mis pensamientos eran de lo más obvio.

—No te preocupes —dijo Betty—. Soy consciente de mi apariencia.

Vestía pantalones de pana y una sudadera gris. Sus mejillas estaban flácidas, su barbilla y su cuello se habían juntado y todo colgaba bajo sus brazos, pecho y barriga. Pero además del peso, tenía el pelo lacio y apagado, y la piel enrojecida. Su mirada parecía cansada.

—¿No vivías en Estocolmo? —dijo—. He visto tu nombre en el periódico.

Intenté no mirarla a los ojos.

—Me han echado y me he mudado a casa de mi madre.

Me resultó del todo natural ser sincero. Como si la situación lo requiriese.

—¿Así que ahora vas a ser escritor? Igual que entonces, en los viejos tiempos.

—Eh, no sé. Se trata solo de un proyecto.

De repente me resultó ridículo hablar de aquello. ¡Esta era Betty! Si alguno de nosotros merecía ser escritor, no era yo, por supuesto. Quizá debería zanjar el asunto.

Betty refunfuñó e hizo una mueca cuando se puso en pie apoyando ambas manos sobre la mesa, apartándose un poco para dejarme sitio.

—Supongo que estarás decepcionado —dijo—. La fotografía de Facebook tiene unos cuantos años. Prefiero no actualizarla.

Yo no sabía qué decir. «Decepcionado» no era la palabra

adecuada. Claro que me sentía conmocionado a causa de la metamorfosis de Betty, pero en primer lugar sentí una gran tristeza. No tenía tanto que ver con el exceso de peso, sino más bien con el hecho de que su chispa se hubiera apagado, de que ya no existiera esa persona malhumorada y desgarbada que podía hacer un corte de mangas en cualquier momento. Ahora parecía solo cansada, cansada y agotada.

—¿Betty Writer? —dije a propósito de su nombre en Facebook—. ¿Estás casada?

—¿Yo? —Rio—. Ni mucho menos. Es solo una manera de ocultarme.

Henry nos interrumpió cuando abrió el grifo y el agua resonó en la pila.

—¿Queréis un café? —preguntó en voz alta al mismo tiempo que llenaba la cafetera bajo el grifo.

—Es el apartamento de Henry. Compartimos piso —me explicó Betty, y después ambos le dijimos que sí, agradecidos.

—Nunca llegaste a escribir —dije.

Sonó como una acusación, y Betty me miró sin comprender.

—Dijiste que me escribirías una carta —proseguí en un tono más conciliador—. Después del juicio. Cuando me marché a Estocolmo.

—Pensé que era mejor no hacerlo. Mejor para todos.

—¿Y Adrian, entonces? ¿Qué pasó entre Adrian y tú?

Betty suspiró hondo. Apartó la mirada como si prefiriera no responder.

—¿Os habláis todavía? —pregunté.

Ella negó con la cabeza.

—Tuvimos bastante trato cuando salió. Pero hace ya varios años que no lo veo.

Por alguna razón, me gustó la respuesta.

—¿Qué hiciste después del juicio?

Betty me contó que visitó a Adrian en la cárcel varias veces. Hablaron sobre el futuro, hicieron planes juntos, mantuvieron la confianza pese a todo. Ella lo ayudó a encontrar un nuevo abogado, una joven estrella sin escrúpulos que vio un posible atajo en su carrera representándolo y, en el mejor de los casos, consiguiendo liberar a Adrian Mollberg, que había sido condenado por asesinato, aunque el cuerpo de la víctima nunca apareció. Los medios se despertaron y sacaron una serie de titulares sobre el escándalo judicial, pero luego no pasó mucho más.

—¿Leche y azúcar? —preguntó Henry, que me sirvió café humeante en una taza con el Che Guevara despeinado.

—Azúcar —dije—. Dos.

Él me miró como si estuviera loco.

—Pero luego dejamos de vernos —continuó Betty—. Adrian lo quiso así y yo enfermé. Durante los últimos años no nos vimos. Hasta que salió.

Henry sacó un brazo de gitano de un envase y lo puso sobre la mesa. Betty limpió el cuchillo del pan con una servilleta.

—¿Es casero? —dije.

Pero la broma cayó en saco roto. Betty apenas me miró y se llenó la boca de brazo de gitano.

—¿Sabes por dónde anda ahora?

—Sí —respondió Betty—. Me llamó aquí cuando lo soltaron. Parecía desesperado, no tenía ningún sitio adonde ir, así que lo ayudé. En realidad fue Henry quien lo hizo. Su tío tiene una casa medio en ruinas en el campo.

—Entonces ¿Adrian se mudó allí?

Ahora sentía el rastro. Hacía doce años que no había estado tan cerca de Adrian Mollberg. Por inercia, corté un trozo de brazo de gitano.

—Sigue viviendo allí. Es una chabola, entra agua cuando llueve y huele a moho. Pero puede estar en paz y, por lo visto, eso es lo único que desea.

—¿Dónde está?

—En tierra de nadie, en el quinto pino. Al norte de Flädie, pasado Bjärred.

Me alegré por dentro. *El asesino inocente*. ¡Lo encontraría! A pesar de todo podría escribir un libro.

—¿Piensas ir a buscarlo? —preguntó Betty.

—Sí, quizá pueda ayudarme con el libro.

Ella me miró escéptica. Se metió un trozo de brazo de gitano en la boca y se le mancharon los labios de nata. Esperé a que se diera cuenta.

—¿Vendrías conmigo? —dije.

—¿Yo? No, creo que no. Apenas salgo. No me siento bien, tomo una medicación muy fuerte, ¿sabes? —Me miró a los ojos—. ¿Qué clase de libro quieres escribir?

Carraspeé. Henry nos observaba de hito en hito.

—Quiero escribir algo sobre nuestro curso de Creación Literaria. Sobre Li Karpe y Leo Stark. Sobre ti y sobre mí, Fredrik y Adrian.

Le expliqué que ya había empezado.

—En esta ocasión tengo un propósito, una trama. Li Karpe estará orgullosa.

Betty no esbozó ni una mueca. La mirada de Henry iba de uno a otro. Como si estuviera sentado esperando un drama.

—*El asesino inocente* —dije, e hice unos gestos exagerados—. El libro revelará la verdad sobre el misterioso asesinato del escritor y el mayor escándalo judicial sueco de nuestro tiempo.

Me chupé los restos de la tarta del labio y esbocé una sonrisa de oreja a oreja. De una vez por todas limpiaría el nombre de Adrian Mollberg y, además, me convertiría en un multimillonario y aclamado escritor de best sellers.

Betty encendió un cigarrillo y expulsó una bocanada de humo sobre la mesa. De repente regresaron el malhumor y su pose desgarbada, las cejas arqueadas y la mirada endurecida.

—Olvídalo —dijo—. Olvídate de todas esas ideas, del libro y de todo lo demás. No saldrá nada de eso.

Tosí y aparté el humo con la mano.

—¿Qué quieres decir?

—Adrian no es inocente. Me lo confesó todo.

El *asesino inocente*

de Zackarias Levin

3

Septiembre de 1996

—¡Solo un fragmento más! Es la esencia misma de la novela.

Le dejábamos dirigir. Adrian Mollberg impostaba la voz y se afanaba en vocalizar cada sílaba, inclinado sobre la mesa del bar, como si estuviera narrando una historia de fantasmas en torno a una hoguera agonizante.

—Bret Easton Ellis —dijo, y cerró el libro—. Acordaos de este nombre. Antes de que finalice nuestro tiempo en la tierra, este tipo habrá ganado el Nobel como poco.

Fredrik Niemi esbozó una mueca.

—A mí me parece una auténtica orgía de violencia.

Me di cuenta de que hasta entonces apenas había oído la voz de Fredrik. No resultaba fácil determinar la procedencia de su dialecto, pero era evidente que se había desplazado bastante hacia el sur para acabar en Lund dedicándose a la creación literaria. Había colocado su máquina de escribir portátil en la silla que tenía al lado y cuando Betty le preguntó por qué cargaba con ese mamotreto, sus mejillas adquirieron un tono rosa-lechón y se quitó las gafas redondas para poder rascarse los ojos.

—A decir verdad, creía que todo el mundo escribía a máquina.

Los que estábamos alrededor de la mesa nos miramos unos a otros y estallamos en una carcajada al unísono, lo bastante alta para que el camarero del bar, que estaba vacío, plegara su *Kvällsposten* y nos lanzara una mirada reprobadora.

—¡Menudo otoño nos espera! —exclamó Adrian, y balanceó la jarra de cerveza frente a sí hasta que la espuma se derramó—. Me siento tan feliz de estar aquí con vosotros. ¡Y con Li Karpe! ¿No es fabuloso que ella sea nuestra profesora?

Era mérito de Adrian que estuviéramos sentados en ese bar bebiendo cerveza aguada. De no ser por él, con toda seguridad habríamos pasado esa tarde cada uno por nuestra cuenta. Si después de la primera clase de Creación Literaria él no se hubiera detenido en la escalera de acceso a la facultad de Literatura y me hubiera tirado del jersey, si a mí no se me hubiera ocurrido decirle que Betty compartía su visión algo conspiratoria sobre la muerte de Kurt Cobain… Si Fredrik no se hubiera entretenido al final de la escalera con su máquina de escribir portátil, que parecía un niño que hubiera perdido a sus padres…

Me sentí aturdido. No por la cerveza sino por la camaradería, las esperanzas, el deseo de algo nuevo, de todo aquello en torno a lo que giraba mi anhelo. Adrian golpeó su jarra contra la mía y pronunció el nombre de Li Karpe por enésima vez.

—Suena como si la conocieras —dijo Betty.

—Claro que la conozco. Tenemos una relación muy especial.

—¿Cómo de especial?

—Lo sé todo de ella, pero ella no sabe que yo existo.

—Ahora lo sabe —dije yo.

Adrian estalló:

—Tienes razón, Zackarias. Desde hoy existo en la realidad de Li Karpe. Hasta ahora mi existencia carecía de valor, mis primeros diecinueve años solo han sido una espera para llegar a este instante. A partir de hoy he renacido. ¡Brindemos por ello!

Chocó su jarra con la de Fredrik y soltó una carcajada. Mientras tanto, Betty se acercó a mí.

—¿Conoces bien a este tipo? —me susurró—. ¿No te parece un tanto desagradable?

Ella posó el brazo sobre la mesa y empezó a darle vueltas a su pulsera de hilo.

—Nos hemos conocido esta mañana.

—Que sepas que no me fío un pelo de él; si ocurre algo será culpa tuya.

—¿Qué puede ocurrir?

Me clavó la mirada y, por primera vez, descubrí sus ojos. Albergaban un arcoíris. Pequeñas rayas y puntos con todas las tonalidades del cielo. Como si les resultara imposible decidirse por una sola.

—Por ejemplo, podría poner pastillas para dormir en nuestras cervezas para que nos desmayáramos en su apartamento. Quizá nos mate a todos a hachazos y profane nuestros cadáveres. —Tomó aliento—. En todo caso, será culpa tuya.

Me miró impasible.

—No creo que sea un tipo de esos —dije.

—¿No?

—Creo que nos quiere vivos. Nos encerrará en un sótano oscuro y nos obligará a beber nuestra propia orina para sobrevivir.

Se nos atragantó la risa cuando Adrian, de repente, se nos quedó mirando. Yo carraspeé y me rasqué la nariz. Betty agitó el cabello.

—Vámonos ya —dijo Adrian.

—¿Adónde? —preguntó Betty.

Incluso en mi estado de ebriedad me daba cuenta de que no era una buena idea. Pero Adrian no se rendía. Se paró en medio de un cruce y señaló en una dirección.

—Trädgårdsgatan —dijo una vez más—. Tiene que estar por aquí.

Había marcado una gran cruz negra en el mapa turístico que se sacó del bolsillo.

—Así que has comprobado dónde vive. No me lo puedo creer. —Betty negaba con la cabeza.

—Esto no me parece bien —dijo Fredrik, que en general no decía gran cosa.

—Estás obsesionado —dijo Betty.

Adrian, entre risas, expulsó el humo del cigarrillo al cielo.

—¿Obsesionado? Betty, ¿nunca has estado realmente enamorada?

Caminamos por callejones hacia esa parte de la ciudad que a finales del siglo XIX recibió el nombre de «Nya stan» (Ciudad Nueva), pero que la gente llamaba Nöden. Después de la guerra la zona se aburguesó, las pequeñas casas se transformaron en presas codiciadas por el mercado inmobiliario y las viejas manzanas del barrio ahora estaban habitadas por urbanitas adinerados en el apogeo de sus carreras profesionales. La ciudad se encontraba justo en ese punto entre el descanso veraniego que llegaba cuando las aves migratorias habían abandonado Lund y el animado otoño que se avecinaba con coqueteos, bailes, ponche y exámenes. Las tardes aún eran cálidas y el aroma de las malvas que se extendía por las fachadas de forma desigual nos recordaba al verano.

—¡Aquí es! —exclamó Adrian.

Se detuvo bajo la débil luz de una farola negra con una pantalla cónica y señaló la bonita placa esmaltada: TRÄD-GÅRDSGATAN.

—Y ahora ¿qué?

Betty lo miró interrogante y Adrian parecía algo perdido. Su mirada iba del mapa arrugado a la hilera de casas. Estábamos reunidos en torno a él cuando el repicar de unos tacones contra los adoquines rompió la calma y en la acera apareció el contorno pálido de dos figuras.

—¡No te vayas! ¡Escúchame, por favor!

—¡Déjame en paz!

Las voces surcaban el aire a través de los callejones y dos palomas levantaron el vuelo desde un canelón. Vimos cómo una de las figuras cruzaba la calle, alejándose de nosotros. Era una mujer joven. Uno de sus tacones se torció un poco, tropezó y se tambaleó, y al mismo tiempo luchaba con la chaqueta de cuero, que no quería mantenerse en su sitio.

—¡Vuelve! —gritó la otra mujer, dando una larga zancada y bajando a la calzada antes de detenerse con los brazos en el aire. Cuando se dio media vuelta, la luz de la farola iluminó su rostro.

—¡Es ella! ¡Joder, es ella! —exclamó Adrian, y me dio un golpe en el brazo.

—No puede… —comenzó Betty, pero se interrumpió—. Sí, lo es.

Era Li Karpe, posmoderna y poeta, nuestra profesora y también el objeto del loco enamoramiento de Adrian Mollberg. Clavó la vista en nosotros, una mirada rápida, vacía y brumosa. A continuación dio media vuelta, subió a la acera y desapareció por una puerta al final de la calle.

—¿Habéis visto? —dijo Adrian.

Su voz había cambiado; la alegría había desaparecido, la seguridad en sí mismo también.

—Lo he visto —dije, y asentí.

Betty me miró fijamente y Fredrik negó con la cabeza.

—Ver ¿qué?

—El ojo morado —respondió Adrian.

Septiembre de 2008

Lo vi a través de la ventana. Cuántos años habían pasado. Su cabello enmarañado tenía mechones grises, y presentaba cicatrices en las mejillas. Leía sentado en un sillón. Sus manos eran grandes y nervudas. Pertenecían a un hombre que había vivido.

Antes de continuar cerré el coche de mi madre con el control remoto. Ella creía que había ido a buscar trabajo, y en cierto modo así era. Doblé la esquina y empujé una verja que chirriaba. En la cochera había un viejo y destartalado Volvo con los neumáticos enterrados entre dientes de león y cardos. Me vi obligado a pasar entre escaramujos silvestres y ortigas que me llegaban a la altura del pecho antes de llegar a la casa. Justo cuando alcé la mano para llamar a la puerta, esta se abrió.

—¿Zackarias?

Me miró como si hubiera pasado una eternidad. Dio un paso adelante y pareció que iba a abrazarme, pero se arrepintió.

—¿Qué haces aquí? —preguntó.

—Tenemos que hablar.

Asintió, justo como si hubiera estado esperando este momento desde hacía años, como si fuera inevitable.

—¿Cómo me has encontrado? Fue Niemi, ¿verdad?

—Betty —respondí—. Fue Betty.

Cuando me hizo pasar a la habitación donde acababa de estar leyendo, su rostro no dejó traslucir ninguna emoción. Un cigarrillo humeaba en un cenicero repleto de colillas, latas de Coca-Cola vacías compartían espacio con cajas de pizza, libros y CD. De las paredes colgaban pósters: carteles de giras, anuncios electorales, publicidad de gafas. La casa parecía necesitar una buena limpieza.

—Así que es aquí donde vives —dije, sobre todo para romper el hielo.

Adrian me miró sorprendido. El parloteo nunca fue nuestro fuerte. Debía de pensar que yo estaba fingiendo.

—Me gusta el silencio —dijo—. Aquí el silencio es distinto. Se puede oír el silencio de verdad.

Me puse la mano detrás de la oreja como si escuchara.

—Por otro lado, aquí apenas pasa nada. La colza es bonita, pero solo sale cada tres años. Los vecinos tuvieron un potro en julio y lloré la primera vez que se puso en pie. ¿Comprendes, Zackarias? Lloré de verdad.

Ambos sonreímos.

—Creo que este es un buen escondite.

—El mejor —dijo, y se inclinó para coger el cigarrillo del cenicero—. Aquí le dejan a uno en paz.

Dio una calada y expulsó el humo por la nariz. Me sentí perplejo. Doce años pueden transformar mucho a una persona. Yo ya no conocía a ese hombre, no sabía qué decir ni cómo debería decirlo.

—Bueno, ¿cómo estás? —solté.

Era una pregunta tan descerebrada que me disculpé antes de que le diera tiempo a responder. Adrian se dirigió un poco distraído hacia el desvencijado sillón de cuero del rincón y tomó un libro de bolsillo todo manoseado.

—¿Has leído a Houellebecq?

Sopesé una mentira piadosa, pero no habría funcionado. Era Adrian.

—No, creo que no.

En los últimos años yo solo había leído algún que otro blog, los manuales de instrucciones de los recientes dispositivos de la manzana y correos electrónicos de lectores regados con insultos, mayúsculas y signos de exclamación.

—Toma —dijo, y me dio el libro—. ¿Has leído a Franzen? ¿Cormac McCarthy?

Me sentí algo avergonzado, pero Adrian sonrió con indulgencia. Siempre había sido el primero en todo. Le gustaban esas cosas.

—Dejaste de venir a verme —dijo, y se sentó en el sillón.

—¿Querías de verdad que fuera a visitarte?

Miré a mi alrededor, pero no encontré nada donde sentarme.

—En parte tienes razón —dijo—. Me avergonzaba. No quería que mis amigos me vieran así, todo me superaba. Ya no podía seguir siendo yo.

—¿Así que te comportaste como un cerdo para ahuyentarnos?

—Más o menos.

La última vez que tomé el tren a Tidaholm casi rompí a patadas la sala de visitas, y los escupitajos silbaban en el aire entre palabrotas e improperios. Una manera eficaz de acabar con una amistad.

—Y ahora ¿qué? ¿De qué te estás escondiendo esta vez? No ha sido fácil encontrarte.

—Tomé el apellido de mi abuela materna. ¿Sabes, Zackarias, que la gente tiene muy buena memoria cuando se trata de asesinos? Y el interés es enorme aunque uno haya cumplido su condena. En Flashback hay una entrada sobre mí con más de ochocientos comentarios.

Asentí. Yo mismo había leído todo lo que pude encontrar.

—Abriría con gusto una botella de vino —dijo Adrian—, pero lo he dejado. Ahora, desde que Systembolaget dejó de vender Vino Tinto, solo bebo agua y Coca-Cola.

Se puso de pie y paseó por la habitación. La pared estaba llena de estanterías de contrachapado tan repletas de libros que podrían ceder en cualquier momento y acabar formando un montón literario en el suelo.

Respiré y tomé impulso.

—Estoy pensando en escribir un libro.

—¿Un libro?

Percibí una chispa en sus ojos. Adrian tomó una lata de conservas y espachurró la colilla en ella.

—¿Así que por fin piensas sacar provecho de tus estudios de Creación Literaria? Has de saber que sentía una gran tristeza cada vez que veía tu firma en los periodicuchos esos en los que escribías. Maldito desperdicio de talento, pensaba.

Esbocé una sonrisa y dudé. No sabía cómo plantearlo. Es cierto que tenía un plan, pero ahora me parecía inadecuado. Adrian preferiría la espontaneidad y la sinceridad.

—Bueno, no es esa clase de libro.

—¿No? —Me miró a los ojos, y la chispa en su mirada se transformó en ardientes llamas amenazantes—. ¿De qué clase de libro se trata?

Las palabras se amontonaban en mi garganta. Adrian me miraba fijamente y sopesé bien qué decir.

—Pensaba escribir sobre nosotros, sobre todo lo que pasó durante aquel otoño de hace doce años. Revelar la verdad.

No se movió del sitio.

—Quiero desagraviarte —me apresuré a decir—. El libro se llamará *El asesino inocente*. ¿Qué te parece el título?

Adrian se quedó pensativo. Se llevó la mano al pelo y siguió mirándome. Balanceó un poco la cabeza. ¿Podía considerarse ese gesto como una bendición?

—Me parece fantástico —dijo, sin que el más mínimo detalle de su lenguaje corporal lo ratificara.

Eso me preocupó. Adrian siempre había sido amigo de grandes palabras y gestos. Ahora parecía casi insensible.

—Es una idea brillante, Zackarias —dijo, como para disipar mis dudas.

Al mismo tiempo no podía dejar de pensar en lo que Betty me había contado. Podía haber una razón completamente diferente para su entusiasmo contenido. ¿Y si de verdad le había reconocido el asesinato a Betty? En ese caso, era de suponer que Betty me lo habría contado. Sopesé a toda prisa qué decir, si preguntárselo directamente, pero enseguida decidí esperar un poco. Ya no conocía a Adrian, ni siquiera sabía quién era, y si uno se creía la mitad de las habladurías que circulaban por la red, había razones de sobra para andarse con cuidado.

—Ya he empezado a escribir —dije—. Es increíble lo bien que funciona la memoria cuando uno realmente se esfuerza.

—¿Así que escribes sobre nosotros? ¿Sobre la creación literaria y Li Karpe? Pero ¿te acuerdas bien de todo?

—De momento parece como si fuera ayer. Pero no estoy seguro del todo. La memoria es poco fiable.

—Yo también lo recuerdo casi todo. Aunque he intentado olvidar ciertos pasajes.

Asentí comprensivo.

—Habrás oído hablar de los falsos recuerdos. Hay gran cantidad de investigaciones que muestran que las personas tienen cierta facilidad para construir recuerdos, sucesos que estamos convencidos de que han ocurrido pero que en realidad son fantasías del cerebro.

Arqueó las cejas.

—Fascinante, Zackarias. Está claro.

—Pero en este caso somos varios, por lo menos tres o cuatro, y podemos comparar nuestros recuerdos.

—¿Comparar? —La curiosidad se reflejó en sus ojos—. ¿Piensas involucrarnos en el proceso? ¿A Betty y a mí? ¿A Fredrik Niemi?

—¡Con mucho gusto! Eso sería de gran ayuda.

—¿Y podremos leer el manuscrito?

—¡Por supuesto! Eso es lo que espero.

Volvimos a sentarnos. Adrian en el sillón y yo en el suelo con las piernas cruzadas. Me invitó a un cigarrillo y evocamos nuestros recuerdos fumando sin parar, de regreso a ese otoño en Lund que sería determinante en nuestras vidas. Le conté —algo incisivo, como el contador de cuentos que a pesar de todo soy— mi encuentro con Fredrik y Betty, mostré cierta preocupación porque ninguno de ellos tenía el mismo interés que Adrian por participar en el proyecto del libro y le dije que Fredrik me aconsejó que me abstuviera de escribirlo. Pero yo ya me había puesto a ello y no pensaba tener la más mínima consideración por Fredrik Niemi. Adrian y yo, sin embargo, estábamos de acuerdo en que el proyecto sería más fácil de llevar a cabo si contáramos con la colaboración de ambos.

—Fui a ver a Fredrik para pedirle consejo. Lleva trabajando en el mundo editorial desde hace años y debería saber de estas cosas. ¿Sabes qué me dijo?

—¡No, cuenta! —dijo Adrian con los ojos brillantes.

—Me aconsejó que me desnudara en el libro, no solo a mí mismo sino a todos los que me rodean. Algo morboso y especulativo, eso es lo que vende, me dijo. Pero, claro, ¡eso fue antes de saber que pensaba escribir sobre nosotros!

Adrian se rio de la ironía. Durante un rato fue el de siempre, como si el reloj se hubiera detenido en el mismo instante en que lo sentenciaron doce años atrás. Habíamos vivido en un paréntesis, tanto Adrian como yo, a un lado del destino, como si nada hubiera ocurrido. Ahora desafiábamos de nuevo las normas establecidas, luchábamos contra las convenciones y recitábamos versos de Dylan, citábamos a Öijer y a Östergren, Hagman, Stieg Larsson y Bukowski, y todo parecía tan importante como entonces. Nos dejamos seducir por la falsa nostalgia y nos reímos juntos de libros, películas, canciones y noches en Grönegatan. Durante un instante conseguí olvidar que era un hombre de treinta y dos años sin trabajo y sin novia, que había vuelto a casa de mi madre en Veberöd, y que mi única esperanza de futuro residía en un best seller aún no escrito.

Hablé de las fiestas en Estocolmo, del ganador del Premio August con el que estuve bebiendo, de la periodista cultural con la que me acosté y de los críticos con los que había lidiado. Finalmente, Adrian se durmió. Me puse a su lado y lo miré mientras se sumía en un sueño cada vez más profundo y sus ojos comenzaban a moverse. Después de algunos minutos se agitó ansioso y empezó a dar sacudidas. Ni siquiera dormido, Adrian Mollberg podía escapar a su destino.

Antes de husmear por la casa me incliné sobre él con cuidado y le soplé en la cara. No reaccionó. Entonces me dirigí a la pequeña cocina donde había varios armarios sin puerta, las placas de los fogones estaban repletas de hollín y el fregadero se veía atestado de platos, vasos, conservas y cartones. En medio de todo eso había una bolsa de plástico negra a medio llenar que desconocía el concepto «separación de residuos». Hasta que no estuve bien cerca no se hizo evidente que tras el espeso humo de tabaco aguardaba un olor más afilado, uno de esos hedores que corroe y se incrusta y atrae a los bichos. Y una vez descubierto, me resultó imposible librarme de él. Así que respiré hondo y me tapé la nariz con los dedos mientras entraba en el dormitorio.

Colchón directamente en el suelo, cubierto por un edredón y una manta de lana. Vaso de agua a medio beber que empezaba a enturbiarse. Persiana bajada. Tuve que encender la linterna del móvil para poder ver algo.

El dormitorio estaba prácticamente vacío, solo había unos libros de bolsillo con las esquinas de muchas hojas dobladas y alguna página que otra arrancada con un párrafo señalado con un marcador rojo.

Y la pared.

Tuve que acercarme para poder ver mejor. La pared que había detrás del colchón estaba empapelada con fotocopias descoloridas, fotografías en blanco y negro y recortes de periódico. Adrian había cubierto la pared desde el techo hasta el suelo. Leí uno de los textos, una especie de reportaje cultural, quizá de una revista literaria. Al lado había una reseña, recortada de mala manera, de un tabloide vespertino. La reseña de la novela la había escrito Li Karpe. Hice un zoom, retrocedí con la mirada, e intenté tener una visión general, una panorámica, y no pasó mucho tiempo antes de que lo comprendiera todo, antes de darme cuenta de qué era lo que tenía delante de mí. La pared entera era un collage sobre Li Karpe, la genial escritora posmoderna.

El *asesino inocente*

de Zackarias Levin

4

Septiembre de 1996

—¿Cómo debe ser un buen personaje? ¿Cuál es la diferencia entre un personaje bien escrito y uno malo o uno mediocre?

Li Karpe no paraba quieta ni un segundo. Las palabras salían de su boca como pollitos recién nacidos, mientras ella se desplazaba entre las filas de mesas en el sótano literario. Se trataba de un baile lento, un espectáculo bien dirigido que rayaba en una perfecta escena dramática.

—Que no sea plano. Un personaje tiene que ser multidimensional.

—Un personaje tiene que ser de carne y hueso, tiene que parecer vivo.

Las respuestas provenían de las chicas sentadas atrás del todo. Adrian dio media vuelta y les dedicó una sonrisa con tantos significados que se necesitaría un escritor diestro para describirla. Las reacciones que provocaba esa sonrisa abarcaban todo el espectro, desde unos amables ojos centelleantes hasta una demostración agresiva de encías.

—Reconocimiento —dijo una chica de pelo castaño con una rodaja de limón estampada en su sudadera—. El lector tiene que reconocerse en el personaje.

Li Karpe asintió a todo, pero al mismo tiempo retorció el cuerpo como si le faltara algo. Había intentado ocultar el ojo morado con una gruesa capa de maquillaje, y lo más probable era que no lo hubiera notado si no hubiera sabido que existía.

—Tenéis razón en lo que decís, pero ¿cómo conseguimos que un personaje sea interesante? ¿Qué es lo que hace que un personaje sea excepcional, que haga llorar y sufrir al lector, que le haga cambiar toda su moral, que le eche de menos semanas, meses, sí, incluso años después de haber acabado el libro?

A mi lado, Adrian empezó a moverse, impaciente y espasmódico, como si sintiera un hormigueo. Estábamos en la primera fila de la sala del sótano. Detrás de nosotros estaban Betty y Fredrik, que había dejado la máquina de escribir en casa.

Adrian agitó las manos.

—Uno tiene que atreverse a sacarles punta a sus personajes —dijo sin esperar a que Li Karpe le diera permiso.

Al alzar ella las cejas, el ojo morado se hizo más evidente. Yo mismo había andado por ahí el verano anterior con uno igual, después de que, en un acto irreflexivo, envalentonado con unas cervezas Elephant y unos chupitos de frambuesa, le dijera a un consumidor de esteroides hinchado, enfundado en una cazadora *bomber*, que sus intentos por compensar su falta de inteligencia carecían de cualquier forma de sutileza.

—En mi opinión —dijo Li Karpe, y dio tres pasos atrás para que todos la vieran—, la mayor parte de la gente, digamos el noventa o noventa y cinco por ciento, es bastante mediocre. Gente del montón, figuras grises que ni se ven ni se oyen y nunca destacan. No son esas personas las que tienen que poblar nuestros textos, no son esas las que crean la auténtica literatura. En cualquier forma de patrón, en cualquier uniformidad, siempre hay anomalías que poseen valor. Esas son las personas sobre las que debemos escribir.

La intensa mirada azul barrió el aula del sótano y resultaba imposible no pensar que ella, en ese mismo instante, discernía quiénes de nosotros podríamos entrar a formar parte del exclusivo grupo de personas realmente interesantes. Una o dos, como mucho, si sus estadísticas eran acertadas.

—Si queremos escribir literatura de verdad no podemos hablar solo del sueco medio de Södra Sandby que tiene un trabajo normal, una familia normal, semanas normales y pensamientos normales. Tenemos que ampliar nuestra perspectiva y retratar a aquellos que están fuera de lo que llamamos «normalidad».

Adrian asintió aquiescente, pero yo bajé la mirada mientras algo se removía en mi interior, una inoportuna sensación de insuficiencia, como seguramente les sucedió a muchos de los que estábamos ahí en el sótano. Marcado desde el parto por la Ley de Jante, yo era tan poco excéntrico como una farola en una plaza anónima de cualquier pequeña ciudad sueca. ¿Literatura de verdad? ¿Personajes que destaquen? Yo no tenía nada que aportar en ese terreno.

En uno de los descansos fuimos a Allhelgonabacken, el parque que se coloreaba en septiembre y donde los ciclistas circulaban sin contemplaciones. Betty y Adrian fumaban, Fredrik tosía y yo miraba con los ojos entornados la torre de la iglesia, de donde colgaba el sol otoñal, anaranjado y cansado, después del largo verano.

—¿Quién sería la otra tía de anoche? —dijo Adrian—. ¿Creéis que fue ella la que pegó a Li? ¿La que le puso el ojo morado?

—Quizá sea su joven amante —dijo Betty, y expulsó una voluta de humo que Adrian tuvo que esquivar.

—En ese caso, parece que su relación no es del todo armoniosa —respondió.

—Cierto.

Entonces Fredrik indicó algo con la mirada. Clavó la vista al frente y agitó la cabeza. Todos nos dimos la vuelta y la vimos a unos metros de distancia. Los tacones de aguja se hundían un poco en la hierba; llevaba el bolso de piel colgado al hombro, tenía una mano en la cadera y en la otra un largo cigarrillo que mantenía algo alejado como si quisiera evitar el tabaquismo pasivo.

Guardamos silencio, claro. Nos quedamos parados, hurgando en la gravilla con la punta de los zapatos mientras nuestras miradas vagaban entre las copas de los árboles. Finalmente, el silencio nos molestó tanto que dijimos cosas como: «Pronto llegará el otoño de verdad» y «Pronto habrá que ponerse las chaquetas forradas», solo para soportar el doloroso vacío.

Li Karpe nos miró de reojo y después miró el cigarrillo convertido en una columna gris entre sus dedos. Hasta ahora yo no había visto que le diera ni una calada.

Betty le echó un vistazo al reloj mientras Adrian hablaba de las tentaciones de la vida estudiantil, las fiestas en las hermandades de las que había oído hablar, pubs, clubes y eventos salvajes. Después de un rato, Li Karpe dejó caer lo que quedaba del cigarrillo en la hierba y lo pisó. Al parecer, todavía sin fumar. Hurgó en su bolso un rato y sacó un espejito y una polvera, se empolvó las mejillas, y después pescó una botellita rosa que se acercó al cuello y pulverizó de forma que el perfume le salpicó los dedos.

Al pasar nos dijo que no nos estresáramos.

—Pero seréis bienvenidos tan pronto como acabéis con esto.

Fue una primera semana agitada. Todas las ideas que había albergado, la brusca sacudida entre la expectativa y el pavor, la creación literaria, nada se parecía a lo que yo había soñado. Creábamos personajes. Una hora tras otra, en la oscura aula del sótano: frentes agachadas, bolígrafos mordidos y sienes restregadas. Mientras, el techo crujía bajo los zapatos de los profesores de literatura —los auténticos académicos— del piso de arriba.

«El parto», así se refirió Li Karpe al proceso para conseguir los personajes que significaban algo para el lector, los que marcaban la diferencia y sobresalían, un proceso creativo doloroso, tanto físico como mental.

—Tenéis que sudar —dijo, y se paseó con la espalda erguida entre las mesas—. Tiene que ser doloroso: dolor, molestia y sufrimiento. Está permitido gruñir, refunfuñar, gritar. Quien piense que se puede crear arte sin esfuerzo es mejor que se marche de inmediato.

Escribí unas cuantas palabras inconexas en mi cuaderno, pasé la hoja y comencé de nuevo. *Da capo*. Miré a mi alrededor e imaginé una psicosis general. Agachábamos obedientes nuestros cuellos ante la gran poetisa. Nosotros éramos los elegidos, catorce entre un centenar de solicitantes. Adrian era el que más se dejaba absorber por el proceso. Su mirada vagaba ausente, pasaba la mano por su espeso cabello una y otra vez, sus dedos tamborileaban sobre la mesa. Y de repente se abalanzaba como un halcón sobre el papel y escribía, escribía, escribía... hasta que, agotado, sudado y jadeante, se recostaba contra el respaldo de la silla para tomar aliento.

Después de horas y horas, finalmente una de las chicas de atrás del todo levantó el brazo. Se trataba de una a las que Betty había llamado «ratonas de biblioteca» durante nuestro recreo en el parque. Era atenta, llevaba gafas, tenía acné y un rígido lenguaje corporal.

—Creo que he acabado —dijo cuando Li Karpe se contoneó despacio en su dirección.

Todo se detuvo. Al pronunciar la palabra «acabado», el cuerpo de Li Karpe se tensó y sus ojos se encogieron.

—¿Acabado? ¡Acabado!

Li Karpe le arrebató los papeles de la mano y todo el sótano contuvo el aliento mientras ella leía, deprisa y haciendo muecas.

—¿Sabes? —dijo—. Esto es el embrión de algo, eso es lo que es. Un comienzo que quizá pueda convertirse en algo bueno. Pero todavía te queda un largo camino que recorrer.

A continuación mostró los papeles recién paridos para que nadie se perdiera cómo, lenta y concienzudamente, los rasgaba en pequeños trozos que dejaba llover sobre la mesa.

—Conserva la idea, pero la próxima vez esfuérzate un poco más.

A la ratona de biblioteca le tembló el labio, pero su protesta no tuvo más recorrido. Al minuto siguiente agachó de nuevo la cabeza sobre otra hoja de papel y se puso a crear un personaje nuevo, perfeccionado.

La hora del almuerzo la pasábamos en el restaurante griego o en el café Lundagård. Adrian, Fredrik, Betty y yo. Comíamos de los platos de los demás y nos atiborrábamos de café, gorroneábamos cigarrillos y nos ahogábamos entre nubes de humo. La vida era como la habíamos soñado, y comenzaba ahora. Llenábamos cada paso con aire y nuestros pechos con sol. Nos emborrachábamos en ese preciso momento.

El viernes por la tarde Li Karpe se sentó por primera vez.

Sacó una silla tapizada, se desabrochó el botón superior de la blusa y se sentó. Todos los bolígrafos de la sala se detuvieron, las miradas se alzaron y volvieron a bajar con la misma rapidez. Estábamos agotados, físicamente extenuados, como después de un duro entrenamiento.

—Disculpa —dijo una chica que tenía un flequillo como una cortina sobre los ojos.

Se acercó a Li Karpe. Había algo que deseaba comunicar, algo que nos concernía a todos.

—¡Uf! No sabía que escribir pudiera ser tan agotador —dijo llevándose la mano a la frente. Parecía algo mayor, alrededor de veinticinco años. Se sacudía el flequillo de los ojos un par de veces por minuto—. En fin, algunas de nosotras hemos estado hablando durante el almuerzo y tenemos una propuesta. Se nos ha ocurrido que el viernes podríamos pasar un rato juntos... bueno, quienes quieran, claro... para conocernos mejor.

Al levantarse de la silla, Li Karpe tropezó; pareció que fuera a perder el equilibrio. Parpadeaba con ansiedad.

—Habíamos pensado traer comida, algo sencillo que

se puedan permitir nuestros bolsillos de estudiantes. Y los que quieran beber que se traigan su propia bebida —dijo la chica del flequillo—. ¿Alguna propuesta sobre dónde podemos reunirnos?

—Podemos hacerlo aquí —dijo Li Karpe.

La chica del flequillo miró al resto de los presentes. No hubo otra propuesta.

—Bueno, por mí está bien.

—Entonces quedamos en eso —dijo Li Karpe, y estiró la espalda—. Prepararé una lista para que los que estén interesados se puedan apuntar. Y organizaremos un pequeño bufé a escote. ¿Os parece bien?

La gente asintió en el sótano. La chica se apartó el flequillo de un soplido y regresó a su sitio. Li Karpe elogió su iniciativa y el flequillo esbozó una sonrisa ambigua.

Yo miré a Adrian. Resplandecía por completo.

Después escribimos nuestros nombres en la lista sin ser conscientes de las consecuencias que eso nos traería.

Septiembre de 2008

Esa noche dejé a Adrian dormido en el sillón. En una nota que deposité en el suelo le expliqué que pronto volvería a saber de mí, pero tenía que regresar a casa, a Veberöd, para devolverle el coche a mi madre.

En Lund me detuve en la vieja Mobilia y compré un cuaderno. Uno pequeño, con tapas de cuero negro, que me recordaba al que había utilizado en Creación Literaria. Sentía que iba por buen camino, como si tuviera algo en marcha. Con la ayuda de Adrian y Betty el proyecto sería un auténtico éxito.

Me quedé de pie en el aparcamiento y observé el inmenso espacio que Nova ocupaba enfrente. Había algo de Estocolmo en esos enormes centros comerciales que crecían como la mala hierba por toda Escania. No hizo falta mucho más que eso para poner sordina a mi excitación. Sentí un inmenso vacío en mi pecho. Pensé en Betty y en su trágica transformación. ¿Cómo podía una persona tan ardiente apagarse de esa manera? Pensé en Caisa, escuché su risa en mi interior, vi hincharse sus mejillas y el brillo de sus ojos. Saqué el teléfono del bolsillo sin pensarlo dos veces y la llamé.

—¿Ha pasado algo? —Fue lo primero que dijo. Sonaba preocupada. Algo irritada, aunque claramente preocupada.

—Tranquila, tranquila —dije.

—Me llamó tu casero. ¡Te van a desahuciar, Zack!

—¿Te ha llamado a ti? ¿Por qué te ha llamado?

—No consigue ponerse en contacto contigo. No respondes en ninguna parte. Estaba preocupada de verdad.

A pesar de resultar poco ético, la preocupación de Caisa me llenó de esperanza. Así son las cosas, el deseo tiene una pésima moral.

—Estoy pasando una temporada en casa de mi madre. He empezado a escribir un libro, es un proyecto realmente interesante.

—¿Un libro? ¿Qué clase de libro?

Sabía que le gustaría. Ella siempre había querido escribir, y durante un tiempo me dio la lata para que escribiéramos algo juntos, como Sjöwall y Wahlöö. Incluso había empezado a buscar ingeniosos seudónimos. ¿Por qué tendríamos que publicar libros con seudónimos?

—Me encantará leerlo —dijo después de que yo le explicara brevemente el proyecto de *El asesino inocente*. Sonó más o menos a lo que contesta un padre cuando su hijo le cuenta que va a escribir una redacción sobre sus vacaciones.

—Bueno —dije.

En realidad, deseaba decir algo sobre lo mucho que la echaba de menos, sobre el inmenso dolor que me producía tener su voz pegada a mi oído, sabiendo que ella se encontraba tan lejos en todos los sentidos. Para evitar el peor de los patetismos hice, no obstante, un esfuerzo y dije:

—Pienso mucho en ti.

Ella guardó silencio durante un buen rato.

—Eres un buen chico —dijo después.

Pensé que la tierra me iba a tragar. No era la primera vez que alguien me decía eso, pero la humillación era igual de profunda en cada ocasión. En un principio lo había tomado como algo positivo, pero luego aprendí a odiar eso de ser un buen chico.

—Me parece muy bien que te alejes de todo durante un tiempo y que puedas estar solo ahí abajo, en Escania.

¿Por qué la gente de Estocolmo nunca podía hablar de Escania sin mencionar que estaba «ahí abajo»? Yo mismo me había contagiado de ese hábito. Pensé que quizá era algo que iba más allá del sentido de los puntos cardinales.

Cuando colgué y volví a sentarme en el coche la temperatura había bajado de forma considerable. Vi por la ventanilla que un tractor se movía lentamente por el campo, seguido de varias docenas de grajos que formaban bellos patrones cuando se dispersaban y reaparecían formando grandes bandadas.

Al girar hacia Veberöd se encendió el indicador de la gasolina. Ya me imaginaba los reproches de mi madre, así que decidí llenar el depósito, al menos un poco. Conduje hasta la gasolinera, me apeé y me di cuenta de que el tapón del depósito se encontraba en el lado opuesto. La gente miraba con descaro y sonreía mientras que yo, con la mayor de las torpezas posibles, iba adelante y atrás, daba la vuelta, volvía a retroceder, luchando con el volante envuelto en sudor antes de conseguir, por fin, que el tapón del pequeño armatoste estuviera en el lado correcto.

Un aviso en el surtidor decía que, a consecuencia de las últimas fugas, había que pagar por adelantado en caja. Dos vejetes nacidos en los años cuarenta discutían sobre esto en voz alta con comentarios, más o menos acertados, relacionados con que los socialdemócratas habían traicionado a la clase obrera y la política migratoria de los últimos años. Con un apretón de manos constataron al unísono que antes todo era mejor.

Entré en la tienda y pillé un bollo de canela para el viaje. Cuando estaba delante de la caja, con la tarjeta de crédito entre los dedos, descubrí el rostro al otro lado del mostrador. ¡Claro que era ella! Malin Åhlén.

Cada recuerdo del segundo ciclo de primaria estaba impregnado de Malin Åhlén, con su larga trenza que le caía por la espalda, sus pecas y sus grandes ojos azules, casi transparentes. Durante tres años escribí su nombre en cada página de cada libro. Por ella aprendí a saltar a la cuerda, memoricé el nombre de cada personaje de *Mi Pequeño Pony*, soporté interminables horas de frío en picaderos y establos apestosos. Ahora, según los fiables datos de mi madre, estaba recién divorciada y tenía dos hijos, y las pecas de sus mejillas se habían transformado en arrugas.

—¡Hola! —dijo—. ¿Combustible?

Desde su puesto tenía una buena vista de los surtidores de gasolina y no podía haberse perdido mi pequeña demostración minimalista de conducción.

—¡Así que trabajas aquí! —dije mientras ella tecleaba el importe del bollo de canela en la caja.

Alzó la vista un segundo y sonrió. ¿Me había reconocido?

—¿Qué tal todo?

Ella volvió a mirarme, ahora casi sorprendida, y señaló el aparato donde debía introducir mi tarjeta.

—Bien —dijo, y se rio—. Todo bien. —Y me dio la espalda para recoger algo del mostrador.

Yo solo deseaba confirmar que me había reconocido, que sabía quién era. Durante todos los años que pasé lejos del pueblo solía pensar que regresaba a este lugar, sus calles, sus personas y sus recuerdos. Había asumido que Veberöd había hecho lo mismo, pero al revés. Que los que se habían quedado pensaban en mí, fantaseaban sobre mí, se despertaban soñando conmigo, buscaban mi nombre y hacían preguntas indiscretas a quienes quizá tenían alguna información.

—Voy a escribir un libro —dije. Eso debería haberla hecho reaccionar—. Esa es la razón por la que estoy aquí. Viviré en casa de mi madre durante un tiempo.

Malin Åhlén se dio media vuelta. Parecía casi asustada, y se aferraba al banco que tenía detrás.

—Muy bien —dijo, y me tendió el recibo alargando el brazo, como si estuviera contaminado.

—Quizá volvamos a vernos —dije, y seguí esperando alguna señal, un gesto de reconocimiento. Esa persona había roto mi corazón. Lo mínimo que podía pedir era que me reconociera.

—¡Gracias por su visita!

Esbozó una sonrisa y desapareció en la trastienda. Cabizbajo, me dirigí hacia el coche, y enseguida comprendí que las trescientas coronas invertidas ni siquiera habían llenado medio depósito.

El olor a café se percibía desde el recibidor.

—Evelyn está aquí —dijo mi madre.

Se hallaban sentadas a la mesa de la cocina, la una frente a la otra, y parecía como si el fin del mundo estuviera a la vuelta de la esquina.

No hacía mucho que Evelyn se había mudado a la zona. Se trataba de una viejecita canosa de labios secos y sombra de bigote. Cuando Caisa y yo estuvimos aquí la última vez, pasó por casa y se quedó mirando a Caisa como si fuera de otro planeta. Según mi madre, se debía a la rara vestimenta de Caisa.

—Tu madre habla de ti todo el tiempo —dijo en esta ocasión, y me lanzó una mirada de culpabilidad—. Está bien que por fin vengas a casa.

No dije nada. Tomé una taza de café y planeé largarme tan pronto como me fuese posible. Estaba deseando volver a mi manuscrito.

Al parecer mi madre tenía otros planes.

—Siéntate un rato con nosotras —dijo—, ya que estás aquí.

Me senté en una esquina de mala gana y sorbí el café.

—Está escribiendo un libro —le explicó mi madre a Evelyn—. Esa es la razón de que haya regresado a casa, para inspirarse.

Sonaba casi como si alardeara de mí, y Evelyn parecía realmente impresionada.

—Yo siempre he querido escribir un libro —dijo—. Si tuviera tiempo… He tenido muchísimas ideas durante mi vida. Y luego una descubre que a alguien se le ha ocurrido lo mismo y que incluso han hecho una película. En todas esas historias de Beck y Knut Wallander, yo siempre adivino quién es el asesino después de diez minutos.

¿Cómo se consigue? Me refiero a tener tiempo para escribir.

—Bueno, es fácil si se está en paro y sin pareja —dije con ironía.

—Oh, yo estoy jubilada y soy viuda. Pero tiempo, ¿cómo se consigue tener tiempo?

—Conseguir, conseguir... —dije—. Uno tiene que tomarse su tiempo.

Evelyn arrugó el entrecejo, lo más seguro era que esperara otra respuesta.

—¿De qué trata tu libro? —preguntó.

—De un joven condenado por asesinato, aunque no se encontró ningún cadáver.

Asintió pensativa.

—Seguro que fue la esposa.

—No estaba casado —dije.

—Entonces, la amante —dijo Evelyn con total seguridad.

Suspiré. Al mismo tiempo mi bolsillo comenzó a vibrar y pesqué aliviado el móvil, señalé, sonreí a Evelyn y me escabullí hacia el recibidor para responder.

—Soy Fredrik —dijo una débil voz—. Espero no molestarte.

—¿Fredrik?

—Fredrik Niemi.

—¡Qué tal, Fredrik! No, no molestas en absoluto.

Se hizo un silencio. Oí que se movía, como si cambiara de posición en la silla o se retorciera algo incómodo. Su respiración era forzada.

—He estado pensando mucho en lo que me dijiste. En eso de escribir un libro.

—¿Y?

Se aclaró la garganta.

—No es una buena idea, Zack. No deberías husmear en lo que ocurrió con Leo.

—No entiendo. ¿Por qué no?

—Porque es posible que no te guste lo que vas a encontrar.

El *asesino inocente*

de Zackarias Levin

5

Septiembre de 1996

Quizá todo cambió cuando Betty, vestida con una chaqueta de mohair con miles de bolitas que le llegaba hasta la rodilla y vaqueros negros con agujeros en las rodillas, se puso de pie en una silla y cantó al compás de «Bullet with Butterfly Wings». Quizá fue cuando bailó descalza en el sótano, apoyando apenas la punta de los pies en el suelo, mientras se deslizaba y enroscaba hacia el techo con los brazos entrelazados, cuando cerró los ojos ahumados y el cabello le golpeó las mejillas. Quizá todo fue diferente cuando ella le dio la vuelta a una botella de tequila que estuvo a punto de caerse, cuando sus labios agrietados se cerraron sobre uno de los cigarrillos arrugados y a su voz le faltó poco para resquebrajarse.

Quizá fui yo y no Li Karpe el que puso todo patas arriba. Quizá fue en mi corazón o en mis fantasías y sueños donde Betty Johnsson construyó un tupido nido que nunca abandonaría del todo, sin importar todas las veces que intenté espantarla durante estos años.

Nos reuníamos para conocernos, para acercarnos de otra manera: bufé mediterráneo a escote, cerveza en lata y botellas de la marca Vino Tinto para bañarnos en ellos. Catorce seres especialmente elegidos, curiosos y asustados, congregados en torno al hecho de que se nos consideraba bendecidos con alguna clase de inteligencia, nacidos con un talento para la palabra escrita.

Antes de la danza, antes de que las manos se elevaran hacia el techo de tubos fluorescentes y las caderas oscilaran, antes de toda esa locura, había existido un tiempo de precaución y acercamiento, como cuando especies desconocidas se encuentran por primera vez. Había que formar grupos y jerarquías. Teníamos que medirnos. Estábamos sentados alrededor de las mesas del sótano, unidas con manteles de papel y con cubiertos de plástico, y nos juzgábamos. Li Karpe en el sitio de honor, claro: la reina del sótano lucía un vestido de marca con escote y sus rasgos faciales eran afilados. Alzó el vaso y cabeceó hacia cada uno de nosotros, conversando en silencio, casi susurrando, y antes de que se sirviera el café templado de los termos dio un escueto discurso de bienvenida en el que expresó ciertas —aunque modestas— esperanzas para el año que teníamos por delante.

La chica que estaba a mi lado se llamaba Jonna. No podía pronunciar la erre y su hermana había asistido al mismo grupo de danza que Lena Ph. Se distinguía por ser de lo más corriente. Una chica completamente normal. Mi adolescencia estaba repleta de ese tipo de chicas, pero en el contexto de la creación literaria resultaban raras.

—¿Qué te parece? —dijo ella, y se inclinó hacia mí.

—¿El qué?

—Esto. —Gesticuló con las manos como si abriera una puerta invisible a la larga mesa—. Todo esto.

—¡Bien! —dije.

Ella rio. Los dientes brillaron blancos como pasta dentífrica bajo la puntita rosada de su nariz. Había algo en ella que me hacía sentir seguro.

El nivel de ruido subía al tiempo que se vaciaban y rellenaban los vasos en torno a la mesa, la distancia entre nosotros se acortaba cada hora, y enseguida la oscuridad descendió sobre los tragaluces de forma que ya no era posible vislumbrar los zapatos que pasaban fuera del edificio. Encendimos una iluminación acogedora y nos turnamos para alimentar el reproductor de CD: «¡Este también! ¡Tenéis que oír este!».

El cabello de Adrian se agitó en todas direcciones cuando abrí la puerta. Pusimos una piedra que hiciera de tope y encendimos nuestros cigarrillos en la escalera. Adrian posó su mano en mi hombro.

—Estamos aquí, Zackarias. —Me observó con una mirada fija—. De todos los billones de lugares en los que podríamos estar esta noche, justo en este instante, estamos aquí. Creo que ahora estamos escribiendo historia. Recordaremos esta noche. Dentro de muchos años volveremos a pensar en esta noche y hablaremos de ella. «¿Te acuerdas? La primera vez que nos reunimos en el sótano literario de Lund...»

Expulsó el humo en un enjambre blanquecino a través del pálido túnel de luz de las farolas.

—¡Poder experimentar todo esto! —dijo, y alzó la voz—: ¡Es tan... es tan... tan... mmm!

Como si las palabras realmente no bastaran.

—¿Sabes una cosa, Zackarias? Tenemos una oportunidad única. Somos los elegidos, pertenecemos a un grupo privilegiado. No me atrevería a ir tan lejos como para asegurar que somos mejores o superiores en algo, pero la oportunidad que se nos brinda aquí es mayor que cualquier cosa que pudiera imaginar.

Sus ojos brillaban en la tarde otoñal cuando bebió directamente de la botella.

—¿Qué bebes? —pregunté, y le arrebaté la botella.

—Vino Tinto, claro.

—¿Vino Tinto? —dijo una voz quebradiza detrás de nosotros—. Si me hubieran dado un billete de cien por cada vaso de Vino Tinto que he bebido, no necesitaría volver a poner un pie en una universidad nunca más.

Li Karpe se encontraba en el umbral: el tacón negro formaba un ángulo con la puerta, el bolso de cuero le colgaba del hombro. Era consciente de sí misma, de cada movimiento, del menor gesto.

—No quiero molestar —dijo.

—No, no, no —dijimos—. No molestas en absoluto.

Seguimos sus pasos por la escalera con la mirada repleta de admiración, como si fuéramos dos ornitólogos ante una especie desconocida.

—A la chica —dijo ella—. ¿La conocéis bien? ¿De antes?

Tardamos un rato en comprender.

—¿Betty? ¿Te refieres a Betty?

—La de la chaqueta larga y zapatillas rojas —dijo Li Karpe—. Parece que la conocéis.

—En realidad, no —dijo Adrian—. Pero me cae bien.

Li Karpe se apartó un mechón que le había caído por la mejilla y yo pensé que sus uñas rojas eran demasiado largas para la artesanía literaria.

—Parece una persona que vale la pena conocer. Betty,

ese es su nombre, ¿verdad? Nunca he sido buena con los nombres. Hay demasiada gente que va por el mundo llevando un nombre equivocado, como si sus padres lo hubieran elegido al azar. Como cuando una coge unas bragas del cajón. O lo que sea. Y después esperan que la gente recuerde todos esos nombres.

Adrian rio demasiado alto y demasiado fogoso. Li Karpe lo miró fijamente, después de lo cual él le tendió la mano y dijo:

—Adrian.

Ella le apretó la mano despacio.

—Este es Zackarias —añadió a continuación.

Y como yo no sabía qué debía hacer, levanté la botella de Vino Tinto hacia ella, asentí y bebí.

—Zackarias —dijo Li Karpe—. Ese nombre sí que me gusta.

—Tiene una fuerza especial, ¿verdad? —dijo Adrian—. Algo que merece estar a la altura.

Me ruboricé un poco, pero Li Karpe dobló el antebrazo bajo el pecho y se llevó la mano a la boca.

—Sí, tienes potencial —dijo, y apoyó el dedo índice en la barbilla—. El potencial de ser un buen Zackarias.

Adrian rio expulsando humo hasta que empezó a toser.

—Es perfectamente normal —dijo Li Karpe—. ¿Qué tienes? ¿Diecinueve, veinte años? Está bien claro que todavía no has alcanzado todo tu potencial, todavía estás creciendo. Seguro que un día harás honor a tu nombre.

—Va por buen camino —dijo Adrian, y me pasó el brazo por el hombro—. Ha abandonado su cueva campestre y ha conseguido nuevos amigos. Ha cambiado la camioneta, el perrito caliente de la gasolinera Q8 y la música de Joddla med Siv por Herman Hesse y Vino Tinto. Y ha comenzado a crear literatura de verdad bajo la dirección de la mismísima Li Karpe.

Li fingió ruborizarse. Hizo una pose de estrella de cine: adelantó una rodilla y posó una mano en la cadera. Y lo más curioso de todo fue que resultó de lo más natural, tan obvio, como si no fuera nada raro.

—Enseguida vi que erais especiales —dijo, y apoyó la mano en la puerta—. Traed después a la chica, moveremos la fiesta a un sitio mejor. Yo me ocuparé de que todo acabe bien.

—¿Adónde vamos? —dijo Betty con cierta reticencia. Ella había hablado de discotecas, hermandades y salas de baile, pero Adrian se negó a escuchar y tiró de su chaqueta mientras ella daba tumbos por la acera.

—Un buen amigo mío vive aquí —explicó Li Karpe, y señaló una gran mansión tras un seto y una verja, con columpios, árboles frutales nudosos y porche acristalado.

—Esta es la que llaman la Ciudad de los Profesores —les dije a Adrian y a Fredrik, que alzaron la vista hacia la imponente mansión. Al mismo tiempo, Li Karpe abrió la pesada verja y nos indicó con la mano que la siguiéramos.

—Pero ¿qué vamos a hacer aquí? —resopló Betty—. Quiero bailar.

Le di la mano por el camino de gravilla; sentí cómo se tambaleaba, recuperaba el equilibrio y andaba de puntillas. Li Karpe tenía su propia llave, y enseguida nos encontramos a oscuras en un recibidor de dos metros y medio de alto con estuco hasta el techo.

—¿Estás segura de que tu amigo está en casa? —dijo Adrian.

Li Karpe apenas sonrió. Nos quitamos los zapatos y caminamos sin hacer ruido sobre alfombras persas a través de una sala oscura hasta llegar a una escalera de caracol de anchos descansillos y pasamanos redondo. Óleos colgados de la pared, iluminados por una ventana con forma de media luna.

—¿Y si despertamos a alguien? —dijo Adrian.

—No hay problema —respondió Li Karpe por encima del hombro—. La persona que vive aquí nunca duerme.

Subimos la escalera despacio. Li Karpe primero, seguida de Adrian y Fredrik. Yo iba el último, preparado para atrapar a Betty al vuelo si la gravedad le ponía una zancadilla. Cada tres o cuatro peldaños ella se detenía y se tambaleaba, dejaba caer los brazos y se balanceaba un rato antes de continuar.

Cuando llegamos arriba guardamos silencio un momento y nos quedamos mirando. En el sillón que teníamos delante había un hombre sentado. Respiraba con dificultad, de vez en cuando resollaba, y en la mesa de al lado había una pipa que enviaba delgadas señales de humo hacia las vigas del techo. Una lámpara mate al fondo de la habitación; el resto, solo oscuridad. Era una habitación imponente: un gran espacio abierto, cincuenta metros cuadrados de parqué con estanterías que se doblaban bajo montones de libros, cuadros que valían una fortuna y, en una esquina, treinta kilos de un equipo estereofónico danés de cromo brillante, un sueño para cualquier loco del sonido digno de ese nombre.

—¿Has traído a tus compañeros de juegos? —dijo el hombre, y cogió la pipa. El sillón era tan bajo que casi podía estirar las piernas del todo. Vestía un pijama de seda negro con dos grandes cerezas en el pecho, la barba se desparramaba por la piel áspera, labios secos y blancos y cabello rebelde plateado en las sienes. Al inclinarse hacia delante se le aflojó el cinturón y se vislumbró un pecho peludo.

—Estos son mis nuevos alumnos —dijo Li Karpe—. La flor y nata, por supuesto.

—Oh, así que queréis ser escritores.

Se llevó la pipa a la boca y le dio unas caladas, mientras sus ojos azul acero nos escrutaban.

—Desearía haber asistido a un curso como este cuando era joven —dijo con una sonrisa fría—. Pero en mi época se creía que todo esto pertenecía a la burguesía y a la clase dirigente. No apto para un chico de origen humilde. Supongo que los tiempos han cambiado.

—No culpes al tiempo, simplemente pasa —dijo Li Karpe—. Si hay algo que cambia, eres tú.

Se giró hacia nosotros y sonrió de forma amistosa.

—El cambio es solo un eufemismo para el envejecimiento —dijo ella guiñando un ojo.

Ninguno de nosotros se atrevió a reír.

Li Karpe se acercó al equipo de música y cogió un CD de la estantería, lo examinó con escepticismo y preguntó si por casualidad había algo de música que no motivara a quitarse la vida.

—Quiero bailar —dijo Betty en voz alta, y agitó los brazos.

El hombre del sillón le sonrió con dulzura.

—Me gusta la danza —dijo él—. Sí, no me agrada mucho participar, pero me encanta mirar. La danza quizá sea la más importante de todas las formas artísticas. Si se realiza con sensibilidad, claro.

Li Karpe puso algo más alegre en el reproductor de CD

—una melodía vacilante de ritmo lento— y subió el volumen hasta que no pudimos oír lo que decía el hombre del pijama, apenas veíamos los labios blancos que se movían en la penumbra. Betty dio unos pasitos de puntillas por el suelo, arqueó el cuerpo y giró con los brazos como un hada. El hombre se recostó satisfecho. Betty, obviamente, poseía delicadeza.

Entonces el ritmo se aceleró y resonó un bombo: primero de fondo, aunque enseguida como un pulso palpitante que hizo que las paredes temblaran. Y Betty bailaba, se tiraba al suelo con el cabello como un chal arremolinado y los brazos moviéndose como olas, y su rostro parecía un caleidoscopio de sentimientos.

—¿... beber algo? —siseó Li Karpe, que se inclinó entre nosotros.

Fredrik y yo nos miramos encogiéndonos de hombros.

—¿Queréis beber algo? —gritó de nuevo a través del muro de música.

Ella señaló hacia una habitación contigua y Adrian tomó la delantera. Un sofá Chesterfield y una lámpara de pie dorada con tres brazos, suelo de madera brillante y, al fondo del todo, un gigantesco globo terráqueo que se abría por el ecuador de forma que asomaban una treintena de botellas. Cuando seguí la mirada fascinada de Adrian descubrí que las paredes estaban cubiertas hasta el techo con páginas arrancadas de un libro; bonitas tipografías en una fila tras otra.

—¡Uau! —exclamó Adrian, y me sacudió el brazo.

—¿Whisky? —dijo Li Karpe con un vaso en la mano.

Adrian esbozó una mueca de asco mientras estudiaba las botellas del globo terráqueo.

—¿No hay Vino Tinto?

Li Karpe se carcajeó.

—¿Qué tal un gin-tonic? —dijo Fredrik, y levantó una botella de ginebra.

—No estaría mal —dije.

Adrian asintió.

Mientras Fredrik se concentraba en no derramar nada, Li Karpe se marchó y nos dejó solos en la habitación.

—Esto es una verdadera locura —le susurré a Adrian—. ¿Quién diablos es el viejo ese?

—¿Hablas en serio? —dijo, y se quedó boquiabierto—. ¿No lo has reconocido?

Me abrí de brazos, al mismo tiempo que Fredrik nos entregaba las bebidas.

—Ese hombre es uno de nuestros más grandes escritores de todos los tiempos —dijo Adrian—. ¡Es Leo Stark, joder!

Septiembre de 2008

Adrian dobló el manuscrito y esbozó una gran sonrisa.

—Es maravilloso, Zackarias. ¡Me encanta!

—Es solo un primer borrador. Aún queda mucho, tendré que reescribirlo y todo eso.

Tamborileó con los dedos sobre el montón de papeles y continuó como si no hubiera oído nada de lo que yo había dicho.

—Pero hay una cosa que no entiendo. ¿Por qué me describes con ese tono, como si fuera una especie de personaje principal? ¿Es una manera de generar confianza en el asesino inocente? ¿Para conseguir que el lector esté de su parte?

—En absoluto. Solo trato de reproducirlo tal como era.

Se puso de pie y pasó por encima de un montón de libros y cartones de poliestireno en dirección a la cocina. Yo continué sentado y lo seguí con la mirada.

—Creo que era así como te percibíamos —dije, e intenté penetrar de nuevo en ese mundo que se encontraba a doce años de distancia, aunque ahora más cercano que nunca.

—Qué extraño —dijo Adrian, y apartó los platos y los vasos para alcanzar el grifo—. Yo nunca me vi de esa manera. Siempre pensé que tú, Zackarias, eras el líder indiscutible de nuestro pequeño grupo. No consigo recordar que ocupara tanto sitio como tú narras.

No estaba seguro de si bromeaba conmigo. Yo nunca había sido un líder.

—Pero ¿te gusta? ¿Debería seguir escribiendo?

—¡Por supuesto! —Me miró expectante—. A Li Karpe la describes de maravilla. Puedo verla delante de mí. Es como si el enamoramiento recobrara fuerza.

Pensé en las fotografías, los recortes y las reproducciones en la pared de su dormitorio. Un escalofrío recorrió todo mi cuerpo y me vi obligado a reprimir el impulso de enfrentarme a él de una vez. Había decidido retrasarlo, estaba seguro de que ahora mismo no me beneficiaría poner todas las cartas sobre la mesa.

—¿Agua? —dijo Adrian, y el grifo carraspeó en la cocina.

—¿Qué tal un cigarrillo también? —dije, y le hice compañía.

Me había fumado por lo menos un centenar desde que lo dejé. Para evitar el hedor agrio a basura y a comida en mal estado, mantuve el cigarrillo en la boca mientras expulsaba el humo por la nariz.

—Fredrik Niemi me llamó ayer. Parece nervioso.

—¿Nervioso? —dijo Adrian sorprendido—. ¿En qué sentido?

Estábamos junto a la encimera de la cocina y veíamos el campo a través de la ventana. Bajo el cielo despejado, una adolescente adiestraba a su caballo realizando largos círculos. Un milano planeaba completamente inmóvil en el cielo como si fuera una cometa.

—No quiere que escriba este libro. Dijo que quizá descubra cosas que no me van a gustar.

—¿A qué se refería con eso?

Me encogí de hombros.

—Pensé que tú podrías explicármelo.

—Lo siento —dijo Adrian, y tiró el resto de agua en la pila—. No tengo ni idea.

Expulsó una nube blanca de humo bajo la pálida luz amarillenta del techo.

—Ya te dije que estuve con Betty.

—Sí —dijo Adrian—. Ella fue la que te reveló mi escondite.

—Está cambiada. Muy cambiada.

Bajó la mirada. Una cortina de pena le ensombreció el rostro.

—Estuvo muy enferma. Fui a verla cuando salí de la cárcel y me costó reconocerla. Fue realmente triste.

—Al parecer, apenas sale de casa.

—Creo que estuvo internada en un psiquiátrico durante un tiempo —dijo Adrian.

—Ni siquiera pudo salir a la calle para encontrarse conmigo. Envió a un chico llamado... ¿Henrik?

—Henry. Un auténtico caballero. Aunque cueste creerlo cuando le ves.

—Llegó en un monopatín —dije.

Adrian rio en voz alta.

Aproveché la oportunidad. Deseaba pillarle desprevenido.

—Hay una cosa que quiero preguntarte —dije—, algo que Betty me contó. Tengo que saber si es cierto.

Se quedó de piedra. Dio un paso atrás y apretó los brazos contra el pecho.

—¿Qué pasa ahora? ¿Qué te ha contado Betty?

—Ella asegura que le confesaste el asesinato.

Los segundos siguientes fueron cruciales. La reacción de Adrian. Cómo su mirada se negaba a desviarse un milímetro, la naturalidad y la rectitud de su respuesta, y su risa sin el más mínimo asomo de inquietud.

—Lo dije y no estuvo bien, pero estaba realmente desesperado y no se me ocurrió otra forma de quitármela de encima. Había ido demasiado lejos y me vi obligado a cortar todos los lazos. ¡Joder, ella se mudó por mí a Tidaholm! Si crees que Veberöd es pequeño...

—¿Se mudó allí? ¿Solo para estar cerca de ti?

—Es incomprensible —dijo Adrian—, pero así fue. Y sé que había mejores maneras. Debí haber hablado con ella, debí... Pero era joven y estaba en la cárcel, todo era una maldita niebla. Supongo que formaba parte de mi autodestrucción. Es fácil deshacerse de todos tus amigos si te comportas como un cerdo.

—Así que mentiste a Betty y le contaste que habías asesinado a Leo Stark... ¿para que ella te dejara en paz?

Adrian volvió a abrir el grifo y puso debajo la colilla del cigarrillo, que emitió un siseo y se apagó.

—Supongo que escribirás sobre esto en el libro.

El *asesino inocente*
de Zackarias Levin

6

Septiembre de 1996

Agaché la cabeza y respiré hondo, tomé fuerzas como si estuviese a punto de empezar una pelea por el título de los pesos pesados. Mi madre estaba en la cocina, el bollo se cocía en el horno y yo estaba harto, no iba a aguantar otro otoño más. Había llegado la hora de cortar el cordón umbilical y seguir navegando.

—¿Mudarte a Lund? ¡Por todos los santos! ¿Por qué?

—Un compañero de clase ha alquilado un piso de dos habitaciones y busca a alguien con quien compartir el alquiler.

—¿No sería mejor esperar hasta que hayas decidido qué vas a estudiar?

—¡Ya lo he decidido!

Se tensó cada músculo de mi cuerpo. Ella era la única persona que conseguía que me enfadara de verdad. Qué extraño que diera la casualidad de que esa persona fuese la que me había expelido de su vientre.

—¿Escritor? ¿Eso es lo que piensas ser? —Se burló de

mí—. No puedes ser escritor. La gente como nosotros no puede. Pronto cumplirás veinte años, ya es hora de que crezcas y dejes de soñar.

—¿Sabes quién es Leo Stark? Ha escrito *Bajo las estrellas*, una de las mejores novelas suecas de todos los tiempos. El viernes estuve en su casa, tomamos unas copas en su salón y hablamos de literatura.

Mi madre volvió a reírse.

—Por mí, como si bebes ron con Coca-Cola con el Papa. Ya sabes que a mí eso no me impresiona. Irte a Lund y convertirte en un erudito, pensar que eres mejor que la gente normal. Seguro que enseguida querrás mudarte a Estocolmo, ¿no? Pero luego no vengas con el rabo entre las piernas cuando te ignoren. Tan pronto como te vayas, convertiré tu cuarto en un taller de costura.

—Estará bien que por fin consigas tu taller de costura. Y, por cierto, solo me voy a mudar a veinte kilómetros de aquí, no me voy a otro continente.

Desde que mi padre se largó, ella no había dejado de hablar de ese taller de costura. Sin embargo, la costura en sí parecía algo de lo más secundario. En la vida la había visto con hilo y aguja. Incluso el grupo de costura al que pertenecía no parecía darle demasiada importancia al oficio.

—Entonces quedamos en eso.

Se dio media vuelta y salió enfadada de la cocina. Olía a bollo quemado y la culpa me roía el pecho.

La ubicación era difícil de superar: justo al lado de las torres y agujas de la escuela catedralicia en el centro de Lund. A un tiro de piedra, Strindberg había redactado *Inferno* hacía casi cien años. Había una placa conmemorativa en la fachada, me contó Adrian, pero al parecer unos turistas alemanes se la llevaron a casa entre todos los souvenirs de alces.

En un principio, la idea de Adrian era instalarse en el piso de dos habitaciones de Grönegatan con el tipo que le alquiló la habitación —y que vivía de realquilado en el apartamento—, pero este recibió una inesperada beca Erasmus y se marchó para pasar un año en la Universidad de Lovaina, en Bélgica. Adrian tuvo que firmar enseguida un contrato escrito a mano y alquiló el apartamento de dos habitaciones y cocina como tercer realquilado. Para poder pagar el alquiler, que sospechaba que el estudiante de Erasmus había inflado, tuvo que buscar a alguien con quien compartir gastos.

El domingo recibí la oferta y el lunes por la tarde llevé todas mis posesiones a los quince metros cuadrados que serían mi primera guarida.

—¡Esto es genial! —manifestó Adrian cuando nos sentamos en la cocina llena de humo y disfrutábamos de nuestra primera comida juntos: una empanadilla Gorby calentada en el microondas directamente en su bolsa de papel.

—Vaya fiesta podemos montar aquí —dije con la boca llena de la empanadilla Gorby.

—Y fiestas después de la fiesta —dijo Adrian.

—Y fiestas después de después de la fiesta.

Al otro lado de la ventana el crepúsculo se precipitaba, pero nosotros lo único que veíamos era un luminoso otoño. Adrian bebía Vino Tinto sin parar y yo seguía con la cerveza en lata, la más barata de Systembolaget, a la que añadía aguardiente Brännvin Special para darle un poco de fuerza, y fumábamos Lucky Strike, igual que Sal Paradise de *En el camino*, comprados en el estanco de Stora

Fiskaregatan. Escuchábamos vinilos y hojeábamos textos traducidos, enrevesados y complicados, y nos enfrascábamos en análisis caseros. Nos sentíamos intelectuales superiores y competíamos en alabar la brillantez de cada uno de nosotros.

Por las mañanas nos enfrentábamos a las cuestas de Lund con la bicicleta del chico que estaba de Erasmus. Nos turnábamos para pedalear mientras el otro iba sentado en el portaequipajes. Más o menos a la altura de Eden solía salirse la cadena, y Adrian se veía obligado a arrodillarse y yo levantaba la rueda trasera para que él pudiera arreglarla. Así que la mayoría de las mañanas las comenzábamos lavándonos las manos para quitarnos el aceite de la cadena en el cuarto de baño del Absalon, bajo las prolongadas miradas que nos lanzaban los conferenciantes, los profesores y los estudiantes que vestían camisas a cuadros y mocasines, leían a Toni Morrison y a Octavio Paz, pero se olvidaban de cepillarse los dientes y lavarse el pelo.

Después bajábamos al sótano, donde nos esperaba Li Karpe haciendo guardia en la puerta, con la espalda erguida y una pose estudiada que perfilaba sus sinuosas curvas de una manera incitante. Sonreía y cabeceaba hacia nosotros. Para los que no lo sabían, quizá era imposible distinguir la sutil diferencia con que nos saludaba a Adrian y a mí en comparación con nuestras compañeras de curso, pero para nosotros la diferencia era tan patente como el día y la noche.

—Nos ha elegido a nosotros —dijo Adrian—. Ella misma lo dijo. Nosotros tenemos un algo especial, eso que es necesario. Tú y yo, Zackarias.

Trabajábamos con descripciones de ambientes. Los adjetivos estaban prohibidos, cada palabra tenía que oler, crujir y cantar.

—No podéis escribir sobre lugares en los que no hayáis estado nunca porque entonces estaríais escribiendo cuentos y ciencia ficción. Si queremos escribir sobre la realidad, primero tenemos que encontrarnos en ella.

Se escucharon murmullos entre las mesas. Algunas ratonas de biblioteca mantenían una relación enfermiza con los hermanos Pevensie y tenían orgasmos pensando en hobbits y orcos. Pero Adrian y yo asentimos, de acuerdo con Li Karpe.

Ella no mencionó a Leo Stark, ni una palabra sobre la noche en que Betty bailó descalza en su salón. Pero cada vez que los ojos azul acero de Li Karpe nos miraban a Adrian y a mí, nos susurrábamos secretos entre nosotros y comprendíamos que habría una continuación. Esperábamos con paciencia.

Mi primer fin de semana como refugiado de la Ley de Jante de Romeleåsens lo pasé en una nube de vino barato y conversaciones de borracho cuasi académicas. El vecino de arriba en Grönegatan tuvo la oportunidad de presentarse y, al mismo tiempo, aprovechó para decirnos que formaba parte del consejo de la comunidad y que podía ponernos de patitas en la calle si no bajábamos la música, bajábamos nuestras voces y bajábamos nuestros putos egos de estudiantes. Estábamos en fila en el pasillo haciendo reverencias con las manos en la espalda.

—Podemos continuar en mi casa —dijo Betty, que ya se había envuelto en su chal y estaba sobre el felpudo de la puerta.

Así que salimos a Grönegatan. Una nube de niebla en la silenciosa noche otoñal. El sentido del equilibrio despedazado. Un taxi que no podíamos permitirnos. A Delphi, al noreste, al gran complejo estudiantil con largos pasillos y pequeñas celdas. Betty compartía cocina con unos gemelos italianos, un neurótico compulsivo que se iba a doctorar en Psicología y una estudiante de Ingeniería Civil algo promiscua que gritaba «¡Ahoraaa!» y golpeaba la pared con las manos cuando tenía un orgasmo.

Había una guitarra apoyada contra la pared, oculta tras un póster de Chrissie Hynde.

—Toca para nosotros —dijo Adrian.

Y Betty cantó con una voz forzada, débil y casi sibilante, y todo lo demás desapareció. «*Oh, why you look so sad? Tears are in your eyes. Come on, come on to me now.*»

A Fredrik le brillaban los ojos y Adrian abrazó a Betty con fuerza, apretó la barbilla contra su afilada clavícula y le preguntó si quería casarse con él.

Amaneció y la niebla se hizo más intensa. Una cabezadita de veinte minutos y así podríamos aguantar hasta que empezaran a circular los autobuses de la mañana. Fredrik se puso sentimental y tocó acordes desafinados en la guitarra mientras Adrian graznaba poemas de Dylan.

—Creo que os quiero —dijo Fredrik con chiribitas en los ojos enrojecidos—. Sois los mejores amigos que he tenido nunca.

Después se subió al autobús 160 hacia Dalby, donde su padre, un revisor, lo había alojado en casa de una señora mayor con dientes de oro y audífono, que había colgado las reglas de comportamiento encima de su cama y lo despertaba cada mañana con tostadas y chocolate caliente.

—Ahora nos podemos tirar el domingo durmiendo —dijo Adrian, y nos pasó a Betty y a mí el brazo por los hombros.

Cuando nos despertamos ya había oscurecido. Betty y

Adrian yacían enroscados en la cama de noventa centímetros. Yo estaba sentado, descoyuntado, en el sillón comido por las pulgas e intentaba recuperar la sensibilidad en las piernas; estiré los brazos sobre la cabeza, me aclaré la garganta y me restregué doce horas de sueño en los ojos.

Fue como si regresara la vida.

El lunes, Li Karpe agitó una hoja de papel. Parecía inusualmente contenta.

—Quiero leeros una cosa. Una buena descripción de un ambiente, un texto ardiente.

Se humedeció los labios y al leer clavó la mirada en Betty.

> Ahora estoy dentro. Las paredes de carne se precipitan sobre mí, tengo que esquivarlas, levanto las manos como protección. Las salpicaduras de sangre son de color rosáceo y huele a humedad. Mis pies están atrapados en membranas mucosas, no voy a ninguna parte, un pegamento viscoso me arrastra a lo negro, nonata. Cuando me convierta en una persona, soñaré con esto y me declararán loca, me internarán y me darán el alta y tragaré pastillas para comprender. Falsificación de la historia. Estoy con el agua turbia hasta las rodillas e intento volverme hacia la luz. Una sonda me alimenta, mis ojos están ciegos. Fuera dicen que yo soy deseada, pero yo lo dudo.

Una larga pausa. Li Karpe respiró hondo.

—Fantástico —le dijo a Betty, que se puso roja.

Adrian alzó las manos y empezó a aplaudir. Enseguida aplaudimos todos, incluso Li Karpe.

—Escribir esto ha debido de ser doloroso —dijo—. Al igual que me ha dolido leerlo.

Dirigió la mirada a la sala del sótano.

—La escritura es un trabajo corporal. Quien no esté dispuesto a sudar, sufrir e hincar el diente, puede buscarse otro oficio más sencillo.

Esto último se podía interpretar como una invitación directa a algunas de las ratonas de biblioteca del fondo. Ellas respondieron con susurros y chismorreos perfumados.

Li Karpe habló sobre el «yo» como único pronombre auténtico, sobre la cobardía de la tercera persona, y después escribimos y escribimos. El sótano resultaba sofocante a pesar de que nos encontrábamos a mediados de septiembre. Una cañería del techo se había agrietado y goteaba agua caliente sobre el suelo, despacio, despacio, gota a gota. Fredrik Niemi apretaba las puntas de sus dedos contra las orejas mientras tomaba un descanso de su texto y, finalmente, llegó un bedel con un cubo de plástico, de forma que el sonido se tornó un poco más apagado, más fácil de aguantar.

Yo estaba frente a una página en blanco del cuaderno y mordía la pluma. A mi lado Adrian demostraba ser el alumno perfecto: escribía con grandes movimientos de brazos, resoplando y suspirando y con la frente perlada de sudor. Blasfemaba en alto cada cinco minutos y estrujaba el papel hasta convertirlo en una bola informe que tiraba a la papelera. Cuando se puso de pie cojeaba y se aireaba pellizcando el jersey de lana con los dedos. Se habían formado grandes lamparones de humedad bajo sus axilas.

—Tiene buena pinta —dijo Li Karpe de pasada.

Vio mi papel en blanco, apretó con un dedo el cuaderno y dijo:

—No tengas miedo de empezar. Todos los que han llegado a alguna parte han tenido el valor de empezar.

Levanté la vista hacia ella esbozando una sonrisa. Li Karpe me miró, se dio media vuelta y se marchó. Entonces dirigí mi pluma hacia el papel y la tinta se derramó formando un pequeño borrón.

Poco después se abrió la puerta, despacio y lentamente, y asomó una cabeza por la rendija: sorprendida, casi asustada.

—Perdonad si molesto.

Una chica que usaba un pintalabios como la sangre, con una perla encima del labio y grandes orificios nasales. Parecía tener unos veinticinco años y poseía una belleza angular, de cabellos rizados y cejas afiladas.

—Li, ¿podemos hablar?

Catorce pares de ojos se dirigieron hacia la puerta mientras Li Karpe caminaba taconeando por el sótano.

—Será solo un momento —dijo antes de desaparecer por la puerta con garbo.

Nos quedamos sentados mirándonos unos a otros, sorprendidos. Algunos se encogieron de hombros y los susurros de las ratonas de biblioteca enseguida subieron de tono. Yo gesticulé hacia Adrian, pero él estaba metido de lleno en su texto. Quizá yo tuviera ganas de orinar. Quizá se tratase de curiosidad. Quizá las palabras de Li Karpe sobre el valor se apoderaron de mí. Fuera como fuese, me levanté y caminé en silencio hacia la puerta.

Fui con cuidado por el estrecho pasillo hacia la escalera y allí estaban, al otro lado de la esquina. Sus voces eran amortiguadas, aunque sin duda estaban acaloradas.

—Ya no puedo más. ¡Me largo!

—Venga ya, ¿adónde vas a ir?

—Ya he llamado a mi hermano. Vendrá a buscarme.

Apreté los pies contra el suelo y respiré en silencio. Nos separaban diez metros como mucho, una pared de yeso y una esquina.

—No puedes escapar de todo. Así no se resuelve nada.

—¡Para ya! ¡No eres mi dueña!

Estaba enfadada y esperé con ansiedad la explicación de Li Karpe.

—Te arrepentirás —dijo—. Un puto día te arrepentirás amargamente, cuando comprendas lo que has tirado por la borda. Y entonces yo ya no estaré. Él tampoco, ¿entiendes? Si te vas ahora, será para siempre.

Oí lo que me parecieron lágrimas. Un llanto calmado que parecía haber sido reprimido durante mucho tiempo.

Avancé unos pasos y continué escaleras arriba sin volver la vista atrás. Casi pude sentir cómo me miraban al pasar, cómo se preguntaban qué había oído, qué había entendido.

Me encerré en el cuarto de baño, pegué mi espalda contra la pared y jadeé.

Septiembre de 2008

Adrian se detuvo en la escalera de piedra que había delante de la puerta. El viento desplegó su abrigo desabrochado mientras subía de puntillas con sus deportivas azules.

—No, no lo sé —dijo vagando con la mirada—. Creo que es mejor que no vaya.

—Claro que tienes que venir. Se trata de Betty.

Me miró de nuevo, como si buscara un camino por donde huir.

—La necesitamos —dije—, para el libro. Sin Betty no será lo mismo.

Abrí la puerta y, después de vacilar una vez más, Adrian se rindió. Subió la escalera con pasos largos y agachó la cabeza cuando llamé al timbre.

Quien abrió fue Henry. Había recogido su rubia melena bajo una boina y llevaba puestas unas gafas de sol. Apenas lo reconocí.

—No creo que funcione —dijo.

—¿El qué?

Clavó la vista en Adrian.

—Es por él. Betty no soporta verlo.

Adrian levantó las manos en señal de retirada.

—Me largo —dijo.

Yo estaba a punto de protestar, pero él ya se encontraba a mitad de camino escaleras abajo.

—Te espero en el coche —gritó.

Henry mantenía la puerta abierta para mí. Con un pie barrió la alfombra de la entrada apartando una serie de zapatos y señaló el colgador.

—¡Bettyyy! —gritó, y golpeó tres veces con los nudillos la puerta del cuarto de baño—. ¡Betty, ya se ha largado! ¡Ahora solo está Zack!

Se encogió de hombros.

—Hoy no es un buen día.

—Quizá yo también debería irme —dije.

Pero justo entonces se abrió la puerta del cuarto de baño de forma que Henry tuvo que saltar a un lado, y Betty asomó la cabeza, sin maquillar y con los ojos enrojecidos, las mejillas hinchadas. Puso un pie en el umbral y me dirigió una mirada que me dolió.

—Mira la pinta que tengo.

Se llevó las manos a la cara y rompió a llorar. Henry se inclinó hacia ella y la abrazó.

—Perdona —dijo ella, y se enjugó las lágrimas de las mejillas—. Hoy no tenía fuerzas para ver a Adrian.

Se mantuvo pegada a Henry mientras nos dirigimos a la cocina. Betty vestía un chándal holgado, desgastado y con bolitas; su cabello gritaba pidiendo un lavado.

Nos sentamos a la mesa de la cocina y nos mantuvimos la mirada. Betty cogió un paquete de cigarrillos.

—Tú ya no fumas, ¿verdad? —dijo, y encendió un pitillo—. De repente, yo era la única que todavía fumaba. Todos los demás lo habían dejado y hacían yoga. Pintaban todo de blanco y se volvieron de lo más chic. Yo sufrí una depresión y engordé.

Sonreí, pues no sabía qué otra cosa podía hacer. Después dije que me gustaba fumar, y que siempre podría volver a dejarlo.

—Supongo que te debo alguna clase de explicación.

—No me debes nada.

—Pero ¿y si yo quiero dártela?

—Si quieres, me lo puedes contar.

Miró a Henry, que le sonrió.

Y entonces me lo contó.

Después del juicio y la condena, ella se quedó destrozada. Acabó en urgencias psiquiátricas y la internaron. Cuando comenzó a recuperarse, decidió hacer todo lo posible por estar junto a Adrian. Así que se mudó a una pequeña ciudad industrial en Västergötland que estaba a trescientos cincuenta kilómetros, donde no conocía a nadie. Trabajaba unas horas en una fábrica de cerillas y, cuando no estaba de visita en la cárcel, escribía largas cartas con pretenciosas metáforas. Algunas se las enviaba a Adrian, otras las tiraba a la basura.

—Tendríamos una vida juntos. En pocos años conseguiría sus primeros permisos y yo estaba dispuesta a esperar.

Pero entonces ocurrió algo que puso todo patas arriba. Betty sopesó las palabras, apretó los dientes y se volvió hacia Henry en busca de apoyo.

—Me traicionó de la peor manera posible. Lo amaba y habría sacrificado todo por él.

Clavó la mirada en la mesa. Movía la mano con el cigarrillo encendido de un lado a otro, como si deseara grabar su ira en la madera.

—Iba camino de la prisión para darle una sorpresa. Había comprado su chocolate favorito y la nueva colección de cuentos de Klas Östergren, ese de *Con las botas puestas*. Todavía sigue en la estantería. —Y lo señaló—. Seguro que es buenísimo.

—Lo es —respondí.

Betty perdió el hilo y Henry arqueó las cejas debido a mi comentario.

—Creía que me quería, Zack. Creía que éramos pareja. ¡Y me había prometido que ya no mantenía ningún contacto con Li Karpe!

Resoplé. Comenzaba a imaginar cómo acabó todo eso.

—Iba camino de la prisión cuando ella llegó caminando hacia mí.

—¿Li Karpe?

Ella asintió.

—Él nunca pudo resistirse a ella —dije, y Betty me dirigió una mirada afilada.

—Probablemente fue una ingenuidad por mi parte pensar otra cosa. Era joven y estúpida, aunque dicen que el amor es ciego. Todo eso me destrozó por completo.

Explicó que ese fue el día en el que Adrian le confesó el asesinato.

—Fue horrible. Yo lo había apoyado en todo y nunca dudé de él. Todo mi mundo se derrumbó.

Henry nos sirvió café y Betty encendió otro pitillo. Me contó que cambió Västergötland por Estocolmo. Fue entonces cuando conoció a Henry, y que unos años después él heredó el apartamento en el centro de Lund de una tía a la que apenas conocía. Betty decidió acompañarlo a Escania, pero al mismo tiempo ella empezó a cambiar. No reconocía sus propios pensamientos y emociones. Sentía como si millares de insectos pulularan en el interior de su cabeza, nunca conseguía estar tranquila, los pensamientos la asaltaban y el corazón realizaba locuras nocturnas hasta que acababa en una ambulancia pensando que se iba a morir. El trastorno de pánico y el de ansiedad generalizada se registraron en su historial y, tras varios colapsos, los médicos le recetaron unas pastillas aún más fuertes. Perdió el control de sí misma, dejó de preocuparse: un kilo y otro kilo y otro kilo. Sentía vergüenza y no quiso salir más a la calle, se automedicó para conseguir un mejor efecto, varió su ritmo diario y ni siquiera controlaba su economía.

Hacía solo unos años que había empezado a recuperarse.

—Nunca lo habría superado sin Henry —dijo con una mirada de agradecimiento en su dirección.

Ahora asistía a terapias cognitivo-conductuales e intentaba pensar en ella misma y en su salud. El proceso era lento y exigente, pero comenzaba a mejorar. De pronto su mirada fue clara y fija, como para subrayar todo esto.

—Por eso, cuando Adrian se puso en contacto conmigo, justo al salir de la cárcel, decidí ayudarlo de todas formas. Lo cierto es que me dio pena, aunque pueda parecer una locura.

Le dije que lo comprendía, aunque en realidad no era así.

—Solo una cosa. —Le di un sorbo al café—. Dijiste que nunca dudaste de la inocencia de Adrian. Me refiero a durante el juicio. Eso no era del todo cierto, ¿verdad?

Ella hizo un ligero movimiento de cabeza.

—No, quizá no. —Pareció recordar—. ¿Tú también dudaste?

—Sí —asentí—. Siempre he dudado.

—¿Todavía?

Recapacité. Deseaba responder siendo honesto con ella, se lo debía, pero no sabía qué decir ni cómo decirlo. Estaba escribiendo un libro que se titularía *El asesino inocente*. Eso daba por sentado que era inocente.

Cuanto más pensaba en ello, más claro me quedaba que no necesitaba responder nada.

—Comprendo —dijo Betty.

El asesino inocente
de Zackarias Levin

7

Septiembre de 1996

En el anticuario de Stora Gråbrödersgatan encontré una primera edición de *Sesenta y ocho*, la ópera prima de Leo Stark. La portada era de un beis insulso, pero en la contraportada había una fotografía del autor y el cuerpo desnudo de una joven. La editorial describía el libro como una novela generacional, una vertiginosa montaña rusa entre la angustia y las ganas de vivir.

Me quedé pegado a la silla una noche entera, seducido por explosiones de palabras y detalles que se apilaban unos sobre otros, juegos de palabras y equívocos explícitos, que había provocado la negativa de una serie de libreros a ponerlo a la venta y de un grupo de críticos de tendencia conservadora a reseñarlo en la prensa cuando se publicó. Fuera como fuese, *Sesenta y ocho* suponía una experiencia de lectura mágica: sexo, drogas y rock and roll, una novela de formación a toda velocidad, un ajuste de cuentas con los ideales obsoletos y la moral recalcitrante, un dardo directo al futuro.

—¡Es bueno de cojones! —exclamé, y golpeé el suelo con el libro de modo que Adrian dio un respingo sobre su almohada y me miró aterrado.

—Espera a leer *Bajo las estrellas*. Es un orgasmo literario, Zackarias.

A la mañana siguiente crucé corriendo el pequeño parque de Allhelgonabacken en cuanto llegó la hora del almuerzo, subí la escalera y traspasé las gruesas puertas de la biblioteca de la universidad. Me senté en un sillón en la sala de consultas y abrí la enciclopedia *Bra Böckers* («Buenos Libros»), volumen 21, «sjö-stoc».

Leo Stark, nacido el 20 de diciembre de 1944 en Estocolmo, es un escritor sueco galardonado con el Premio August en 1989 por la novela *Bajo las estrellas*. Stark despertó mucho interés cuando debutó en 1975 con la controvertida novela *Sesenta y ocho*, considerada como la gran novela generacional de los nacidos en los años cuarenta. La producción literaria de Stark tiene claros rasgos biográficos y el autor ha sido considerado con frecuencia como la primera estrella sueca de rock literario.

Volví a colocar la enciclopedia en la estantería y me dirigí directamente a la señora nariguda que había detrás del mostrador.

—¿Tienen *Bajo las estrellas* de Leo Stark?

Me fulminó con la mirada como si hubiera interrumpido algo muy urgente, después de lo cual se tomó su tiempo para teclear con parsimonia en el ordenador.

—«Stark» se escribe sin ce, ¿verdad…? Sí, está en nuestro almacén.

Tendría que esperar veinticuatro horas antes de recogerlo; hasta ahí todo bien, pero cuando comprendió que yo no tenía el carné de la biblioteca no pudo reprimir su descontento y dio un profundo suspiro.

Al día siguiente corrí de nuevo escaleras arriba mientras Adrian y Betty esperaban con las bicicletas y los cigarrillos recién encendidos.

—Me das tanta envidia... —dijo Adrian—. Me gustaría poder volver a leer por primera vez ese libro.

Una noche, a finales de septiembre, estaba sentado en nuestra cocina de Grönegatan mientras afuera el viento arrancaba las hojas de los árboles. Me olvidé del tiempo y del café en la cafetera; estaba absorto y me dejaba arrastrar por el torrente de palabras. Una autopista me cruzaba la cabeza, una montaña rusa. Caía dormido con la frente pegada al libro y, apenas abría los ojos, seguía leyendo. Amaneció y preparé más café, encendía un pitillo con otro, y cuando el repartidor de periódicos se hizo sentir en la escalera y Adrian se fue en bicicleta, yo seguía sentado a la mesa de la cocina; me salté la clase de Creación Literaria para recorrer la última cuarta parte de las setecientas cincuenta páginas del revolucionario paseo.

—Ahora lo entiendo. —Fue lo primero que dije cuando Adrian regresó. Yo lo esperaba en el recibidor y todavía sujetaba el libro en la mano, como si la magia fuese a desaparecer en ese mismo instante.

—¿Qué te dije?

—Por primera vez en la vida no me siento solo. Hay otros que son como yo. Hay una comunidad para gente como nosotros.

Adrian se quitó los zapatos y me dio unos golpecitos en el hombro.

—Suenas como un místico, Zackarias.

—¡Sí, joder, estoy redimido!

Estaba de pie como si fuera una sombra junto a un viejo árbol adentrado unos treinta metros en el parque. Su cabello se agitaba a causa del viento, llevaba unas gafas de sol negras y el abrigo tan largo que revoloteaba alrededor de sus rodillas. Observábamos su silueta en la distancia, con prudencia, y hablábamos en voz baja, mientras Li Karpe se acercaba a él desde un lado. Se quedaron frente a frente debajo del árbol. Se echaban el humo a la cara. Sus labios se movían, pero el viento ahogaba sus voces.

—¿Creéis que son pareja? —preguntó Betty.

—Espero que no —dijo Adrian enseguida.

—No parecen una pareja —dije yo.

Li Karpe fumaba deprisa y sin parar, y apagó la colilla con su tacón de aguja de tal forma que volaron pavesas. Se colocó la mano a modo de visera y dirigió la vista hacia la escalera de la facultad donde nos encontrábamos, le dijo algo a Leo y después echó a andar en nuestra dirección. Mi corazón latía desbocado, Adrian pateaba los escalones y Betty balbuceaba descontrolada.

—¿Tenéis algún plan para esta noche? —preguntó Li Karpe.

Se había detenido justo a los pies de la escalera y la pregunta fue lanzada a la ligera, como si nuestra respuesta no tuviera la menor importancia.

—Nos invita a cenar —dijo ella, y movió la cabeza en dirección a Leo Stark.

Él seguía allí de perfil, con la espalda apoyada en el árbol.

—¿Por qué? —preguntó Betty.

Adrian le dio un empujón.

—Tendréis que cenar esta noche, ¿no? —dijo Li Karpe—. Será algo informal. Podéis venir así, como estáis.

Nos miramos entre nosotros, encantados y aterrorizados al mismo tiempo. Pequeños gestos que todos entendíamos. Adrian esbozó una amplia sonrisa y dijo:

—¿Tenemos que ir ahora mismo?

—Será lo mejor.

El catering lo preparó algún elegante restaurante italiano y la presentación formaba un colorido mosaico sobre una mesa auxiliar. Nosotros nos lanzamos sin vergüenza, hambrientos como estábamos después de varias semanas de menús para estudiantes y sopa en lata. Leo Stark iba sin afeitar y tenía mirada de águila, comía queso con los dedos y le ponía el nombre italiano a las delicias que nos metíamos en la boca.

—Se pueden decir muchas cosas de los italianos, pero hay que reconocer que saben cocinar —dijo, y esbozó una extraña sonrisa.

Mi punto de vista sobre él había cambiado por completo. La primera noche, cuando lo encontré sentado en el sillón con la pipa y el pijama de seda, solo vi a un tipo curioso, un viejo excéntrico que parecía tener más dinero que clase. ¡Pero ahora...! Después de haberlo leído, Leo Stark era un hombre totalmente diferente. Apenas me atrevía a dirigirle la palabra, observaba sus movimientos en la distancia y sentía que las piernas me temblaban debajo de la mesa cuando su voz, con ese acento autoritario y pastoso de Estocolmo, rompía el murmullo general y reclamaba silencio en torno a la mesa.

—He leído tu texto —le dijo a Betty—. Tiene algo, algo que significa algo. Tú sabes escribir.

Betty se puso roja como un tomate y rio entre dientes. Yo ya había aprendido que esa era su única manera de gestionar los elogios.

—Está a punto de convertirse en genio —dijo Adrian, y se limpió la mejilla con una servilleta de lino.

Leo Stark no contestó, pero su forma de morder un *grissini* fue más elocuente que las palabras.

—No te olvides de vivir, Betty —dijo él, y enjuagó el pan crujiente con grandes sorbos de vino tinto—. Uno no puede crear literatura encerrado en las cuatro paredes de la facultad. Así solo se consiguen cuentos de hadas y leyendas.

Adrian asintió con gravedad.

—Pero seguro que es una gran oportunidad para aprender el oficio —dijo.

—El oficio... —murmuró Leo Stark—. Para mí, «oficio» es sinónimo de encajes y bordados, carpintería y artesanía de la madera quizá, pero ¿escribir? Escribir no tiene nada que ver con una labor manual. Escribir es un trabajo mental. Pero también consiste en enfangarse, arrancarse el corazón y sudar. Es como cavar zanjas y rellenarlas de nuevo. Si uno consigue producir una buena frase entre todo el fango que rezuma en la conciencia humana, se tiene que dar por satisfecho. Escribir no es algo que se aprenda, no es una puta manualidad.

Adrian balbuceó algo inaudible. Deseaba discutir, pero Li Karpe alzó la mano por él.

—A Leo no le gusta escribir, ¿sabéis? Esa es la gran diferencia entre vosotros y él.

—Lo detesto —dijo Leo Stark, y bebió de su copa—.

Verse obligado a escribir es una puta maldición. Siempre lo he sentido como una adicción. He luchado contra los demonios, pero me persiguen cada minuto y cada segundo, y no me dejan en paz. No importa cuánto lo intente, nunca consigo apartarme de la maldita escritura. Será mi muerte.

Le dijo a Betty que sopesara bien si deseaba dedicar su vida a eso, que lo más seguro era que le costara más de lo que pensaba, y que si elegía la escritura nunca podría vivir como una persona normal.

La miró un rato demasiado largo. Al resto no nos hizo caso. Estábamos sentados a la mesa como si fuéramos comparsas, público para una escena cuyo propósito no estaba claro, pero que poco a poco me produjo un nudo en la boca del estómago.

El prostre consistía en un cremoso tiramisú, *limoncello* para la digestión y Leonard Cohen en los altavoces. Leo Stark se desabrochó otro botón de su camisa florida y se hundió aún más en el sillón. Li Karpe habló de lo difícil que le resultaba Lund, la vida académica y su candidez, pero que tampoco, de ninguna de las maneras, se podía imaginar regresando a Estocolmo.

—Se trata de una ciudad perdida —dijo Leo Stark, y me hizo pensar en sus novelas: las descripciones líricas, casi románticas de la capital—. La urbanización del nuevo milenio ha destrozado Estocolmo. Ahora se ha convertido en un lugar de la autorrealización y la superficialidad. La Meca del ego, solo disparates y frivolidad en cada esquina.

—Yo creo en Berlín —dijo Li Karpe.

—No sé —dijo Leo—. Todas las grandes capitales son víctimas de la gentrificación y son sacrificadas ante el devastador avance del capitalismo. No, yo creo en los pueblos pequeños, en el sur del continente, claro, más allá de Berlín, cerca del Mediterráneo. Es allí adonde me gustaría ir.

Asentimos como los niños bien educados que en el fondo éramos.

—Pero no viajaría solo, claro —dijo Leo.

Miró de reojo a Betty. Ella se ruborizó.

—Tu libertad es tu prisión —dijo Li Karpe, y rio afectada. A continuación alzó la copa de licor de limón y brindó, se lo bebió de un trago sin esperarnos, y se levantó decidida de la mesa alegando en pocas palabras que tenía mucho trabajo esperándola.

Adrian la siguió enseguida. Fredrik y yo nos miramos algo confundidos, después también nos pusimos de pie.

Le tendí la mano a Leo Stark y dije:

—Me encantan tus libros.

Él la estrechó sin mirarme a los ojos. En cambio, se volvió hacia Betty, que continuaba sentada en la silla y dudaba. Leo la miró con tal intensidad que todo lo demás se disolvió y desapareció, como si el resto de nosotros no estuviéramos en la habitación.

—Podrías quedarte un rato —dijo.

No sonó como si fuera una pregunta.

Septiembre de 2008

Adrian estaba apoyado en el coche de mi madre, en el aparcamiento subterráneo de Malmborg. Había estado arriba en la plaza y mordisqueaba la salchicha que había comprado.

—¿Qué tal todo? —preguntó.

—Bien.

No pensaba revelarle lo que Betty me había contado, no todo, todavía no. El conocimiento es poder. Recordé que Li Karpe en una ocasión dijo algo parecido: «La gran ventaja del escritor es que él sabe más que el lector».

Nos metimos en el coche y dejamos atrás la ciudad. El otoño desgastaba la carrocería y en la radio Chris Martin cantaba «When I Ruled the World». La apagué cuando el móvil comenzó a sonar en mi bolsillo.

—Soy Fredrik Niemi —dijo la voz en mi oído, y sufrí uno de esos extraños *déjà vu*.

—Fredrik Niemi —repetí para que Adrian se enterara.

—¿Fredrik? —dijo Adrian con los ojos como platos.

—No te oigo bien —dijo Fredrik por el auricular.

—Estoy en el coche.

Yo conducía hacia el sur por la autovía de Malmö, pasamos Tetra Pak, en dirección a la carretera 108.

—¿No has leído el *Kvällsposten*? —preguntó Fredrik.

—Yo no leo esa mierda —respondí—. ¿Por qué?

—¿Así que no sabes lo que ha pasado? —dijo Fredrik.

Sonaba aún más inquieto que antes. Tuve que apretar el móvil contra mi oído para poder escucharlo mejor.

—¿Qué ha pasado?

Me di cuenta de que Adrian me miraba fijamente.

—¿No has oído nada del cuerpo?

—¿Cuerpo? ¿Qué cuerpo?

—Anoche encontraron su cuerpo en el bosque —dijo Fredrik—. Lo pone en el *Kvällsposten*.

El corazón desbocado. A la izquierda, en diagonal, vi el letrero de la gasolinera Statoil y puse el intermitente.

—¿Qué pasa? —preguntó Adrian.

Fredrik dijo que tenía que cortar la llamada. Al mismo tiempo giré hacia el aparcamiento de Statoil.

—¡Mira! —le dije a Adrian.

Solté el volante y señalé. En el escaparate de la tienda, un cartel amarillo gritaba el titular en letras negras.

ESCRITOR ASESINADO: CADÁVER ENCONTRADO
EN UN BOSQUE DE ESCANIA

—¿Qué cojones está pasando? —dijo Adrian.

Nos miramos con rapidez.

—Esto es una locura —dije, y abrí la puerta.

Salí corriendo y me colé en la tienda con Adrian pisándome los talones. Fui directo a la estantería de los periódicos donde pillé el *Kvällsposten* y lo abrí por la página central. Una gran foto del cordón policial, un mapa con una cruz en rojo chillón y, en la parte inferior, un recuadro con información sobre el «escritor asesinado». Adrian se inclinó sobre el periódico mientras yo leía.

EL CADÁVER PUEDE PERTENECER
AL ESCRITOR ASESINADO

Un cadáver ha sido hallado en un bosque de Escania. La policía confirma que el cuerpo llevaba enterrado mucho tiempo. Según nuestras fuentes, los restos podrían pertenecer al famoso escritor Leo Stark, desaparecido en 1997.

Ayer por la noche una persona encontró un cadáver en medio del bosque a las afueras de Veberöd. La policía ha acordonado una zona muy amplia y los técnicos investigan el lugar.

«Sospechamos que se trata de un delito, pero es demasiado pronto para dar más detalles. De momento, no hemos identificado el cuerpo», informó Gun-Marie Westman, portavoz de la policía.

La policía está siendo muy reservada sobre el macabro descubrimiento, pero según datos recabados por el *Kvälls-posten*, el cuerpo estaba envuelto en una bolsa de plástico negro y enterrado en el lugar donde fue encontrado.

«No llevaba ahí días ni semanas, sino mucho más tiempo. No quiero especular sobre cuánto tiempo», dijo Westman.

Según una fuente, la policía sospecha que pueda tratarse del famoso escritor Leo Stark, que desapareció de su casa en Lund en 1997 sin dejar rastro alguno.

Leo Stark, nacido en 1944, fue durante varias décadas uno de los escritores suecos de mayor renombre. Recibió numerosos galardones por sus libros, entre ellos el prestigioso Premio August por la novela *Bajo las estrellas*.

Aunque nunca se encontró el cuerpo, un hombre de veinte años fue condenado por el asesinato de Leo Stark. El juicio dio mucho que hablar y fue criticado en su día.

«Si son los restos de Stark, es probable que se reabra la investigación», afirma el experto en derecho y antiguo fiscal, Jan-Erik Askhem. «Un hallazgo como este puede confirmar la sentencia o revocar la decisión del tribunal. Existe un cierto riesgo de que, en este caso, nos encontremos ante un escándalo judicial.»

Adrian se quedó sin aliento.

—Esto es la hostia.

—No puede ser cierto —dije—. Quiero decir, ¿por qué justo ahora?

Me vi obligado a leer de nuevo el artículo. Tiré del periódico con el dedo gordo y el índice para sentir el crujido del papel.

—¿Por qué cojones justo ahora?

Adrian se quedó de piedra y me miró.

—Es como si alguien quisiera ayudarte con tu libro.

El *asesino inocente*

de Zackarias Levin

8

Betty quería bailar.

Llevaba el cabello recogido en una coleta, ojos sombreados y pintalabios lila; las largas piernas enfundadas en medias de nailon negras, y calzaba sus Dr. Martens. Estábamos en la acera de Botulfsplatsen.

—¿Adónde vamos? —preguntó ella.

Al otro lado de la calle, a un chico que vestía una chaqueta de pana se le cayó su falafel, se le mancharon los pantalones con la salsa de ajo y maldijo en el dialecto de Småland: «¡Joder, qué mierda!».

—¿Wermland u ÖG? —dije encogiéndome de hombros.

Betty arqueó las cejas. Esto de los lugares de origen era más bien cosa de Adrian. Él sentía debilidad por la vida estudiantil: reuniones, aventuras y desayunos con champán. Betty y yo nos sentíamos como advenedizos, nos faltaba la manera académica de tomarnos en serio. Éramos demasiado sencillos, estábamos demasiado marcados por la Ley de Jante.

Ese viernes, Adrian había tomado el tren a casa, a Linkö-ping. Su abuela estaba enferma y quizá fuese la última vez que la viera. Los demás habíamos empezado la fiesta en Grönegatan bebiendo cerveza alemana y con música estridente. Fredrik también nos acompañaba, pero le entró un terrible dolor de cabeza y se fue a casa en cuanto salimos a la calle. Fuimos a Botulf y le dijimos adiós con la mano cuando partió su autobús.

—¿Vamos al Palladium o a Mejeriet? —dijo Betty—. ¿A un club normal con gente normal?

—¿Como tú y como yo?

—Como tú y como yo, Zack.

Me agarró del brazo y nos tambaleamos al ponernos en marcha. Fuimos directamente a la cola del Palladium, envueltos en el aliento del alcohol. Allí nos quedamos de pie entre cigarrillos y pateando con los pies, a la espera de que nos concedieran la merced de dejarnos entrar al calor.

Yo no llevaba el documento de identidad, pero Betty consiguió que nos permitieran pasar. El portero miró su escote y me dirigió una mirada enojada. La música era detestable y la cerveza cara, pero Betty bailaba como un hada en éxtasis, la chaqueta de punto demasiado grande cual alas de mariposa sobre sus caderas. Ella vino a buscarme a la barra y me tiró del brazo para que la acompañara a la pista de baile. Nos movimos mejilla con mejilla. Betty olía a azúcar y a rosas, y tan pronto como nos tocábamos, un cosquilleo recorría mi cuerpo y erizaba mi piel.

Nunca antes había conocido a una chica.

No, eso no era cierto, claro. Había conocido a muchas chicas: las que habían ido a mi clase, las que venían a ver nuestros entrenamientos de fútbol, las que acudían los viernes a la gasolinera y querían saberlo todo sobre nosotros. A una de ellas incluso la llamaba «novia», porque nuestras lenguas se volvían esponjas en cuanto nos quedábamos solos, pero un día encontré una nota de su mejor amiga en mi taquilla donde decía que yo era un novio pésimo y que lo nuestro había terminado.

Con Betty era algo completamente diferente. Nunca había conocido a una persona como la conocía a ella. Por lo general, no había pensado en ella en términos sexuales o amorosos. Me atraía a otro nivel, de un modo que me resultaba totalmente nuevo. Por eso fue una especie de conmoción cuando ella, sin previo aviso, me pasó los brazos por el cuello en la pista de baile y me besó. Nunca había probado unos labios así, labios que hicieron que mis pies se elevaran del suelo y que todo el cuerpo emitiera un falsete.

Volvimos a casa sin decirnos nada, con las chaquetas colgadas del hombro y los brazos enroscados con fuerza alrededor de nuestros cuerpos ardientes. Ahora que había empezado no podía dejar de besarla.

—Estoy cansada —dijo, y se estiró como un gato en el recibidor. Sus pechos se marcaban bajo el tejido y sus medias se habían arrugado en los tobillos.

—Ven, vamos a la cama.

Se quitó el top por encima de la cabeza, se cubrió con los brazos y se metió debajo de las sábanas. Reímos y nos enrollamos el uno en el otro. Mi cerebro estaba lleno de helio, todo explotó, y si había algo que se llamaba vivir el presente, eso fue justo lo que sentí entonces.

Betty se durmió bocarriba, de repente. Mis dedos siguieron acariciando su piel, estudiándola despacio y con cuidado. Hundí mi nariz en su piel y respiré lenta y profundamente, repleto al mismo tiempo de unas encrespadas olas de felicidad y amargura sobre algo que nunca fue como debería.

Pasé toda la noche inquieto, febril y ansioso, me desperté a causa de espasmos musculares y temblores de piernas. Me giré inquieto hacia el otro lado para comprobar que Betty aún seguía allí.

Yacía inmóvil: el maquillaje corrido, los labios ligeramente entreabiertos y los párpados temblando. Volví a dormirme y reviví toda la noche: el Palladium y el baile, los besos y el calor corporal a través de las otoñales calles nocturnas. Todo vivía y se movía en mi interior, y cuando por fin la mañana llenó la habitación de luz y angustia, simulé dormir, por miedo o solo para conservar algo que se me estaba escapando de las manos. Betty se levantó y se vistió junto a la cama, y aunque se quedó mirándome un buen rato, susurró mi nombre y se detuvo en la puerta antes de irse; yo seguí fingiendo que dormía.

Septiembre de 2008

Después de dejar a Adrian en Flädie, me pasé un rato dando vueltas por las carreteras de los alrededores de Idala y Häckeberga. El bosque enseguida se volvió espeso y oscuro, estrechos caminos de gravilla se precipitaban directos a la oscuridad. De tanto en tanto aparecían familias de excursionistas y algunos enérgicos deportistas con cintas en la frente y zapatillas de colores chillones. Los senderos serpenteaban como delgadas venas sobre las crestas y los alrededores del lago.

Recordé un picnic que hicimos aquí hacía una eternidad. El bosque se había cubierto de color y me picaba la nariz. Betty y yo habíamos llegado andando tan lejos como pudimos. Entre jadeos, extendimos una manta junto al mar de anémonas de bosque. Llevábamos café y cruasanes en un cesto de mimbre. Nos sentíamos como adultos. No hablamos mucho, bebimos café tibio a sorbitos y desviamos la vista entre los árboles. Fue así desde que empezó el juicio. Vivíamos en una niebla, en un limbo. Ninguno de nosotros comprendió lo que pasaba cuando las verdades salieron a la luz. La voz de Adrian al responder a las preguntas del fiscal resultaba distorsionada hasta hacerse irreconocible. Li Karpe parecía una sombra, un ave con las alas rotas sentada en el banco de atrás del todo.

—No lo condenarán, ¿verdad? —dijo Betty.

Su esmalte de uñas rojo comenzaba a descascarillarse y apretó los labios con tanta fuerza alrededor del pitillo que estos se tornaron azules. Le daba cortas e intensas caladas.

El bosque respondió con silencio. Miré a mi alrededor entre sus diferentes tonalidades y dije:

—No, no pueden. Seguro que Leo regresa en cualquier momento.

Betty se cubrió el rostro con la mano y sus ojos brillaron entre las delgadas rejas de sus dedos. Lo único que yo deseaba era tenerla entre mis brazos.

Entonces apartó su mano y apareció su rostro. Nos miramos durante un buen rato como aquella loca noche en el Palladium. Durante un breve instante me imaginé que volvería a ocurrir: que esa noche se repetiría, que todo lo que había sucedido desde entonces hasta ahora solo era un paréntesis y que este era el resultado, el puto final feliz.

—Estoy seguro de que Leo desapareció voluntariamente —dije—. Todo saldrá bien.

Betty sollozó. Deseé que apoyara su cabeza sobre mis rodillas y me dejara limpiar las lágrimas de sus mejillas. En cambio, se dio la vuelta y ocultó sus ojos.

Nunca volvimos a hablar de ello. Nos sentábamos en el juzgado y nos mirábamos a nosotros mismos y a Adrian, cerrábamos los ojos húmedos y apretábamos las manos hasta que temblaban. Es posible que jamás olvidara la visión de Betty cuando salió corriendo por la escalera detrás de Adrian para abalanzarse sobre él, y tirar de su ropa, hasta que unos guardias consiguieron apartarla. Adrian acababa de ser condenado a diez años de cárcel por asesinato, a pesar de que nadie sabía si Leo estaba muerto.

Ahora me encontraba de vuelta en los bosques que rodeaban el lago Häckeberga y Betty vivía una vida diferente.

Por fin encontré el lugar. Se veía la cinta de acordonamiento azul y blanca entre los árboles, a un kilómetro desde el límite del bosque. Había una gran superficie iluminada con potentes focos aunque todavía no era de noche. Este no era un lugar que alguien visitara después de ponerse el sol. Uno apenas podría ver sus propias manos.

Desde la carretera vislumbré un coche de policía a cierta distancia, en el interior del bosque, y me detuve en un área de descanso para acercarme a la zona acordonada. Algunos chicos curiosos hacían fotos con las cámaras de sus teléfonos móviles, una joven pareja se abrazaba y tiritaba, y un viejo barbudo con botas de agua verdes deambulaba por ahí con su labrador, justo a este lado de la cinta.

Al otro lado del cordón policial todo estaba más tranquilo. Un par de polis uniformados daban vueltas con los pulgares en el cinturón y, algo distraídos, daban patadas a unos montones de hojas. Más allá deambulaban algunos hombres mayores vestidos de civil observando el suelo como si buscaran algo. Uno se agachó un rato, se puso en pie y volvió la cabeza. Se rascaron la barbilla y hablaron en voz baja entre ellos.

—Es horrible —dijo alguien detrás de mí.

Era el viejo de las botas verdes. Su perro se había acercado y olisqueó la pernera de mis pantalones hasta que el viejo tiró de la correa.

—Fui yo quien lo encontró —dijo sin rodeos—. Solemos venir por aquí, Ramses y yo. No vivimos lejos, aunque estamos al otro lado de la carretera. ¿Eres periodista?

Miré mi ropa y me di cuenta de que no encajaba allí. No resultó extraño que me tomara por un reportero.

—Se lo contaré con gusto —dijo—. El *Skånska* ya pasó antes por aquí y tomó unas fotos. Creían que saldría en la portada.

Lanzaba miradas a su alrededor, observando por encima de mi hombro los policías dentro de la zona acordonada.

—¿No ha traído fotógrafo? —dijo sin mirarme.

—Viene de camino.

Se subió la manga del abrigo y echó un vistazo al reloj.

Le tendí la mano y me presenté con mi nombre verdadero, saqué la pequeña libreta negra y le dije que era del *Expressen*.

El viejo se irguió y alzó la voz para que pudieran oírlo los jóvenes que se encontraban un poco más allá.

—Fue realmente horrible. Ramses corría por aquí como de costumbre, pero de pronto no regresó al sendero.

—¿Cuándo sucedió, más o menos? —pregunté, y garabateé algunas combinaciones de letras ilegibles en mi cuaderno.

—Como le dije a la policía, siempre me tomo un café a las tres y suelo emplear una media hora. Después me vestí y salimos. Hasta aquí se tarda un cuarto de hora como mucho, así que debían de ser las cuatro menos cuarto, o menos diez.

—¿Qué pasó entonces?

—Oí a Ramses, que ladraba y gruñía allí, en el interior del bosque.

Señaló con el brazo estirado la zona acordonada y un poco más allá, hacia un lugar en una pequeña hondonada entre dos árboles; allí había un policía de civil en cuclillas que iluminaba con una linterna el suelo cubierto de hojas.

—Me dio mala espina, así que me metí entre los árboles y llamé a Ramses. Cuando llegué, estaba mordisqueando algo en el suelo. Como loco. Primero creí que había atrapado a un animal. Pero cuando me acerqué vi las bolsas de basura. Él ya había desgarrado una y, aunque le grité, se negó a soltarla.

—¿Cuándo se dio cuenta de que había encontrado un cadáver?

—Enseguida. Estaba bien claro.

El viejo miró hacia el lugar del hallazgo y se pasó los dedos por la espesa barba. Al mismo tiempo, el perro correteaba a nuestro alrededor.

—¿Qué pensó entonces?

—Pensé que sería un asunto de la mafia. Suelen abandonar sus cadáveres en los bosques. Me refiero a las bandas esas de Malmö, no a la mafia de verdad. Pero al mirar más de cerca me di cuenta de que debía de llevar ahí varios meses. O quizá algún animal se topó con él.

—¿Estaba en muy mal estado?

—¿Qué?

Miró hacia otro lado.

—¿Presentaba mal aspecto?

—Sí, estaba destrozado. No es que no haya visto muchos muertos antes, pero uno se da cuenta de las cosas que no son normales.

—¿Pudo ver si se trataba de un hombre o una mujer? ¿Viejo o joven?

El señor arrugó el gesto detrás de la barba.

—La pregunta debería referirse a si era humano o no.

Por el rabillo del ojo vi cómo dos uniformes se movían en nuestra dirección, con pasos lentos pero decididos, sobre la alfombra de hojas al otro lado de la cinta. Habían apartado sus pulgares del cinturón y venían hacia nosotros.

—Muchas gracias por todo —dije, y cerré apresurado mi libreta.

El viejo levantó los brazos y murmuró insatisfecho:

—¿Y el fotógrafo? ¿No va a apuntar mi nombre siquiera?

—Quédese aquí, el fotógrafo llegará en cualquier momento. Él le tomará todos los datos. ¡Mil gracias, una vez más!

Me puse en camino. El otoño crujía bajo mis zapatos. No me apresuré para no levantar sospechas y me volví cuando ya estaba cerca de la carretera principal. Los policías seguían tras la cinta. Habían vuelto a colocar los pulgares en sus cinturones y conversaban con el viejo que había encontrado el cuerpo. En la distancia parecía como si charlaran de cualquier cosa: el tiempo, el fútbol, algún programa de televisión. Se reían y asentían.

Me senté en el coche de mi madre y conduje hacia el hogar de mi infancia. En las novelas policíacas que había leído en mi juventud se decía que uno tiene que odiar el azar. Yo tampoco creía en las coincidencias.

El *asesino inocente*

de Zackarias Levin

9

Octubre de 1996

Antes de pisar el recibidor de Grönegatan, mi madre ya había arrugado la nariz y había puesto los ojos en blanco. Adrian continuó como si nada, hablando con educación, pero mi madre lo ignoró durante su irrupción en nuestro apartamento.

—¿Dónde está el armario de la limpieza? —preguntó ella, al borde de un ataque de nervios.

Adrian reía.

—Somos estudiantes.

—En efecto, sois estudiantes, no animales.

Medio minuto después había conseguido encontrar una escoba y unos trapos, y se arrastraba a cuatro patas por la cocina, emitiendo suspiros, gemidos y quejas.

—Hablando de animales, me he comprado un periquito —dijo, y frotó con fuerza algo que se había quemado en la cocina.

—¿Un periquito? —Me senté en una silla y me balanceé adelante y atrás con los pies apoyados en el borde de la mesa—. Creía que odiabas a los pájaros.

—Los odio. A los pájaros normales. Pero este es un periquito.

—¿Cómo se llama?

—No lo sé. Olvidé preguntarlo. Mañana llamaré a la tienda.

—Creo que lo tienes que bautizar tú misma. —Suspiré.

—No siempre —dijo Adrian—. Depende de si tiene pedigrí y esas cosas.

Negué con la la cabeza y Adrian se rio mientras mi madre enjuagaba el trapo en la pila.

—Pero ¿por qué te has comprado un periquito? —dije.

—Porque me siento terriblemente sola. Ahora, por lo menos, tengo a alguien que me espera cuando vuelvo a casa. Alguien con quien poder charlar.

Mi madre formó parte del grupo de teatro de la escuela y yo siempre pensé que fue a causa de ese exagerado melodramatismo por lo que finalmente la directora la expulsó del grupo. Un hecho que le dejó profundas huellas y un poso de resentimiento. La ira culminó un domingo de los años ochenta cuando mi madre descubrió a su viejo demonio teatral en la cola del supermercado Ica y la ofendió con epítetos que dejaron sin aliento a un chico de diez años. Por supuesto, Adrian desconocía esa historia y, además, era incapaz de reconocer una mala actuación, aunque hubieran bailado un cancán delante de sus narices. Posó una mano en el hombro de mi madre.

—Si necesita compañía, aquí siempre será bienvenida —dijo con voz temblorosa.

Sentí deseos de matarlo a hachazos, pero por suerte no necesité llegar a tanto. Fue suficiente con lanzarle una mirada asesina.

—Aunque no solemos estar mucho por casa, claro —añadió enseguida.

Mi madre había traído un bollo y nos tomamos un café. Después, Adrian se encerró en su habitación. Nosotros seguimos sentados mirándonos a los ojos, mi madre y yo, a los carteles de plantas colgados en las paredes y a la lluvia que caía tan lenta al otro lado de la ventana que uno podía centrarse en una única gota y seguirla desde el cielo azul claro a través del aire, pasando por la fachada, hasta que aterrizaba en la hierba crecida.

No nos dimos cuenta de que teníamos compañía.

—Hola.

Betty se encontraba en el umbral, sin maquillar, pálida y con el pelo revuelto. Mi madre la miró como si hubiera llegado de otro planeta.

—Había pensado… Iba… no sé.

—Pasa —dije, y me levanté de la silla.

Mi madre la miró con una nueva expresión, más suave, casi con esperanza, como si Betty fuera exactamente lo que necesitaba la cocina. Conociéndola bien, supongo que ya estaba pensando en el nombre de los nietos antes de saber siquiera cómo se llamaba.

—Esta es Betty —dije.

—¡Betty! ¡Qué bien! —Mi madre le estrechó la mano y me miró satisfecha.

—Adrian está en su habitación —dije, y golpeé la pared para llamarlo.

—Betty —dijo él cuando salió, y la abrazó en el umbral. La retuvo entre sus brazos demasiado tiempo y me miró por encima del hombro.

—Bueno, Betty, ¿a qué te dedicas? —quiso saber mi madre, cuya visión del mundo se basaba en catalogarlo todo, desde los tarros de mermelada de la despensa hasta la gente que pasaba por delante de su ventana.

—Pues solo soy Betty.

—Estudiamos juntos —dije—. Los tres.

Los ojos de mi madre se estrecharon y la escrutaron.

—¿Así que vosotros también queréis ser escritores?

—Yo, en realidad, solo quería irme de casa —dijo Betty encogiéndose de hombros.

—Vaya —dijo mi madre—. ¿Tan mal te lo han hecho pasar?

—No es fácil ser adolescente —respondió.

—Así que esto son como unas vacaciones.

—No, esto es la vida. —Se echó el pelo hacia atrás—. Es ahora cuando empieza de verdad.

Mi madre pareció sorprendida y algo preocupada.

—¿Y tú, Adrian? —dijo en tono acusatorio.

Él esbozó esa sonrisa fría, casi imperturbable.

—No creo que llegue a ser un escritor. Veo este curso de escritura como una etapa de mi educación general. Me gustaría formar parte del contexto intelectual y cultural, y este curso es una buena puerta de entrada.

Betty rio.

—Lo cierto es que está enamorado de nuestra profesora.

Mi madre se quedó atónita.

—¿Vuestra profesora?

—Li Karpe. La poetisa.

Adrian rio para poner punto final al asunto, pero no pudo evitar añadir algo sobre la singularidad y la sorprendente genialidad de Li Karpe.

—Debería leer algo de ella. En el futuro la gente hablará de sus libros.

Para mi madre, cuyo conocimiento de la poesía se basaba en los poemas de gnomos de Rydberg y el florecer de los capullos de Boye, la conversación debió de resultarle un tanto exótica y pomposa. Todo esto le resultaba muy lejano. No se sentía a gusto. Prefirió dar media vuelta y mirar por la ventana para constatar que cada día hacía más frío, que pronto llegaría el otoño y también el invierno, que todo era solo cuestión de tiempo.

Más tarde la acompañé hasta el aparcamiento. Era tan difícil orientarse en Lund, dijo, tantas calles y coches y casas por todas partes, calles de dirección única y aparcamientos caros. Se sentó en el coche y rocé por casualidad su brazo.

—Esa Betty —dijo—. No significa nada para ti, ¿verdad?

No respondí.

Alguien podría pensar que nos compadecíamos de Fredrik Niemi, que le incluimos en nuestro grupo cada vez más reducido por lástima, pero lo cierto era que lo necesitábamos. Fredrik Niemi proporcionaba equilibrio. Cuando nosotros nos alejábamos flotando en nuestra coquetería infinita, cuando hablábamos de nosotros mismos en tercera persona y en futuro, Fredrik podía recitar de repente parrafadas del programa de radio *Weiron i Ottan* o persistir en que *Solo contra sí mismo*, a pesar de todo, era la mejor novela del mundo. Le preocupaban los tipos de interés de las hipotecas y cómo afectaría a los precios de los alimentos la entrada en la Unión Europea, y nos contaba las inquietudes de su padre, el auditor, sobre un gobierno en minoría y un primer ministro que había dicho «no, no, no» para luego, de repente, decir «sí».

Fredrik tenía los pies en el suelo y un saludable temor ante todo lo desconocido. Tomaba el autobús en Dalby y corría, encerrado en su capucha, con un ojo siempre vigilante, bajo la lluvia otoñal hacia nuestro apartamento en Grönegatan, hasta que la señora con la que vivía le consiguió un paraguas de promoción.

Por las tardes nos sentábamos en la cocina con la música tan alta como permitía nuestra comunicación, la mesa repleta de pilas de libros y velas encendidas, botellas de vino y manuscritos con manchas de nicotina y márgenes llenos de garabatos.

—¿Cómo se puede considerar el ajedrez un deporte de verdad cuando el Trivial no lo es? —dijo Fredrik, e intentó apartar la nube de humo que flotaba sobre la mesa.

—Venga, vamos, lee la pregunta de una vez —dijo Betty, y señaló la tarjeta que tenía en la mano—. Deportes.

Al igual que Adrian, Betty tenía el gen de la competitividad muy marcado: por alguna razón, lo importante era ganar, fuera cual fuese el desafío o lo que hubiera en el bote. Eso se convertía en un fin en sí mismo. Pero para mí, que desde bien pronto había sido educado en la cultura del perdedor —«no creas que puedes ganar a nadie»—, esa pugna constante y ese instinto ganador me resultaban casi cómicos.

—Deportes —se arrancó Fredrik por fin, y Betty se inclinó sobre la mesa—. «¿Cómo se llamaba el patinador artístico que ganó diez campeonatos del mundo a principios de 1900? ¿Aquel que tiene un salto que lleva su nombre?»

—¡Joder! ¿Patinaje artístico?

Betty suspiró y Adrian sonrió maliciosamente.

—Repite la pregunta —dijo ella.

Fredrik arqueó las cejas, le dio la vuelta a la tarjeta y empezó a leer otra vez. Pero en esta ocasión se quedó a la mitad porque Adrian lo mandó callar.

—¡Escuchad!

Había alguien en la puerta principal. Oímos pasos cortos en el recibidor, y me levanté de la mesa en el mismo instante en que la visita inesperada dobló la esquina y entró en la cocina.

—Salchow —dijo—. Se llamaba Ulrich Salchow.

Adrian se atragantó con el vino y tosió.

Por primera vez, Li Karpe se había presentado en nuestra cocina de Grönegatan, sin previo aviso, pero parecía como si estar ahí fuera lo más normal del mundo.

—Sé de patinaje artístico —añadió ella—. Lo practiqué durante casi diez años.

Sonrió de manera ambigua, llevaba los párpados inferiores perfilados de negro y un collar de grandes cuentas de cristal.

—Pasaba por aquí. No molesto, ¿verdad?

—Claro que no. Nuestra *casa* es tu *casa* —dijo Adrian pronunciando «casa» en español.

Ella sonrió con cierta reserva.

—Así que patinaje artístico —dije—. Es increíble, del patinaje artístico a la poesía.

—El paso, en realidad, no es tan largo.

—Apenas a un *salchow* de distancia —dijo Fredrik.

Nos reímos. Quizá no del chiste, sino de la situación en sí.

—¿A qué te refieres? —le pregunté a Li Karpe.

Estiró un brazo y se agarró al marco de la puerta.

—Patinaje artístico. Cuatro minutos de elegancia estética. El público disfruta de un corto momento de frivolidad. Como si eso fuera todo. Como si detrás no hubiera años de trabajo, sudor y esfuerzos. Como si no existieran un centenar de horas de entrenamiento, caídas, maldiciones y angustia. ¿Comprendéis lo que quiero decir?

Yo asentí. Betty pareció reflexionar.

—Cuando tenía quince años y se me rompió el ligamento cruzado, me vi obligada a continuar de alguna manera —dijo Li Karpe—. Y fue con la poesía. En cierto modo, hoy todavía sigo patinando sobre hielo.

—Vamos —dijo Betty—, que si llego a saber la mitad de lo que sé ahora sobre la escritura, nunca me habría atrevido a inscribirme en un curso de Creación Literaria.

Fredrik asintió.

—Creí que solo se trataba de escribir —siguió Betty.

Li Karpe la miró como una madre mira a su hija.

—¡Exactamente! —dijo Fredrik—. Yo tampoco imaginé que fuera tan complicado.

—Tan agotador —apuntó Betty—. Casi degradante.

—No se trata de ningún pasatiempo —señaló Li Karpe.

—Ni siquiera de una ocupación —dijo Fredrik—. Más bien, de una forma de ser.

Los ojos de Li Karpe brillaban.

—¿Bebéis vino? —dijo, y tomó una botella de Tinto de la mesa.

Adrian puso un vaso debajo de la botella y ella lo llenó hasta el borde y goteó un poco sobre el suelo. Se llevó el vaso a los labios concentrada por completo, probó un sorbito y se bebió medio vaso de golpe.

—¡Qué gusto da estar con gente normal! —dijo Li Karpe, y esparció una sonrisa a su alrededor—. A veces Leo es cansino de cojones. Eso pasa con los genios. Son cruelmente seductores y casi adictivos, pero a la larga pueden ser estresantes.

Miré a Adrian, que desvió la mirada.

—Entonces, ¿Leo y tú sois pareja? —preguntó.

Li Karpe se rio encima del vaso de forma que el vino salpicó.

—Uy, perdona. Pero ¿pareja? No, Leo no funciona así.

Se volvió hacia Betty, que parecía incómoda, y luego se sentó en el borde de la mesa e hizo girar el vaso de vino entre sus dedos.

—Se vuelve realmente horrible cuando escribe. En realidad, la gente como Leo no debería escribir, y él lo sabe. Pero no puede evitarlo.

—¿Qué le ocurre? —preguntó Adrian.

—Se convierte en un psicótico, un loco. Grita y lanza cosas a su alrededor. Para él escribir es una cuestión de vida o muerte. Cuando se atasca y no encuentra la salida, cuando no consigue avanzar, entra en pánico, como si se enfrentara a la muerte.

—Uau, suena como un verdadero martirio —dijo Fredrik—. Yo, sin embargo, creo que la escritura tiene que ser placentera.

Li Karpe estalló en una carcajada muy poco generosa.

—¿Placentera?

—Bueno, él no necesita escribir por dinero —dijo Fredrik.

Li Karpe cambió enseguida de expresión. Todos los rasgos de su rostro se encogieron y endurecieron.

—¿Dinero? Nadie que tenga dos dedos de frente, y conocimientos mínimos de economía, puede creer que uno escribe por dinero. Si quieres ganar dinero puedes conducir un taxi, lavar platos o repartir periódicos.

—No me refería a eso —dijo Fredrik, y apartó la mirada.

—Esta vez se trata de una crisis de verdad —continuó Li—. Antes había una chica que vivía con Leo, le ayudaba a... hacía que él se sintiera bien. Pero ella se marchó y desde entonces se ha vuelto completamente loco.

—¿Una chica? —dijo Adrian.

—En realidad, una de mis antiguas alumnas. Una brillante artesana de las palabras, un gran talento. Pero ella no lo aguantó más. Hay que tener la piel muy dura y un alma acorazada para soportar a Leo Stark.

Una antigua alumna. Me puse de pie y bebí agua del grifo de la pila. Dejé que corriera entre mis dedos y rebotara contra mis labios manchados de vino tinto. Yo no era ningún genio, ni mucho menos, quizá fuera una persona de lo más normal. Uno de esos suecos provincianos que ha sufrido un ataque de arrogancia y tiene un gran anhelo. No era un Leo Stark. Nunca ganaría ningún premio importante. Pero por lo menos sabía sumar uno más uno, y comprendí perfectamente de quién hablaba Li Karpe.

Septiembre de 2008

¿Qué sabía yo en realidad de Leo Stark? Ni siquiera recordaba sus libros, apenas la sensación de leerlos. Cómo me agredieron y me produjeron una especie de éxtasis. Me formé a través de esos libros, me convertí en algo que yo mismo podía amar sin sentirme avergonzado.

En algún momento, poco después del cambio de milenio, escribí una crónica muy aclamada en una de las llamadas «revistas para jóvenes» en la que ridiculizaba el culto ciego a grupos como Westlife, Boyzone y Backstreet Boys. Despotriqué contra las quinceañeras que desparramaban sus sentimientos en conciertos, a la puerta de los hoteles y en los estudios de televisión. Me llevé muchos golpecitos en la espalda por burlarme de la patética psicosis de esas masas de fans. Aunque esto no se podía comparar con la idealización adulta de un genio masculino como Leo Stark.

Me metí en internet en busca de cualquier rastro de Leo Stark. Algunas reseñas y trabajos académicos, alguna que otra página de homenaje, pero la mayoría trataban del misterio sin resolver. El único asesinato de un escritor sueco. Si alguien deseaba convertirse en una leyenda en internet, una opción segura era desaparecer sin dejar rastro. Las especulaciones y las teorías se sucedían sin cesar. Blogs y grupos y foros con miles de entradas. Yo mismo aparecía en algunos reportajes, incluso había participado en un documental hacía unos años, sobre todo para mejorar mi propia marca comercial.

Abrí el manuscrito y empecé un nuevo capítulo, pero me costaba concentrarme. Los pensamientos se movían atrás y adelante en el tiempo. Lo más seguro era que nuestra visión de Leo Stark, en cierta manera, fuese el resultado de nuestra ingenuidad juvenil. Después de todo, apenas habíamos cumplido veinte años. Pero ¿era esa realmente toda la explicación? Recordé una fiesta en Estocolmo hacía solo unos años, sería alguna presentación, una fiesta ostentosa y de copete. Caisa y yo habíamos acudido por la misma razón de siempre: establecer contactos, vendernos y, de paso, pillarnos una borrachera gratis. Por casualidad, acabamos en la misma mesa que una de las grandes estrellas de rock sueco, uno de esos tipos difíciles con guitarra que recibía cinco estrellas de sus hermanos los críticos cada vez que rimaba «amor» con «dolor». Esa noche había bebido más de la cuenta y coqueteaba descaradamente con Caisa. No podía culparlo, Caisa siempre estaba guapa, y esa noche estaba más guapa que de costumbre, con los muslos bronceados y un fino vestido veraniego. Lo curioso en esta ocasión fue que yo, por alguna perversa razón, le seguí el juego. Me sentía honrado, y en un momento de debilidad llegué a imaginarme a Caisa a cuatro patas con el viejo roquero detrás de ella. Cuando más tarde nos metimos en un taxi para regresar a casa, en Söder, Caisa me reprochó que no hubiera reaccionado, que no le hubiera dicho nada o, por lo menos, que no le hubiera dirigido una mirada intimidatoria al trovador beodo.

Había tanto que lamentar.

Creció un vacío en mi interior. Cometí el error de googlear a Caisa y enseguida tuve frente a mí una fotografía reciente. Ella sonreía a la cámara. Estaba deslumbrante y parecía feliz. Llevaba los pendientes que le compré en Arlanda en un mísero intento más de sanar la herida que yo le había causado.

Al pensar en ello, una ola de tristeza se apoderó de mí, por todo lo que pudo ser y por todo lo que yo había estropeado. La primera vez que le dije que la quería lo hice porque era algo que había que decir, no porque supiera lo que significaba, pero con el tiempo comencé a comprender el significado. La amaba de verdad. Nunca se me dio especialmente bien mostrarlo, aunque siempre pensé que más adelante habría tiempo para eso.

Nadie me conoció tan bien como Caisa. Que ahora mi vida continuara sin ella era una realidad que me producía un auténtico dolor físico. Había conseguido mantenerlo a raya, me había convencido de que solo estaba de vacaciones, una excursión temporal, y que pronto regresaría a casa con ella. Al único hogar que tenía. Con la única persona cuya célula más diminuta significaba algo para mí. Cada latido de su corazón, cada pequeña sensación en su pecho, cada uno de sus pensamientos. Todo me concernía.

Cuando ella comenzó a hablar de tomarnos las cosas con calma —cuando mencionó niños, familia y mudarse a las afueras— intenté comprar tiempo. Deseaba exprimir lo último de algo que creía que estaba a punto de desaparecer. Durante todos esos años pensaba que llegaría un momento en el que yo me ocuparía en serio de Caisa, en el que viviría más para ella y menos para mí. Como de costumbre, yo solo haría... y después, de repente, fue demasiado tarde.

Ahora la veía en una pantalla, su rostro aparecía entre mis lágrimas y no había nada que pudiera hacer. Pero decidí algo. Le dedicaría mi libro a Caisa.

Había consagrado toda mi vida a aplazar las cosas. Me había quedado a un lado observando y esperando el momento oportuno. Pero ahora tenía que ser un hombre de acción. Un libro no se escribe por sí solo.

Así que volví al texto. Regresé a la primera página y escribí la dedicatoria. Luego estuve escribiendo hasta que las yemas se me pusieron rojas. Si los restos encontrados en el bosque eran realmente los de Leo Stark, yo tenía la gran oportunidad de aprovecharme de toda la atención que le prestaran los medios. Googleé editoriales y apunté algunos nombres y números de teléfono. Mi libro, si pudiera sincronizar los nuevos avances en la investigación de la desaparición de Leo Stark, sería una bomba. Recibiría ofertas de distintas editoriales para publicarlo. Yo les dejaría hacer y después elegiría, por supuesto, la gran editorial familiar. En sus fiestas de verano me sentaría junto a Camilla Läckberg y mentiría sobre lo mucho que me gustan sus libros.

Seguí escribiendo a toda velocidad. Me dolían los hombros y los ojos me escocían frente a la pantalla, pero continué. Resultaba tan fascinante volver a vivir la vida, rebobinar y ver todo de nuevo aunque desde otra perspectiva, con mucha más experiencia vital y... ¿sabiduría? Escribí sobre un tiempo pasado, intenté hacer justicia a los hechos, pero descubría una y otra vez que los recuerdos me fallaban y que me costaba distinguir entre lo que había sucedido y la realidad que ahora tomaba forma con mis palabras. Empecé a comprender la inutilidad de describir algo como autobiográfico.

Me reí para mis adentros al leer lo que había escrito. Me interrumpió el teléfono, que descansaba en la mesilla de noche. Era un SMS de Fredrik Niemi.

Estás en Veberöd? Podemos hablar?

Miré el reloj. Eran más de la una de la noche.

El *asesino inocente*

de Zackarias Levin

10

Octubre de 1996

Li Karpe nos dividió en grupos. Escribió nuestros nombres en columnas torcidas con un trozo de tiza que chirriaba y surcaba la pizarra que presidía el aula del sótano.

—Los grupos discutirán, perdón, diseccionarán los textos de cada uno de vosotros. Todo se hará con precisión quirúrgica. Quiero que le deis la vuelta a cada punto y coma.

Fredrik, Betty, Adrian y yo acabamos en diferentes grupos. Pero incluso eso no logró separarnos. Nos pasábamos media noche inclinados sobre la mesa de la cocina de Grönegatan, fumábamos hasta acabar con la garganta áspera y luchábamos con las composiciones. Leíamos en voz alta aquello que teníamos que analizar e intentábamos ponernos de acuerdo sobre si la crítica era constructiva o no.

Una chica que parecía una ratona de biblioteca, pelirroja, con el cabello recogido en un moño, manchas en la piel y mejillas veteadas, había escrito un poema en prosa donde exponía sus experiencias con los trastornos alimentarios, un texto que hizo que Adrian se agitase y gritara:

—¡La escritura como terapia es la peor de todas!

Betty lo fulminó con la mirada.

—¿Eso dice Li Karpe?

Adrian sacudió la mano de forma que las hojas de papel se desparramaron por el suelo.

—Por favor, ahora sé objetivo —suplicó Betty.

Al día siguiente, el curso del sótano se vio afectado por su primer ataque de nervios.

Comenzó cuando Adrian arremetió de forma irracional contra lo que llamó Universidad Popular-Sturm und Drangpuberal. Tras lo cual lo acusaron de acoso en toda regla y promovieron la idea de que Adrian debería ser expulsado del curso de Creación Literaria. Su grupo se levantó como un muro de carne en torno a la pobre pelirroja, el objeto de las críticas de Adrian. La víctima desempeñó su papel a la perfección, con lágrimas e hiperventilando debido a su angustia.

—No te lo tomes como algo personal —dijo Adrian—. Es tu composición la que está mal, no tú.

Pero el populacho del grupo gritó y vociferó. Adrian hizo fuerza y se defendió lo mejor que pudo, mientras el resto de los grupos guardaba silencio.

—Creo que es hora de acabar con el análisis —dijo Jonna en su ofensivo dialecto de Småland—. Todo sale mal. En realidad, la profesora debería darnos algunas respuestas.

Los tacones de aguja de Li Karpe resonaban como truenos por el suelo del sótano.

—Ya es suficiente. Hay que saber aceptar la crítica. Si uno quiere escribir tiene que estar dispuesto a que le arranquen el corazón del pecho y lo cuelguen de un escaparate. Si no, hay otras cosas a las que dedicarse: mirar la tele, tomar el té o jugar al ajedrez.

Jonna parecía avergonzada. Pero una de sus principales defensoras, una ratona de biblioteca morena y bajita, con mofletes de hámster, se opuso a pesar de todo.

—Uno no tiene por qué ser desagradable a la hora de criticar. Debería ser algo constructivo, ¿no?

—Os recomiendo pensar de la siguiente manera —dijo Li Karpe—. Partid de la base de que todo lo que se escribe en este curso es una mierda. Sois principiantes. ¿Cómo podría no ser basura? La mayoría de los escritores han escrito millones de palabras antes de acercarse a algo medianamente publicable. No deis por sentado que sois una excepción, niños prodigio o genios. Tenéis que dejaros la piel de la misma manera que todos los que escriben.

—Pero no hay por qué ofender —dijo una de las defensoras, con los brazos cruzados sobre el pecho.

—Claro que no —dijo Li Karpe, y miró enojada a Adrian—. Mantened las críticas en un nivel decente.

Fuimos al Fellini en Bangatan. Fue la elección de Leo Stark.

—Suficiente gente —dijo él—. Relativamente cultivada.

Llegó en compañía de Li Karpe. Él vestía una especie de capa negra, y parecía una extraña mezcla entre monje y vampiro a causa de las gafas de sol demasiado grandes y oscuras, y la camisa desabrochada que dejaba su gran cruz de oro bien a la vista. Se demoró mientras ella lo ayudaba a quitarse la ropa de abrigo y dejaba el paraguas, lo bastante para que ninguno de los presentes se perdiera su entrada en el local.

—Odio cuando la gente se queda mirando —dijo al llegar a nuestra mesa—. Ya sé que esto no es Estocolmo ni Berlín, sin embargo... Uno podría esperarse algo más de estilo. Después de todo, esta es una ciudad universitaria y no un pueblucho.

Adrian y yo lo ayudamos a fulminar con la mirada a los curiosos hasta que todos los ojos se desviaron avergonzados. Fue como dar un abrazo a un amigo vulnerable, y me embargó una absurda sensación de orgullo, una curiosa sensación de chovinismo.

—Menuda semana de mierda —suspiró Leo Stark—. Estoy trabajando en el texto más difícil que he escrito en mi vida. Es un puto martirio, un cáncer, un verdadero infierno.

Negó con la cabeza, y su rostro se contrajo y se arrugó como si la tortura prosiguiera en ese mismo instante.

—¿De qué trata? —preguntó Adrian.

—¿Tratar? —dijo Leo, y resopló—. La única respuesta que se puede dar a tu pregunta es que puedes estar seguro de que se trata de un libro de mierda.

—Pero quiero decir...

—Todos mis libros tratan de una única cosa: sobrevivir a esta miseria que llamamos vida.

Adrian no se atrevió a añadir nada más. Leo Stark se quitó el guante de piel de la mano derecha, pero se dejó el otro puesto mientras ojeaba la carta.

—Estoy escribiendo sobre unos jóvenes que hacen sus primeros descubrimientos sobre la vida. Ese tipo de personas que se creen que son únicas y revolucionarias, cuando en realidad solo reproducen la historia. Seguro que los reconocéis.

—Suena interesante —dije.

Leo Stark se me quedó mirando.

—Lo que más desearía es no tener que escribir esta mierda. El cabrón del editor no para de llamarme para saber cómo va, me da la lata con la fecha de entrega y la promoción y bla, bla, bla. Lo único que quiero es desechar el texto y dedicarme a vivir.

No quiso hablar más de ello, dijo que le dolía el pecho. Ahora beberíamos algo y disfrutaríamos un rato, lejos del mundo de la creación. Dejaríamos los tormentos de la escritura a un lado e intentaríamos existir en otra especie de vacío, un vacío entre la mirada y el papel, entre el pensamiento y la acción. Los labios pintados de Li Karpe esbozaron una sonrisa contagiosa y enseguida la acompañó la risa de Betty: aleteo de pestañas y tintineo de copas, bebidas de nombres ridículos, humo de cigarrillos que causaba picor en los ojos.

Cuando finalmente nos pusimos de pie, después de horas de disfrutar de la vida, pasó lo que a veces ocurre cuando uno vive en una burbuja, se ha dejado rodear por una membrana y, a continuación, la pincha: todo daba vueltas. Posé ambas manos sobre la mesa, cargué el peso del cuerpo sobre los hombros y cerré los ojos.

—¿Estás bien? —me preguntó Fredrik con la mano posada en mi espalda.

Asentí, me recompuse y los seguí afuera, al otoño. Junto a la estación, la montaña de bicicletas había crecido durante la noche, el viento mantenía su susurro a lo largo de la acera mientras llovían hojas rojas y amarillas de los árboles y un tren rugía sobre los raíles. Nos tomamos unas salchichas en Bögen, puré de patata y Pucko, incluso fumamos un cigarrillo más. Betty quería irse a casa a dormir.

Nos separamos en Bantorget. Li Karpe tomó a Leo del brazo y el resto de nosotros nos quedamos en la esquina viendo cómo se alejaban hacia el norte con un lento bamboleo. A medio camino de la estación, Leo Stark levantó un brazo y paró un taxi. El taxista se bajó corriendo y abrió la puerta; luego ayudó a entrar al escritor galardonado.

Fredrik tomó el autobús que le llevaba a Dalby, mientras Adrian, Betty y yo regresamos caminando a casa, a Grönegatan, para resumir la noche con nuevos comentarios irónicos. Adrian y yo competimos durante un rato intentando impresionarnos con las genialidades de Leo Stark y la belleza abierta y brillante de Li Karpe. Betty nos miraba con los ojos como platos y una sonrisa torcida.

—Habláis como si estuvierais enamorados. —Se rio.

—¡Venga ya! —dijo Adrian—. ¿Quién no está enamorado de Li Karpe?

—No me refería a Li —dijo ella—. Estoy hablando de Leo.

Nos reímos, pero en algún lugar de nuestro interior sentimos una punzada.

—¿No sabíais que prefiere chicas jóvenes? —dijo Betty, ahora completamente en serio.

Nuestra risa resonó como desperdigados chaparrones, se diluyó entre toses ahogadas y carraspeos hasta que reinó el silencio. Betty nos esperó con la mirada.

—¿Sabéis lo que dijo? Que en realidad a todos los hombres les ponen las quinceañeras.

Adrian y yo nos miramos. Primero volvimos a reírnos, pero comprendimos que la preocupación en la expresión de Betty era auténtica.

—Eso no es cierto, ¿verdad? —dijo Adrian—. ¿Lo has leído en algún tabloide?

—Lo dijo en una entrevista en la televisión.

—Pero seguro que quería decir otra cosa... —dije, y pensé en *Bajo las estrellas* y en cómo me reconocí en la vulnerabilidad de Leo Stark, como si él hubiera escrito el libro solo para mí.

—No sé qué quería decir —respondió Betty—, pero eso fue lo que dijo.

—Yo he leído que una vez amenazó a un crítico —conté de pronto—. Alguien que machacó una obra que Leo había escrito. Leo se presentó una noche delante de su casa y gritó que le cortaría los huevos.

Adrian agitó una mano.

—Eso son solo cotilleos.

—Quizá.

De todos modos, Betty parecía preocupada.

Adrian se cruzó de brazos y la miró. A continuación cambió de posición en la silla y se echó a reír.

—Pero ¿por qué no? Imaginaos que un escritor fracasado de esos machaca vuestras obras en las páginas culturales. Con todo lo que habéis trabajado. Quizá solo para joder, por pura envidia. ¿Quién no pensaría en castrarlo?

Me encogí de hombros.

—Leo Stark es especial.

—Fascinante —dijo Adrian.

Betty se quedó callada.

Al final fue imposible resistir la fatiga y, una vez que me rendí, esta se apoderó de mí, me presionó los párpados y nubló cada uno de mis pensamientos. En ese estado de trance placentero oía la voz de Betty, susurrante y sinfónica; me resultaba imposible determinar si me llegaba de fuera o solo resonaba en el interior de mi cabeza. Independientemente de su procedencia, su voz contenía una seguridad envuelta en algodón que contribuyó con fuerza a que enseguida me doblara como una navaja sobre la mesa y me durmiera.

Me desperté cuando reinaba la oscuridad en un completo silencio. Me sacudí el sueño más profundo, me tambaleé como un zombi por el pasillo y me metí en mi habitación. Aterricé en la cama, me quité el jersey sudado y volví a dormirme.

Cuando me desperté de nuevo, oí a los pájaros que el otoño todavía no había espantado, como si estuvieran cantando para mí desde el alféizar de la ventana. Hice lo que pude por ignorarlos. Apreté la almohada contra la cabeza, pateé el suelo para espantarlos, pegué una oreja con tal fuerza contra el colchón que empezó a pitar.

Finalmente me levanté. Cuando tropecé en el recibidor en dirección al baño, me di cuenta de que todavía llevaba puestos los pantalones del día anterior. Me detuve delante de la habitación de Adrian. La puerta estaba cerrada. Sin pensarlo, giré el picaporte y entré. Allí estaba bastante oscuro. El ambiente estaba cargado, olía a moho y a sudor. Tan pronto como vi sus rostros me paré en seco.

Estaban juntos en la cama.

—Espera —dijo Betty.

Pero yo ya había salido.

Septiembre de 2008

Allí estaba Fredrik en la calle de mi madre, en su jodido y flamante 4×4, y parecía que en cualquier momento rompería a llorar.

—¿Qué ha pasado?

—Hay tantas cosas que no sabes, Zack. Ni siquiera conoces la mitad de esta historia.

En la radio sonaba el programa *Lugna Favoriter*. Bajó el volumen y dio un suspiro tan profundo que algunas de sus entrañas estuvieron a punto de explotar. Había conducido hasta mi casa en mitad de la noche, pero todavía no tenía claro el porqué. Lo único que resultaba evidente era que había sufrido alguna clase de crisis. Hasta le temblaban las manos sobre el volante.

—Vayamos dentro. Tendremos que ir de puntillas para no despertar a mi madre.

Sacó una gran maleta del asiento trasero, como si planeara quedarse. Me quedé mirándolo. Por suerte, desde hacía varios años mi madre dormía con tapones en los oídos y antifaz. No la despertaría ni una alarma antiaérea.

Nos encerramos en mi habitación. La cama estaba sin hacer. Ordenador, patatas fritas, café y vino en el suelo. Las cosas no habían cambiado mucho en los últimos doce años. Fredrik estaba de pie con la maleta en la mano, y tenía los tendones y las venas del antebrazo tensos. Le indiqué que dejara la maleta en el suelo.

—Dime, ¿qué ha pasado?

Suspiró hondo de nuevo y se le hundieron los hombros.

—He dejado a Cattis. Tuvimos una pelea, ya no aguanto más.

—¿Qué? ¿Has dejado a tu mujer?

Asintió despacio con la cabeza.

—Estamos mal desde hace meses. Pero esta noche el vaso se ha colmado... o quizá la palabra correcta sea «derramado». Tuvimos una pelea y nos gritamos, así que hice la maleta y me marché.

Resultaba difícil imaginar a Fredrik Niemi peleándose y gritando. Aunque claro, no lo conocía, ya no. La cuestión era si alguna vez lo había conocido. Y eso era lo que convertía esta situación en algo rocambolesca.

—¿Por qué has venido aquí?

Sonó más duro de lo que pretendía. Lo cierto es que yo estaba más que nada sorprendido, por no decir desconcertado, de que hubiera elegido venir a mi casa. Podía imaginarme un centenar de sitios mejores a los que ir. Por la mañana, cuando las cosas se hubieran calmado, cuando hubiera hablado con su mujer y la vida retornara a su curso, con toda seguridad desearía haber dirigido su todoterreno a cualquier hotel cercano.

Apretó los dientes y bajó la vista al suelo.

—No tengo a nadie más —dijo—. Lo sé, es triste de cojones. Pero esa es la realidad.

—No me refería a eso —me apresuré a decir, antes de que la situación se tornara demasiado embarazosa—. Por supuesto que eres bienvenido. No es un problema, de verdad. Solo pensaba…

—Comprendo lo que pensabas.

Señaló con la cabeza el borde de la cama, y cuando le di permiso dejó caer su trasero sobre ella ocasionando un pesado estruendo, apoyó los pies en el suelo y encorvó el cuerpo como un largo arco, clavando la vista en sus coloridos calcetines de Hugo Boss.

—No tengo amigos.

Sonó drástico. No fue la manera como lo dijo—se trataba de una sencilla constatación—, sino lo mucho que significaba. Me sentí obligado a verme reflejado a mí mismo a la luz de esa espontánea confesión.

—¿Tú tienes amigos? —preguntó, y me miró—. ¿Soy solo yo el que se encuentra en esta situación?

Tartamudeé algo inaudible. Deseaba cambiar de tema. No recordaba que Fredrik y yo hubiéramos tenido antes una conversación de esta clase, y no veía ninguna razón para empezar ahora.

—¿Tienes a alguien a quien acudir en mitad de la noche si necesitas llorar?

La última palabra me sobresaltó. ¿Ahora también se pondría a llorar? Yo siempre me había considerado alguien que no tenía problemas en tratar con hombres adultos que lloraban, pero cuando la situación llegó a ese extremo me vi obligado a reconsiderar la percepción de mí mismo.

—Mi novia me dejó a principios de verano. Durante un tiempo fue un verdadero infierno, pero no sé... Salí mucho de fiesta. Eso me ayudó.

—¿Tampoco tenías a nadie con quien hablar? ¿Alguien que te consolara?

Pensé en las noches que grité y bramé sobre mi almohada, hasta que se reventaron las costuras y la boca se me llenó de plumón.

—No, yo tampoco tengo un amigo íntimo.

—Es extraño. Cattis seguro que tiene media docena de amigos de verdad, tanto hombres como mujeres. Y siempre hace nuevas amistades. Llega a casa y ha conocido a una persona en una fiesta para niños o en la cola de H&M. Yo no sé cómo hacerlo.

—Al parecer, hay sitios de esos en internet...

Fredrik movió la cabeza con intensidad. Por primera vez apareció un atisbo de sonrisa.

—No creo que haya tenido un amigo de verdad desde aquel otoño en Lund, cuando os conocí. He tenido a Cattis y a la familia. E infinidad de colegas y conocidos, pero eso es algo completamente distinto.

—Nadie a quien acudir y llorar.

—En efecto.

Me miró fijamente a los ojos con una mirada que no reconocí, afilada y estrecha. En mi recuerdo Fredrik aparecía siempre como un bonachón, algo despistado, ese que llevaba la máquina de escribir portátil al curso de Creación Literaria.

Sentí cómo se me aceleraba el pulso. Quizá Adrian tuviera razón al no reconocerse en mi manuscrito. Claro que había razones para cuestionar mis recuerdos. Eso lo sabía. Me consideraba versado en la construcción de recuerdos, y sabía lo engañosos que podían llegar a ser y con qué facilidad aparecían distorsionados, incluso de la existencia de los falsos recuerdos, pero a pesar de todo me resultaba impensable que mis propios recuerdos pudieran no ser ciertos.

—Para mí resultó obvio venir a tu casa —dijo Fredrik, y su tono de voz fue más firme que antes—. De esto solo puedo hablar contigo. Solo tú puedes entenderlo.

Me sentí incómodo.

—Tú estabas presente cuando ocurrió. Cuando Leo Stark desapareció.

—Pero ¿qué tiene esto que ver con Leo Stark?

—Todo —dijo Fredrik—. Todo tiene que ver con Leo Stark.

El *asesino inocente*

de Zackarias Levin

11

Octubre de 1996

La cocina de Grönegatan apestaba a tabaco rubio, sudor y whisky barato. Betty tenía los ojos rojos: las largas noches pasaban factura.

Li Karpe irrumpió con los labios pintados de negro y repartió besos en las mejillas a derecha e izquierda, con el abrigo balanceándose alrededor de su cintura mientras se retocaba el peinado con la yema de los dedos.

—Tenemos que apresurarnos, Betty. El taxímetro está en marcha.

Desde el recibidor vi las luces traseras encendidas en la oscuridad mientras Betty se calzaba las botas. Había algo un tanto impersonal y mecánico en sus movimientos. Como si no controlara su cuerpo del todo.

—Os acompaño —dijo Adrian.

Li le sonrió con lástima.

—Esta vez no —dijo ella, y le acarició la mejilla.

Después nos quedamos en la ventana viendo cómo Li casi espoleaba a Betty en dirección al taxi.

—¿Qué van a hacer? —preguntó Fredrik.

—Ayudar a Leo con el libro —murmuró Adrian.

—¿Ese que preferiría no escribir?

La mirada de Adrian se congeló. En la calle, el taxi hizo un giro en «U» y desapareció.

—¿Escribirá Betty el libro por él? —dijo Fredrik.

Adrian encendió un cigarrillo.

—Creo que ella será su musa —dije.

—¿Musa? —Fredrik se encogió de hombros—. ¿Y eso qué quiere decir?

—Pues una chica guapa y joven que inspira a un escritor con su sola presencia. Ya sabemos que Leo siente debilidad por las chicas jóvenes.

Adrian expulsaba irritado el humo por la nariz.

—Las musas eran una especie de diosas de la mitología griega que inspiraban a artistas y filósofos. —Me miró fijamente a los ojos—. ¡Y yo no creo que Betty quiera ser la musa de nadie!

—Yo tampoco —dijo Fredrik—. Ya puede soñar Leo con ello.

Por alguna razón, yo no estaba tan seguro; quizá se debiera a la fascinación que sentía por el gran icono de la escritura, o sobre todo a la idea que yo tenía de Adrian.

Los primeros días después de la noche en el Fellini, Betty y él se habían mantenido aparte. Al principio interpreté su discreción como una especie de consideración hacia mis sentimientos, pero ahora no sabía qué pensar. Cada día veía el deseo reflejado en sus ojos, cómo se atraían sus cuerpos, y ponían endebles excusas para desaparecer juntos. Poderosas fuerzas se habían puesto en movimiento. Ahora Adrian y Betty se sentaban muy pegaditos. Por las noches los oía moverse acompasados, como en una canción que alcanzaba, poco a poco, el estribillo. Yo me tapaba los oídos con las manos y le gritaba a mi cerebro para no tener que oírlos.

Adrian se movía como una nube enfundada en unos vaqueros lavados a la piedra. Podía desaparecer en mitad de una conversación. Sus manos siempre añorando a Betty, cuyo rostro aparecía como un vapor en sus córneas.

—¿No te molesta? —me preguntaba por las mañanas antes de salir en bicicleta a la universidad—. Lo que hay entre Betty y yo.

—Claro que no, yo no me meto en esas cosas.

Me di cuenta de que sonaba demasiado arisco.

—No, claro. Es solo que Betty dijo algo. Se figuró... pero no era nada.

—No, no era nada.

Y esa misma tarde se besaron en la escalera del Absalon delante de todo el mundo. Me retiré cabizbajo al estacionamiento de las bicicletas y pisoteé mi pitillo. Después escribí un lamentable poema repleto de amor y dolor, de esos que escribía durante mis años de bachillerato y enviaba al Postis del *Sydsvenska* bajo diferentes e imaginativos seudónimos. Sangraba y lloraba a través de mi pluma, amontonaba rimas útiles y diferentes metáforas una tras otra, en textos y más textos que nunca reconocería como míos, que nunca estarían cerca de un grupo de análisis. Esa era mi única manera, mi única medicina.

Cuando Betty se sentaba en la cocina y cantaba con la guitarra apoyada sobre las piernas, yo me encerraba en mi habitación. Me ponía los auriculares y escuchaba *Use Your Illusion II* de Guns N' Roses hasta que me pitaban los oídos.

Una noche tras otra, Betty acudía a la gran mansión

del escritor, y Adrian llamaba a mi puerta con una botella de Vino Tinto y algún disco de Cohen comprado en Skivesset. De vez en cuando paseábamos entre charcos y montones de hojas otoñales hasta el restaurante Bellman y nos comíamos un solomillo de ternera por setenta y nueve coronas.

—Solomillo de ternera. —Adrian reía, y le daba un sorbo a la cerveza aguada—. ¿Se te puede ocurrir algo más burgués?

Nos sentábamos en una esquina y fumábamos sin parar hasta que la camarera polaca nos echaba con cajas destempladas, y Adrian exigía que le devolvieran la propina porque todavía faltaban diez minutos para cerrar.

—No volveré nunca más —resoplaba, y escupía en la alcantarilla.

—Olvídate de conseguir solomillo de ternera por setenta y nueve coronas en otra parte —le respondía yo.

Por suerte, Adrian no tardaba mucho en cambiar esas opiniones que lanzaba cada dos por tres. Cuando se trataba de Adrian, todos los principios se sujetaban con alfileres.

Una tarde intentó retener a Betty en el recibidor cuando se dirigía a casa de Leo. Escurridiza como el jabón, ella se liberó de sus manos y se quedó en la puerta como si hubiera dado un salto mortal mientras la corriente de la puerta provocaba que su cabello revoloteara alrededor de sus hombros.

—Solo me quedaré un par de horas, después volveré en bicicleta a casa. Te llamaré cuando me haya acostado.

Adrian no terminó de dar el paso y se detuvo.

—Si te soy sincero, Betty, no entiendo qué haces en su casa. ¿Ayudas a Leo Stark a escribir una novela?

—Para ya, sabes que no te puedo contar nada.

—¿Eres una jodida musa o qué?

Los ojos Betty echaron chispas, de forma que Adrian y yo retrocedimos instintivamente. Ella clavó una mirada incisiva en él, su rostro se contrajo y dio media vuelta.

—¡Te llamaré! —Su grito resonó en el hueco de la escalera, y oímos cómo se cerraba la puerta.

—¿Qué coño pinta allí? —murmuró Adrian, y se encerró en su habitación.

Adrian se negó a acompañarnos a la Hermandad de Malmö. Había oído de fuentes fidedignas que todos los que iban allí eran pijos de clase alta con la AmEx de papá en el bolsillo.

El rumor era exagerado, claro. Que Fredrik y yo sintiéramos que nos daban de lado y éramos invisibles no tenía tanto que ver con la pertenencia a cierta clase social, sino más bien con nuestro estado natural de automarginación.

Pensé que si había algo que pudiera convertirme en un buen escritor era justamente esto: encontrarme en el rincón de un bar con una cerveza tibia en un vaso de plástico mientras que los que estaban a mi alrededor reían, bailaban, se acercaban entre ellos y se tocaban, hablaban y cantaban y parecían tener de sobra consigo mismos y el presente. Alguien tenía que quedarse a un lado y registrarlo todo, llevar un diario mental y volver a relatar la vida en tono cáustico. Ese papel me sentaba bien. Yo deseaba formar parte sin tener que participar. Una distancia prudencial resultaba siempre demasiado próxima. Y pensé que esa sería mi salvación. Si relataba la estúpida manera de vivir de la gente, conseguiría su confianza y también formaría parte del presente.

No sabía lo que pensaba Fredrik sobre ello. No hablábamos de esas cosas. A decir verdad, él parecía más aficionado a la cerveza barata porque no paraba de beber. Se apoyó en la barra y esbozó una amplia sonrisa ausente.

—Creo que voy a dejarla —dijo.

Le pedí que se acercara más. Entonces gritó:

—¡Pienso dejarla!

—¿Dejarla?

—La creación literaria. ¡No encajo aquí!

—Bah, hay mucha gente que no encaja. Pero nosotros somos los elegidos. Hay un centenar de personas que quieren ingresar en el curso.

—Sí, pero...

Dejó que su mirada vagara por la pista de baile repleta de gente. Arqueó las cejas, pero sus ojos brillaban de deseo.

—Pensé que sería divertido. Un curso entretenido. No quería tomarme la escritura demasiado en serio. No quería luchar y sudar y padecer ansiedad. A mí solo me gusta escribir.

Lo comprendí. En realidad, estaba de acuerdo en todo y había pensado lo mismo, pero no estaba dispuesto a admitirlo. La creación literaria significaba mucho para mí.

—Necesitamos aire fresco —dije, y me abrí paso entre las espaldas de camisas sudadas y vasos que salpicaban.

En el hueco de la escalera Fredrik necesitó una pausa. Jadeaba con ambos brazos apoyados en la barandilla, se inclinó hacia delante y pareció que fuera a vomitar.

—Sentémonos —dije, y le ayudé a bajar el escalón.

Fredrik se desplomó con la cabeza entre las piernas y

la boca abierta. Me senté junto a él y lo observé. Reconocía tanto de mí mismo en él...

Nos interrumpieron unas risas.

—¿Se ha desmayado? ¿Aquí?

Dos chicas habían colocado sus botines en el peldaño superior, y ahora se abalanzaban sobre Fredrik, reían y le pellizcaban las mejillas; olían a vino y a perfume de vainilla.

—Nosotras nos vamos a Stortorget. ¡Allí la música es mucho mejor! ¿Os venís?

Las miré con sorpresa. Sus sonrisas olían a infancia, como si nada pudiera hacerles daño. En realidad, yo no deseaba otra cosa que seguirlas, pero el código social establecía que no debía mostrar mucho entusiasmo.

Las reconocí. No a ellas, pero sí su clase. Me resultaban familiares, de Veberöd. Chicas completamente normales, con rostros normales y problemas normales. Demasiado normales, sonrisas demasiado fabulosas y maravillosas.

Así que nos pusimos en camino cogidos del brazo y cantando canciones por las calles adoquinadas. Fredrik gritaba al cielo y respiraba con sorbos voraces hasta que la noche le insufló nueva vida. Los ojos le brillaban y resplandecían. Bailamos.

—¿Qué estudiáis?

Las chicas que tenían nombres normales, como los que tenían en Veberöd y Sandby —Anna o Maria o Malin o algo por el estilo—, se miraron entre sí y rompieron a reír.

—Tenemos carnés falsos.

—Yo realizo ciento veinte créditos de estudios de cajera en un supermercado de Staffanstorp. Y ella estudia para cartera en la oficina de correos de Arlöv.

Siguieron bailando como si esa noche nada pudiera perturbarlas.

—¿Y vosotros? —dijo la que se sentaba frente a una caja cualquiera de un supermercado cualquiera de Staffanstorp—. No, espera, no digas nada. Seguro que sois, sí, tenéis que ser...

—¡Ingenieros! —gritó la otra, la que durante el día repartía cartas en Arlöv y ahora se había rizado el pelo y llevaba unas cuentas de plástico colgadas del cuello.

—¡Ni hablar! No son tan frikis. Más bien parecen profesores de historia de bachillerato. ¿Se estudia historia en bachillerato? Sí, seguro que sabéis mucho de reyes y todo eso.

Sujeté a Fredrik para que no chocara contra una farola. Me miró fijamente a los ojos como si se encontrara en otro mundo.

—En realidad, estudiamos Creación Literaria —dije a las chicas.

Su reacción no fue en absoluto como me esperaba. Tontearon y se rieron e hicieron juegos de palabras sobre la creación literaria.

Delante de nosotros la gente salía del café Ariman y voces de felicidad se desparramaban entre las fachadas de las casas. Todo era *happy* y de maravilla, no había quejas.

—¿Así que os pasáis el día escribiendo historias? ¿Es eso lo que hacéis? Uy, suena estupendo.

—Es todo menos estupendo —intenté objetar—. Escribir es un trabajo muy duro, como cavar una zanja y volver a llenarla.

Rieron hasta quedarse casi sin aliento.

—Trabajo duro, cavar una zanja —dijeron con una ridícula voz impostada.

—¿Sabéis quién es Leo Stark? ¿El escritor? Nosotros lo conocemos. Nos relacionamos con él, por así decirlo.

—Ni idea —dijo la cartera, y se colocó un cigarrillo entre los labios rosas—. Solo he leído un libro en toda mi vida. Se llama *Buenas noches, señor Tom*, y lo he leído dos veces, pero no tengo ni idea de cómo se llama el que lo ha escrito.

—De cualquier manera, no es Leo Stark —dije.

—Pero ¿es famoso? ¿Sale en televisión y eso?

Me tragué mi respuesta y las chicas expulsaron volutas con el humo de sus cigarrillos recién encendidos. En ese momento me pareció que trataban de impresionar.

—¿Ahí también dan becas? —preguntó la cajera.

—¿Qué?

Mi pitillo temblaba entre los dedos de mis guantes.

—Que si dan becas en esa escuela de escritura. Me gustaría entrar allí, joder. Estoy harta de subir escaleras y de que me regañen por meter cartas en buzones equivocados.

«¡Menuda estúpida!» No lo dije, pero lo pensé bien alto, pues ya me había hartado, y tiré a Fredrik del brazo. Quizá lo mejor fuera que nos marchásemos a casa. Mañana sería otro día, la cama nos estaba esperando. Fredrik pareció algo sorprendido, pero sus protestas se limitaron a algunas preguntas inconexas: ¿Qué? ¿Por qué? ¿Quién?

Lo acompañé al autobús, allí tuvo un ataque de pánico y recuerdos de películas de miedo acudieron a su mente. No encontraba su abono de transporte, seguro que se lo había bebido. Me coloqué detrás de él, le metí la mano en el bolsillo trasero y allí estaba.

—Hasta mañana, ¿vale?

Subió a bordo de la línea 160 y se alejó con la frente pegada a la ventanilla. Entonces escarbé en busca de un último y arrugado billete de cincuenta coronas en el bolsillo de mi chaqueta para zamparme un kebab de camino a Mårtenstorget.

Después callejeé sin prisa de regreso a casa; al pasar por Stortorget me crucé con esporádicos noctámbulos y luego atravesé la oscuridad de Kattesund. Tenía a Betty metida en la cabeza, y algo duro y afilado clavado en el pecho.

Caminé cincuenta metros Grönegatan abajo, pasé la vieja guarida de escritor de Strindberg y aspiré el aroma de las hojas mojadas de las aceras. La luna estaba partida por la mitad y me pareció ver cómo su pálida luz se alargaba desesperada hacia el asfalto para proporcionarme una guía a lo largo de mi camino.

En el mismo instante en que entré en el edificio oí cómo se abría una ventana que daba a la calle. Primero di dos pasos hacia nuestra puerta, pero enseguida di media vuelta, abrí la pesada puerta y eché un vistazo a la acera con el corazón en un puño. Justo en el último instante, me dio tiempo a ver cómo ella se alejaba corriendo calle arriba, solo con los calcetines puestos y sin abrigo, con el cabello formando una ola tras de sí. Corría como si le fuera la vida en ello. No se dio la vuelta y desapareció al doblar la esquina de Drottensgatan.

La ventana de la habitación de Adrian —esa ventana por la cual Li Karpe acababa de saltar— seguía abierta y sus hojas batían.

Septiembre de 2008

—Leo Stark es un jodido fantasma.

Fredrik Niemi estaba sentado en la cama de la que, en otra vida, fue mi habitación. Ironías del destino, su apariencia también recordaba en muchos aspectos a un fantasma, como el color anémico de su piel o los ojos hundidos y enrojecidos. Parecía haberse vestido a toda prisa.

—Si te soy sincero, durante estos últimos años no he pensado mucho en él —dije—. He estado ocupado con otras cosas.

Fredrik apartó la mirada.

—Desearía no haber asistido al curso de Creación Literaria. Yo no tenía nada que hacer allí. En realidad, solo quería alejarme de casa, de todo.

—Pero...

Agitó un poco la mano en señal de desaprobación.

—No te preocupes por eso ahora. Quizá estabais muy ocupados para verlo o, sencillamente, erais demasiado jóvenes. Todos nos sentíamos mal de una manera u otra.

—Lo siento —dije, como si ahora tuviera alguna importancia.

—Mi padre murió de un ataque al corazón. Pero era un hombre muy decidido. Las cosas tenían que ser a su manera o no ser. Tendría que haberme enfrentado a él, pero ya es demasiado tarde.

Esto era completamente nuevo para mí.

—En realidad, yo creía...

No sé qué creía. Lo cierto era que no me interesaba tanto como para preocuparme.

—Tú también te habías fugado —dijo—. A tu manera.

Me reí, pero Fredrik me miró con cara de póquer. Quizá tuviera razón.

—¿Hablas en serio sobre el proyecto del libro? —dijo a continuación—. ¿De verdad piensas escribir sobre lo que sucedió?

—Ya estoy trabajando de lleno en él.

—Y al mercado no le perjudica nada que, de repente, haya aparecido el cuerpo de Leo, ¿verdad?

—Si es que se trata del cuerpo de Leo.

Fredrik pareció casi sorprendido.

—Sí, claro. Si es el cuerpo de Leo.

Se rascó la frente.

—Pero ¿qué tiene que ver Leo y todo esto con tu matrimonio?

Fredrik me lanzó entre sus dedos una mirada heladora. Y un pensamiento aterrador cruzó mi mente.

—¿No serías tú? —dije.

Enseguida retrocedió.

—¿El que mató a Leo? ¿Estás loco? ¡No, yo no lo asesiné!

—Entonces, explícate.

Parpadeó varias veces y bajó la vista al suelo.

—Lo que pasa es que nunca se lo conté a Cattis. Ella no sabe nada de Leo. Ni siquiera sabe que estudié Creación Literaria ni que ese año viví en Lund.

—Pero ¿por qué?

—Simplemente no se lo conté —dijo, y pareció realmente abatido—. Cuando conocí a Cattis estaba dejando atrás mi pasado. Solo deseaba seguir con mi vida. Intentaba no pensar en Leo, Li y Adrian, así que le conté una mentira piadosa y después no hubo marcha atrás. —Torció la boca avergonzado—. Resulta muy fácil enrollarte en tus propias mentiras. Y cuando se ha ocultado algo durante mucho tiempo, el asunto se convierte en algo francamente imposible de revelar. Cattis nunca habría vuelto a confiar en mí.

—¿Quieres decir que habéis estado discutiendo sobre esto?

—Entre otras cosas. Hace tiempo nos tropezamos con Adrian. Me quedé totalmente bloqueado y no supe qué decir.

—¿Qué? ¿Te lo encontraste?

Asintió.

—Solemos salir al campo para caminar. A Cattis le encanta descubrir sitios nuevos. La primavera pasada nos detuvimos junto a la iglesia de Flädie y dimos un paseo por la carretera. Y, de repente, ahí estaba Adrian mirándome fijamente desde un jardín.

—¿Te reconoció?

—¡Pues claro! Traté de evitarlo, pero él salió a la carretera y nos paró. Sacó a la luz un montón de recuerdos y me preguntó por dónde andaba el grupo ahora. Recuerdo que quiso saber de ti. Explicárselo a Cattis no resultó nada fácil. Tuve que reconocer que le había mentido.

—Pero entonces, ¿también me mentiste a mí? ¿Sabías dónde vivía Adrian?

Fredrik apartó la mirada.

—No deseaba verme involucrado en tu proyecto literario. O, más bien, no deseaba que escribieras el libro.

Tantas mentiras... Evidentemente esa era la razón de que Adrian creyera que había sido Fredrik quien reveló su escondite. Aunque, ¿no debería Adrian haberme dicho que se habían encontrado? Me pregunté si en esta historia había alguien que se atuviera a la verdad.

Fredrik suspiró y se restregó los ojos con las palmas de las manos.

—Pero también había otras cosas, claro. Quién vaciaba el lavaplatos y sacaba la basura, de qué color había que pintar las paredes del dormitorio, cuánta ropa de marca necesita un niño de seis años. ¿Y sabes qué es lo peor de todo? ¿El origen de las peleas?

—Ni idea.

Me parecía que ya no tenía ni la más remota idea de nada.

—Los libros —dijo Fredrik—. Cattis piensa que me refugio en los libros. Dice que me importan más que las personas de carne y hueso. Es tan ridículo... —Resopló, enfadado consigo mismo—. Ella lee libros de Harlequin. ¿Entiendes? ¡Me he casado con una lectora de Harlequin! Supongo que debo culparme a mí mismo.

Incluso llegó a reírse y yo no supe si debía hacerlo también. Él había venido hasta aquí para llorar.

—¿Hay más cosas que no sepa? —pregunté.

Me miró indiferente. La risa se borró de su rostro.

—Dijiste que había muchas cosas que no sabía —continué decidido—. ¿A qué te referías con eso?

Fredrik parpadeó un par de veces.

—¿No lo contaste todo durante el juicio?

Bajó la mirada.

—Tenía miedo, Zack.

—Lo sé. Todos teníamos miedo.

Vi delante de mí su cabeza gacha en el juicio. La camisa y la corbata, a su madre y su padre sentados en los bancos para el público, cómo lo acompañaron luego al coche que los esperaba. Rostros resueltos, una puerta que se cerraba. Sin haberse despedido.

—No podía contarlo todo —dijo, y alzó la cabeza hacia mí.

Me pareció vislumbrar una lágrima.

El *asesino inocente*

de Zackarias Levin

12

Noviembre de 1996

Fredrik Niemi participó por primera vez en un concurso de chupitos. Diez pequeños vasos de plástico en una bandeja: chupitos de mentol, pimienta turca, frambuesa. Uno, dos, tres, había que beberlos de golpe.

Fredrik había ganado, dependiendo de cómo se mirase. Por lo menos había sido el más rápido, y Adrian, Betty y yo aplaudimos y gritamos como los *hooligans* más aguerridos. Ahora el ambiente era diferente. Nos encontrábamos sentados en la escalera de una tienda abandonada en los callejones de Nöden, y Fredrik tenía vómito en los zapatos y apenas se podía tener en pie.

Nos encaminamos hacia el autobús. Betty canturreaba y bailaba con las botas desabrochadas y el anorak revoloteando alrededor de su cuerpo. El viento de noviembre hacía ondear su cabello.

Recogió su bicicleta delante del mercado. Se puso en cuclillas y abrió el candado mientras Adrian y yo sujetábamos a Fredrik del brazo.

—Os podéis ir a casa —dijo Betty—. Me quedaré con él hasta que venga el autobús.

Se puso de puntillas y sujetó con una mano el manillar de la bicicleta mientras besaba a Adrian. Yo aparté la vista.

Adrian y yo nos fuimos a casa, a Grönegatan, y nos dormimos.

Mientras tanto, Fredrik se balanceaba en un banco de la parada del autobús. A su lado, Betty se había cruzado de piernas e intentaba encender un pitillo arrugado. De forma periódica, los autobuses rugían al entrar en la estación entre chirridos. Cuando llegó el 160, Fredrik había cerrado los ojos y había desaparecido en la neblina que tarde o temprano encuentra el ganador de un concurso de chupitos. Betty lo agarró de los hombros y lo zarandeó para, a continuación, empujarlo por la espalda con las dos manos para que subiera al autobús. El conductor enseguida salió de su cabina y empezó a agitar los brazos.

—Está demasiado borracho para subir.

Fredrik se balanceaba adelante y atrás y Betty se veía obligada a sujetarlo por la cintura mientras intentaba a su vez: 1) utilizar su feminidad con la cabeza ladeada; 2) suplicar y rogar con lágrimas en los ojos; 3) explicarle al conductor lo cabrón que era y lo mal que lo pasaría si no llevaba a Fredrik hasta Dalby.

Este último intento consiguió que el conductor soltara una retahíla de palabrotas en árabe, al mismo tiempo que los obligaba a bajar del autobús, empujándolos con su barriga de cien kilos llena de humus.

Después, por la ventanilla, les mostró el puño y siguió blasfemando para sí mismo mientras aceleraba, el autobús se alejaba de la parada y desaparecía al doblar la esquina.

—Tendremos que tomar un taxi —dijo Betty.

Encadenó su bicicleta a una farola y llevó a Fredrik hasta el taxi más cercano. El conductor salió y les abrió la puerta trasera.

—¿Cuánto cuesta ir a Dalby?

—Trescientas coronas.

Ella miró a Fredrik, que había cerrado los ojos y se balanceaba con una sonrisa ausente.

—Está bien —suspiró Betty—. Pero, mejor, llévenos a la Ciudad de los Profesores.

Fredrik hizo un torpe intento de indagar qué demonios tenían que hacer en la Ciudad de los Profesores, pero Betty solo suspiró entre murmullos y le ayudó a ponerse el cinturón de seguridad. Después Fredrik se dio media vuelta, apoyó la frente contra ella y susurró:

—Estoy borracho.

—Desde luego —dijo Betty, y le pasó la mano por la espalda.

La siguiente vez que se despertó seguía sentado. O reclinado con la frente apoyada en algo duro. La saliva le corría por la barbilla, sudaba y parecía que los brazos y toda la parte superior de su cuerpo fueran de goma. Como una muñeca que alguien hubiera tirado a... Sí, ¿adónde? Intentó comprender dónde estaba, pero no tenía fuerzas para enderezarse. Tan pronto como abría los ojos veía rodar borrosos patrones de colores, manchas oscuras rojas, azules y amarillas.

Fredrik permaneció inmóvil, escuchando una música que estaba tan alta que apenas podía distinguir la melodía. Sonaba una voz entre los ataques instrumentales. Bajo el bombardeo saturado del bajo se oía una voz masculina rasposa que quizá cantara en griego, turco o un idioma de piratas. Los pensamientos de Fredrik revoloteaban lentos intentando averiguar por qué se encontraba en ese estado. Le dio tiempo a pensar en locura, esquizofrenia, LSD. Probablemente fuera una especie de instinto de supervivencia arraigado en lo más profundo de su ser lo que, finalmente, a pesar de las protestas de cada fibra de su cuerpo, le dio fuerzas para apoyarse en los codos y abrir los párpados lo suficiente para ver quiénes se movían delante de él, despacio, como espíritus flotantes.

—¡Coño, está despierto! —exclamó Leo.

Leo Stark estaba de pie, con zapatillas de piel de cordero y un albornoz parecido a un quimono. Una pálida luz centelleante le alcanzó el rostro al compás del bajo y le obligó a entornar los ojos y a mirar hacia otro lado.

—¡Joder! —gritó Li Karpe.

Ella estaba justo al lado, con el pánico reflejado en la mirada, y Fredrik tuvo que restregarse los ojos con las manos para poder ver con claridad: tacones de aguja y correas de cuero alrededor de sus pantorrillas, bragas y ligero con diamantes de cristal, una joya en su ombligo.

—Dale otra bebida —dijo Leo.

Se encontraban en su mansión. Fredrik reconoció el gran salón, el sillón y las estanterías.

—¡Date prisa! —ordenó Leo.

Mientras tanto, Fredrik logró enderezar poco a poco su cuerpo y sentarse. Sus ojos se fueron acostumbrando a la penumbra, pero dudó de su propia percepción cuando descubrió a Betty en el diván del rincón. No podría jurar, ni siquiera una década después, que realmente vio lo que creyó ver. Lo repasó tantas veces que los recuerdos quedaron atrapados en su interior como en una fotografía, listos para ser evocados cuando hiciera falta. El tiempo daría a sus recuerdos otra perspectiva, añadiría nuevos horrores y sentimientos de angustia. Cuando quería, o incluso cuando no quería, Fredrik era capaz de ver a Betty desnuda y atada como una ofrenda a los dioses en el diván del gran escritor.

Septiembre de 2008

Esa noche no disfruté de muchos minutos de sueño. Me senté con el ordenador sobre las piernas para escribir, añadir párrafos, tachar y corregir, pero al mismo tiempo una guerra relámpago se desencadenaba en mi mente.

Fredrik dormitaba en el sillón contiguo. Movía la cabeza de vez en cuando y daba largos suspiros, sorbía y masticaba en sueños, pero sobre todo cabeceaba en silencio.

—¿Estás seguro de que no fue un sueño? —le había preguntado después de que me contara su versión—. ¿Quieres decir que montaban alguna clase de orgía en casa de Leo?

—No lo sé. Seguro que había algo en la bebida que me dieron.

—¿Crees que te drogaron? —La cosa iba de mal en peor. Me resultaba difícil asimilar los nuevos datos.

—Si te soy sincero, no tengo ni idea. Estaba bastante borracho.

—Sí, lo estabas. Si con eso de «bastante borracho» te refieres a una regresión a la infancia.

Contuvo la risa algo forzado. Al rato su respiración se volvió pesada y comprendí que se había dormido.

Yo continué trabajando en su capítulo. La estructura del relato resultaba un poco artificiosa, pero esas cosas siempre se podían corregir después. Para eso estaban los editores. Ahora mismo no tenía tiempo para los detalles.

Mi madre entró dando zancadas, pero dio media vuelta antes de acabar su «Buenos dí...». Fredrik y yo estábamos sentados y tuvimos que ahogar la risa. Nos miramos y no pude menos que sentirme como después de un mal polvo de última hora, cuando te despiertas por la mañana y en ese preciso instante deseas encontrarte en cualquier otro lugar.

—Yo ya me iba —dijo Fredrik, y se planchó la camisa con la mano para luego continuar con su chaleco a medida, que seguro que costaba bastante más de lo que yo sacaba por dos mil caracteres. A pesar de ese éxito material, se encontraba en un estado lamentable, más o menos como el de alguien que mete sus pertenencias en una maleta y se larga a casa de un desconocido al que no ve desde hace doce años, pero a quien todavía sigue considerando su mejor amigo. Hacía mucho tiempo que no sentía pena por alguien que no fuera yo mismo.

—¿No tienes tiempo de desayunar? —dije, por esa razón.

Toqueteó su reloj, me miró con aire interrogante y se encogió de hombros.

—Sí, claro. Creía que...

—Tranquilo —dije—. No pienses en ello.

Mi madre ya estaba junto al fregadero y silbaba una melodía al mismo tiempo que se estiraba hacia el armario y se agachaba delante de los cajones, como si estuviera en mitad de una tabla de gimnasia. La tostadora escupía rebanadas en su punto, el zumo de naranja llegó al vaso en un chorro perfecto y mi madre nos dio la bienvenida con una sonrisa tan forzada que le hubiera permitido trabajar como vendedora de coches.

—¡Buenos días, buenos días! —dijo, pero se dio la vuelta tan rápido que no vio la mano tendida de Fredrik.

—Este es Fredrik. Un antiguo compañero de curso, de la época de Lund. Creo que no os conocéis, ¿verdad?

Ella le lanzó una rápida mirada y negó con la cabeza.

—Tiene un pequeño problema —comenté.

—Vaya, entiendo —dijo mi madre—. Pero ahora no penséis en eso. Hace una mañana maravillosa y tenemos pan blanco y negro, queso, jamón, salchichón. ¿Té o café?

—He dejado a mi familia —dijo Fredrik.

—Tengo Earl Grey, claro, pero también té de frutas, y una variante con canela y cardamomo que sabe un poco a Navidad, aunque quizá sea demasiado pronto para eso.

—Yo tomaría un café —dijo Fredrik.

Nos sentamos frente a frente, y cada uno hojeó su parte del *Skånska*. Yo leí los resultados de fútbol de Trollenäs y un artículo sobre la cría de terneros en Köinge, una disputa política en Höör y un accidente con fuga a las afueras de Vanstad. Alcé la vista y vi a Fredrik, que se había ocultado detrás del periódico. Mientras tanto, mi madre hacía ruido con las tazas, los platos y la cubertería. Yo solo esperaba a que ella empezara su entrevista en profundidad.

—¿En qué trabajas, Fredrik? —preguntó, por fin, de pasada, sin renunciar a sus labores.

Miré a Fredrik. Parecía como si hubiera llorado.

—Fredrik trabaja en una editorial. Me va a ayudar con mi libro.

Mi madre se detuvo al momento, cruzó las manos y miró fijamente a Fredrik mientras le asomaba una sonrisa de satisfacción.

—¡Qué noticia más buena! Así que vas a ayudar a Zack con el libro. Él confía mucho en ese libro. Bueno, ¡yo también, claro!

Fredrik esbozó una media sonrisa como respuesta y después se volvió hacia mí con gesto suplicante.

—Ahora déjalo en paz, mamá. Todavía nos queda mucho trabajo antes de que sepamos si habrá algún libro.

Una mueca rígida y casi ofendida se dibujó en su rostro. Uno a uno, mi madre estiró de los dedos de sus guantes de goma de forma que restallasen.

Comimos y bebimos en silencio.

—Gracias por el desayuno —dijo Fredrik después, y se puso la chaqueta.

Lo acompañé a la puerta.

—¿Qué piensas hacer ahora?

—Tengo que hablar con Cattis. No podemos seguir así. No sé muy bien qué quiero, pero, de cualquier forma, no podemos seguir así.

Lanzó la maleta en el maletero y se quedó pasmado delante de mí. No me había dado cuenta antes, pero justo encima de sus orejas el pelo había empezado a encanecer.

Se ajustó las gafas con la yema del dedo y se frotó con cuidado la nariz. Me incliné hacia delante y lo abracé.

Cuando volví a entrar, mi madre estaba en la ventana y observaba el todoterreno de Fredrik.

—Ahora lo entiendo —dijo ella tan pronto como las luces traseras desaparecieron entre las casas—. ¡Mira que no decirme nada! No te has atrevido, claro.

Dio un latigazo con el paño de cocina antes de doblarlo dos veces y dejarlo sobre el respaldo de una silla.

—¿De qué estás hablando?

—Ya tenía mis dudas, aunque... Ese enorme interés por los libros. ¡Y Estocolmo! Claro que debería haberme dado cuenta.

—¿Darte cuenta de qué?

Esbozó su sonrisa más amable.

—De que eres homosexual, claro.

—¿Homosexual?

—Sí, no tienes por qué avergonzarte de ello. Soy mayor, pero evoluciono. Vivimos en el siglo XXI. La homosexualidad hoy en día es perfectamente natural. Bueno, quizá «natural» no sea la palabra adecuada, pero no es nada raro.

—Por favor, mamá, no soy maricón.

Ella se agachó un poco.

—No sé si se puede utilizar esa palabra. Pero no tienes que avergonzarte de tu sexualidad. Y Fredrik parece ser un buen hombre... una buena persona. Claro que será una pena que yo no pueda tener nietos, cosa que deseaba, el postre de la vida, por así decirlo, pero lo más importante es que tú seas feliz. Que Fredrik y tú seáis felices.

Comenzó de nuevo con su comportamiento maniático en la cocina: cambió cosas de un armario a otro, lavó meticulosamente todo lo que tenía que meter en el lavaplatos y guardó los embutidos del desayuno en dobles bolsas de plástico atadas con gomas de pollo.

—Mamá, ya no lo aguanto más. Tengo que escribir un libro. Puedes creer lo que quieras, pero me pueden gustar los libros y puedo vivir en Estocolmo sin ser gay.

Ella intentó parecer confundida, aunque percibí su alivio. Era una actriz demasiado mala. Desmontó la cafetera y la enjuagó pieza a pieza bajo el agua corriente.

Suspiré.

—Tendrías que saber cuántas mujeres...

Al oírme comprendí que lo mejor que podía hacer era largarme de allí. Mi madre seguía junto a la pila y sonreía. Cuanto más pensaba en ello, más sorprendido estaba de que, a pesar de todo, yo fuera una persona más o menos normal.

En la habitación leí una vez más mi último capítulo. Pasé las hojas hacia atrás y leí por encima, me detuve en alguna frase que destacaba, que necesitaba eliminar o reescribir. Yo no tenía a ningún ser querido al que asesinar por la sencilla razón de que ya no me enamoraban las palabras o las frases.

El *asesino inocente*

de Zackarias Levin

13

Noviembre de 1996

El dolor era intenso y penetrante. Cada vez que la mano de Betty tocaba la piel de Adrian, cada vez que su mirada se enquistaba en él, cada toqueteo por debajo de la mesa, las rodillas que se rozaban, las camisetas que se prestaban, los cuellos que se olían… Eso me partía en dos, como un dolor de muelas, como una herida profunda, como un meñique del pie roto.

—¿Seguro que estás bien? —preguntó Adrian.

En esta ocasión no dije nada, di media vuelta y abandoné el apartamento.

Me pregunté qué le habría contado Betty a Adrian. A mí me dijo que yo era un amigo maravilloso.

Un amigo maravilloso. En primer lugar, pensé que era lo mejor que podía imaginar. Después puse «Nothing Compares 2U» de Sinéad O'Connor una y otra vez y estuve media noche lloriqueando. No se me pasaba. Cambiaría toda la amistad del mundo solo por poder apretar mi cuerpo contra el de Betty.

—No le hagas daño —exhorté a Adrian, y pensé en Li Karpe saltando por su ventana. Deseaba que comprendiera que lo sabía y que tenía los ojos puestos en él.

Adrian no me reveló nada. Y, contra su voluntad, Betty siguió yendo por las noches a la casa de Leo Stark. Una tarde Adrian estaba bajo una lluvia torrencial intentando sujetar el portaequipajes de la bicicleta de ella. Betty se había liberado y Adrian apareció en la cocina, empapado y abatido.

—Maldito Leo Stark —murmuró—. Sería capaz de matarlo.

Yo había apagado la lámpara de la cocina y escribía a mano a la luz de una vela. Li Karpe nos había encargado que escribiéramos unos poemas que se presentarían en una lectura pública a mediados de noviembre, en el auditorio de Lund. Me asustaba solo de pensar en ello, más que nada porque todos mis intentos de escribir poesía parecían acabar en interminables poemas ten-pena-de-mí, con complejo de Werther y récord mundial de metáforas del corazón.

—Habrá mucha gente—dije, como si acabara de darme cuenta.

Adrian se iluminó.

—Quizá haya periodistas. Críticos, gente de las editoriales. Deberíamos mandar invitaciones.

—Bueno, eso tendríamos que hablarlo con Li.

Realmente envidiaba su entusiasmo y la manera obvia de creer en sí mismo.

Betty había oído de fuentes fidedignas que los trabajos más importantes de Creación Literaria se publicarían en los compendios del curso. Uno a finales de otoño y otro en primavera. Al parecer había gente influyente que leía esas antologías. Según los rumores, algunos antiguos alumnos habían conseguido contratos editoriales de esa manera.

Por lo tanto, era allí donde yo centraría mis esfuerzos en lugar de hacerlo en el poema. Me pareció razonable poder escribir dos buenas composiciones en un año. Y eso era, en realidad, todo lo que necesitaba. A nadie le importaba qué tenían Hemingway o Kerouac en sus papeleras.

Solucioné mis problemas con los poemas buscando algunos de los más famosos de Leo Stark y reescribiéndolos con mis propias palabras. Después comencé antes de tiempo mi composición para el compendio del semestre de otoño. Sin decirle nada a nadie. Durante el día, los pensamientos se disparaban; les daba la vuelta a las expresiones y las pulía hasta la perfección para luego, por la noche, ponerlas por escrito bajo el mayor de los secretos.

La clave del éxito se llamaba «experimento». Crearía algo único, algo completamente nuevo que se diferenciaría de todo lo anterior. Mi mayor temor era ser banal y repetitivo; las historias ya contadas, las palabras que ya habían sido formuladas no tenían ningún derecho a existir en la gran literatura. Rompería todos los moldes.

La idea se basaba en un título: *Una ardilla sentada en un abeto reflexionaba sobre el significado de la vida.* Me llegó mientras realizaba una visita al baño del café Ariman, cuando se acabó el papel y tuve que estirarme para alcanzar unas servilletas. Me fui directo a la barra y pedí que me dejaran bolígrafo y papel para anotar mi idea. Era tan genialmente maravillosa que solo un idiota dejaría de escribir una novela con semejante título.

La aboné con metáforas esotéricas, juegos de palabras que carecían de sentido pero que hacían que se sintieran en el estómago. Cada frase debía arder. Dejaría a un lado el contexto y la semiótica. Leía en alto para mí, tamborileaba el ritmo de las palabras con la mano sobre la mesa y pulía la sintaxis hasta el más mínimo detalle. En los peores momentos golpeaba la pared y Betty y Adrian aparecían corriendo y creían que era carne de manicomio. Y en los mejores, sentía un placer puramente sexual. Me subía al sofá en calzoncillos en mitad de la noche para declamar mis propias palabras con el entusiasmo de un loco. Conseguiría que, por lo menos, me nominaran al Premio August y me invitaran a coñac en casa de Sture Allén. Estaba seguro de ello.

La mañana siguiente fue como una mala resaca. Lo que antes parecía ingenioso, bajo la luz de la sobriedad resultaba plano e insulso. Li Karpe ni siquiera se enfadaría; solo se reiría del desaguisado. Yo era un total fracaso como escritor y debería haberme quedado en Veberöd entre dehesas y tractores.

Septiembre de 2008

Era un día realmente malo. De nuevo. Había sido una pésima semana, dijo Henry. Betty se había pasado casi todo el tiempo acostada, descuidaba la comida y la higiene, respondía con apatía y resignación, comenzaba a caer en viejos patrones. Cuando Henry bajó a encontrarse conmigo en el portal me dijo que ella se acababa de levantar.

—Creo que lo está pasando mal con tu regreso después de tantos años —dijo mientras subíamos la escalera.

No respondí. No sabía qué quería que dijera. Ya le había prometido por teléfono que no me quedaría mucho tiempo. Se trataba solo de algunos puntos relacionados con el libro que necesitaba aclarar.

Henry me sujetó la puerta como un caballero.

—¿Así que eres escritor?

La pregunta se podía enunciar de dos maneras: o bien con un desdén que sugería que el interrogador no creía que el demandado fuera realmente un escritor, un escritor de verdad que había escrito algo de valor; o bien, el interrogador sentía tanta admiración que parecía un adulador, a pesar de no haber leído ni una palabra de lo que había escrito el demandado. El tono de la pregunta de Henry pertenecía más bien a este segundo tipo.

—Yo también escribo mucho —explicó mientras se quitaba los zapatos en el recibidor—. Así conocí a Betty, cuando fui a Estocolmo a escribir una novela.

—¡Vaya!

—Aunque nunca llegué a escribirla. Era demasiado joven.

Se había detenido delante de mí en el estrecho pasillo y miré desesperado alrededor, pero no había forma de escabullirse. Odiaba cuando la gente deseaba hablar conmigo sobre su propia escritura. Una escritura que, por lo general, solo existía en sus sueños. Deseaba poder espetar: «Escribe un libro y luego ya hablaremos».

Pero Henry, al parecer, no conocía mi estado de ánimo.

—Yo creo que escribir es aprender a conocerse a uno mismo —dijo.

Asentí.

—Es posible.

—No existe ninguna otra perspectiva que la introspección. Cada palabra que escribes delata algo de tu personalidad.

No supe qué contestar, pero enseguida pensé en Li Karpe y Leo Stark. Sus exhortaciones resonaban en mi cabeza.

—¿Has hecho algún curso? —pregunté.

Henry me miraba.

—¿Un curso de escritura? —Se rio—. No, no. La gente hace demasiados cursos.

Lo seguí hasta la cocina. Betty estaba sentada a la mesa con el flequillo sobre los ojos, y el humo del cigarrillo parecía un halo torcido bajo el brillo de la lámpara.

—¿Tú sigues escribiendo? —pregunté.

Ella pareció sorprenderse. Miró de reojo a Henry y negó con la cabeza.

—No, de eso hace una eternidad.

—Qué pena —dije, y miré a Henry—. Betty era la que más talento tenía de todos nosotros.

Ella esbozó una media sonrisa, como si mi piropo apenas le llegara. Y después Henry, cuando creía que no lo veía, le lanzó a Betty una mirada malhumorada.

—Han encontrado el cuerpo —dijo Betty enseguida, y de puro pánico agarró el periódico que estaba en la mesa.

Intenté tranquilizarla:

—Ni siquiera saben si es el cuerpo de Leo. Pasé ayer por ahí y hablé...

Betty me interrumpió:

—No has leído las últimas noticias, ¿verdad?

Sostuvo el periódico y señaló un artículo. La imagen me resultaba familiar: un cordón policial en el bosque, el suelo otoñal, los árboles sin hojas y la luz sombría.

—Escucha esto —dijo, y leyó en voz alta—: «La portavoz de la policía, Gun-Marie Westman, confirma que los restos encontrados en el bosque a las afueras de Veberöd pueden pertenecer a Leo Stark. Todavía prosiguen los trabajos de identificación, aunque hay datos que indican que se trata del conocido escritor».

Eso no dejaba mucho espacio para la duda. Yo conocía bastante bien el periodismo de los tabloides y, aunque a menudo había razones para ser crítico, era raro que citaran erróneamente una fuente policial.

—¿Cómo pueden haber descubierto ya todo eso? Yo estuve ayer allí y el viejo ese me dijo que apenas se podía ver...

Betty zigzagueó sobre la mesa y atrapó una taza de café. Se bebió el último trago.

—Pueden determinarlo por la dentadura.

—¿Tan rápido? —dije con escepticismo.

—También tenía tatuajes.

Me sentí aturdido. No sabía qué pensar.

—Y tiene que aparecer ahora. ¿Por qué justo cuando comienzo a escribir mi libro? Esas bolsas de basura han permanecido ocultas durante casi doce años.

Betty parecía tensa.

—Vaya coincidencia tan extraña.

—Demasiado extraña.

—¿Crees que ha sido alguien que sabía algo de tu libro? ¿Alguien que...?

—No sé. ¿Parezco un paranoico?

Betty se puso de pie y se llevó las manos a las caderas. Alzó la barbilla y algo brilló en su mirada, algo que me pareció reconocer.

—¿Qué diablos está pasando, Zack?

Yo me preguntaba lo mismo.

—Anoche Fredrik pasó por mi casa.

—¿Fredrik Niemi?

—Sí, en mitad de la noche.

Betty me observaba fijamente mientras le contaba que Fredrik se había peleado con su mujer y se había largado de su casa en Bjärred, había abandonado a su familia y había pasado la noche en un sillón de mi antigua habitación.

—Me dijo que no tenía amigos.

Betty bajó un poco la mirada.

—Fredrik... —dijo ella.

—Nunca le había contado nada a su mujer sobre Leo

Stark. Ni siquiera le contó que asistió a un curso de Creación Literaria.

—¿Por qué?

—No lo sé. En realidad no lo sé. —La miré fijamente a los ojos—. Pero no creo que Fredrik sea el único que guarda secretos.

Betty se quedó sin aliento. Después desvió la vista y miró al vacío. Volví la cabeza y ahí estaba Henry, detrás de mí, nervioso y en silencio.

—¿Secretos? —dijo Betty distraída, sin apartar los ojos de Henry.

Volví a mirarla.

—Dijo que había muchas cosas que yo no sabía. Cosas que ocurrieron ese otoño y que nunca salieron a la luz durante el juicio.

Betty parecía haber perdido el interés.

—¿Así que ahora piensas averiguarlo todo y escribir sobre ello en tu libro?

—Algo así, sí.

Volví a darme la vuelta y Henry había desaparecido. Betty se inclinó hacia delante y me escrutó muy seria.

—¿Adónde quieres llegar, Zack?

—A la verdad.

—Pero ¿y si la verdad no te gusta?

Me encogí de hombros e intenté sonreír, a pesar de que me sentía incómodo.

—Eso es lo bueno de las novelas. Uno puede crear sus propias verdades.

—Lo siento, pero no puedo ayudarte. Tendrás que hacerlo sin mí.

—¿Ningún secreto?

—No aguanto más. Lo siento —dijo sin mirarme.

—Como quieras. Pero voy a escribir el libro. Sea lo que sea, pienso contar lo que Leo y Li Karpe hacían en esa casa.

—Hazlo —dijo Betty, como si no le importara.

—También pienso escribir sobre ti. Como yo lo recuerdo.

—Por supuesto. Seguro que te acuerdas de muchas cosas. Siempre fuiste un buen observador.

Sonó como una insinuación, aunque no sabía si tomarlo como un cumplido o un insulto.

Betty miró preocupada hacia el pasillo. Luego se puso en pie con cuidado, se colocó a mi lado y, sin apartar la vista del pasillo, me susurró:

—¿Sabes quién es Leyla Corelli?

—¿La actriz?

—Entre otras cosas. Actriz, escritora, directora. —Seguía hablando en susurros—. Ella también asistió al curso de Creación Literaria en Lund, un año antes que nosotros. Creo que lo sabe casi todo sobre Li y Leo. Si es que realmente quieres saber la verdad.

Busqué su mirada, pero sus ojos estaban fijos en el pasillo. Al momento siguiente su cuerpo se enderezó y me di la vuelta. Henry estaba allí, observándonos.

—Me voy —dije. Había prometido no quedarme mucho tiempo.

Un silencio espeso nos rodeaba en el recibidor mientras me ponía despacio los zapatos y el abrigo. Henry estaba apoyado contra la pared y observaba cada uno de mis movimientos.

—Buena suerte —dijo Betty antes de que la puerta se cerrara y yo bajara la escalera a toda prisa.

Afuera, el aire de noviembre había sido perforado y presentaba claros en el cielo después de una lluvia fina.

Allí estaba yo y respiré durante un minuto. La gente y la vida pasaban a mi alrededor como sombras a la caza, y comprendí que, al igual que Betty, cualquiera podía estar cansado de todo y necesitar un descanso. Tal vez yo necesitara algo así. Pero primero tenía que escribir un libro.

De vuelta en Veberöd pasé rápidamente por la cocina, donde estaba mi madre, me metí en mi habitación y encendí el ordenador. Leyla Corelli. El buscador me ayudó a escribir el nombre correctamente y enseguida tuve su rostro frente a mí. Un clic y ocupó la pantalla entera.

Aunque habían pasado doce años, no había duda de que era ella. Debería haberlo comprendido.

El asesino inocente

de Zackarias Levin

14

Noviembre de 1996

Era mi primer recital. Tuvo lugar en la galería de arte de Lund, un vulgar miércoles de noviembre. Uno de esos días plomizos que llegan y desaparecen sin que te enteres, cuando por la tarde reina la oscuridad en la plaza y no se sabe dónde acaban las nubes y dónde empieza el cielo. Cuando los bancos están desiertos y las palomas han volado.

Estábamos fuera fumando hasta que los dedos helados se retorcían hacia el borde de la manga de la chaqueta. Ninguno de nosotros había asistido antes a un recital. Esto estaba a años luz de la gasolinera Q8 en Veberöd.

Fredrik tenía un ataque de ansiedad. Detestaba llamar la atención. Ahora nos pondrían un micrófono en las manos. Tres minutos se convertían fácilmente en una eternidad. Vi aparecer el sudor en la frente de Fredrik como si fuera punto de cruz, sus zapatos bailaban claqué en pequeños círculos sobre el asfalto, la mirada iba inquieta de un lado a otro.

—Dame más —le dijo a Adrian, que le pasó la botella. Había que deshacer el nudo en el estómago con Vino Tinto.

—Seguro que no viene nadie —apuntó Betty.

Ayudamos a Li Karpe con las sillas. Las colocamos en filas regulares en el suelo de madera frente al soporte del micrófono. Adrian lo cogió, se sacudió el pelo y golpeó en el micrófono provocando que los altavoces crepitaran. Los demás permanecimos en silencio con las manos en los respaldos de las sillas.

—Señoras y señores, les presento a… ¡Adrian Mollberg!

Nuestros aplausos resonaron entre las paredes desnudas, donde los cuadros descolgados habían dejado sombras tras de sí. Li Karpe avanzó a través de la sala con una gran sonrisa de felicidad.

—Pausa artística —dijo Adrian, e imitó las instrucciones de ella—. Una pausa artística extralarga. Ar-ti-cu-lar despaaacio. Una entonación descendente. Trabajad con el ritmo, trabajad, trabajad, trabajad.

Nos reímos. Incluso Li lo hizo.

A continuación, el tiempo se arrastró y nuestros estómagos se fueron encogiendo. Nos fumamos una décima parte de nuestras becas y los charcos frente a la galería de arte se convirtieron en escuelas de natación para colillas. Betty sabía respirar con el diafragma, nos enseñó a poner nuestras manos ahí para que lo sintiéramos, un truco que había aprendido cuando tocaba la flauta en secundaria. Ahora solo soplaba humo y sueños entre sus labios agrietados.

De una farola colgaba un cartel estropeado por la lluvia que había visto medio Lund:

Recital de poesía. Miércoles 13 de noviembre, 18.30. Galería de arte de Lund. Alumnos del curso de Creación Literaria de la Universidad de Lund. Entrada libre.

—Esos somos nosotros —dijo Adrian, y señaló las palabras que se habían caído. Creo que, después de todo, sentimos una especie de orgullo.

—Me parece que voy a vomitar —dijo Fredrik, y abrió la boca hacia el cielo.

Su poema era una quintilla jocosa sobre un joven de Lammhult. ¿Una quintilla jocosa? ¿En qué estaría pensando? Ahora el sudor le corría por los ojos, tenía fiebre y quería irse a casa. Lanzó largos elogios al trípode del micrófono con la mirada clavada en el amenazante y delgado soporte. Adrian y Betty estaban sentados en la primera fila y lo animaban con sus sonrisas. Li Karpe se encontraba en una esquina como una hiena.

Pronto llegó el público en oleadas y pequeños grupos. La familia de las ratonas de biblioteca, clonadas del mismo banco de genes: estaban las cuidadosas, las esquivas, también las que pedían disculpas, las que se sentaban atrás del todo y colgaban sus abrigos de color beis sobre los respaldos de las sillas.

A continuación llegaron los mascadores de chicle de Bjärred, un estudiante de economía con camisa rosa que se reía cada vez que oía la palabra «poesía» y una madre que se había vuelto a casar y se encontraba allí para mostrar el último trasplante de pelo de su nuevo y rico guaperas. Aquellos que deseaban ser vistos tomaban asiento y susurraban demasiado alto.

Li se acercó al micrófono y rozó con el dedo la superficie rugosa. Los altavoces crujieron. Esperó hasta que se ahogaron los últimos murmullos, tras lo cual dio la bienvenida y nos presentó: los protagonistas de la velada, los creadores literarios, los catorce elegidos. Cuando en la sala resonaron los aplausos emocionados, miramos a un lado, arriba y abajo. Adrian me clavó el codo en un costado. Era el único que sonreía.

—Comenzaremos con algo tan exótico y diferente como una quintilla —anunció Li Karpe. Luego se tragó la sonrisa y le hizo un gesto con la cabeza a Fredrik.

Las piernas le temblaron durante el largo kilómetro que le separaba del micrófono. Desenroscó el trípode, primero lo subió un poco y luego lo bajó otro poco, lo apretó y carraspeó en la parte interior del codo. Se inclinó hacia delante, pero seguía estando bajo. Volvió a aflojar el trípode y lo subió solo un poco. Cuando alzó la mirada y encontró el halo de vergüenza colectiva tras el que intentaba ocultarse la galería de arte, ya había pasado demasiado tiempo.

Después no hubo nadie que recordara la quintilla. Quizá rimaba, quizá un revoque divertido entre líneas o dicho a las claras. Sin embargo, la gente solo recordó el alivio de Fredrik cuando bajó del estrado y se hundió en su silla. Vi la mano reconfortante de Betty sobre su espalda y pensé que Fredrik tampoco tenía cabida en estos salones.

En la declamación de su elegía perfumada de pubertad sobre una tóxica relación de callejón sin salida, Jonna se atascó en una palabra. Su mirada se dirigió a la puerta del fondo y un suave murmullo recorrió las filas de sillas de plástico. Las cabezas se volvieron, con más o menos discreción. Li Karpe, que estaba con la espalda pegada a la pared y lo vigilaba todo, miró de reojo la puerta y sonrió.

—Mira, es Leo —susurró Adrian.

Leo Stark acababa de cerrar la puerta tras de sí y se quedó de pie en el fondo de la sala. El gorro enrollado por encima de las orejas, gafas de sol oscuras, el abrigo abrochado y un chal alrededor del cuello. Cuando consideró que su entrada había recabado la suficiente atención, le hizo un pequeño gesto con la cabeza a Jonna, que se había quedado callada delante del micrófono, para que continuara.

Ella bajó la mirada a sus papeles de ayuda. Le temblaban las manos.

—«Pues yo no sé qué es el amor» —jadeó al micrófono—. «¿Un juego amoroso? ¿Una maldad? ¿Quién sabe?»

Miró desconcertada a su alrededor antes de hacer una profunda reverencia y abandonar el pequeño estrado. Algunas chicas del fondo batieron las manos y los aplausos tomaron fuerza, pero fue como si estos, por alguna razón, se volvieran hacia la puerta, donde Leo Stark seguía parado, con el cuello erguido y una sonrisa de satisfacción, sin mover ni un dedo.

De todos modos, reinó una calma extraña. Quizá esperara algo así en lo más profundo de mi ser, que Leo estuviera en la sala. A pesar de toda la utopía social y a pesar de mi aplastada autoestima, a pesar de todo, deseaba que lo escuchara. Dentro de un rato yo estaría junto al micrófono y leería los párrafos que, en cierto modo, pertenecían a Leo; en un principio eran suyos, pero yo los había hecho míos. Era una contrapartida, una paráfrasis, un homenaje ligeramente disimulado al fantástico escritor que parecía haber vivido mi vida antes que yo, que pensaba mis pensamientos, sentía mis sentimientos y me abría los ojos. Por supuesto que Li le había hablado de mi ocurrencia. Lo más probable era que estuviera allí por ese motivo. Me estaba esperando.

Adrian me dio un golpecito en la espalda y, acto seguido, me encontré detrás del micrófono. Coloqué la mirada a la altura de la frente del público, llené de aire mis pulmones y comencé. Las palabras brotaron de mi boca, estaban atadas a la garganta con una cuerda de la que tiraba y susurraba al micrófono. Ni siquiera oía mi propia voz, todo daba vueltas a mi alrededor o se tornaba borroso. Me sentía como un nadador que bucea bajo la superficie y contiene la respiración durante treinta metros.

Nunca nos invitaban
a las fiestas
pues no teníamos
los rostros adecuados.
El mundo era blanco y limpio
sin tocar desde hacía mil años.
Nunca llegaremos a ninguna parte
es mentira que nos pongamos en marcha
ninguno de nosotros llegará a ninguna parte.

Y después di doce pasos hasta la silla. Los aplausos taponaron mis oídos, vi la sonrisa de Adrian y labios que se movían, manos animándome por todas partes y el guiño de Li Karpe. Pero nunca me di la vuelta. No me atreví a mirar a Leo Stark.

Viví el resto de la velada en estado febril. Adrian leyó su largo poema sobre el sinsentido de todo y Betty relució detrás del micrófono y pronunció cada palabra como si fuera la última. Palabra, pausa artística. Palabra, pausa artística. Li Karpe creció varios centímetros en su rincón. Nos abrazamos cuando todo acabó y la realidad filtró lentamente sus dedos en mi conciencia. A nuestro alrededor flotaban voces alegres y felices, elogios y reconocimientos, profundos suspiros y nudos que se aflojaban en el estómago. Adrian y Betty se cogieron de la mano, estaban relucientes. Un columnista de algún periódico estudiantil preguntó cómo nos sentíamos y qué soñábamos, y sacó fotos con un flash que hizo parpadear a toda la sala. Li Karpe hizo una declaración. Bebimos champán y comimos canapés. Todo era maravilloso de cojones. Como cuando desaparece una enfermedad.

Salimos corriendo por la puerta. Betty se subió de un salto a un banco, se puso de puntillas y señaló hacia el cielo oscuro.

—¿Veis la luna?

—Está llena —dijo Adrian.

Y a través de las olas de nubes se derramó una lluvia dorada, una luz mate que se hizo trizas, y había que utilizar la fantasía para ver la totalidad y lo circular.

Los cigarrillos en nuestros labios sabían a libertad. Adrian pasó sus brazos alrededor de Fredrik y de mí. Cantamos. Nada indicaba que pronto todo cambiaría.

Me senté en el banco.

—¿Te fijaste en Leo mientras tú leías, Betty? ¿Viste cómo clavaba la vista en ti? Estaba completamente perplejo.

—Déjate de fantasías, Zack.

—Perplejo. —Adrian se rio—. ¿Quién usa esas palabras?

—Nosotros —dije, y lo acerqué a mí—. Somos poetas.

Después nos dimos media vuelta y saltamos sobre los charcos que había delante de las puertas de cobre de la galería de arte, ocupados en risas y picardías contundentes. No lo vi. Solo un par de zapatos negros justo antes de chocar contra su pecho.

—¡Oye, tú! —exclamó Leo Stark—. ¿Puedo hablar contigo?

Intenté fijar la vista en las espaldas de Adrian y Betty, pero Leo me agarró la muñeca, la apretó y me obligó a mirarlo.

—Eso no se hace —dijo tras sus gafas de sol.

—¿A qué te refieres?

—Me has quitado algo. Me has quitado algo que yo había creado y lo deformaste. Has ridiculizado mi obra con tu pueril poesía de mierda. ¡Menudo atropello de cojones!

—Pero Li lo sabía. Lo había leído.

—Li no tiene nada que ver con esto. Ese texto es mío. ¿Quién coño te crees que eres?

—Lo siento mucho —dije, y esquivé su mirada bajo la lluvia.

Leo Stark dio un paso rápido y se movió como un boxeador. Sus nudillos encontraron mi nariz y algo se rompió.

—¡Joder! —Me doblé hacia delante mientras la sangre caliente corría por el cuenco de mis manos y se mezclaba con la lluvia y los temblores.

—Toma —dijo Leo—. Cógelo.

Me puso un pañuelo en la cara, levantó mi brazo y me limpió la sangre de la boca y la barbilla.

—Sujétalo contra la nariz y enseguida dejarás de sangrar.

Me tomó del brazo y me ayudó a llegar a un banco. No pensaba mirarlo, me negaba a encontrar su mirada. Sentía el remordimiento en su manera de moverse. La lluvia caía con fuerza sobre mi cabeza, tenía los oídos taponados y me ardía la nariz.

Los zapatos negros de Leo permanecieron un rato junto al banco. Ninguno de nosotros dijo nada, y después de unos minutos me dejó y se alejó por la plaza con pasos decididos. Vi su espalda y el revoloteo de su abrigo. Pronto dejé de sangrar y lo único que quedó fue la conmoción, el miedo y un fuerte deseo de encontrarme en otro lugar.

¿Corrí escaleras arriba? Las lágrimas comenzaron a brotar y Betty me reconoció entre la multitud. Demasiado tarde para ocultarlas. Sentí sus manos alrededor de mi cuello y sus preguntas en los ojos preocupados.

—¿Te ha golpeado?

Aparté la cabeza.

—No es nada.

—Pero estás sangrando, Zack. —Me tocó la nariz con cuidado—. No te preocupes por él. Leo está en medio de un período creativo y se pone así. No quería ofenderte, no es nada personal.

—No lo entiendo. Joder, él mismo ha escrito la continuación de una novela de otro, y llama a la intertextualidad robo y atropello.

—Pero quizá Leo preguntó antes y pidió permiso para hacerlo.

—¿Qué? Hjalmar Söderberg murió en los años treinta.

Betty se mordió los labios. Me tomó de las manos y las sostuvo entre sus palmas como si fueran unos pollitos.

—Están ocurriendo tantas cosas —dijo en voz baja.

Por encima de su hombro vi a Adrian en una esquina, tenía un gesto de preocupación alrededor de la boca y los ojos entornados. Junto a él estaba Li Karpe con las mejillas rosadas y una copa de tinto. Nuestras miradas se encontraron durante unos instantes y resistí el impulso de apartarla. Un breve tira y afloja que acabó cuando Li le tocó el brazo a Adrian y caminó hacia donde me encontraba con Betty.

—¡Esta tarde has estado maravilloso!

Alzó la copa y cabeceó hacia Betty.

—Gracias.

Asentí vagamente y entonces Li Karpe me miró airada. Esta vez aparté la mirada de inmediato.

—Que pases una buena noche —dijo ella, y se marchó.

Acabé en un sofá, como ya era habitual. Fue una de esas noches. Adrian estaba sentado a mi lado con una pierna sobre la otra en una pose hogareña. Parecía como si hubiera nacido para acudir a recitales de poesía y lanzar razonamientos literarios. Fredrik se había quedado dormido en un rincón, el DJ hacía sonar «California Love» y las chicas de Creación Literaria habían dejado sus bolsos formando un montón en el suelo y bailaban alrededor.

—¡Betty! —gritó Adrian, y al levantarse dejó un agujero en el sofá. Vi que desaparecían por la escalera, la mano de él apoyada en el final de su espalda, mientras lanzaba una mirada inquieta hacia la sala.

Había algo luminoso en la embriaguez, algo que amortiguaba todo lo que se encontraba en la periferia. Como un idiota feliz que saludaba al mundo con una sonrisa. No echaba nada de menos, no necesitaba nada. En los libros que había leído y en las canciones que escuchaba a eso lo llamaban libertad. Los hombres a los que dejaba que describieran el mundo por mí —pues se trataba solo de hombres, a menudo de mediana edad— aseguraban que eso era lo más importante de todo, lo más codiciado. La libertad. Yo pensaba que, si estrechaba mi visión y cortaba los tallos de la existencia, amputaría cada parte del mundo capaz de herirme, las que dolían y escocían, y si llegaba a la mitad de todo, podría sobrevivir a esta vida.

Jonna se quedó sentada en el sofá conmigo. Aniñada, con olor a chicle y a jabón, no podía dejar de sonreír.

—Me gustó tu poema —gritó para amortiguar la música—. ¿Sueles sentirte así?

—¿Cómo?

—Que estás prisionero, y que no vas a ninguna parte.

Pensé en una respuesta que fuera lo bastante pretenciosa para impresionar a alguien como Jonna, aunque lo bastante banal para que no resultara disuasiva.

—Probablemente sea una parte de la vida. Uno está siempre al acecho, intenta alejarse de algo que no sabe lo que es, si es que existe.

Sus ojos se entrecerraron, como si yo la deslumbrara.

—Escribes bien.

Ella podría haber dicho que me amaba, que deseaba dedicarme el resto de su vida. Mi ego estaba a punto de explotar bajo mi piel.

—¿No quieres salir? —preguntó.

—Está lloviendo.

Se puso de pie y sus ojos estaban salpicados de estrellas.

—¿Y qué? Así nos mojamos.

Reía sin parar. Seguía riendo al bajar la escalera, mientras manoseaba su chaqueta y cuando me tomó la mano y echamos a correr por los resbaladizos adoquines.

Pero dejó de reír cuando mi espalda acabó contra la pared de ladrillo en un hueco entre dos restaurantes cerrados. Sus labios se mostraron graves en el momento en que llevó su mano hacia mis vaqueros. Mis hombros se contrajeron, me obligué a controlarme y me arañé la espalda contra la pared. Su lengua batallaba en mi boca.

—Mis padres están de viaje —susurró durante una pausa.

—¿Vives aquí, en Lund?

—En Kävlinge.

Ahora todo lo demás había desaparecido. Solo existíamos Jonna y yo. Sus besos, la electricidad entre nuestros cuerpos, la lluvia sobre mi flequillo. Dije palabras que sabía que no reconocería por la mañana, pero que en el presente encajaban de maravilla.

—¿A cuánto está eso de aquí? ¿A diez kilómetros?

—Más o menos.

—Tomemos un taxi —dije.

Cuando cruzamos la plaza se pegó a mí como una lapa. La lluvia resultaba fatídica, estábamos en el último baile. Vimos las luces de la galería de arte, Jonna quería que le leyera mi poema, y Leo Stark no se encontraba en ningún lugar de mi pecho amenazándome con un cuchillo romo.

Ella vomitó entre unos arbustos junto a la galería de arte y después volvimos a besarnos. Así era como vivíamos. Yo ya no era un espectador anónimo. Me encontraba en el centro de todo y era el jefe de todo, y esa sensación me encantaba.

Rebosante de desprecio a la muerte, pasé por encima de un charco, salí a la calzada y levanté la mano para parar un taxi. El conductor giró con violencia el volante, cruzó el coche y aceleró alejándose de allí. Sus ruedas salpicaron con el agua de la lluvia. Y me quedé con el dedo índice alzado al viento y manchas en los zapatos.

—¡Loco de mierda!

Jonna se partía de risa; vino por detrás y pasó sus brazos por mi cintura. Su respiración jadeante hizo que el vello de la nuca y todo lo demás se me erizara. Me di media vuelta y encontré sus labios, cerré los ojos y me enganché.

Entonces oí la voz de Betty. Como un grito de socorro.

—¡Zack! ¡Por favor, Zack!

Venía dando traspiés calle abajo. Vislumbré su desilusión mientras me deshacía de los brazos de Jonna, algo se apagaba en la comisura de sus ojos. Mis movimientos de pronto se volvieron disparatadamente decididos, como si me embargara una devoción extraña.

—¿Betty?

—¡Zack!

Llegó tambaleándose y bañada en un mar de lágrimas. Una sensación de fatalidad vibraba en mi corazón, algo premonitorio y brutal.

Corrimos el uno hacia el otro.

—¿Qué ha pasado?

—Es Adrian.

Ella se estrelló entre mis brazos, tuve todo su peso en mis manos y me arrodillé, y guardé el equilibrio con la vista y los dos pies. Más abajo, en la calle, Jonna iba de un lado a otro.

—¿Adrian? —dije—. ¿Qué le pasa?

—Quiere que lo dejemos. Me ha dicho que a partir de ahora solo seremos amigos, que no me quiere de verdad.

Su llanto se destiñó sobre mi pecho.

Septiembre de 2008

Tenía treinta y dos años y dependía de mi madre para todo. Me había quedado sin dinero y no me atrevía a pensar en el montón de cartas con sobre con ventana que me esperaban en Estocolmo ni en todos los mensajes que mi antiguo casero habría grabado en el contestador automático. Tenía treinta y dos años y era un siervo, ni siquiera podía salir del pueblo sin contar con la caridad de mi madre.

—Tengo que ir a Gotemburgo para hacer una entrevista —le expliqué con las llaves del coche en la mano—. Es para el libro, mamá.

—¿A Gotemburgo? ¿Así, por las buenas?

—Estaré de vuelta por la noche.

Se rio, como si estuviera bromeando con ella.

—Gotemburgo queda muy lejos. Creo que no te das cuenta de lo lejos que está.

Nuestras visiones del mundo colisionaron. Para mi madre conducir hasta Tomelilla era toda una aventura, algo que no se podía decidir por la mañana mientras bebías una taza de café.

—Es tan repentino. Así, sin pensarlo dos veces.

—¿Qué es lo que tengo que pensar?

—Todo —dijo, y me miró—. Deberías pensar en toda tu vida un poco más.

En eso podía estar de acuerdo.

—Tienes razón —contesté, y doblé la chaqueta sobre el brazo. Afuera el otoño desgarraba los árboles e hizo crujir la puerta de la calle. En realidad, necesitaba una chaqueta más gruesa, pero no tenía tiempo ni dinero—. Todo irá mejor cuando acabe el libro.

Leyla Corelli pareció estresada por teléfono. ¿Li Karpe? ¿Leo Stark? Comprendió a la perfección qué era lo que andaba buscando, y si la había sorprendido, supo ocultarlo muy bien. Estaba dispuesta a concederme una entrevista, siempre que la invitara a un café.

Se hallaba en Gotemburgo representando una obra en el teatro Lorensberg, se hospedaba en un hotel y deseaba que nos encontráramos en el vestíbulo. Aparqué en Heden y le envié un SMS. Cuando llegué, ella ya me esperaba en la entrada con un paraguas en la mano y una suave sonrisa dibujada en su rostro de estrella de cine.

Abrió el paraguas a pesar de que no llovía. Un tranvía hizo sonar su señal delante de nosotros y cruzamos la calle trotando, entramos en un ruidoso café que tenía una *juke-box* en un rincón y pósteres de James Dean en las paredes. Yo le retiré el abrigo de los hombros y lo colgué en el perchero, y después nos sentamos en un sofá bajo de piel delante de una ventana que daba a la calle.

—Te reconocí de inmediato. —Pareció halagada—. De los tiempos de Lund, vamos —aclaré.

—¿Nos conocimos en Lund? ¿En Creación Literaria?

Sus ojos de color verde infinito me estudiaron al detalle.

—No sé si nos conocimos. Tú asististe algunos años antes que yo. Pero en una ocasión regresaste para hablar con Li Karpe.

—¿Ah, sí?

Había decidido que esa sería la estrategia correcta: ir al grano, sin andarme por las ramas. Por eso le revelé que había oído parte de su conversación con Li, que había escuchado a escondidas algo que parecía ser una ruptura dramática, con llantos y gritos incluidos.

—Casi lo había olvidado. Fue la última vez que vi a Li. Después leí sobre el asesinato y el juicio, seguí todo lo que pasó. Durante un tiempo tuve miedo de verme involucrada. Y en el fondo siempre he pensado que un día aparecería alguien como tú, alguien que empezaría a husmear en el asunto, un periodista o... quizá un policía. Cuando leí que habían encontrado el cuerpo volví a pensar en ello. Es extraño que haya tardado tanto tiempo en suceder.

—En ese caso, ¿qué habías pensado contarle a quien apareciese? —pregunté.

Sonrió desarmada, se relajó en su asiento, con las manos sobre las rodillas, y me miró como si yo hubiera conseguido que entre nosotros reinara cierta confianza.

—Todo, de principio a fin. —Respiró hondo, y me pareció que ese encuentro sí que significaba una liberación, algo que llevaba tiempo esperando—. ¿Dijiste que estabas escribiendo un libro?

—Sí, *El asesino inocente.*

—Interesante título.

—Gracias.

—¿Así que lo conoces? Al que fue declarado culpable de asesinato. Adrian no sé qué.

—Adrian Mollberg —dije, y asentí.

—¿Y es inocente?

—Eso creo.

La sonrisa de Leyla desapareció, los ojos se movieron nerviosos.

—¿Cómo está?

—Hecho una mierda. Han arruinado su vida.

Ella bajó la mirada y atrapó un mechón de pelo que enrolló entre el pulgar y el índice. Había leído sobre ella y estaba al tanto de todo lo relacionado con Leyla Corelli, cómo se hizo famosa con el monólogo *Poemas del coño*, escrito por ella y que después representó por todo el país. Según los críticos, era un despiadado ajuste de cuentas con el patriarcado. Durante un tiempo se convirtió en una presa fácil, la odiaban e incluso llegó a estar amenazada de muerte, y eso ocupó los titulares de todos los periódicos. Después estudió en la Academia de Arte Dramático, su blog tuvo centenares, miles de lectores y fue nombrada una de las personas menores de treinta años más influyentes. Escribió otra obra de teatro e interpretó a la protagonista, fue aclamada por todos, pero se volvió inaccesible a la prensa. A pesar de su integridad fue víctima de cotilleos y rumores de todo tipo, como que era lesbiana y que consumía drogas duras. Empezó a escribir para la televisión e interpretó a una puta odiosa en el cine, y la Academia de Cine la nominó para el Premio Guldbagge, pero no lo ganó. Y ahora estaba de gira con una nueva obra que había sido recibida con un discreto optimismo.

—Puedes escribir sobre mí si quieres, pero te pediría que no utilizaras mi nombre.

Me pareció una petición razonable.

—¿Cómo debería llamarte entonces?

—A ser posible, con un nombre italiano —dijo—. Algo como Isabella Rossellini o Claudia Cardinale.

Asentí.

—Una cosa más —dijo esbozando una sonrisa—. ¿Tomamos un café o qué?

El *asesino inocente*
de Zackarias Levin

15

Agosto de 1995 - septiembre de 1996

Leyla Corelli se apeó del tren en Lund con un sueño y una mochila. Nada más. Ni siquiera había solicitado plaza para el curso de Creación Literaria, y tampoco contaba con que Li Karpe fuese a llamarla de repente, pero, como de costumbre, todo había salido diferente a como ella esperaba, las cosas se habían complicado y habían descarrilado, y ahora se encontraba allí, en Allhelgonabacken, calzando unas botas y vistiendo unos vaqueros recortados, una blusa desabrochada y una chaqueta vaquera demasiado pequeña. Se le habían acabado los cigarrillos y llevaba el rímel corrido. Llamó a la puerta y enseguida comprendió quién era la persona que abrió.

—¿Li Karpe?

—¡Es maravilloso que por fin hayas venido!

—Bueno, aquí estoy —dijo Leyla. Una constatación nada inusual en sus turbulentos veintidós años de vida en la tierra.

Li Karpe fue la primera en ponerse en contacto con ella.

Por teléfono, utilizó una voz suave, casi aduladora. Sabía Dios cómo había conseguido Leyla que esa renombrada revista publicara su composición. Al parecer, Li Karpe la había leído y le había encantado. Ahora deseaba ofrecer a Leyla una plaza en el curso para escritores de la Universidad de Lund. Creación Literaria.

—No puedo mudarme a Escania. Estoy prometida.

Además, ella no era escritora ni pensaba serlo. Acababa de realizar su primer trabajo como modelo en Estocolmo.

—Es una pena, porque tienes un talento poco frecuente —le dijo Li Karpe—. Aunque el talento solo no es suficiente.

La vez siguiente fue un hombre quien la llamó. Leyla no entendió nada, se enfadó y le gritó. ¿No podían dejarla en paz? Después su novia de entonces —en aquel momento todavía era normal y se podía hablar con ella— le dijo que ese hombre era un escritor muy conocido, uno de los más grandes de Suecia.

—La relación se fue a la mierda —le explicó Leyla después de colgar el abrigo en el pequeño despacho de Li Karpe, que en realidad era un trastero: ninguna ventana, una mesa repleta de papeles y apenas espacio suficiente para dos personas.

—¿Tienes algún sitio donde vivir? —preguntó Li.

—Todavía no.

Guardaron silencio y se estudiaron con la mirada.

—Ya lo arreglaremos —dijo Leyla. Otra más de sus expresiones favoritas.

La primera noche durmió en un colchón en el trastero, se despertaba encogida y se sorprendía ante todos los elogios que le dedicaba Li Karpe. Unas palabras en un papel eran suficiente. A Li los ojos le hacían chiribitas y tartamudeaba en el curso de Creación Literaria. Si Leyla escribía sobre un cerdo, Li Karpe hablaba de una revolución mundial.

—Salgamos a beber vino —dijo Li cuando llegó el viernes.

Y ese fue el punto de partida de todo lo que sucedió a continuación: caos, turbulencias y una situación que acabaría descarrilando. Así eran las cosas con Leyla Corelli, de veintidós años. Sobre todo cuando había alcohol de por medio.

Una de esas noches otoñales que siguieron, una de esas noches locas, Li Karpe se inclinó sobre ella y la besó. Labios hábiles, en una calle adoquinada con la luna como testigo.

—¿Te he molestado? —preguntó después.

Se fueron a casa y amanecieron sudadas y entrelazadas. Li se pasó toda la mañana apoyada en un codo, estudiando cada línea del rostro de Leyla con el frágil pincel de su dedo índice.

Ambas comprendieron que ese era su destino, quizá ya lo sabían después de la primera reunión en el trastero de la facultad de Literatura. Leyla siempre había tenido los sentimientos a flor de piel, desde que nació había sido una kamikaze. Ahora, de nuevo, se precipitaba hasta el fondo, sin paracaídas, sin pasado.

—¿Lo que estamos haciendo es legal? —le preguntó unos días después, tras un rápido almuerzo en el que hubo de todo menos comida.

—No estoy segura. Pero debemos tener mucho cuidado. Las tías de la primera fila me miran fijamente y susurran entre ellas.

Leyla se mudó a la casa de Trädgårdsgatan. Sucedió

con toda naturalidad. Por la mañana tenía que esperar cinco minutos después de que Li cerrara la puerta, y luego salía con la mochila colgada del hombro hacia el sótano de Creación Literaria. Se evitaban durante horas, no existían en sus miradas, pero al final se encontraban en enérgicas colisiones. Ardían juntas. Celebraban la luna de miel y creían, como todos los seres apasionados, que aquello duraría para siempre.

Leyla había olvidado a Leo Stark cuando Li le lanzó un libro suyo a la cama y le dijo que lo leyera. *Sesenta y ocho.* Ella le echó un vistazo, leyó el texto de la contraportada y arrugó la nariz.

—El nombre me suena.

—Leo es mi mejor amigo —dijo Li—. Te llamó y habló contigo el verano pasado. Le encantó el texto que publicaste en *90TAL*, al igual que a mí y a todos los que lo leyeron.

—Recuerdo su voz.

Leyla devoró el libro. Ella nunca había tenido paciencia para leer más de unas cuantas páginas, le picaban los dedos y le temblaban las piernas si estaba sentada mucho tiempo seguido. Pero el libro de Leo fue diferente, tenía una velocidad completamente diferente, aunque había puntos aquí y allí, todas las frases fluían. Cuando lo terminó fue como bajarse de una impresionante montaña rusa.

—Está deseando conocerte —dijo Li, y enmarcó su rostro con sus manos suaves a causa de la crema.

—¿Por qué?

Leyla no obtuvo respuesta.

Él se encontraba sentado en un sillón con las piernas separadas y esbozaba una sonrisa forzada. Leyla iba descalza, y por alguna razón se ponía de puntillas mientras Leo Stark se bajaba las gafas de sol hasta la punta de su nariz y la observaba.

Nadie la había mirado nunca de esa manera. A los ojos de Leo ella, por fin, se volvió completa.

Después, ya no hubo nada claro. Días brumosos que rápidamente se convertían en noches y trepaban por los hombros del tiempo. A Leyla siempre le había atraído lo desconocido, lo peligroso. Los torbellinos la aspiraban y todo lo que la rodeaba se convirtió en poesía y ficción. Había pastillas para todos los dolores de cabeza matutinos y cremas para las heridas, sin importar en qué lado de la piel se encontraran. Un poco de medicina hacía que la vida siguiera girando, y Leyla vivía al límite. Eso era lo que siempre había hecho, así era ella.

Li afirmaba que la quería. Leo la llamaba su terroncito de azúcar.

Él estaba escribiendo un nuevo libro: una historia distópica sobre un hombre que se muda del campo a Estocolmo y, desesperado, observa cómo Suecia se encamina a la perdición. Un hombre que se vuelve a enamorar de una mujer joven, para finalmente comprender que en este mundo los hombres y las mujeres ya no pueden vivir juntos.

—Te necesita para escribir esta novela —dijo Li—. Para Leo, escribir un libro es como estar en el purgatorio.

—Pero ¿por qué? ¿Tengo que ser su jodida musa?

Li Karpe se rio y le dio un beso que le dolió.

Había tardes que se sentaban juntas con el texto, tardes en las que Leo estaba sobrio y lúcido. Se ajustaba las gafas para leer, se humedecía el dedo gordo y hojeaba el manuscrito. Después leía en voz alta para Leyla y Li. Se atascaba una y otra vez, balbuceaba y murmuraba con desaprobación, como si no reconociera las palabras, como si no hubiera sido él quien lo había escrito. Cuando terminaba de leer, lanzaba el manuscrito sobre la mesa y esperaba la opinión de ellas.

—Está bien —decía Li Karpe—. Me gusta la rabia, la franqueza y lo directo que es. En un texto como este no hay lugar para metáforas y simbolismos.

—Suena casi como a *death metal* —dijo Leyla.

Leo las miró con cara de asco. Después, de repente, empezó a temblar, resopló y sacudió todo el cuerpo.

—¡No entendéis nada! —gritó, y se puso en pie—. Esto es una mierda. Nada más que basura.

Li intentó calmarlo posando una mano en su brazo, pero él la apartó de inmediato. Leo resopló, se dio media vuelta, se quejó entre dientes.

—Por favor, Leo —dijo Li.

—¡Deja de decir «por favor», estúpida de mierda!

Volvió a mirarla, ahora a solo unos centímetros de distancia, con los tendones del cuello tensos y azules y las narinas abiertas. Apretó las manos junto a sus caderas.

—¿Sabéis cuál es el problema? —dijo—. Yo ya no estoy ahí. Me he sentado en una atalaya y observo el mundo que deseo describir. Eso no funciona. Tengo que bajar a la perspectiva de una rana, pisar de nuevo el barro. ¿Cómo coño puedo describir un mundo del que ya no formo parte? ¡Tengo que salir, enamorarme, ponerme caliente y enfadarme de nuevo!

Las dos mujeres esperaron. Leo se vino abajo, su adrenalina dejó de bombear y su respiración retornó a la normalidad.

—Tienes toda la razón —dijo Leyla—. ¿Qué coño es la literatura sin vida?

No era el sexo. En ese aspecto Leyla no tenía reparos. Experimentaba con desenfreno y nunca se mostraba molesta, aunque sí podía ocurrir que se desternillara de risa cuando Leo expresaba sus ideas más retorcidas. No, lo que le asustaba era lo otro, cuando él perdía la calma: se quedaba con los ojos en blanco y sus músculos se contraían como si tuvieran vida propia cuando las palabras no le llegaban, cuando las frases se tornaban escurridizas e inaprensibles, cuando ya no podía sujetarlas durante más tiempo y todo se le escapaba entre los dedos. Si Leyla estaba sentada con él a la mesa de teca y tecleaba en la máquina de escribir, siempre tenía puesto un ojo en las reacciones de Leo.

En un momento dado era un genio, pero al instante se convertía en un simple poeta de pacotilla.

«¡Fantástico! ¡Te ha enviado el cielo, mi terroncito de azúcar!», podía exclamar, y al minuto siguiente arrancaba el papel del rodillo mientras ella tecleaba, apretujaba el suflé de palabras de Leyla con sus duras manos y lo pisoteaba contra el suelo. En una inesperada explosión volcánica machacaba horas de pensamientos y asociaciones de palabras que hacía nada habían conseguido hacerle vibrar de emoción.

«¡Pues hazlo tú mismo, maldita sea!», gritaba Leyla, y ya se encontraba a la mitad de la crujiente escalera cuando Li Karpe la alcanzaba y tiraba de ella con riesgo de dislocarle el brazo. Leo observaba desde la ventana de arriba sin decir palabra, mientras Leyla y Li despertaban al vecindario entre gritos y palabrotas. Siempre terminaban con una reconciliación de carácter casi ceremonial, disculpas y demostraciones de cariño. Así era Leo. La maldición del artista, ese constante acto de equilibrio entre la desesperación y la euforia.

Leyla yacía sobre el pecho de Li después de una larga y tormentosa noche en la Ciudad de los Profesores. Sus labios estaban cansados. Pero sus dedos ofrecían consuelo a la piel enrojecida de Li.

—¿Por qué estás dispuesta a apoyarle?

La pregunta había sido formulada durante semanas, pero no adquirió voz hasta ese momento. Leyla notó que Li se defendía y su mirada describía amplios círculos por el techo inclinado antes de esbozar una sonrisa pensada para anticiparse a cualquier objeción.

—Es Leo. Él es así. Una tiene que aceptar lo malo y lo bueno.

—Pero... ¿te estás oyendo?

Li se apartó un poco.

—Estamos hablando de Leo Stark. ¿No comprendes cuánta gente daría cualquier cosa por estar con él?

Pero no, Leyla no lo entendía. Y si eso era cierto, seguro que se debía a que la mayoría de la gente era idiota y se dejaba llevar más por un insano culto a la celebridad que por la lógica aplastante.

—Hay una fuerza que emana de Leo —dijo Li—. No puedo explicarlo mejor. Tú misma la habrás notado, ¿no?

Leyla arqueó la boca en señal de afirmación. Eso no se podía negar.

—Es su manera de mirar —continuó Li—. Muchas personas me han halagado, incluso admirado, pero ninguna me ha hecho sentir tan visible, tan apreciada y tan viva como Leo. Es algo casi mágico, Leyla.

Interrumpió la danza de sus dedos sobre la clavícula de Li, retiró la mano y se envolvió cruzando los brazos.

—Venga. Tú también eres fantástica —dijo Li, e intentó flirtear, pero Leyla había perdido las ganas.

—Carisma —dijo pensativa—. Me pregunto si se trata de eso. O si solo es el mito del carismático Leo Stark.

—Creo que resulta inevitable no vivir con el mito de uno mismo. Leo es tan mito de Leo Stark como este del propio Leo.

—Suena complicado —suspiró Leyla.

Se durmieron, se despertaron, y enseguida pasó el otoño y el invierno, cerezos y lilas irritaban los aparatos respiratorios y Leyla consiguió que publicaran otro texto suyo. Se hizo amiga de un grupo de lesbianas de la Asociación para la Educación Sexual de Malmö y se unió a la fiesta, pasaba cada vez más noches lejos de Li y Leo, se cuestionó su lealtad y se vio a sí misma reparando y participando en juegos que se movían silenciosamente por los límites de la violencia.

Leo seguía escribiendo su novela, rasgaba páginas y respiraba en una bolsa de papel, y después vagaba como una sombra por las calles de Lund y blasfemaba con amargura contra un país que ya no reconocía, contra los neoliberales y los empresarios que habían convertido Suecia en un Disneyland para egoístas.

Durante el verano Leyla se alejó. Cuando llegaba a casa se encontraba a una Li llorona que fumaba sin parar bajo el extractor de la cocina con las mejillas chupadas, arrodillada sobre un taburete, mientras los escandalosos signos de interrogación se transformaban en silencio impreso. El trabajo final de Creación Literaria de Leyla entró a formar parte de la antología con una pluma en perspectiva macro en la portada. Ella contribuyó con veinte coronas para el ramo de flores que le regalaron a Li Karpe, y el día de *Midsommar* por la mañana se magreó con una cantante de rock andrógina que acababa de abandonar un antro de Småland para mudarse a Malmö. Así sucedieron las cosas. Como solían pasar. Leyla Corelli nunca podía tener más de un pie en el mismo sitio.

Li quería que ella pasara el otoño junto a la ventana de Trädgårdsgatan para escribir una novela. El título, *Poemas del coño*, hacía tiempo que lo tenía y había hecho algo parecido a una sinopsis. Pero entonces apareció Leo con billetes de tren para Copenhague y Berlín. Él se metería de nuevo en el barro, se introduciría en lo salvaje, y nombró cicerone a Leyla. En una habitación de hotel en la Friedrichstrasse, sentado en un sillón comido por las termitas, tecleaba en la máquina de escribir portátil con una mano mientras se satisfacía a sí mismo con la otra. Al mismo tiempo, Leyla y Li utilizaban la cama de al lado para seducir a un joven militar que se parecía a Woody Harrelson en *Asesinos natos*. Cuando en agosto regresaron a Lund, Leo tomó Antabus y firmó un contrato preliminar por la novela que él mismo, justo esa semana, calificó de obra maestra potencial. Li comenzó a preparar el curso para la nueva camada de escritores en ciernes. Un hombre desconocido sujetó a Leyla una noche e intentó besarla. Ella le dio un puñetazo en la nariz y, a continuación, escribió cinco mil palabras envuelta en una rabia violenta, leyó a Valerie Solanas y le preguntó a su hermano por teléfono cómo podía ir por ahí con un pene entre las piernas y no vomitar.

Leo entró ruidosamente en el apartamento de Trädgårdsgatan, esparció en el suelo del vestíbulo las hojas de un manuscrito como si fuera un abanico y se puso de rodillas agitando el dedo índice, escudriñando con su miopía las ranuras lógicas que no podían taparse.

—¡Estoy muerto como escritor! ¡Muerto, he dicho!

Li se sentó a su lado como si fuera un niño al que se le acababa de caer un helado al suelo.

—¡Estoy cabreado de la hostia! —exclamó—. Ya nada funciona, ¡todo se ha ido a la mierda!

Las caricias maternales de Li corrían como canciones de consuelo por la espalda doblada de él. Leyla estaba apoyada contra la pila, con las manos en la cintura del pantalón.

—Pues tendrás que buscarte un seudónimo y escribir novelas policíacas —dijo ella.

Leo observaba enojado no a Leyla, sino a Li. A pesar de que su mirada se había agrietado, un enrojecido hilo de ofensa brillaba en los ojos que en una ocasión habían estudiado su época con tanta maestría.

—¡Necesito estímulos intelectuales! —gritó—. ¿Cómo se puede crear algo de valor si uno está constantemente rodeado de idiotas? Si uno pusiera a Sartre, Camus o Hemingway en una jaula de monos en Escania, seguro que su genialidad también habría cambiado.

—¡Para ya! —dijo Leyla, y encendió el extractor que había encima de la cocina—. Suenas como un castrado. Sal y date un paseo, respira un poco, da de comer a los patos del parque como hacen otros viejos.

—¡Cierra el pico, puta!

Otra violenta sacudida y una lluvia de papel sobre el suelo. Leo se puso de pie de un salto, pasó una mano alrededor del cuello de Li y la apretó contra la cocina.

—¡Echa ahora mismo a ese incordio de aquí! —exclamó—. ¡No me importa lo joven y caliente que esté, tiene que largarse!

Sus dedos alrededor del frágil cuello de Li hicieron que sus ojos se dilataran en sus órbitas.

—¡Suéltala! —gritó Leyla, y se le cayó el cigarrillo y saltaron chispas alrededor de las uñas pintadas de negro de sus pies.

—Por favor, Leo —dijo Li.

Ella estaba a punto de volver la cabeza cuando él cedió y la soltó. Pero al segundo siguiente alzó la mano derecha y le clavó los cuatro nudillos en el pómulo.

—¡Deja de decir «por favor», joder!

Li solo parecía decepcionada. Se miraron fijamente, el tiempo pasaba al ralentí. Leyla se llevó la mano a la boca, centrada en los colores rojo y lila que aparecieron bajo el ojo de Li Karpe y la mirada de Leo dirigida a su puño cerrado, que seguía temblando después del golpe.

—¡Cabrón de mierda! —balbuceó Leyla.

Tanto Leo como Li volvieron la cabeza hacia ella, pero después se miraron otra vez. Los hombros de Leo se hundieron, perdió el aliento y, al segundo siguiente, Li Karpe lo abrazó, lo acunó y contuvo sus lágrimas contra su pecho.

Tan pronto como Leyla se tragó la conmoción, pasó junto a ellos y salió al recibidor.

—A la mierda con todo esto. ¡Os podéis ir a la mierda!

Metió los pies en las botas, descolgó su chaqueta vaquera del gancho, salió por la puerta y bajó las escaleras. En el portal oyó a Li gritar su nombre.

Leyla salió a la acera y cruzó la calle. La oscuridad de finales de verano olía a malvas y algunas palomas asustadas levantaron el vuelo desde un tejado.

—¡No te vayas! ¡Escúchame, por favor!

Pero Leyla no escuchaba. Se marchó.

—¡Déjame en paz! —gritó, y tropezó con los adoquines. Vio la figura de Li Karpe por el rabillo del ojo, el cabello revuelto, el ojo morado. Ya era hora de seguir adelante.

—¡Vuelve! —exclamó Li en vano.

Esa noche Leyla durmió en un banco junto a una vía del tren después de haber sido expulsada y humillada, aunque evitó que la denunciaran a la policía. La despertó el sol de la mañana y una anciana esquizofrénica que intentaba sentarse sobre sus pies. Debajo de una papelera unas felices urracas picoteaban un vómito de kebab y Leyla vació sus bolsillos, pero no tenía dinero para comprar un billete de tren para regresar a casa. Llamó a su hermano desde una cabina, lo regañó como a un perro y, a continuación, le suplicó que fuese a buscarla para llevarla a casa. Estaba cansada de Lund, de Escania, de todo.

Durante la semana siguiente se quedó en Trädgårdsgatan. Era buena haciendo teatro y no le dijo nada a Li, pues sabía qué ocurriría si se lo mencionaba. Guardaron silencio sobre el ojo morado y el futuro. El otoño pisoteaba el suelo del recibidor y Li estaba muy ocupada con los nuevos temas para el curso de Creación Literaria. Llegaba a casa con un texto que al parecer era algo sensacional, pero que Leyla no tenía ganas de escuchar ni comentar.

Finalmente, empaquetó sus cosas y se largó. Su hermano la recogió delante del hospital. Pero antes se coló en el curso de Creación Literaria y vio a Li Karpe por última vez. Un sentimentalismo ridículo amenazaba en su corazón, pero Leyla consiguió espantarlo.

Seis meses después se enteró por la prensa de la extraña desaparición de Leo Stark y enseguida ató cabos.

Septiembre de 2008

Me desperté justo al sur de Hallandsåsen gracias a que todo el coche se zarandeaba. Estaba a punto de acabar en un dique y luchaba con el volante cuando en el último instante conseguí que el destartalado cacharro volviera a la carretera.

Desde Ängelholm permanecí erguido, aunque temblaba mientras sujetaba el volante en una impasible postura de dos menos diez. Esas experiencias cercanas a la muerte habían perdido su atractivo para mí después de cumplir los treinta.

Pensaba una y otra vez en Leyla Corelli. ¿Creía ella realmente que Li Karpe era la asesina de Leo?

—No sería tan extraño —dijo antes de que nos separáramos delante del hotel—. Si tenemos en cuenta todas las explosiones de ira de Leo.

Decidí pasarme a ver a Adrian. Aunque era más de la una, tomé la salida a Borgeby y comprobé si Adrian seguía teniendo el mismo ritmo vital que hacía doce años.

Aparqué en el arcén y vi que las cortinas se agitaban en la casa en ruinas. Cuando llegué a la parte de atrás, él ya se encontraba en la puerta.

—¡Zackarias! ¿En mitad de la noche?

—Más tarde podremos dormir.

Se rio.

—Pero ya es muy tarde.

—Más tarde también será tarde —dije—. Vengo directamente de Gotemburgo. He estado con Leyla Corelli.

Retrocedió hacia el interior de la casa para dejarme entrar.

—¿Sabes quién es Leyla Corelli? —pregunté, y lo seguí con la mirada.

—No me suena de nada.

—¿Sabes una cosa? Empiezo a preguntarme cuánto conocemos en realidad de Li Karpe —dije.

Adrian pareció preocupado, aunque su rostro mostraba una clara expresión de curiosidad. Así que le conté toda la historia con un metatexto bastante especiado y la misma actitud con respecto a la verdad de siempre. Se sentó en el sillón y se mordió el labio, pensativo.

—¿Así que era Leyla Corelli a quien vimos esa noche delante de la casa de Li?

—Exacto. En su día ya especulamos vagamente sobre si sería la amante de Li. ¿No te acuerdas? Creo que fue Betty la que lo sugirió.

Noté que Adrian tuvo que contenerse para no reaccionar con todas sus fuerzas. Fue como si se controlara para poder seguir sentado en el sillón. Tenía los músculos de la mandíbula tensos, y parecía que una tranquila revolución se desarrollaba en su interior.

Esa era la oportunidad que yo estaba esperando. Al

parecer, Adrian se tambaleaba y un pequeño empujón podría hacer que volcara. Deseaba verlo desnudo y frágil.

—La primera vez que estuve aquí entré en tu dormitorio por casualidad. Mi intención no era husmear, pero me resultó imposible no ver los recortes y las fotografías de la pared.

Las mejillas de Adrian palidecieron. De repente perdió toda su autoridad. Pero no había hostilidad en su expresión, solo miedo y vergüenza.

—Li es mi gran amor —dijo—. Un amor así solo se encuentra una vez en la vida.

Pensé en Caisa. ¿Y si él tenía razón? ¿Y si solo se tenía una oportunidad? Una aterradora sensación de pérdida se apoderó de mi corazón y tuve que recordarme a mí mismo que ya no era un chaval romántico de diecinueve años.

—Entiendo que pueda parecer una locura —dijo Adrian—. Pero es fácil cuando uno ha pasado ocho años en la cárcel y después se aísla del mundo en una casa en ruinas. Cuando no hay futuro, a uno solo le queda vivir en la nostalgia.

Lanzó una mirada perdida por la ventana y resultó imposible no compadecerse de él.

—Nunca es demasiado tarde. Te queda más de media vida por delante. Quizá podrías empezar en otra parte.

Una sonrisa tranquila se dibujó en sus labios.

—Ahora suenas como un verdadero romántico, Zackarias.

Nos reímos de una forma controlada.

—Es increíble en lo que nos hemos convertido, en un hatajo de incompetentes —dije en tono de broma—. Todos podríamos ser ejemplos a no seguir: esto es lo que ocurre si asistes a una escuela de escritores y crees que eres alguien.

Ahora Adrian reía descontrolado.

—Solo Fredrik Niemi ha triunfado de verdad.

—Bueno, eso es lo que parece. —Busqué una buena explicación—. A él también se le están torciendo las cosas.

Parecía que Adrian no supiera qué creer cuando le hablé sobre los problemas matrimoniales de Fredrik, sobre las mentiras, y cómo apareció por mi casa en mitad de la noche porque no tenía otro lugar al que acudir.

—Cuesta creerlo. Me los encontré aquí fuera a principios de verano. ¿Sabes qué pensé? Ella es demasiado guapa para él. ¡Joder, qué malvado!, ¿no? Pero es cierto, eso fue lo primero que pensé.

Sonreí. Me pregunté si eso era lo mismo que pensaba la gente de Caisa y de mí. Antes de conocerla nunca me había sentido atractivo. Como mucho, del montón. Fue ella la que me enseñó que yo era guapo. Al pensar en ello, me di cuenta de que toda mi imagen se basaba en lo que una persona pensaba de mí. Caisa había sido tan persistente y decidida en sus opiniones que me las tragué sin protestar. En realidad, estos últimos años podía haber estado viviendo una mentira. Me pesó todo el cuerpo y me hundí.

—¿Qué secretos te reveló Fredrik? —preguntó Adrian con curiosidad.

Aparté los pensamientos sobre Caisa y le relaté lo mejor que pude lo que Fredrik había visto en casa de Leo Stark.

Adrian pareció conmocionado.

—¿Orgías? ¡No, joder! —dijo con una mueca de asco.

—Eso fue lo que dijo.

—Me parece una locura. ¡No puede ser cierto! —Cerró los ojos y paseó por la habitación—. ¿Y Betty? ¿Qué dice?

—Ella no quiere hablar de ello.

Adrian alzó la voz:

—¿No quiere hablar de ello? ¿Cómo que no quiere hablar de ello?

—No piensa ayudarme con el libro —le expliqué.

—Así que pasa del tema.

—Es una suerte que esté escribiendo una novela. El requisito de veracidad no tiene por qué ser muy alto.

El gesto de preocupación de Adrian indicaba que no estaba de acuerdo conmigo.

—Y la moral ¿qué? —dijo.

—¿Qué quieres decir?

—¿Uno se desliga de la moral llamando «novela» a su texto? Después de todo, escribes sobre personas reales. Creía que eras más riguroso. ¿Solo te dedicas a necias especulaciones?

—Te has olvidado de que durante diez años he trabajado en un tabloide. Mi moral es de lo más cuestionable.

—Pero ¿todavía quieres que te ayude?

—Por supuesto.

Obviamente yo había subestimado el significado de todo esto. Estaba claro que Adrian deseaba saber toda la verdad y nada más que la verdad.

—¿Qué pasa si no nos ponemos de acuerdo? ¿Si tenemos diferentes opiniones sobre la verdad?

—Entonces hablaremos de ello.

Asintió, aunque no parecía del todo satisfecho.

—¿Y quién tiene la última palabra? —dijo, y expulsó una larga bocanada de humo hacia el techo.

—El relato.

Había aprovechado en Gotemburgo para imprimir el manuscrito y dejé que Adrian lo leyera mientras yo dormía unas horas en su sofá. Cuando me desperté se encontraba sentado delante de mí en su sillón, como un búho. Casi no tuve tiempo de abrir los ojos.

—Esto no está bien.

—¿Qué? —Bostecé.

—Esto es puro revisionismo histórico, Zackarias.

Estiré los brazos hacia el techo para desprenderme del sueño.

—¿A qué te refieres?

—Es muy bueno, está muy bien escrito. Me encanta el lenguaje y la trama. No se trata de eso.

Apretó los labios, hinchó las mejillas y se le encogieron los ojos. Se restregaba las manos sin cesar.

—Es que no me reconozco en tu descripción. Es como si trataras de restar importancia a tu propio papel y me describieras como un líder.

—No es la primera vez que dices algo así, pero no estoy del todo seguro de entender a qué te refieres.

Se retorció, parecía ordenar las palabras que tenía en la boca. Por lo visto esto, era muy importante.

—Le echaré un vistazo —dije para apaciguarlo—. Es solo un primer borrador.

—Gracias.

Miré la hora. Si me daba prisa, llegaría a casa antes de que mi madre se levantara.

—Oye, otra cosa —dijo Adrian. Ahora su voz era mucho más suave—. ¿Es cierto que esa noche Leo te dio un puñetazo?

—Sí, después del recital.

—¿Te pegó?

—Lo juro por mi honor.

Ahora incluso sonrió.

—¿Y dijo todo eso, que le robaste su obra y la distorsionaste?

—Cada palabra es cierta. Te lo juro sobre la tumba de mi madre.

—Tu madre no está muerta.

—No, pero da igual.

Los dos nos reímos. Parecía como si se hubiera aclarado el aire.

—Menudo cerdo, Leo Stark.

—Un auténtico cabrón —dije yo.

Asentimos.

—Sin embargo, la obra, por supuesto, trasciende al escritor —dijo Adrian—. No importa lo que uno piense de Leo Stark como persona, su literatura es magistral.

Yo no estaba tan seguro.

—Eso de que la obra trasciende al autor… ¿Es posible no pensar en su creador?

—¿Harías responsable a tu madre de tus pecados?

Todo mi rostro rio, pero en mi interior se desataron innumerables reflexiones.

—No creo que pueda volver a leer los libros de Leo —dije—. Al menos no de la misma manera.

—Pero los libros son completamente inocentes.

Me encogí de hombros.

—De todos modos, pienso buscar a Li Karpe —dije, y me fijé en un rápido cambio en la mirada de Adrian. Aunque intentó ocultarlo, era obvio que eso que acababa de vislumbrar, que había pasado como una sombra por su fisonomía, era fruto del miedo.

—No será fácil encontrarla —murmuró.

—¿Por qué lo dices?

—Porque se cambió de nombre y dejó atrás toda su vida pasada. Creo que se cansó de la escritura y del mundo literario.

—Es comprensible —dije yo.

El *asesino inocente*
de Zackarias Levin

16

Octubre - diciembre de 1996

No les pillaron de milagro. Adrian Mollberg yacía bajo la manta con el corazón desbocado. Frunció los labios para respirar tan silenciosamente como le fue posible, mientras el apartamento se llenaba de sonidos: zapatos que se recogían y tropiezos con muebles, la puerta chirriante del cuarto de baño, el grifo, agua y cepillado de dientes. El gorgoteo y profundo suspiro del retrete. Pies descalzos andando de puntillas. Estuvieron a punto de descubrirles. Echó un vistazo a la ventana por la que Li acababa de saltar. ¿Había tenido tiempo de ponerse la ropa?

Cada vez era como un sueño, tan concreto y real en el momento pero tan fugaz después, como si nada hubiera sucedido. La realidad continuaba como de costumbre y él tenía que guardar las correrías de su corazón en secreto.

—Amar es tener paciencia —dijo Li, posando un dedo en la boca de él. Y ella tomó la palabra, esa gran palabra que él en realidad no comprendía, y la transformó en algo a lo que aferrarse, acercarse, algo que anhelar.

Y Adrian tenía paciencia. No tenía otra elección.

—Si esto sale a la luz, tendré que dejar el curso de Creación Literaria —dijo Li—. La universidad tiene unos principios éticos muy estrictos. Aunque incluso los académicos deberían entender que el enamoramiento carece de moral.

—Yo puedo dejarlo, en cambio —intentó Adrian—. No me importaría dejar el curso si puedo estar contigo.

Li respondió con una sonrisa y un beso. Tenía los dedos en su cuello y sus uñas le apretaban.

La primera vez, sus pensamientos palidecieron a causa de un exceso de Vino Tinto. Se quedaron solos por casualidad, cuando Betty se marchó en bicicleta a la casa de la Ciudad de los Profesores. Y Li fue implacable, primero con la mirada y después con la lengua y los dientes. Adrian llegó a la mañana siguiente con los labios descarnados y la espalda arañada. Le temblaban las manos en la niebla matutina y su reciente promesa de silencio vibraba a punto de explotar en su paladar.

—¿Ha ocurrido algo? —preguntó Betty en la cena.

—Es mi última composición —dijo Adrian—. Me está jodiendo.

—¿Por qué tiene que ser siempre igual? ¿Y por qué continúa uno escribiendo?

Betty le pasó el brazo por el cuello, le apartó un mechón de pelo y reposó su oreja en el hombro de él.

Una noche, en el apartamento de Trädgårdsgatan, cuando Li se sentó en el borde de la cama con los dedos de los pies enredados y los ojos agotados, su desnudez resultaba tan natural que se tornó antinatural. A Adrian le costaba mucho separarse.

Pero la falta de honestidad, el secretismo y el doble juego lo consumían.

—Tengo que hablar con Betty —dijo—. Esto no es justo para ella.

—¡Pero no ahora! ¡Todavía no! —Li puso los pies en el suelo.

—Me siento como un impostor. No quiero ser así.

—Lo entiendo —dijo ella, y sus ojos se suavizaron—. Pero ahora Betty es muy importante para el proceso creativo de Leo. No podemos correr el riesgo de que ella se derrumbe o incluso de que le afecte lo más mínimo. Sería horrible, ahora que todo marcha tan bien para Leo.

—No lo entiendo. ¿Qué es lo que hace ella? ¿Escribe el libro por él?

—No, no, en absoluto. Ya sabes que se habla de ciertos personajes como catalizadores, detonantes, aquellos que desatan la cadena de acontecimientos. Se puede decir que Betty es la catalizadora de la historia de Leo.

—Sin tener en cuenta que ella no es un personaje literario.

—En efecto. Sin tener en cuenta ese pequeño detalle.

Adrian caminó lentamente por el suelo hasta que el rayo de luz de la farola de la calle alcanzó su rostro y se dejó deslumbrar.

—Nunca le he prometido nada —dijo—. No de esa manera. Pero aun así me siento… indigno.

—A su debido tiempo —dijo Li, y alargó los brazos tras él—. Todo lo que se necesita es un poco de paciencia.

Ella tocó la parte trasera de su muslo y Adrian parpadeó para eliminar las nubes de colores de sus ojos.

—Paciencia, paciencia —murmuró él.

—Esa es la cualidad más importante de un escritor.

Un agradable escalofrío recorrió la espalda de Adrian. Era algo en su forma de decirlo, como si tuviera que ver con él.

—Nunca me he sentido así —dijo él.

Cuando se dio la vuelta, Li había cerrado los ojos. Pensó que ella parecía feliz.

La noche antes del recital Li le dijo que ya había llegado la hora.

—Cuéntaselo mañana, pero espera hasta después del recital.

Todos ayudaron con los preparativos. Bebieron vino y fumaron. Frente a la galería de arte una tormenta descargó en la plaza, palomas descoloridas correteaban entre los charcos y buscaban la protección de las fachadas en las casas. La tarde parecía estar hecha para la poesía.

Cuando acabaron las lecturas y fueron aclamados por la multitud de allegados, se recrudeció un período de intensa medicación. Era importante que las copas de champán tuvieran tensión superficial, y no tanto lo que contenían. Fredrik dormía sentado en un sofá, las chicas bailaban y en las regiones del corazón de Adrian habitaba un anhelo hormigueante con un vago objetivo.

Era ahora cuando tenía que suceder. Mientras Li Karpe movía sus tacones de aguja alrededor de los presentes en la pista de baile, Adrian le rompía el alma a Betty en un cuarto interior de la galería. El corazón de él latía desacompasado con la música cuando Betty salió corriendo escaleras abajo. Lejos, en la oscuridad, vio la mirada luminosa de Li.

—¿Cómo te encuentras? —le susurró ella al oído.

—No creía que se lo fuera a tomar tan a pecho.

Adrian sintió que el cuerpo le pesaba, deseó huir de todo, regresar a Trädgårdsgatan y a los sueños. Encerrarse por un tiempo indefinido.

—Se le pasará —le prometió Li—. Es joven. La piel se endurece con los años.

—Qué cínica suenas.

—En absoluto —dijo, y le acarició la mejilla—. Un corazón al que se le rompen las costuras es más duradero. Lo saben todos los que conocen algo del amor.

Adrian quería que se reescribiese todo. La historia se encaminaba hacia un final que no le agradaba. De vez en cuando la realidad necesitaba un ligero empujón en la dirección adecuada, y si había que retocar el texto en aras del relato, él no era de esos que mantenían a una antigua amante a toda costa. Había tantas maneras de relatar un suceso; antes de llegar al final resultaba imposible saber si se había elegido el camino correcto. La misma Li Karpe se lo había enseñado, y Adrian era un alumno aplicado.

Una noche, junto a la ventana de Trädgårdsgatan, desnudo sobre el suelo de madera con los pies de Li entre sus manos, él dijo lo que siempre había pensado:

—No puedo imaginarme un solo día sin ti.

Las piernas de Li se tensaron y la canción que tatareaba cambió de tonalidad de un modo extraño.

—Existen muchas cosas que uno no se imagina y a las que luego se acostumbra, como si nunca hubiera habido otra alternativa.

Él volvió la cabeza todo lo que pudo, pero no consiguió atrapar su mirada.

—¿Por qué dices eso?

—No digo nada nuevo. Estoy hablando de circunstancias reales. En general, claro, sin embargo...

—Nunca había experimentado algo como esto, Li —dijo al mismo tiempo que apretaba cada músculo de su rostro para contener las lágrimas.

—Eres bueno, Adrian. Pero la gente experimenta cada día cosas que no había experimentado nunca —respondió—. Los seres humanos tenemos una capacidad fantástica para imaginar que somos únicos y que lo que sentimos no les ha sucedido millones de veces antes a millones de personas. Eso, por supuesto, es una suerte para nosotros, porque si no la literatura carecería de significado. Podemos narrar las mismas historias que se han narrado durante miles de años y, aun así, lograr que las personas se reconozcan y sientan que son especiales y diferentes.

—Pero esto no es literatura —dijo Adrian, y sintió cómo en su interior la impotencia se transformaba en rabia—. Esto no es un jodido relato.

—En eso te equivocas —dijo Li—. Todo es literatura. Este es nuestro relato, Adrian. Tuyo y mío.

Él se levantó despacio y la miró. El rostro de Li era como un cuadro.

En ese preciso instante Adrian decidió cambiar su parte del relato.

Septiembre de 2008

El 4 × 4 estaba aparcado en la calle de mi madre, y Fredrik Niemi estaba sentado en la cocina, acodado sobre la mesa, enfrascado en una conversación con mi querida mamá.

—Vaya, por fin llegas —dijo ella con voz preocupada, aunque sin dedicarme más que una rápida mirada—. Fredrik ha estado en la comisaría y lo han interrogado.

—¿Interrogado? ¿Por qué?

Fredrik se quitó las gafas y sopló en ellas. Parecía un niño asustado y me hice una idea de cómo había disfrutado mi madre ejerciendo de mamá con él.

—Me han puesto en la lista —dijo—. Al parecer van a hacer pruebas de ADN para compararlas con algo que han hallado en el cadáver.

—Imposible —dije—. Si lo que han encontrado es el cuerpo de Leo, ya han pasado doce años. No puede haber nada más que restos óseos.

—Es el cuerpo de Leo —dijo Fredrik—. La policía cree

que llevaba mucho tiempo enterrado en el bosque y que alguien lo ha desenterrado hace solo unos días.

—Pero eso carece de toda lógica. ¿Por qué querría alguien desenterrarlo?

Estaba completamente agotado y me vi obligado a apoyarme en la encimera para no caerme.

—Porque tenía interés en que apareciera —dijo Fredrik.

No respondí, todo me daba vueltas en la cabeza. ¿Era cierto que alguien deseaba ayudarme con el libro? ¿O quizá era al revés?

Mi madre se sentó delante de Fredrik y le pidió que continuara. Después me lanzó una mirada malhumorada.

—Estábamos en medio de algo importante. No puedes entrar así y meterte en todo. Malditos modales de Estocolmo.

—Lo siento, seguid.

—Bueno —dijo Fredrik—. Estaba...

—Sí, continúa —insistió mi madre.

Fredrik buscó mi mirada con desesperación, fue una petición de clemencia, pero yo no tenía ninguna intención de sacarle de este lío. Se vio obligado a continuar.

—Bueno, al principio la cosa fue bien, hasta que llegaron los niños. Todo era como uno cree que debe ser, casi como en una película.

Mi madre rio cruelmente.

—Esa clase de películas han engañado a más de uno.

—Cattis era una de esas mujeres con las que apenas me atrevía a soñar. De vez en cuando bromeaba y le decía que éramos como la bella y la bestia. Despertarme a su lado era como vivir en una fantasía.

—Pero no duró mucho, ¿verdad? —dijo mi madre.

—Por aquel entonces yo ya trabajaba un montón y nadie se quejaba. Supongo que a ella le gustaba el dinero. Pero tan pronto como llegaron los niños, la melodía cambió. De repente estaba casado con mi trabajo y era un mal padre.

—¡Vaya! —dijo mi madre—. Crearle mala conciencia a la gente. Una técnica de dominación femenina.

Estuve a punto de derramarme el café encima. Me tambaleé hacia ellos y me senté.

—El primer año, cuando Cattis se quedó en casa, tuve un período muy duro en el trabajo. Era nuevo en la editorial y me veía obligado a destacar. Nuestra hija padecía de cólicos y yo me levantaba dos o tres veces cada noche, la tomaba en brazos y la acunaba, calentaba biberones y cambiaba los pañales. Y luego me levantaba a las siete para ir a trabajar. Claro que era duro.

—Suena completamente descabellado —dijo mi madre—. ¿No estaba tu mujer de baja por maternidad?

—Sí, claro, pero había que compartirlo todo. También los sufrimientos.

—¡Por Dios! ¿Es feminista o qué? Parece como si fuera una de esas feministas veganas.

Nos reímos.

—Es una feminista redomada. Pero nada vegana. Está siguiendo una dieta baja en carbohidratos, devora beicon y carne.

—¿Baja en qué? —dijo mi madre.

—Carbohidratos —le aclaré—. Es una dieta alta en proteínas y baja en carbohidratos. Una dieta con la que consiguen engañar a una de cada dos tías de clase media mayores de treinta y cinco años.

—Ja, ja, ja, sabelotodo.

Le hice una mueca.

—Pero todo eso era un juego de niños comparado con lo que pasó cuando nació el niño—dijo Fredrik.

—¿Así que las cosas fueron a peor? —dijo mi madre.

—Cattis sufrió una depresión posparto y se pasó los seis primeros meses sentada mirando la pared. Tuve que entrenar de verdad mi polivalencia. No resulta nada fácil ocuparse de un recién nacido, una niña de dos años, una casa y una mujer que ha perdido las ganas de vivir. Y, al mismo tiempo, traducir una colección de cuentos franceses.

Mi madre movió la cabeza, indignada.

—¡Qué barbaridad! El instinto maternal debería ser más fuerte que todo eso. ¡No es normal! Es sabido que las mujeres que acaban de dar a luz tienen una habilidad innata para cuidar de sus crías, pase lo que pase. Sentirse mal y pensar en una misma, eso se hace después, cuando ya no se tiene responsabilidad sobre los niños.

Vale, ese era el límite. Me incliné hacia delante para poner fin a toda esa locura, pero Fredrik me frenó con la mano a modo de stop.

—Por favor, espera un momento. Esta es la primera vez que alguien muestra un poco de comprensión por mi situación y no me despacha como si fuera un machista egocéntrico.

—No, aquí no nos lanzamos ese tipo de expresiones académicas —dijo mi madre, y pareció satisfecha—. Somos personas completamente normales.

Suspiré y solté una carcajada. Si uno se alejaba e intentaba verlo desde la distancia, seguro que parecíamos cualquier cosa menos personas normales.

—Ahora tienes que contarme lo del interrogatorio —dije—. ¿De verdad sospechan que tienes algo que ver?

—Eso parece. Querían saber qué he hecho exactamente durante estos últimos días. Me hicieron muchas preguntas sobre Cattis y nuestra relación, y cuando les conté que te había visto y había dormido aquí, les entró curiosidad.

—¿Qué les contaste?

—Lo que pasó. Se preguntaban por qué te habías mudado a casa de tu madre, así que les expliqué que pensabas escribir un libro.

—¿Eso hiciste?

De repente, al mirarlo sentí una fuerte irritación, casi animadversión. No sabía de dónde procedía o a qué se debía, pero recordé que doce años antes esa misma sensación también se apoderó de mí.

—¿Lo del libro es un secreto? —preguntó él.

—No, en realidad no.

—Solo conté lo que sabía.

—¿Sabes una cosa? —dije, y me puse de pie—. Tengo que encontrar a Li Karpe.

—¿Li Karpe? —Fredrik pareció preocupado—. ¿Por qué?

El *asesino inocente*

de Zackarias Levin

17

Noviembre de 1996

Sentí cómo me iba encogiendo a medida que bajaba al sótano del Absalon. Los pasillos se hallaban desiertos y en silencio, y la puerta que daba al aula de Creación Literaria estaba cerrada. Respiré hondo varias veces antes de llamar. No fui capaz de descifrar la respuesta monosilábica de Li Karpe, así que esperé de pie, mientras mi pulso se aceleraba y las mejillas me ardían.

—¡He dicho que pases! —exclamó al fin.

Me apresuré a girar el picaporte. Aunque procuré causar sensación de serenidad, me oí jadear sin aliento.

Li Karpe estaba sentada a la mesa que presidía el aula y lucía un vestido ajustado que mostraba más de lo que ocultaba. Una mirada superficial fue todo lo que recibí.

—Vaya, vaya —dijo—. Zackarias Levin.

Se pasó un buen rato mirando y ojeando sus papeles. En la siguiente mirada que me concedió, percibí una expresión de sorpresa en su rostro.

—¿Por qué no te sientas?

Tiré de la silla que estaba frente a ella y me esforcé en no bajar la vista a su pronunciado escote mientras me sentaba de forma torpe e incómoda. A continuación sujeté mis rodillas con fuerza y procuré respirar con tranquilidad.

Este ritual formaba parte del curso, de nuestro proceso de creación literaria; una vez al semestre nos teníamos que sentar delante de Li Karpe para que hiciera picadillo los restos de nuestra autoestima artística. Por la mañana, Fredrik subió la escalera del sótano con las mejillas pálidas y los ojos rojos, se sentó en silencio en el banco de enfrente y se fumó un cigarrillo en tal estado de agitación que se atragantó con su propio filtro. Betty y Adrian todavía esperaban su charla, mientras que ahora yo intentaba mantener la espalda y la vista erguidas, preparado para recibir mi sentencia.

—En realidad, ¿por qué escribes, Zackarias? ¿Qué es lo que quieres comunicar?

Miré en torno a la habitación, como si la respuesta correcta estuviera escrita en las paredes.

—Escribo sobre todo porque lo hago bien. Bueno, bien, bien... Digamos que es algo que sé hacer. Al menos eso es lo que siempre he oído. Se me da mejor expresarme por escrito que de palabra. No soy muy verbal.

Me miró sin expresión alguna en el rostro y repitió la pregunta como si no hubiera oído nada de lo que acababa de decir.

—¿Por qué escribes? ¿Qué es lo que quieres comunicar?

—Creo que nunca he pensado en ello. La escritura ha sido más bien un medio adecuado, el canal correcto para expresarme.

—¡Así que no tienes nada importante que narrar!

Me mordí el labio. Me sentí incomprendido.

—Sí, por supuesto, pero no es que tenga un propósito especial cuando escribo. Quiero... bueno, abordar, narrar una buena historia.

—Na-rrar una buena historia —dijo Li Karpe atragantándose, como si nunca antes hubiera oído algo tan estúpido—. ¿Sabes una cosa, Zackarias? Creo que has empezado por el extremo equivocado.

—¿Eso crees? ¿El extremo equivocado de qué?

—Dices que quieres escribir y te sientas y escribes. Deseas narrar una buena historia y entonces te pones a narrar. Es un error muy frecuente. Un error garrafal.

¿Error garrafal? Eso tenía mala pinta.

—Quizá no era eso lo que quería decir.

—Yo creo que sí. Pero si uno quiere narrar algo que tenga importancia, si uno quiere escribir de verdad, entonces hay que empezar por tener algo que contar. Un texto que no dice nada no tiene derecho a existir, por lo menos fuera del cajón. Si escribes para que otra persona lea tu texto, tu responsabilidad que este tenga un asunto.

Me hubiera gustado protestar y luchar por mi escritura, pero mi posición defensiva resultaba de lo más incómoda y mis ojos comenzaron a anegarse en lágrimas.

—Creo que no has entendido bien las cosas, Zackarias. Te imaginas que eres un escritor solo porque has oído que te expresas mejor por escrito que hablando. Pero ¿sabes una cosa? Creo que no eres un escritor en absoluto.

Tragué saliva y tensé los músculos de la barriga como para resistir mejor el golpe.

—Que no seas una persona verbal puede deberse sencillamente a que eres tímido. Es mucho más difícil expresar tus pensamientos y opiniones cuando estás obligado a mirar cara a cara a tu destinatario. Creo que te vendría mejor un curso de retórica o de arte escénico que esto. Es solo una idea. Recapacita sobre lo que realmente quieres.

Me hizo una señal amistosa con la cabeza y posó una mano sobre mi brazo cuando me disponía a salir. Para ella era solo una idea; para mí, un mundo que se derrumbaba.

En la escalera me encontré con Betty, que, repleta de expectativas, sería la siguiente en oír la voz del oráculo. Como no me dio tiempo a ocultar la desilusión de mi rostro, acabé llorando acurrucado en su pecho.

Betty yacía formando una «V» con las piernas contra el marco de la cama, con el culo en el suelo y el cuello sobre un montón de ropa.

—Hay una grieta en el techo —dijo, y señaló con la uña pintada de negro del dedo índice.

—Hay grietas por todas partes. Solo que uno no se toma el tiempo de mirarlas detenidamente.

Estábamos tumbados en el suelo de mi habitación mientras el amanecer entraba arrastrándose por la ventana. Betty tenía la mirada fija en el techo y su cabello formaba un charco en el suelo. Se le había corrido el maquillaje de los ojos. No nos gustaba mirarnos mientras hablábamos. Quizá necesitábamos un curso de retórica.

—Lo siento —dijo Betty, y pareció como si fuera a romperse.

—¿Por qué?

—Por todo. Porque no ha salido como esperabas. Porque soy como soy. Porque tengo un maldito corazón que lo destroza todo.

—Cállate —dije—. Lo rompes todo cuando hablas.

Miramos el techo en silencio durante un buen rato.

—Yo no soy verbal —dije después, con una afectada ironía en la voz—. Eso dice Li Karpe, y seguro que tiene razón. Lo peor es que tampoco soy un escritor. ¿Quién soy en realidad?

—No tienes que escuchar a Li —dijo Betty.

Entonces me armé de valor y la miré a los ojos.

—¿Qué te dijo a ti?

—Nada en particular. —Ella también me miró a los ojos—. Nos dijo lo mismo a casi todos.

Me pregunté si eso era cierto. Pero no dije nada. Habíamos oído que una de las ratonas de biblioteca había abandonado el curso de Creación Literaria después de su charla privada con Li Karpe. Otra, al parecer, había presentado una queja formal a la institución.

Adrian llevaba varios días sin aparecer por Grönegatan, así que Betty y yo nos apoderamos del apartamento. Nos regodeábamos en la pena y pensábamos que el mundo era tan jodidamente malvado como solo se puede pensar cuando no has cumplido veinte años y tienes el corazón destrozado. Escuchábamos pop británico, nos sabíamos las letras de memoria, «So Young» y «Live Forever». Antes de salir, Betty me pintaba los ojos sobre el fregadero. Mi camiseta del perfil de James Dean con el texto «Rebel» había encogido y amarilleaba después de haberla lavado; era así como tenía que ser, un poco de pátina no venía mal. Caminábamos como seres inmortales de un lado a otro por Stora Södergatan y Lilla Fiskaregatan, y creíamos que éramos los primeros en pasar por todo eso.

En el túnel debajo de la estación, un irlandés barbudo le prestó una guitarra tapizada con pegatinas. Betty tocó

«Common People» y yo me apunté a cantar el estribillo, hasta que se rompió la cuerda del mi y Betty se echó a llorar. Corrimos de la mano Bangatan abajo el tiempo que duró un chaparrón. Paramos un segundo para protegernos bajo la bóveda del templo de las copas de los árboles y después continuamos hasta Bögen, en la colina, donde Betty consiguió mendigar un perrito caliente, y llegamos a la conclusión de que no existía ninguna relación entre el apodo del quiosco y las preferencias sexuales del propietario.

Betty se secó la salsa de los labios y luego se dio cuenta de que era muy tarde.

—Tengo que ir a casa de Leo —dijo—. Y voy a llegar tarde.

Se subió a la bicicleta, impaciente por marcharse. Una vez más, le pregunté qué era lo que hacía en casa de Leo Stark.

—No te lo puedo contar.

—¿Qué es lo que no me puedes contar? ¿Por qué? ¿Es un secreto?

Me miró de hito en hito. Su mirada era afilada, la magia había desaparecido.

—No lo entenderías.

—Inténtalo. Me gustaría entenderlo.

—Ese es el problema —dijo, y sonrió con indulgencia—. Tú quieres entenderlo todo, Zack. Sin embargo, uno no tiene que entenderlo todo.

Me quedé parado viendo cómo se alejaba con la bicicleta. No se dio la vuelta.

Betty llamó a mi puerta en mitad de la noche, dijo que no quería estar sola. Yo me había dormido con el reproductor de CD encendido y todavía sonaba «Don't Look Back in Anger». La luna era tan grande y estaba tan cerca que parecía que quería entrar por la ventana.

—¿Sabes? Eso sobre tu padre... —dijo Betty.

—¿Qué pasa con mi padre?

—Eso de que desapareció.

—Dejó de venir por casa —dije—. Es marinero, o por lo menos lo era.

—¿Está muerto?

—Para mí, lo está.

Betty suspiró y yo cerré los ojos, intenté dormirme de nuevo. El cansancio pesaba toneladas. Betty se quitó los vaqueros ajustados y se metió bajo mi manta.

—¿Te he hablado de mi padre? —dijo ella a mi espalda.

—Quizá —dije para protegerme.

—Era una pregunta retórica —dijo—. Sé que nunca he hablado de mi padre. Ahora quiero hacerlo y tienes que escucharme, Zack.

Me apoyé en las manos, me incorporé, pegué la espalda a la pared y pasé los brazos alrededor de mis rodillas. Me restregué los ojos con la manga del pijama.

—Me pasé dieciocho años intentando que me viera —dijo Betty mirando al techo—. Pero no descubrió que tenía una hija hasta que enfermó, poco antes de desaparecer.

Yo también alcé la vista al techo.

—Era músico, trabajaba seis noches a la semana. Deseaba tocar su propia música, pero eso no daba dinero. Así que se pateó toda Suecia con un grupo mediocre de *covers*, tocaban cosas de Creedence y «Living Next Door to Alice», para que las tías buenas de los pueblos se pusieran calientes en la pista de baile. Mientras tanto, mi madre estaba en casa y se comía las uñas esperando que él regresara. Yo me pasaba las noches sin dormir pensando en el día siguiente en la escuela, si sería capaz de sobrevivir.

—¿Te trataban mal?

—A veces metían mi ropa en el retrete. Solían esperarme detrás del gimnasio. Me toqueteaban, tiraban de mí, me pegaban y me escupían. Llamaban alcohólica a mi madre y picaflor de orquesta de baile a mi padre. Yo heredaba la ropa de mis primas, tenía los dientes separados y usaba gafas. Al principio no tenía pechos y después los tuve demasiado grandes. Mi coño olía mal. Eso solían decirme.

Se le hizo un nudo en la garganta y yo posé mi mano sobre su brazo.

—Después todo cambió, cuando nos hicimos mayores. No a mejor, pero fue diferente. Dejaron de hablarme, y ya no me esperaban a la salida. Me acostumbré a ser invisible, así que no me importaba.

—¿No tenías amigas?

Negó con la cabeza y puso los ojos en blanco.

—Solo a mi madre. Cuando estaba sobria. La necesitaba y ella me necesitaba a mí. Nos teníamos la una a la otra.

—¿Como tú y yo?

Esbozó una sonrisa, pero no era una sonrisa de verdad, sino una manera de mostrar aprecio.

—Me convertí en la campeona del mundo en esperar —dijo—. Que yo recuerde, mi padre me abrazó solo una vez. Me despertó en mitad de la noche. Había bebido y estaba medio llorando, nunca lo había visto así, parecía asustado. Se sentó en el borde de la cama y me abrazó tan fuerte que casi me hizo daño. La barbilla contra mi hombro, la barba de dos días contra mi mejilla y un espeso olor a perfume mezclado con el hedor a alcohol. Mantuvo sus grandes manos en mi espalda durante una eternidad y no dijimos nada, ni una palabra, pues eso lo habría echado todo a perder y lo sabíamos.

Empezó a llorar y noté bajo mi mano que se le ponía la piel de gallina.

—¿Qué pasó?

—Todo fue muy rápido —dijo—. Se puso enfermo y murió. Fue como apagar una lámpara.

—Lo siento, Betty.

Me miró con los ojos ausentes.

—Me convertí en mártir. Me apoderé de la exclusión y representé ese papel. Desafié todas las leyes sociales.

Su mirada se endureció.

—¿Y ahora tienes algo que contar?

—Todo el mundo tiene algo que contar, Zack.

Se levantó sin avisar y se dirigió a la ventana, allí encendió un cigarrillo que chisporroteó y crepitó. Fumó con ganas.

—¿Sabes qué te falta? —dijo, y me señaló con la parte encendida del cigarrillo—. Te falta rabia. Has tenido una vida demasiado fácil. Si quieres escribir, tienes que estar furioso, Zack.

La noche siguiente me puse a escribir en la mesa de la cocina. Apretaba el bolígrafo de tal forma que tenía las yemas de los dedos blancas; el bolígrafo se deslizaba y hacía agujeros en el papel. Escribía derecho y decidido, sobre las líneas, sin reflexionar en absoluto.

El café se había enfriado y llevaba horas sin fumar. Se había apagado la vela que había sobre la mesa, la cera se había solidificado formando un patrón ondulante, y al otro lado de la ventana la oscuridad se había cernido, densa, sobre la ciudad.

Un golpe seco me apartó del mundo del texto. Miré a mi alrededor, por la ventana, encendí la luz, me quedé quieto y escuché. La vez siguiente los golpes fueron más fuertes. Procedían de la puerta.

Cuando di la luz del recibidor el reloj que había sobre el aparador marcaba las tres menos cinco. Más golpes. Supuse que se trataba de Adrian, que estaba borracho y había perdido las llaves. Llevaba un tiempo sin verlo. Había empezado a salir con un grupo de Delphi y hablaba de las mejores fiestas de Lund, pero yo estaba casi seguro de que se pasaba horas con Li.

—Cálmate —dije a través de la puerta.

La cerradura falló y los golpes sonaron más fuertes. Cuando por fin conseguí abrir, vi que no era Adrian.

—¿Cómo diablos has entrado?

Saqué la cabeza a la escalera a oscuras y descubrí que la puerta del portal estaba entreabierta.

Leo Stark parecía agotado. Tenía el cabello revuelto y la ropa arrugada.

—Betty —dijo—. Necesito a Betty.

—¿Estás borracho?

Me miró airadamente con los ojos entornados.

—Tengo que hablar con Betty.

—No está aquí.

Se inclinó hacia un lado intentando mirar dentro del apartamento.

—Sé que está aquí —dijo, y dio un paso adelante.

Enseguida levanté los brazos para bloquear la entrada.

—¡No!

—¡Sí, déjame pasar!

Dio un paso más, se detuvo delante de mí y resopló, con los ojos inyectados en sangre y los labios abultados. A continuación se giró y agachó la cabeza para poder pasar por debajo de mi brazo. En un acto reflejo, levanté una rodilla y lo detuve. Lo empujé hacia la escalera.

—¡Deja a Betty en paz! —grité.

Leo se tambaleó hacia atrás agitando los brazos, y yo lo agarré por las solapas del abrigo y lo apreté contra la pared con el codo.

—¿Quién me va a detener? —dijo riéndose—. ¿Tú?

Mi cuerpo se hinchó, cada músculo se tensó y la risa burlona de Leo retumbó en mi cabeza. Solté mi puño en un rápido movimiento, su estómago se contrajo, como si hubiera golpeado un agujero a través de su cuerpo, se dobló y resopló entre dientes.

—Deja a Betty.

Me quedé sin aliento. Sin fuerzas, me colgué de Leo y lo miré a los ojos.

—Betty es mía —dijo, y tosió—. No puedes hacer nada contra eso.

—¡Cierra la boca!

—Estás completamente perdido, chaval. Vete a casa con mamá. Cásate con la hija del vecino. Trabaja, come, duerme, ten hijos, jubílate y muere.

Se enderezó despacio, escupió y soltó una risotada. Enseguida bajó al portal y me miró una última vez.

—Este no es tu sitio.

Septiembre de 2008

Encontré a Li Karpe en Wikipedia, aunque se trataba de una entrada reducida. Fredrik y yo nos apretujamos frente a la pantalla.

> **Li Karpe**, nacida en 1965, es una escritora y poetisa sueca. Debutó con la colección de poemas *El remordimiento del cazador*, por el que recibió el Premio Katapult en 1984. Karpe está considerada una escritora posmoderna. Su último libro, *Nunca será mejor que esto*, estuvo nominado al Premio August en 1992.

—Hasta 1992. ¿Qué ocurrió después?
—Según Adrian, se cansó de la literatura y dejó de escribir. Cree que no va a ser fácil encontrarla.
—¿Así que ella consiguió lo que Leo nunca hizo? Dejar de escribir.
Navegamos un rato más y no encontramos nada. No había publicado ni un solo libro desde 1992. Ni una lí-

nea. Aunque se mencionaba su nombre en un texto de homenaje, alguna crítica que otra, artículos y ensayos, no parecía que Li Karpe hubiera escrito una palabra desde comienzos de los años noventa. Y no había pista alguna sobre lo que hacía en la actualidad o dónde se encontraba.

—Mira esto —dijo Fredrik, e hizo clic en una imagen: un árbol cubierto de nieve con bombillas al fondo, y un hombre con un gorro de piel con orejeras que pasaba el brazo alrededor del cuello de una chica con las piernas como palillos y botas desanudadas.

—¿Son ellos? —dije, y pulsé en la lupa.

—Tiene que ser de los años ochenta.

Los de la fotografía eran Leo y Li. Él estaba bronceado y deslumbrante, y el rostro de Li parecía agotado.

—Qué joven está ella.

—Y parece vulnerable.

Tenía que haber cambiado de nombre después de abandonar la vida pública; quizá se había casado. Encontramos a unas cuarenta personas apellidadas Karpe, pero ninguna de ellas era Li.

—Espera un momento —dijo Fredrik—. Deja que haga una llamada.

Lo miré.

—Este es un negocio pequeño —dijo—. Me refiero al sector editorial. Aun cuando haya dejado de escribir, seguro que hay una dirección a la que enviar los *royalties*.

Gracias a los contactos de Fredrik en el mundo editorial conseguimos una dirección. Mi madre nos preparó unos sándwiches que metió en una nevera portátil, después se quedó en la puerta y nos despidió con el delantal puesto cuando nos marchamos en el 4×4 de Fredrik.

—Es maravillosa —me comentó con la vista puesta en el espejo retrovisor.

Me reí.

—Está loca.

—Sí, pero en el buen sentido de la palabra.

Sonreímos, y pensé en lo que me había contado acerca de su infancia y de su padre, que era un intolerante. Al fin y al cabo, yo parecía haberlo pasado mejor que él.

En Hallandsåsen comimos un menú especial en un banco de plástico y le dimos los sándwiches de mi madre a unas grajillas. Después, mientras regresábamos al coche, Fredrik llamó a sus hijos con voz almibarada.

—¿Me dejas conducir? —pregunté.

El 4×4 alcanzaba los ciento sesenta kilómetros por hora con la misma facilidad con la que el coche de mi madre llegaba a los noventa. Todo el mundo estaba contento, menos un policía motorizado que tuvo la desfachatez de ponerse a mi altura, entreabrió la visera con una sonrisa entre desdeñosa y moralizante y cabeceó para que me detuviera en el arcén y pudiera robarme tres mil doscientas coronas.

—Ha tenido suerte —dijo, aunque yo no me sentía en absoluto afortunado—. En realidad iba mucho más rápido, pero ha habido un problema con el láser.

—¿Quizá debido a su mal uso? —murmuré.

—¿Perdón? —dijo el policía, y alzó la cabeza como un ave de presa.

Asustado, le aseguré que había tenido que oír mal.

—Jodido fascista —dije cuando desapareció de la autopista sin parpadear—. Menos mal que pronto acabaré el libro. Entonces tres mil coronas serán una bagatela. Creo que debería bastar con vender cien mil ejemplares. Si uno recibe el veinticinco por ciento del precio neto se pueden ganar, por lo menos, dos millones.

El semblante de Fredrik oscilaba entre una preocupación sincera y una alegría relajada.

—¿Sabes que la mayoría de los libros venden solo dos mil, quizá tres mil ejemplares? Además, es tu primer libro, y en ese caso la media es de poco más de mil.

—Pero yo no pertenezco a la media, Fredrik. Mi libro será de todo menos del montón.

Li Karpe había cambiado de nombre, de ciudad y de vida. Ahora se llamaba Li Ohlsson y vivía en un pueblo situado entre Halmstad y Falkenberg.

—¿No eran los Gyllene Tider de allí? —comentó Fredrik cuando giramos hacia una carretera sinuosa bordeada de pastos para caballos y vacas.

—Ni idea, nunca he escuchado ese tipo de música.

Tarareó una melodía pegadiza y después sujetó con ambas manos el salpicadero cuando, en una curva, un Volvo azul del año de la polca apareció de la nada y evitó el monstruoso parachoques del todoterreno por escasos centímetros.

La voz del GPS nos hizo detenernos delante de una casa roja y blanca con la carpintería trabajada y puerta rústica. Una extensión infinita de prados con hierba amarillenta que llegaba hasta las rodillas rodeaba esa pequeña isla con tobogán de plástico, coches de pedales y triciclos oxidados. En la puerta del garaje había un coche cubierto por una lona del que solo se veían las ruedas. Caminamos por unos adoquines hasta la entrada, donde había una señal de CUIDADO CON EL PERRO. Fredrik se inclinó hacia delante y abrió el cerrojo, pero después dio tres pasos atrás.

—No me gustan los perros —dijo, y me miró.

En ese mismo instante se abrió la puerta trasera y dos perros en miniatura con diez kilos de pelo cada uno, cuyos rabos parecían tener párkinson, revolotearon alrededor de nuestras piernas e intentaron sonar como perros de verdad. En el umbral apareció una mujer que intentó calmarlos con silbidos, pero fue en vano. A cada lado de sus caderas asomó el rostro curioso de un niño.

—¿Estamos en el lugar correcto? —dijo Fredrik.

—Depende de adónde se dirijan —respondió ella.

Fredrik y yo nos miramos excitados. No había duda. Era ella. Había cambiado en todos los aspectos y, sin embargo, seguía siendo la misma. Mejillas más redondeadas y arrugas alrededor de los ojos, guapa como entonces, aunque de una manera más tenue y más apagada. Sus ojos se agrandaron al comprender quiénes éramos. Extendió las manos sobre las cabezas de los niños como para protegerlos. Dio un paso hacia el interior de la casa y vaciló con la mirada.

—¿No nos reconoces? —dije a medio camino de la puerta.

Li —antes Karpe, ahora Ohlsson— agitó las manos y envió a los niños dentro de la casa.

—¿Qué queréis?

Me quedé paralizado. La capacidad de Li Karpe de pulverizar mi confianza solo con la mirada era la misma ahora que entonces. Toda la chulería había desaparecido y apenas quedaba el pequeño chaval de Veberöd que nunca se esforzaba, el chico mediocre que sabía que no era nadie y que eso sería lo máximo a lo que llegaría. Ese que no tenía nada importante que narrar.

—Quiere escribir un libro —dijo Fredrik, y me señaló.

Li arqueó las cejas.

—Lo siento. Ya no me ocupo de eso.

—No, te equivocas —dijo Fredrik.

—Esa no es la razón de que estemos aquí —dije—. ¿No has visto las noticias?

Li ya no pareció tan arrogante.

—Han encontrado el cuerpo de Leo —dijo Fredrik.

—Sí, claro que lo sé. Pero ¿qué tengo que ver con ello?

—Zack está escribiendo un libro sobre el caso.

—Estoy escribiendo sobre el asesinato y todo lo que ocurrió ese otoño en el curso de Creación Literaria.

Li resopló.

—¿A quién podría interesarle leer un libro sobre eso?

Pensé en nuestra conversación privada, en la charla sobre el mensaje y la trama, sobre la necesidad de tener algo que decir.

—Revelaré la verdad.

Ella sonrió de manera burlona.

—Todos conocen ya la verdad. Sabemos qué le ocurrió a Leo. Sabemos que Adrian lo mató.

Puse un pie en la puerta. Había recuperado la confianza en mí mismo.

—¿Podemos pasar? —dije—. Solo queremos charlar un rato.

—No quiero tener nada que ver con esto —dijo—. Ahora vivo otra vida. Li Karpe ya no existe. Dejé todo atrás hace muchos años. No pienso participar en ningún libro. Lo siento.

—Ya lo estás haciendo —dije—. Ya he escrito la mitad del libro y saldrás en él, quieras o no.

Sus ojos se transformaron en pequeños e intensos cartuchos.

—No se trata de creación literaria —dije, bastante satisfecho conmigo mismo.

Li Karpe pareció derrotada. Derrotada, aunque no resignada del todo.

—Pasad —dijo, y dio unos rápidos pasos hacia el interior del recibidor.

Fredrik y yo nos quitamos los zapatos y la seguimos. La casa era amplia y blanca, y la falta de detalles y personalidad resultaba llamativa. Los niños jugaban en un sofá blanco, cada uno con su teléfono móvil, y en las estanterías se apretujaban magníficos libros de decoración junto a colecciones de recetas bien diseñadas. Li sirvió café de máquina con leche desnatada, y apartó un ejemplar de *Elle Decoración* de la mesa de la cocina.

—Parece como si hubiera pasado una eternidad —dijo ella, y nos estudió con la mirada—. Realmente, sois de otra vida.

Llevaba varios años viviendo allí, en paz con todo, como dijo. Dirigía una empresa de relaciones públicas junto a su compañero y rio incómoda cuando se describió como empresaria. Pero no sonó irónica ni amargada cuando dijo que estaba satisfecha con cómo había acabado todo.

—Después del juicio me sentí fatal. Me di de baja en la universidad y abandoné Lund.

—Pero ¿dejaste de escribir? —preguntó Fredrik.

—Me encontré escribiendo como terapia. Llené un diario completo con el corazón, el dolor y la autocompasión elevados al cuadrado. Se convirtió en una especie de gestión de crisis versificada, una jodida poesía de autoayuda. ¿Quién se puede sentir bien con una mierda así? Comprendí que ya no aguantaba más, que no aguantaba trabajar. Suena triste, lo sé, pero sobre todo deseaba paz y tranquilidad, alguna forma de normalidad, y eso no es compatible con la vida de un escritor.

Contó que había borrado todas las anotaciones, sinopsis y manuscritos empezados de su ordenador. Desde un punto de vista dramático quizá no fuera tan efectivo como tirar un montón de papeles a la chimenea, aunque, por otra parte, a ella nunca le había importado el dramatismo. Sin embargo, siempre había tenido fuerza de voluntad para muchas cosas, casi inquebrantable, y cuando abandonó el mundo literario lo hizo de todo corazón y para siempre: le envió una carta manuscrita a su editor, una nota de prensa sin datos de contacto y una solicitud de cambio de nombre y protección de identidad.

—Supongo que fue Adrian quien os ayudó a encontrarme.

Fredrik y yo nos miramos sorprendidos.

—Exacto —me apresuré a responder.

¿Así que Adrian lo sabía? Sabía dónde vivía Li Karpe. Cada vez estaba más claro que no se podía confiar en él.

—Cuando me enteré de que habían encontrado el cuerpo me sentí incómoda durante un tiempo, todo fue tan surrealista... —dijo Li—. Doce años es mucho tiempo. Quizá uno no lo crea, pero una persona alcanza a vivir una vida entera en doce años. Parece como si todo lo que ocurrió entonces le hubiera sucedido a otra persona. Ya no soy Li Karpe.

Se puso de pie para echar un vistazo a los niños, que seguían en el sofá. Después se paró delante de nosotros, con la espalda erguida y los brazos en jarras. No todo era nuevo en ella.

Fijó su mirada en mí.

—¿Así que al final vas a escribir un libro? Te dije que tenías que comenzar por el extremo correcto. Recuerdo que eras un escritor con talento, pero no tenías nada que contar.

Después de todo el tiempo pasado, no pude menos que estar de acuerdo con ella. *Una ardilla sentada en un abeto reflexionaba sobre el significado de la vida.* Casi no pude imaginar nada más embarazoso.

—¿Cómo se llamará el libro?

Me miró fijamente a los ojos. Sopesé mentirle.

El *asesino inocente*
de Zackarias Levin

18

Abril de 1982 - febrero de 1985

Li Karpe siempre se había sentido mayor de lo que era en realidad y por eso apenas le afectó que con diecisiete años fuera la alumna más joven del curso de escritura en Biskops Arnö. Al contrario, era como si hubiera encontrado su sitio allí, en ninguna parte, entre insidiosos caminos de gravilla y bosques tan altos como el cielo.

Una rotura de ligamentos cruzados de la rodilla la condujo a la poesía. Li Karpe era una persona que parecía dotada de talento, sin importar a qué se dedicara. Su profesor de sueco le había enseñado un folleto de Biskops Arnö y la animó a solicitar el ingreso.

Ahora se encontraba sentada en la sala de reuniones, descalza, con ocho libros abiertos sobre la mesa entre tazas de té y los gatos Dante y Virgilio, que buscaban calor humano con los rabos erguidos, rodeada de compañeros de clase con el pelo cardado, camisa y tirantes, gente que fumaba como si no hubiera un mañana y capaz de llegar a las manos en una discusión sobre la elección de una preposición.

Esa tarde la clase recibió la visita de Leo Stark. El conocido escritor los saludó sin mirarlos, se sentó, se colocó las gafas de sol sobre la frente y leyó en alto, sin el menor sentimiento en la voz, un fragmento de su primera novela, *Sesenta y ocho*, el libro que noqueó a la crítica y que, según el propio escritor, le había permitido acostarse con tantas mujeres que ya había perdido la cuenta.

Durante la lectura, Li Karpe hizo un descubrimiento fascinante cuando se dio cuenta de que sus compañeros varones miraban al escritor estrella de pelo largo sin parpadear. Después se pusieron en fila para pedirle a Leo Stark un comentario sobre sus textos. A pesar de que sabían que eso formaba parte de la misión de Leo en la escuela, agachaban la cabeza en señal de agradecimiento cada vez que él prometía leerlos.

Li sufría de migraña y todavía no era muy aficionada a que otras personas —sobre todo los escritores de verdad— leyeran sus textos, así que pasó de largo junto a la fila.

—Oye, tú —dijo Leo Stark.

Ella se dio la vuelta y, por primera vez, el declarado escritor de culto vio realmente a un alumno. Y cómo la miró después. Fue una mirada tan intensa que todo lo demás desapareció.

—¿No tienes ningún texto para mí? —preguntó él.

Li se detuvo absorbida por la mirada de Leo Stark. El escritor la observó como si ella fuera el ser más fascinante que jamás había visto. Li tartamudeó algo ininteligible como respuesta.

—Creo que eso forma parte del curso —dijo Leo Stark—. Parte obligatoria.

Li quiso protestar, pero le falló la voz. Detrás de ella,

los compañeros de la fila empezaron a impacientarse, y finalmente Li consiguió explicar que no había llevado ningún texto. Pero Leo le garantizó que ese no era un problema sin solución.

—Espera a que termine aquí, y te acompañaré a buscarlos a tu habitación.

No tenía elección. Se quedó parada y esperó mientras los compañeros, uno tras otro, entregaban los textos y estrechaban la mano de Leo Stark. A continuación, el gran escritor se colgó su cazadora de cuero del hombro y cabeceó hacia los muchachos, cuyas miradas perseguían a los que se encontraban en la explanada de gravilla reluciente bajo el sol.

Él se quedó en la puerta de los diez metros cuadrados de la habitación de Li y se apartó el flequillo como si fuera una estrella de cine. A ella no le interesaban lo más mínimo el culto a los famosos ni el brillo de las estrellas —ni siquiera le pareció que lo que él había leído fuera algo especialmente bueno—, pero cuando Leo Stark la miró sucedió algo inexplicable. Se sintió hechizada.

—Será emocionante —dijo Leo Stark cuando ella le tendió las páginas escritas a máquina y grapadas.

Él se demoró y pasó la mano sobre el papel varias veces mientras su mirada vagaba por la habitación de Li: la cama sin hacer, las bragas sobre la mesilla de noche y las fotografías en la pared.

—¿«El Gorrión de Minsk»? —preguntó él.

—Nadia Comaneci. Pero no eres el primero en confundirlas.

Con el dedo índice en los labios, estudió las fotografías de Nadia: volando desde la barra de equilibrio, agarrada a las barras simétricas con la medalla de oro colgada del cuello.

—¿Así que te gusta la gimnasia? —dijo.

—No especialmente.

Una semana después él estaba apoyado contra un árbol, con sus gafas de sol. Li acababa de levantarse de un banco tras leer un manuscrito de un compañero de clase, cuando descubrió que él la llamaba con la mano.

—Nadia Comaneci —dijo—. Una verdadera niña prodigio. Cinco oros olímpicos y apenas ha cumplido veinte años.

—Has estado informándote.

Leo alzó las gafas de sol y sonrió.

—Odio no saberlo todo.

Luego metió la mano en el interior de su chaqueta y sacó un montón de papeles con la composición de Li.

—Hablando de niñas prodigio —dijo, y empezó a leer en alto.

—¡No, para!

Li se estiró para arrebatarle su escrito. Leo solo reía.

—Tienes un talento de cojones, ¿eres consciente de ello?

Ahora él parecía hablar en serio. Su rostro se contrajo y volvió a absorberla con su mirada mágica.

—Me encanta el flujo de tus palabras, tu forma de escribir como una fuente. Con energía y frenesí. Hacía una eternidad que no leía nada como esto.

Li estaba tan acostumbrada a los halagos como puede estarlo alguien de diecisiete años con los pies en la tierra y sin pretensiones, así que recibió los elogios del conocido escritor con una calma y una reverencia apenas perceptibles.

—Gracias.

—Li Kar-pe —dijo enfatizando cada sílaba. Dibujó con las manos un gran gesto sobre su cabeza y repitió su nombre—: Li Karpe, tu nombre aparecerá en los libros.

Después de ese día todo cambió. La opinión de que Li era algo tímida y frágil, como el osito de peluche de la clase, desapareció en el mismo instante en que Leo Stark alabó su capacidad literaria en público. Y cuando vieron al icónico escritor paseando con Li por la isla durante las semanas siguientes, sus compañeros de clase mostraron más interés por su persona, sus pensamientos y composiciones, pero también por su cuerpo.

Cuando un chico de Norrland, con prognatismo y sueños de trovador, intentó acostarse con ella después de una fiesta de la clase, Li entró en pánico y salió corriendo medio desnuda por la explanada de gravilla para esconderse en la oscuridad entre los árboles. El muchacho, aterrorizado, la encontró acurrucada detrás del tronco de un árbol y ella intentó hacerle comprender que la culpa era suya y no de él.

—Es que los chicos...

Él la miró con su boca de conejo.

—¿Eres virgen?

—Depende. Es un concepto difícil de enmarcar.

No volvieron a hablar de ello, pero a juzgar por el cambio de actitud de los demás chicos y el cuidado con el que se acercaban, el chico de Norrland había corrido la voz. A Li no le importó.

Por las noches se liberaba de la ansiedad escribiendo, pero las mejores composiciones acababan en el cajón. Dejar que otros las leyeran sería como abandonar a sus hijos.

Fue Leo quien las encontró. Por casualidad.

Li regresó de las duchas enfundada en un camisón florido y una toalla en la cabeza a modo de turbante, y se lo encontró leyendo, sentado en el borde de su cama. Sus ojos estaban abiertos de par en par, y apenas podía apartar la vista del texto.

—Esto es magnífico, Li.

—¿Has estado fisgoneando entre mis cosas?

Él agitó la mano.

—¡En absoluto! Estaba buscando un diccionario y encontré esto. No pude evitar leerlo.

—No son más que apuntes.

—Esto es genial. Tienes que publicarlo.

Y seis meses después algunas de las composiciones más íntimas de Li Karpe aparecieron en la antología *Grupp 82*. Su reputación se disparó y los más prominentes críticos culturales del país le auguraron un brillante futuro.

Después de acabar el segundo año del curso de escritura, en el verano de 1983, Li se mudó al apartamento de Leo, a veinte metros de la escultura de san Jorge y el dragón en el casco antiguo. Leo la sujetaba con fuerza de la mano mientras paseaban por los puentes de la ciudad. Li Karpe escribió el poema *Joya cultural*, inspirado en sí misma. En la editorial el pez gordo aplaudía y Li follaba con Leo Stark llevando al escritor a una explosión de sensaciones.

Él la veía como nadie la había visto antes. Como una persona, como una mujer, como un enigma que resolver.

Ocurría que la gente se aglomeraba en la calle para poder ver al autor. En la casa de enfrente vivía un joven que, según Leo, cobraba en especie por dejar que las admiradoras echaran un vistazo a la ventana de Leo Stark, situada al otro lado del callejón. Una noche Leo levantó a Li del sofá y la tomó por detrás junto a la ventana, ante tres espectadoras que no daban crédito desde la cocina de enfrente.

Recibía cartas y respondía a todas, por lo menos a las que tenían un remitente femenino. A veces le leía en alto a Li alguna carta del montón con propuestas subidas de tono en papel romántico. Él tenía amigos que la equipaban, peinaban y maquillaban, y en el bar las miradas eran como lazos alrededor de su cuello. Susurraban y flirteaban sin parar. Li Karpe era toda una figura en los círculos importantes, incluso antes de que se publicara su primer libro y tumbara a los jueces del gusto del Parnaso.

Ganó un premio y un epíteto: «Princesa posmoderna». La primera vez se vio obligada a buscar la palabra en el diccionario de Leo.

Una chica de pueblo con talento que en una ocasión fue princesa de hielo, ahora era delegada de curso. Li Karpe, la favorita de todos los profesores y los chicos. La fotografiaban en poses provocadoras y salía en las portadas de las revistas culturales más modernas. Firmó un contrato con anticipo para su siguiente libro, y leyó la dedicatoria de la nueva novela de Leo Stark con el corazón desbocado: «Para mi pequeña joya». De nuevo hubo revuelo, fotógrafos y periodistas en cada esquina, comentaristas y eruditos, y por extraño que pareciera, disfrutó de todo ello.

Ella deseaba llevar el libro de lo vivido. Él deseaba vivir a través de lo escrito.

—Cada minuto lejos de la máquina de escribir es una pérdida de tiempo.

—Pero ¿*Sesenta y ocho*? ¿Quieres decir...? Creía que se trataba de algo autobiográfico.

—¿Autobiográfico? —dijo Leo Stark—. No sé lo que significa eso. El escritor vive en cada texto, al mismo tiempo que el texto vive fuera del escritor.

—Pero si uno afirma que algo es una experiencia personal...

—Uno puede afirmar lo que quiera. La ficción no tiene que ser objetiva e imparcial, tiene que ser todo lo demás. El escritor vive el texto mientras lo escribe.

A menudo se quedaba sin aliento y se le encendían las mejillas cuando hablaba de estas cosas. Alzaba algo la voz.

—Por eso no me gusta el concepto de «programa educativo especial para escritores». ¡Biskops Arnö! Uno no se convierte en escritor. Se trata de ver las cosas que se le escapan al resto de las personas, y, además, hay que poder revestirlo de bonitas palabras. No es algo que se aprenda en una escuela.

—Pero uno tiene que aprender bien el oficio —objetó Li con cuidado.

—¡Ja! ¿Qué es lo que hacías allí? ¿Aprender cómo se escribe? Esos cursos son solo una manera de que los trabajadores culturales puedan ganar algo de dinero enseñando mientras publican sus obras. A mí, «oficio» me suena a lo que hacen en los talleres de costura.

—Tal vez no sea ese el propósito —dijo Li, y recapacitó—. En realidad, allí aprendí sobre todo acerca de la vida, gracias a todas las personas que encontré. Tú, por ejemplo.

Leo arqueó las cejas y resopló.

—Yo soy autodidacta —dijo—. Todo lo que sé de las personas lo he aprendido leyendo. He aprendido mi lenguaje leyendo. ¿Cómo crees que aprenden los niños pequeños a andar, a montar en bici, a nadar? Imitación, prueba y error. Escribir no es una técnica ni una disciplina académica.

A Li le fascinaba ese enfoque. Y más aún cuando leía sus libros y sus nuevos manuscritos. ¿Por qué se sentía como engañada ahora que sabía que lo que él escribía carecía de un reflejo real? Sus propios textos, de principio a fin, surgían de lo que ella misma había experimentado. No podía imaginarse escribir de otra manera. A pesar de eso, Leo lograba espolvorear autenticidad en todas sus palabras.

Se pasaba noches enteras sentado delante de su diminuta mesa de escribir frente a la ventana que daba al patio. Tecleaba, arrancaba el papel del rodillo y hacía una pelota, soltaba palabrotas y gruñidos. Todo era tan obvio cuando escribía bien: soltura de dedos, como si tocara el piano en una vieja máquina de escribir. La silla dejaba de crujir, y Li casi podía ver cómo él cruzaba las manos sobre la barriga, igual que después de una buena comida.

Y con cada página de éxito el colapso estaba más cerca.

Inesperado y catastrófico. Cuando Li creía que las cosas no podían ir a peor, siempre había una posibilidad más de meter la pata, más ansiedad, gritos y violencia. Ella buscaba refugio, se escondía o salía corriendo al patio. Las primeras veces tuvo miedo de que él pudiera hacerle daño, y ella se apretujaba en un rincón cubriendo sus pechos desnudos con los brazos. Leo voceaba obscenidades, y pateaba la pared de forma que la espalda de ella temblaba. Li solo lloraba y después todo acababa. Él se sentaba destrozado en el suelo con los ojos inyectados en sangre y la voz repleta de disparates. Pedía perdón, maldecía su vocación y oficio, ese talento que consideraba que lo ahogaba y le reconcomía por dentro. En cada ocasión juraba que iba a dejar de escribir y, como mucho, conseguía hacerlo durante cinco días.

—Tienes que ayudarme —le dijo él una noche.

Li se había dormido, se había despertado y se había vuelto a dormir. Leo estaba como una inmensa sombra sobre ella, y Li viajaba entre el sueño y la vigilia, tratando de fijar sus ojos en la penumbra. Leo tenía el rostro ensangrentado, le temblaba el mentón. Volvió a demandar ayuda.

—¿Qué ha pasado? —preguntó ella, y se sentó.

—Tengo que empezar a vivir.

Él parecía aterrado.

—Ven —dijo él, y la tomó de la mano. La llevó a su sexo.

Li sintió cómo este crecía y latía entre sus dedos.

Septiembre de 2008

—Pero ¿eso último? —dijo Fredrik, y dejó que la mirada vagara entre la pantalla del ordenador y yo—. ¿Dijo realmente eso?

Estábamos sentados en mi antigua habitación y él acababa de leer una primera versión del capítulo 18 sobre la historia de Li Karpe.

—Eso de su sexo latente —dijo Fredrik, y esbozó una mueca de disgusto.

—Quizá no fuese así del todo. Pero sí, los detalles y eso... Tengo que representarlos y darle a la historia algo de nervio.

Fredrik se mordió el labio inferior y recapacitó.

—¿Crees que ella tenía razón? ¿Que después de todo fue Adrian quien lo hizo? En ese caso, eso no es bueno para tu libro. No será fácil publicarlo si tu tesis no se puede demostrar.

—Tesis y tesis. Esto no es un ensayo. Tienes que recordar que la verdad siempre es relativa. Descansa sobre todo en el ojo del espectador. A mi relato todavía le queda mucho para llegar al final.

Confundido, se frotó las manos sobre las rodillas.

—Resulta extraño. Es como si toda la vida fuese un movimiento hacia delante, y ahora he retrocedido varios pasos de golpe. No sé cómo empezar de nuevo.

Fredrik pareció reflexionar.

—Lo peor no es que Cattis ya no me ame. Ni siquiera que la familia se deshaga y que no pueda ver cada día a mis hijos. Lo peor de todo es que no haya un contexto. No creo que las personas estén preparadas para eso.

—Entiendo lo que quieres decir.

Me miró fijamente.

—¿De verdad?

Asentí.

—Incluso creo que es peor no tener un contexto que encontrarse en el contexto equivocado.

—¿Como yo cuando estábamos en el curso de Creación Literaria?

—Por ejemplo. Solo el hecho de formar parte es fabuloso. Por desgracia, a veces uno se da cuenta demasiado tarde.

Decidimos ir a Lund. Fredrik condujo su todoterreno y yo tomé prestado el coche de mi madre para no depender de él cuando deseara regresar a casa. Había un apartamento cerca de la estación Central que pronto se quedaría vacío y Fredrik pensaba alquilarlo durante unos meses. Él quería pasar por allí y echarle un vistazo.

Aparcamos junto a Åhléns y después caminamos bajo la llovizna en dirección a Grönegatan. Yo había recorrido ese mismo trayecto muchas veces desde 1997, pero ahora todo era diferente. Eran tantas las cosas que recordaba: la lluvia otoñal contra el tejado, el crujido de las hojas sobre la acera, la música, los pensamientos y el ambiente. También los sentimientos, y recorrieron mi cuerpo y acabaron en una explosión de arcoíris justo al lado del corazón.

Nos detuvimos delante del portal de Grönegatan. Probé sin éxito el código antiguo y luego me encaramé a una ventana para ver mi antigua habitación. Nada era igual. El sofá había desaparecido. Donde estaba la cama ahora había grandes recipientes con juguetes de plástico, muñecas y figuras, una pequeña pista de coches, una minicocina y una litera.

Fredrik me tiró del brazo porque pensó que empezaba a resultar embarazoso, pero yo no pude dejar de asomarme a la ventana siguiente para explorar el que fue el cuarto de Adrian. En el umbral había un hombre de nuestra edad con un niño delante de él. Qué sensación tan extraña: fue como introducir la cabeza en una máquina del tiempo y descubrir que no era posible regresar. Doce años lo habían cambiado todo. Estaba observando un mundo completamente nuevo. Y el hombre del umbral, que ahora se agachaba para acariciar la cabeza del niño, podía haber sido yo. Nunca fui capaz de entender eso cuando tenía diecinueve años.

—Esto es una puta ironía —le dije a Fredrik—. Todo podría haber sido mucho más sencillo si hubiera sabido entonces lo que sabemos ahora. Es como si llegara tarde a cada situación de la vida.

Caminamos en dirección norte y doblamos en Kattesund, continuamos por Stortorget, subimos hacia Gleerups, donde nos detuvimos a ver los libros en el escaparate y comentamos que ni siquiera la venerable librería familiar había escapado de las garras de las grandes cadenas. Desde el otro lado del cristal nos contemplaba uno de los grandes éxitos del año, *Dolly*, el debut de una niña prodigio de Escania.

—Me alegré tanto la primera vez que leí sobre ese libro. «¡Fantástico! Solo tiene veinte años», me dije. Después me di cuenta de que su padre era el jefe de la sección de Cultura de *Expressen* y su madre, profesora de literatura.

—¿No lo has leído? —preguntó Fredrik.

Negué evasivamente con la cabeza.

—Hazlo. Es brillante.

Y mientras cruzábamos por el paso de peatones pensé en todos los libros que debería haber leído en lugar de opinar tanto sobre ellos.

—¿Echas de menos el tiempo que pasamos aquí? —inquirió Fredrik después de pasar junto a la catedral mientras subíamos por Lundagård.

—Disfruté mucho esa época —reconocí—, pero no la echo de menos.

Parecía que Fredrik me comprendía.

—Había muchas cosas que a mí no me gustaban. —Alzó la vista al cielo. La lluvia había cesado, pero todavía goteaba de los árboles—. Aunque probablemente era cosa mía.

Nos quedamos parados entre el edificio principal de la universidad y la fuente. A pesar de las innumerables veces que había estado en ese lugar, me embargó una emoción enorme. Sentí que nos arropaba la historia, como si también fuéramos parte de las grandes ideas que se concibieron allí a lo largo de los años.

—Esta sería una buena foto de portada —dije, y me abrí de brazos.

—Demasiado vista, quizá —respondió Fredrik.

Atravesamos el barrio Paradis y subimos hacia Eden, pasamos de largo la papelería y el psicólogo. Por ahí subíamos Adrian y yo en la destartalada bicicleta con esa cadena que siempre se salía. Ahora subían pedaleando por la misma cuesta dos estudiantes, sus bicicletas se tambaleaban y proferían pequeños gritos, iban sincronizados a la perfección con el semáforo de Valvet, y pudieron seguir subiendo por Allhelgonabacken sin perder velocidad.

La facultad de Literatura se había convertido en un Centro de Lengua y Literatura. El Absalon se vio obligado a fusionarse con los lingüistas y la Casa de Humanidades, con la ayuda de miles de cristaleras parecidas a un invernadero.

—Aquí se construye para que haya aire y luz —se burló Fredrik.

A mis ojos les costaba acostumbrarse.

—Lo han convertido en un invernadero.

Fredrik rio.

—Ha obtenido varios premios de arquitectura.

Las entrañas del edificio estaban repletas de gente. Costaba identificarlos como literatos a primera vista, como imaginaba que hacíamos en los años noventa.

—Ahora aquí hay una escuela de escritura —dijo Fredrik, y señaló un letrero.

Me pregunté qué habría pensado Leo Stark de ese nombre.

—¿Nos tomamos un café? —propuso Fredrik.

La máquina del café de dos coronas en tazas de plástico había sido reemplazada por una de café ecológico. Aunque ahora sabía muchísimo mejor, e incluso nos podíamos permitir el lujo de pedir una tarta, sentí cierta nostalgia. Me pregunté de dónde me vendría ese toque masoquista, casi ascético.

—Siempre parece que el tiempo pasado fue mejor —dijo Fredrik cuando compartí mis pensamientos—. Creo que se debe a que a nadie le gusta lanzarse a lo desconocido. De eso hablábamos antes. Si uno tiene un contexto, algo con lo que identificarse, entonces se mantiene en ello a cualquier precio.

—¿Quieres decir que el Centro de Lengua y Literatura en realidad es bueno?

Fredrik miró a su alrededor y se rascó el mentón.

—¡Claro! Y de hecho es positivo que haya roto con mi familia y no tenga donde vivir. —Su rostro se iluminó con una sonrisa—. Simplemente, no lo comprenderé hasta que pase mucho tiempo.

De regreso a casa de mi madre tuve una idea y giré para entrar en la gasolinera de Veberöd. Por la ventana vi a Malin Åhlén en la caja. Todavía era muy hermosa, no se podía negar. Se trataba de una belleza tosca, una superficie mal pulimentada, pero en el fondo aún se podía distinguir a la chica pecosa con trenzas que había conseguido rascar mi corazón de secundaria.

—Hola —me saludó cuando coloqué el periódico y el chocolate en el mostrador.

—Qué tiempo tan triste —dije, e intenté conseguir contacto visual, pero Malin Åhlén dirigió la mirada a la ventana.

—Sí, es verdad —dijo ella, como si hasta ese momento no se hubiera dado cuenta.

Yo deseaba tanto decir algo más, algo nostálgico y pícaro. Deseaba comprobar que me había reconocido y sabía quién era.

Malin me miró rápidamente y me tendió el recibo. Yo todavía buscaba una respuesta. Después le dije que no necesitaba el recibo, me puse el periódico bajo el brazo y metí el chocolate en el bolsillo de la chaqueta.

—¡Que tengas un buen día! —dije.

—Gracias, adiós —respondió Malin Åhlén.

Maldije mi azoramiento, pero cuando la puerta se abrió delante de mí oí de nuevo la voz de Malin:

—¡Oye, Zack, suerte con el libro!

Todo mi pecho se calentó, salí al asfalto entre los surtidores de gasolina y me sentí como si fuera el dueño del mundo.

Entonces el teléfono vibró en mi bolsillo. Era un número secreto y respondí con un monosílabo.

—¿Sí?

Una mujer me comunicó en tono formal que llamaba de la policía. Había llegado mi turno.

El *asesino inocente*

de Zackarias Levin

19

Diciembre de 1996

Copos de nieve tan grandes como bolas de diente de león caían flotando bajo la luz de Lundagård, encapsulados en los olmos recubiertos de escarcha. Nos quedamos quietos y en silencio entre los edificios centenarios, apenas se veía el vaho de nuestro aliento. La nieve caía y seguíamos allí. No duró más de diez minutos. Y no quedó ni una huella en el suelo, fue como si lo hubiéramos soñado todo.

Cada cierto tiempo, Fredrik se quitaba el guante para mirar el reloj.

—Dentro de poco serán menos veinte. ¿Dónde están los demás?

—Vienen de camino —dijo Adrian.

Betty llevaba unas largas plumas en las orejas y pateaba el suelo con sus botas. Se quejaba de que tenía frío y quería marcharse, cuando Li Karpe abrió la puerta que había detrás de nosotros.

—¿Por qué no entráis?

La seguimos escaleras arriba. Se subió el vestido con los dedos para no tropezarse.

—Bienvenidos a la celebración de final de semestre de Creación Literaria —dijo ella, y nos condujo hasta la engalanada sala del banquete.

Betty se alzó de puntillas y pegó su barbilla a mi hombro para poder ver mejor.

—¡Uau!

—No está nada mal —dijo Adrian—. ¿También habrá champán?

Unas tarjetas escritas a mano indicaban dónde teníamos que sentarnos. Desdoblé con cuidado la servilleta, suave como la seda, y la coloqué sobre mis piernas. Esto era algo diferente a lo que estábamos acostumbrados: doble juego de cubiertos, y queso de postre. Se hablaba en voz baja, se bebía con cuidado y se masticaba con la boca cerrada. Li Karpe estaba sentada a la mesa principal con las rodillas muy juntas y asentía a derecha e izquierda con amabilidad. Junto a ella, la decana de la facultad de Literatura daba diminutos bocados a un trozo de carne que regaba con agua de limón. Su cabello castaño parecía una casa en ruinas sobre la amplia frente, las mejillas empolvadas de rojo y los ojos asustados. Cuando Li hizo sonar su copa, la decana se estremeció y miró aterrada a su alrededor.

—El tiempo pasa volando cuando se trabaja duro —comenzó Li Karpe, después desplegó una pequeña chuleta sobre la mesa, miró con los ojos entornados y prosiguió—: Todos habéis recorrido un buen trecho del camino. Todavía os queda mucho que recorrer, pero habéis conseguido dar vuestros primeros tambaleantes pasos.

Betty y yo nos miramos a escondidas. Li leía en voz

alta un bodrio altisonante. Y nadie entendió si estaba siendo irónica cuando dejó que su grave mirada se posara sobre los nuevos temas de la creación literaria. Según una estadística poco fiable, al menos uno de nosotros sería publicado.

—Pero uno no es escritor hasta haber publicado dos libros elevados a la categoría de obra original —continuó Li—. Y, sin duda, hay una gran diferencia entre ser escritor y escribir. En esta sociedad consumista, en la que los libros se han transformado en mercancía, ha dejado de ser un arte mantenerse como escritor sin dejar a un lado la calidad literaria. Quizá esto sea un impedimento para conseguir una carrera de éxito.

Me incliné despacio sobre el hombro de Betty. Tenía la mirada puesta en Li y se negaba a apartarla.

—Aquí llega vuestra recompensa —dijo Li Karpe, y golpeó con el dedo índice el montón de folletos que tenía delante—. Ahora estáis a mitad de camino.

Así que a mitad de camino. En ese mismo instante el salón se llenó de un inconfundible optimismo, metros cúbicos de aire cargado de angustia abandonaron nuestros sensibles pechos. Li y la decana recorrieron las mesas, cada una por un lado de la sala, repartiendo antologías y estrechando manos. La gratitud brillaba en los rostros de los creadores literarios.

Eché un vistazo al folleto antes de buscar mi creación. Estaba muy bien hecho, con grueso papel satinado que todavía olía a imprenta y un motivo abstracto a todo color en la portada, que llevaba por título «*A medio camino. Creación Literaria, Universidad de Lund, semestre de otoño de 1996*».

Después busqué mi texto: «*Una ardilla sentada en un*

abeto reflexionaba sobre el significado de la vida, de Zackarias Levin». Era algo completamente nuevo, de lo más vanguardista, repleto de aliteraciones hasta el absurdo y metáforas capaces de estremecer cualquier ego. Al volver a leerlo tuve la certeza de que ningún editor en su sano juicio podría rechazarlo.

Miré a mi alrededor y me di cuenta de que cada uno de los que se sentaba a mi mesa, sin excepción, estaba leyendo su propio texto.

Apenas habían servido el café cuando la decana dio las gracias, se mostró muy satisfecha y contenta con la velada y manifestó su interés por leer nuestros trabajos. En cuanto ella cerró la puerta tras de sí, Adrian levantó el brazo para llamar a la camarera. Aunque el alcohol a precio de coste era más caro que el de las hermandades, al menos se podía conseguir cerveza de importación o alcohol de marca.

Adrian nos invitó y brindamos. La música llegaba desde los altavoces. Fredrik estuvo a punto de perder la voz, apenas conseguía articular lo que parecían mugidos, y nos reímos cuando le echó la culpa a un virus. De pronto todo se disolvió, como si se hubiera dado una señal. Alguien se levantó para ir al cuarto de baño y en menos de medio minuto el ambiente se transformó en una avalancha, con sillas vacías y gente moviéndose por todas partes.

Jonna se me acercó con una sonrisa radiante. Estaba realmente guapa enfundada en un vestido negro clásico y con un gran collar, labios rojos y los ojos pintados.

Después de la noche del recital, la había evitado de todas las maneras posibles porque no sabía qué decirle, cómo decirlo y cuándo.

—Me gusta tu cuento —dijo, y sonrió—. O como tú lo definas. Tu composición, vamos. Me gusta lo absurdo y travieso que es.

Volvió a sonreír y balbuceó algo en su dialecto de Småland, que no pronunciaba la erre y apenas entendía.

—Bueno, no me refiero a que carezca de seriedad. Es un texto serio, muy serio. Es cómo juegas con las palabras, con el idioma, no sé si entiendes a qué me refiero. Me gusta mucho que no se entienda del todo... Bueno, claro que se entiende, pero me refiero a que tú no se lo pones fácil al lector, por decirlo de alguna manera.

Sonreí. Pensé que debería decir algo sobre su texto, aunque no lo había leído. Una mentira piadosa no le haría mal a nadie, pero al final dije:

—Qué buena eres.

Ella se quedó un poco descolocada. Debió de pensar que lo decía de verdad. Y me pareció todavía más guapa.

—Gracias. —Parpadeó y tragó saliva. A continuación bailó un poco allí mismo, como si tuviera unas repentinas ganas de orinar—. Pensábamos bajar al bar...

Miré a mi alrededor buscando a Betty, pero no había nadie por ninguna parte.

—¿Vienes? —dijo Jonna.

Media hora después nos encontrábamos sentados alrededor de una mesa en la semioscuridad del Tegnérs, con un bajo que vibraba en nuestro pecho y vino barato en las copas. Fredrik flirteaba con una modelo mientras que a Betty se le había pegado un estudiante de intercambio japonés. Jonna estaba sentada tan cerca de mí que no podíamos evitar tocarnos.

—¿Has enviado alguna vez algo a una editorial? —preguntó ella.

Jonna llevaba enviando borradores de novelas desde antes de empezar el bachillerato. Chorradas de las que ahora se avergonzaba, claro, y que habían sido rechazadas sin contemplaciones. Sin embargo, pensaba que eso era positivo a largo plazo. Que las editoriales ya tenían un ojo puesto en ella, y sabían que era seria y trabajaba sin parar. Como si al final la cantidad de manuscritos consiguiera que se olvidaran de la calidad.

—Lo que desean son autores —dijo segura de sí misma—. Lo que andan buscando es todo el paquete.

Me contó que en su primer diario había puesto «escritora» como su futuro trabajo. Era su único sueño. Aunque ahora se trataba sobre todo de un objetivo, una cuestión sobre cuándo y cómo, en lugar de si.

—Un chico de mi grupo ha impreso sus propias novelas, pero eso yo lo veo casi como una derrota.

Asentí y sonreí, de acuerdo con prácticamente todo lo que ella decía.

Jonna era muy agradable, una persona sencilla; era fácil que te gustara. Mientras ella hablaba, de vez en cuando yo miraba de reojo a Betty. Había años luz entre ella y Jonna. Eran, de muchas maneras, polos opuestos, y se me ocurrió que me encontraba en una encrucijada, aunque en realidad solo había un camino que elegir. Betty era inalcanzable. Ella nunca me daría una oportunidad. Era un espejismo y una fantasía. Me había pasado toda la vida aprendiendo a no intentar alcanzar el sol.

Miré a Jonna y sonreí con el corazón. No le faltaba nada. Yo no echaría nada de menos.

—¡Uy, ahí viene Li! —interrumpió ella, y le entró la

risa—. ¡Es fantástica! ¿Has leído *La canción del cazador*? ¡Menudo lenguaje! Y es tan guapa… Alguien de mi grupo ha salido con ella. Bueno, eso es un secreto.

Li Karpe se detuvo delante de nuestra mesa. Se quedó ahí parada y nos miró hasta que Adrian se levantó y le ofreció una silla. Antes de sentarse, se arregló la tela del vestido con un gesto mundano.

—Para mí, a la tercera fue la vencida—prosiguió Jonna.

Ya había solicitado plaza en el curso de Creación Literaria en dos ocasiones, pero hasta esta vez no se la habían concedido. Además, añadió con cierta vergüenza, también la había solicitado en todos los cursos de escritura desde Umeå hasta Skurup, de norte a sur. Y siempre había obtenido el mismo resultado.

—Tú realmente quieres escribir —dije.

Jonna rio, como si yo bromeara.

A nuestro lado, Adrian se acercaba cada vez más a Li Karpe, y al cabo de un rato colgaba de su brazo, le susurraba cosas al oído y gesticulaba acalorado. Li bebía con tranquilidad un vino tinto, volvía la cabeza y miraba a su alrededor pensativa.

—A veces se pasa un poco —dijo Jonna—. Sin ánimo de ofender, ¿eh?

—¿Quién?

—Tu amigo, Adrian.

Ambos lo observamos. Alzaba la voz cada vez que decía algo, sus movimientos se volvían más impacientes, y la saliva se le acumulaba en la comisura de los labios.

—¡Bah! —exclamó Jonna—. Seguro que está borracho.

Pero yo tenía miedo de que también hubiera otros motivos. Me pareció notar que Li se apartaba de él, y que Adrian se tornaba más agresivo.

Jonna hablaba de sus escritores favoritos y mencionó, por lo menos, a diez autores de los que yo apenas había oído hablar.

—¿A quién prefieres leer? —me preguntó luego.

Le di un par de tragos al vino mientras lo pensaba. Betty estaba sentada junto al japonés y parecía enfrascada en una discusión apasionante.

—¿Puedo nombrar a Astrid Lindgren?

Jonna se llevó la mano a sus labios sonrientes.

—O a Leo Stark —añadí enseguida—. Me gustan mucho los libros de Leo.

—No he leído ninguno —dijo ella, y puso morritos—. Creo que es más para hombres. Como las marranadas para tías, pero al contrario.

Se rio de sí misma, y cuando yo estaba a punto de protestar y de defender a Leo, Adrian se levantó de forma abrupta y se subió a una silla, estirando los brazos como para pedir silencio.

—¡Escuchad todos! ¿Me oís?

Li Karpe se estiró tras él, intentó tirarle de la camisa, pero Adrian continuó:

—Hay algo que quiero deciros. Solo necesito que me escuchéis medio minuto.

Yo también me levanté y Adrian miró en mi dirección. Li Karpe entornó los ojos, se acurrucó en la silla, como si quisiera desaparecer.

—Voy a dejar el curso de Creación Literaria —dijo Adrian. Pausa artística, tal y como Li nos había instruido—. No continuaré el próximo semestre debido a cuestiones éticas.

Jonna me dio un codazo en el costado.

—¿Ha dicho genéticas?

La mandé callar con la mirada.

—El asunto es... —prosiguió Adrian, y miró directamente a los ojos de Li Karpe—. Llevamos un tiempo saliendo, Li y yo. Si queremos seguir estando juntos, uno de los dos tiene que abandonar el curso.

Li Karpe cerró los ojos.

—Pero seguiré escribiendo —dijo Adrian alzando la voz—. Y seguro que me pasaré con frecuencia por el Absalon. ¡No os libraréis de mí tan fácilmente!

Esbozó una amplia sonrisa y miró a su alrededor, buscando la aprobación entre los rostros inexpresivos. Justo cuando iba a abrir la boca de nuevo, Li se levantó. Al instante siguiente se levantó Betty. Ambas miraron a Adrian durante un momento. Después se marcharon. Con decisión y de manera irrevocable, sin darse la vuelta ni una sola vez.

—¿Ha dicho lo que creo que ha dicho? —Jonna tropezó con las palabras.

—Por desgracia, sí.

Adrian apartó la silla y echó a andar. Sentí cómo me temblaba el cuerpo. ¿Debía seguirlo? ¿Acaso debería correr tras Betty? Ahora ella me necesitaba.

—¡Qué cosa tan rara! —dijo Jonna.

—¿Qué?

—Mi amiga, te dije que alguien de mi grupo... tenía algo con Li.

—¿Sí?

—Es ella.

Septiembre de 2008

El interrogador era un estereotipo viviente. Si se hubiera tratado de un personaje de un curso de escritura, el profesor se habría frotado las manos y habría sacado las tijeras más grandes. Esta tosca caricatura apenas habría encajado en una docena de novelas policíacas de gasolinera. Parecía un gran oso sin afeitar, con el cuello más ancho que mis muslos, orejas de coliflor y una nariz que desbordaba sobre sus mejillas. Seguramente había sido la hostia atrapando a los gamberros de la ciudad, pero después de cumplir los cincuenta, los almuerzos en McDonald's habían empezado a acumularse alrededor de su cintura. Tal vez su esposa se había hartado de los turnos de noche y de los cuellos de las camisas ensangrentados, y él se había resignado, más o menos, a mudarse detrás del escritorio de la comisaría de policía de Lund.

El bolígrafo raspó lentamente la superficie del papel mientras rellenaba mis datos. Luego me miró de hito en hito y me dijo que se llamaba Sjövall. Sí, había oído bien, aunque se escribía con uve, así que no estaba emparentado con el escritor, y ya conocía todos los chistes y no le convencían nada los nuevos.

Encendió la grabadora, murmuró algo y maldijo en voz baja, hasta que se iluminó una luz roja y la calma se apoderó de él. Después de recuperar su verdadera naturaleza, Sjövall apoyó los codos sobre la mesa y me miró como si yo fuera un asesino en serie de mujeres y niños, al mismo tiempo que explicaba su intención de interrogarme para obtener información.

—¿Qué hizo el once de septiembre de este año?

Por alguna razón miré el reloj.

—¿Qué día es hoy?

—Veintisiete —dijo irritado.

Intenté aclararme, saber qué día era cuál. ¿Cuándo había llegado a Escania? ¿La última semana de agosto? Pero no me sirvió de mucha ayuda.

—¿La gente suele responder a estas preguntas?

Mi interrogador se enojó bastante. Me dijo en pocas palabras que habían encontrado el cuerpo de Leo Stark en el bosque y que, al parecer, alguien lo había desenterrado, tal vez la noche del once al doce de septiembre.

—Ah, ¿se refiere a la noche? En ese caso sé lo que hice —dije, y asentí demasiado excitado—. Dormir.

Sjövall me miró a los ojos con intensidad, cambió de postura y alzó un poco el labio superior de forma que brillaron sus encías rojas.

—¿Por qué está en Escania? Llegó a finales de agosto. ¿Vive con su madre en Veberöd?

Asentí.

—¿Por qué se fue de Estocolmo?

—A causa de la muerte de la prensa escrita. Me despidieron.

—Lo siento —murmuró—. ¿A qué se dedica ahora?

—Estoy intentando escribir un libro.

Algo brilló en sus ojos. Trató de ocultarlo enseguida, pero ese momento fugaz fue suficiente para desenmascararlo.

—¿De qué trata?

Me reí.

—Todos los libros tratan de lo mismo: cómo se consigue ser una persona y, aun así, sobrevivir a la vida.

—¿Así que es un libro de esos?

—No es policíaco —dije—. Aunque, en cierto sentido, puede que lo sea.

—Es curioso, porque fue otro manuscrito el que hace doce años desencadenó esta investigación. No es extraño que se la llame «el asesinato del escritor».

—¿El manuscrito de Leo Stark?

—Al principio eso fue lo que pensamos. Pero, por lo visto, no hay que dar por sentado que todos los escritores escriban toda su obra ellos mismos.

—¿A qué se refiere?

Sonrió misteriosamente, y enseguida pensé en las visitas de Betty a casa de Leo.

—¿Así que Leo tenía una especie de negro?

—Desconozco la terminología —dijo Sjövall—. En cualquier caso, hay muchas dudas sobre el autor. O la autora.

—¿Fue Betty la que escribió el manuscrito?

—¿Betty Johnsson? Estuvo detenida como sospechosa.

—¿Todo porque leyeron un manuscrito? Creo que en la Escuela de Policía necesitan un curso de literatura.

Sjövall no me contestó, solo me miró. Era probable que no compartiéramos el mismo tipo de humor.

—Nos gustaría hacerle unas pruebas —dijo—. Un test de ADN. No tardaremos más de cinco minutos, nada de sangre, nada de eso, solo un bastoncillo en la boca.

Sentí una puñalada en el pecho. Esto iba en serio. Que la policía quisiera mi ADN significaba que barajaban la posibilidad de que yo estuviera implicado en la muerte de Leo.

—Ningún problema. —Intenté actuar con frialdad—. Les ayudaré con mucho gusto en todo lo que pueda.

—Están investigando a todos lo que tuvieron algo que ver con Leo —dijo Fredrik.

Se dibujó cierta preocupación en torno a su boca porque no confirmé de inmediato su hipótesis. Masticó despacio el salmón, lo trituró, casi rumió. Se acabó la leche y pidió un vaso más.

Le conté que pensaba ir a casa de Betty.

—Me pregunto si también la estarán investigando.

—Seguro que sí —dije—. En cuanto se descubrió que Leo había desaparecido, ella fue la primera sospechosa.

Fredrik parecía muy preocupado. Volvió a beber y me observó. Se le había formado un fino bigote de leche debajo de la nariz, así que le tendí una servilleta.

Después del almuerzo fuimos paseando hacia Mårtenstorget, pasamos de largo el cine y Botulfsplatsen. Fredrik había estado con su familia en Bjärred. Lo peor de la tormenta ya había pasado y estuvieron hablando de asuntos más pragmáticos, como la cuestión de la vivienda, el cuidado de los niños y la hipoteca. Al hablar de ello me pareció más apático que triste.

—¿Y a ti? ¿Cómo te va con el libro?

—Ayer escribí un nuevo capítulo. Creo que es muy bueno.

—¡Qué bien!

—Lo más probable es que mañana piense que es una mierda. Pero disfruto mientras dura la ilusión.

—Venga ya. Tú siempre has escrito bien.

Aumentó la longitud de sus zancadas, fijó la mirada en el suelo.

—Gracias —dije, sorprendido de verdad.

En Stora Södergatan, Fredrik estuvo a punto de ser atropellado por un autobús que giró a la izquierda. Levanté el puño hacia el conductor, que me miró airado y me sacó la lengua.

—¿Has visto eso?

Pero Fredrik no lo había visto.

—He estado pensando en cuántas páginas debería tener el libro —dije—. No puede parecer un ladrillo porque entonces la gente no tendrá ganas de leerlo, pero todo comprador quiere obtener algo de valor por su dinero: nada de pequeños cuentos con mucho espacio en blanco para que dé más páginas.

Cuando llegamos a Kattesund, Fredrik se detuvo y me miró. Movió la cabeza varias veces, enérgico, como para convencerse a sí mismo. Entonces me tendió la mano, la miró y esperó.

—Cuatrocientas sesenta y tres —dijo.

—¿Qué?

Tomé su mano.

—Cuatrocientas sesenta y tres páginas. El tamaño perfecto para un libro.

Betty suspiró hondo y arrastró los pies, en realidad todo el cuerpo, por el pasillo. Me incliné y asomé la cabeza en la habitación de Henry. Estaba tumbado bocabajo en la cama y tenía el ordenador sobre la almohada mientras tecleaba ufano. Me saludó levantando rápidamente la mano por encima de su cabeza.

Betty y yo continuamos hasta la cocina y nos sentamos.

—¿Llamaste a Leyla Corelli? —preguntó.

—Fui a verla a Gotemburgo.

Esbozó una mueca de sorpresa.

—Entonces sabes más que yo.

Asentí.

—¿Cómo estás?

Alzó la mirada al techo. Igual que en los viejos tiempos.

—Bueno —suspiró—, la policía pasó por aquí. Me interrogaron acerca de Leo y Adrian, me hicieron infinidad de preguntas sobre cosas que son imposibles de recordar. Después quisieron una muestra de mi ADN.

—Lo sé. A mí también me han hecho la prueba.

—Yo me negué.

—¿Qué? ¿Por qué?

Se encogió de hombros.

—Me pareció tan degradante. ¿Creen que tengo algo que ver con esto? Pero si ya sabemos quién mató a Leo.

—¿Lo sabemos? ¿Seguro?

—Adrian estaba obsesionado con Li Karpe. Me di cuenta desde el primer momento, pero me negué a aceptarlo. ¿No te acuerdas de una noche, una de las primeras en Lund? Sabía dónde vivía Li, lo tenía señalado en un mapa y tuvimos que ir a buscar su casa.

—Claro que me acuerdo —dije—. He escrito sobre ello en mi libro.

Me miró irritada.

—¿Sabías que hizo trampas para entrar en el curso de Creación Literaria?

—¿Qué? ¿Cómo?

—Fue otro quien escribió su texto de prueba. Pagó dinero por ello.

—¿Cómo lo sabes?

—Él me lo contó esa Navidad.

Las vacaciones de Navidad de 1996, cuando todo saltó por los aires. Betty se maldijo, se golpeó la frente con la mano y blasfemó sobre la mesa de la cocina. Regresó tres veces con Adrian, tres veces, a pesar de todo lo ocurrido. ¿Quién era ella para juzgar a nadie?

—Yo estaba igual de obsesionada, ¿no lo entiendes? Tan poseída por Adrian como él por Li Karpe. Enamoramiento, embrujo, locura... ¿Dónde está la frontera?

Tenía lágrimas en los ojos.

—¡Éramos muy jóvenes! —dije.

Betty fijó la mirada en el techo. Me hubiera gustado abrazarla.

—Esa noche, después de la fiesta de fin de semestre, cuando cenamos en AF-borgen —dijo ella—. ¿Te acuerdas? Hacía un frío de perros y nevaba un poco. ¿Te acuerdas?

—Como si fuera ayer.

—Tendría que haber acabado con Adrian entonces. No puedo creer que fuera tras él. ¿Por qué demonios tuve que seguirlo, Zack?

—Amor —dije—. Es imposible de explicar.

—Fue la misma noche en la que tú te liaste con esa chica... ¿Jonna, no? A veces he pensado que debería haber sido yo. ¿Por qué no me enamoré de ti, Zack?

Clavó la vista en mí, una mirada que ya conocía. Era la Betty de siempre. Ella se encontraba allí dentro.

—¿Alguna vez has pensado lo mismo? ¿Que tú y yo podríamos haber estado juntos?

Por un momento pareció que fuese a inclinarse por encima de la mesa para besarme. Sentí que me sonrojaba.

—A menudo —contesté.

—Entonces todo habría sido diferente.

Pensé en Caisa. ¿Por qué yo no había cuidado más lo que teníamos? ¡Qué idiota era!

—Tal vez sí —dije—. Tal vez no.

El *asesino inocente*

de Zackarias Levin

20

Diciembre de 1996

En realidad, Betty solo deseaba bailar. Fue así como todo empezó: Leo Stark en el sillón, pijama de seda, mando a distancia y mirada pegajosa. Ella y Li en el suelo.

Como serpientes. Así fue como Leo las describió.

La música quedó atrapada en alguna parte de sus cuerpos, se introdujo bajo la piel y se propagó. La fiebre embriagadora, salvaje, la mano en la cadera y la habitación como si fuera un océano. Y lo demás vino solo: la mano de ella, una lengua en la oreja, dedos que se deslizaban.

—Hazlo por mí —rogó Leo cuando Betty se apartó.

Era parte del baile. Lenguas, pechos, la ropa que se iban quitando. Li Karpe de cero a cien en 8,7 segundos.

—Quiero poseerte.

Y Betty deseaba vivir y bailar, ingrávida, con los brazos en el aire, hasta que resonaron las campanadas matutinas con vagos recuerdos de una noche en la que nunca amanecía.

Se despertó ebria con el aliento de Li Karpe pegado a

su piel desnuda. Los sueños y la realidad entrelazados en uno solo.

—Leo te necesita —dijo Li—. Tienes que sacrificarte por el arte.

—Pero no lo entiendo.

—¿Hay que entenderlo todo?

—No, no me refiero a eso. No me importa el porqué, pero tengo que saber cómo.

Li se incorporó con ayuda de los codos, y su mirada se iluminó. Estaban tan juntas que literalmente tenían una respiración boca a boca.

—No es nada sexual.

Betty se tumbó bocabajo. Tenía el cabello desparramado como si fuera una flor alrededor del cuello y yacía inmóvil mientras Li dibujaba con la yema de los dedos un mapamundi en su espalda.

—Leo y yo somos iguales en eso —dijo Li—. El talento nos atrae y nos fascina. No hay nada comparable al hallazgo de un talento en bruto.

—Pero entonces, ¿en qué queda todo eso acerca del esfuerzo?

—Es necesario, por supuesto. Nunca se tiene éxito si no se trabaja duro, da igual lo que estés haciendo. Pero con solo esforzarse no es suficiente. Mira el grupo de Creación Literaria. Hay algunos que están dispuestos a meter las manos en el barro y cavar, y otros que lo sacrificarían todo, y un poco más, por alcanzar sus objetivos. Pero eso no es suficiente, porque les falta lo más importante. Ni los callos en las manos, ni las noches enteras escribiendo ni los matrimonios descuidados pueden reemplazar tu talento, Betty.

—Aun así, es tan injusto…

—Puede que te lo parezca —dijo Li, y escribió su nombre un centenar de veces en su omóplato—. Pero, desde luego, algunos de ellos acabarán publicando, tal vez incluso llegarán a vender y a vivir de ello. Ellos no necesitan nuestra compasión. La cuestión es que nunca llegarán a crear literatura de la buena.

Betty se sentó con las piernas cruzadas y los brazos sobre el pecho.

—¿Sabes quién es Nadia Comaneci? —preguntó Li—. La gimnasta.

Betty negó con la cabeza.

—Odio los deportes.

—Nadia es mucho más que deporte. Tenía catorce años cuando consiguió tres medallas de oro en los Juegos Olímpicos de 1976. Con catorce fue la primera en conseguir la puntuación máxima. Nadia era pura perfección: el cuerpo, el equilibrio, cada movimiento en armonía. Puedo ver esas imágenes una y otra vez.

Betty la miró sin comprender ese entusiasmo.

—No lo entiendes, ¿verdad? —dijo Li, y se lo tomó a risa, se abanicó la cara con la mano, estiró el cuello y, a continuación, se volvió hacia Betty con los labios deseosos de besar.

Perdieron el equilibrio, cayeron de espaldas y no vieron otra cosa que sus propios ojos.

Después de la confesión pública de Adrian durante la fiesta de fin de semestre, Betty lo siguió a través de una Lund nevada. Lo alcanzó en el portal de Grönegatan. Él lloró contra su pecho después de explicarle que Li lo había rechazado.

Durante la noche leyó la contribución de Adrian al folleto, mientras él yacía a su lado y se retorcía en sueños.

Era una narración corta e intensa. Betty la leyó dos

veces. Pensó que esa era la mejor manera de conocer a otra persona, y que por eso se decía que se puede leer a alguien como si fuera un libro abierto.

El texto de Adrian trataba de un niño al que le regalaban un animal de compañía. En ninguna parte se aclaraba qué clase de animal era ni cómo había llegado a manos del niño. Sin embargo, enseguida quedaba claro que al animal no le gustaba el niño. Al principio, esto hizo muy infeliz al niño y se esforzaba de todas las formas posibles para conseguir que el animal estuviera a gusto en su compañía, pero nada funcionaba. Finalmente se dio por vencido y dejó de intentar que el animal lo obedeciera. Para gran sorpresa suya, el niño se dio cuenta de que no importaba, de que no se sentía peor porque el animal no lo quisiera. Lo importante no era ganarse el aprecio del animal. De hecho, lo único que importaba era poseerlo.

Una tranquilidad se apoderó de Betty. Difícil de explicar, aún más difícil de comprender, pero fue como si la presión hubiera cedido. Estaba de vuelta en casa de Adrian. Se pegó a él en la cama y ocultó la nariz en su pecho. El brazo que antes había revoloteado libremente se aferró al cuerpo protector de él.

Betty estaba de nuevo con Adrian. Él había reconocido que Li le había deslumbrado, y dejaba entrever que ella lo había engañado. En realidad, solo deseaba estar con Betty.

Por supuesto, Betty se fue pedaleando como una loca a casa de Li en Trädgårdsgatan.

—¿Querías destrozarme? ¿Ser mi dueña? Así que te acostabas con Adrian. Estuvo aquí en tu cama, ¿no? Mientras yo hacía de canguro de Leo.

Li lo negó todo.

—Las cosas no fueron así. Hay cosas que suceden, sin más. Una se puede arrepentir después, pero ¿qué importa?

Betty le dijo que se fuera al infierno. Cerró la puerta de un portazo y bajó corriendo la escalera.

Al día siguiente, Adrian y ella pasearon por la ciudad con los dedos entrelazados. Los pasos de él eran largos y rápidos, como forzados. ¿Por qué tenía tanta prisa cuando su paseo carecía de destino? Era domingo, las vacaciones y la Navidad ya habían pasado: nada los perseguía.

Se habían decidido. Ni Betty ni Adrian continuarían en el curso de Creación Literaria. No podían seguir después de lo ocurrido. Al menos no con Li Karpe de profesora. Adrian ya había entrado en el curso básico de Literatura.

—Iremos a secretaría tan pronto como abran —le dijo a Betty.

—Pero yo no quiero estudiar Historia de la Literatura, yo quiero escribir la historia de la literatura.

Ella había estado en el despacho de orientación universitaria y había conseguido folletos de una universidad popular en Skurup y de otra en Sundbyberg. La orientadora había creído que le iría bien. No había dejado claro el porqué.

—Nos vamos —le dijo a Adrian—. No hay nada que nos retenga aquí.

Se quedaron en la plaza adoquinada delante de la catedral, que se alzaba como un padre vigilante hacia el cielo cubierto de nubes. En el mismo instante en que Adrian respondió sonaron las campanas y las palabras se ahogaron entre rugidos de bronce. Dirigieron la mirada hacia la torre y retrocedieron un trecho. La propuesta de Betty se quedó en el aire.

Septiembre de 2008

—¿Vas a escribir sobre todo esto? —preguntó Betty, y levantó su taza de café—. ¿Sobre mi relación con Adrian? ¿Crees que es relevante para la historia?

Miró dentro de la taza, se puso de pie y se dirigió a la cafetera.

—Es muy relevante —dije—. El lector tiene que sacar sus propias conclusiones. Todos los lectores desean comprender.

Se rio.

—Como tú. Siempre has querido saberlo todo.

Se inclinó hacia delante para rellenar la cafetera. El arrugado pantalón de chándal probablemente había sido rojo antes de que la lavadora lo maltratara. Vi su espalda, su nuca, y pensé que debería levantarme y abrazarla. Pero parecería artificial. Era demasiado tarde.

¡Betty! Una oscura pena se apoderó de mí. Ella me observó con una mirada suave, casi como si hubiera leído mis pensamientos.

—Todo eso ya no importa —dijo ella—. Leo está muerto y su asesino ya ha cumplido su pena. Li Karpe vive una vida diferente. Tú estás ahí y yo aquí.

Señaló con la mano abierta, primero a mí y después a ella misma.

—No entiendo —dije.

Betty rio con ganas.

—No has cambiado nada, Zack.

Me puse la chaqueta en el recibidor. La puerta de Henry estaba entornada y el sonido suave de las teclas se propagaba por la habitación. Había abandonado la cama y ahora estaba sentado a su mesa, de espaldas a mí. El cabello rubio rizado bailaba sobre sus hombros mientras escribía. Estaba metido de lleno en su novela.

Escribí el capítulo de Betty en un restaurante chino medio vacío entre el almuerzo y la cena. Algunas gambas flácidas y un *Metro* doblado y arrugado compartían espacio con mi ordenador portátil. Mis dedos sobre el teclado estaban vigilados por un voraz dragón de porcelana verde. Cada cierto tiempo, también aparecía de puntillas una camarera de edad indeterminada, hacía una reverencia y me ofrecía plátano frito, chai-té y galletas de la suerte. Yo agradecía las pequeñas interrupciones, me esforzaba en parecer encantador cuando le decía que no quería nada, e indirectamente le pedía que volviera más tarde a mi mesa. Solo cuando coloqué el último punto tembloroso en su lugar, me deshice de todos los gestos de cortesía, me puse el abrigo y pedí la cuenta.

Sentí un deseo vehemente de mostrar mi creación. En realidad, el texto adquiere su valor cuando se encuentra ante los ojos del lector, y yo deseaba estar sentado frente a él durante su lectura, dando impacientes saltitos de expectación. Por eso llamé a Fredrik dos veces más después de que no respondiera a mi primera llamada. Quizá había descolgado el teléfono del trabajo.

Decidí ir a su editorial y troté por la ciudad, ciego y sordo como si avanzara por un túnel; choqué con un padre que empujaba un cochecito delante de Åhléns y estuve a punto de pisar a un perro del que tiraba un jubilado encorvado por Kattesund.

—¡Perdón! —grité mientras me alejaba de allí.

Tenía esa sensación de haber escrito algo bueno. El cuerpo lleno de fuegos artificiales. De repente todo había valido la pena: el sudor, la sangre y los pensamientos de suicidio. Con treinta y dos años, para mí no había ninguna droga, postura sexual o pareja que equivaliera a esto.

Se trataba de una editorial bastante pequeña. Una puerta de sótano verde con un cartel discreto, y como el nombre de la editorial coincidía con el apellido del propietario, se requería que uno estuviera al tanto o, por lo menos, que tuviera buena capacidad de deducción para comprender el tipo de actividad que se desarrollaba en el sótano.

Me quedé parado en la escalera, pensando si debía llamar a la puerta, pero decidí que era mejor entrar por las buenas. Me golpeó un calor sofocante y el peculiar olor a sitio cerrado. Primero vi un perchero que estaba a punto de ceder a causa de todos los abrigos y trencas que colgaban de él, y a continuación un estrecho pasillo de techo bajo, repleto de estanterías cargadas de libros.

Me quedé allí un buen rato, algo sorprendido. Intenté llamar la atención carraspeando, tosiendo y raspando un poco el suelo con la suela del zapato, pero no se veía a nadie por ninguna parte. Quizá fuera la hora del café de la tarde en el mundo editorial.

Había una estantería que se diferenciaba del resto. En ella, cada libro parecía haber sido colocado con precisión, los estantes tenían espacio e invitaban a coger, tocar y leer las contraportadas. Comprendí que estas eran las publicaciones propias de la editorial: todo el catálogo reunido en el mismo sitio. Nuevas ediciones de poetas del siglo XIX, biografías y antologías, con una impresión muy cuidada. Algunos escritores japoneses, franceses y latinoamericanos de los que nunca había oído hablar, *festschrift* y libros conmemorativos. Me llamó la atención una recopilación de ensayos sobre el tema *beatnick*, la hojeé algo distraído y enseguida me sumergí en un texto de Gary Snyder.

—Ese, por desgracia, está agotado.

Me di la vuelta sobresaltado y descubrí justo detrás de mí a un hombre larguirucho con mechones de pelo desperdigados.

—Siempre puede buscarlo en una librería de viejo. Pero sospecho que hoy en día le costará algún dinero.

Cogió otro libro y me lo ofreció.

—Si le gusta la generación *beat* —dijo.

Parecía que fuese la cosa más natural del mundo que yo estuviera allí en el sótano y leyera a escondidas sus libros.

—Interesante —dije sobre la crónica biográfica de Ken Kesey y Neal Cassady que puso en mis manos—. Este será difícil de vender, ¿no?

Dio un paso atrás y me observó como si mi comentario no solo fuera estúpido sino francamente sorprendente.

—No es un gran éxito de ventas —dijo, y me quitó el libro de las manos—. No lo encontrará en las gasolineras de Staoil.

Reí.

—¿A quién busca? —preguntó, sin el menor atisbo de sonrisa.

—A Fredrik Niemi.

Lo seguí por el pasillo, y entonces comprendí que él era demasiado alto para el local. Caminaba con el cuello un poco encorvado para no golpearse la cabeza con el techo. Los pantalones de pana estaban desgastados y le quedaban cortos, y llevaba gruesos calcetines y sandalias.

—Fredrik está reunido. —Señaló una ventana detrás de la cual, en efecto, se veía a Fredrik inclinado sobre una mesa, participando en una animada conversación. Frente a él solo podía ver una silueta: un cuello y algo de pelo, parte de un hombro y una mano que de vez en cuando se apoyaba en la mesa—. Siéntese y espere —dijo el larguirucho, y me indicó un sillón.

Frente a mí, sentadas, veía la mitad de dos figuras del mismo porte que el larguirucho de poco pelo, ocupadas en alguna actividad distraída que tenía que ver con libros, apuntes y un torpe tecleo en el ordenador.

Me puse de puntillas para mirar a través de la ventana. Fredrik tenía una arruga de preocupación en la frente, mientras escuchaba se rascaba el cuero cabelludo y cambiaba de postura en la silla. La persona que hablaba me daba la espalda, casi oculta en un punto ciego. Resultaba imposible distinguir algo que no fuese su cabeza.

Cuando los minutos comenzaron a correr, decidí sacar mi ordenador y me sumergí tanto en el manuscrito que casi no me di cuenta de que se abría una puerta a mi lado.

Fredrik dio un par de pasos antes de clavar la vista en mí con cara de pez.

A su espalda me miraba nada más y nada menos que Adrian Mollberg.

—¡Zackarias! —exclamó, más sorprendido que asustado—. ¿Qué haces aquí?

—Pensaba enseñar… Acabo de escribir… ¡Pero la pregunta es qué haces tú aquí!

Alargó la mano para saludar, pero como tardé en decidirme, me golpeó el antebrazo y evitó la pregunta con una risa ligera.

—¿Hasta dónde has llegado con el libro? ¿Estás ya en el presente? ¿La policía ha examinado tu ADN?

Miré a Fredrik, que parecía notablemente ansioso. Tenía unas cuantas cosas que explicar.

—Ya lo sabes —continuó Adrian—. La realidad siempre supera a la ficción. Seguro que no pudiste imaginar que la historia se desarrollaría de esta manera.

Fredrik hizo un torpe intento de interrumpir:

—Quizá podríamos seguir fuera.

—Tranquilo —dijo Adrian, y sonrió—. Tengo que irme. Me alegro de verte, Zackarias. Pásate a verme para que pueda leerlo. Siento una curiosidad enorme por tu manuscrito.

Balanceó los hombros cuando se marchó, se dio media vuelta y se despidió con la mano. Seguía sonriendo. No lo reconocí. ¿O quizá fuera al revés? Ahora, por primera vez, lo reconocía.

—¿Qué quería? —pregunté.

Fredrik miró confuso a su alrededor, señaló la puerta y tragó saliva.

—Ven —dijo, y me hizo pasar a una habitación pequeña: una mesa y cuatro sillas, aire viciado y un póster de Joy Division en la pared. Corrió la cortina con un movimiento rápido y me miró sin aliento.

—¿Se presentó así, por las buenas? ¿Cómo vino hasta aquí? Nunca pensé que abandonaría esa casucha del pueblo.

—Es que tiene un coche viejo.

—Sí, claro.

Recordé que había un montón de chatarra en el jardín.

—Tienes que prometerme que esto quedará entre nosotros —dijo Fredrik—. No puedes escribir sobre esto en el libro. ¿Puedo confiar en ti?

—No puedo prometértelo. Antes que nada soy escritor, Fredrik.

Ese fue el límite. Fredrik me lanzó una mirada desquiciada. Parecía que estuviera pensando en quitarme la vida con sus propias manos.

—Vale, vale —dije—. Te lo prometo. Pero me reservo el derecho de renegociar mi promesa en el futuro.

—No tienes ni idea, Zack. Esto pone todo patas arriba. No estoy exagerando.

—¡Pero habla de una vez!

Miró por encima del hombro, se inclinó hacia delante y bajó la voz.

—Adrian ha tenido dos largos interrogatorios en la comisaría. Al parecer, han encontrado restos de ADN en el reloj de Leo, y no es suyo.

—¿Qué? ¿No es de Adrian?

—No, es el ADN de otra persona. Por lo visto le han presionado, pero no reveló nada.

—¿Cómo que no reveló nada?

Fredrik se quitó las gafas y se llevó la mano al mentón.

—Me lo ha contado todo, Zackarias. Fue Betty quien

324

mató a Leo Stark. Fue un accidente, por supuesto, pero sintió pánico y llamó a Adrian.

—¿Betty?

Me tambaleé hacia atrás y me agarré al respaldo de una silla. El aire era espeso y el ambiente me pesaba.

—¡No, eso no es cierto! No puede ser verdad.

Fredrik asintió despacio.

—Cuando lo detuvieron, Adrian estaba seguro de que lo absolverían, así que decidió guardar silencio.

Ahora la dureza de su mirada había desaparecido, solo quedaba el miedo. Tuve que sentarme. Intenté ordenar mis pensamientos apoyando la frente entre mis manos.

—Por lo menos, una cosa es segura: esto es bueno para el drama.

El asesino inocente
de Zackarias Levin

21

Año Nuevo 1996 - 1997

Traje de chaqueta y corbata, abrazando a Jonna. Era un final tan bueno como cualquier otro.

Nos encontrábamos en el recibidor de Grönegatan, había que tirar lo viejo y abrazar algo nuevo. Betty y Adrian pensaban celebrarlo en casa y yo saldría con Jonna. Estaba decidido.

—Bonita corbata —dijo Adrian, y me abrazó delante del espejo. Nos observamos un momento—. Te echaré de menos esta noche.

Durante un instante sopesé pasar de la fiesta en Kävlinge a la que Jonna me había invitado y quedarme en Grönegatan, adonde pertenecía —aunque, en realidad, no pertenecía allí.

—Nos vemos el año que viene —dijo Adrian.

Cuando salimos por la puerta y cruzamos la calle, Jonna me tomó de la mano. Poco después estaba sentado en el tren a Kävlinge con la bolsa de Systembolaget entre las piernas, el corazón expectante y la cabeza repleta de pensamientos persistentes.

Pensaba en Betty. La echaba de menos. Cerré los ojos y sentí las sacudidas del tren. Vi a Betty resplandecer como un ángel perplejo, con la aureola astillada y la mitad de las alas, como si un niño de guardería la hubiera recortado en papel dorado.

Pensé en Betty y posé mi mano en la rodilla de Jonna.

Al principio me apremió el deseo, un deseo que no era solo corporal, tal vez se tratara más de encontrar un contexto, pertenecer y estar en comunión con otra persona. Era un deseo de ser visto y querido, pero también de normalidad, de encajar y dejarse absorber por lo que otros creían tener y valoraban tanto.

Después me embargó una sed de venganza pueril y totalmente equivocada. Creí que había recuperado el control sobre mí mismo cuando Betty se sentó en el sofá y vio cómo mis brazos rodeaban el cuerpo de Jonna. Como si eso me hiciera más atractivo a los ojos de Betty.

Y ahora me impulsaba la poderosa sensación de ser necesario, el poder que da ser observado con deseo y adoración. Era una fuerza que nunca antes había sentido —ser un objeto codiciado— y no podía desprenderme del placer que eso me proporcionaba. Relamí con avidez todo al mismo tiempo.

La fiesta tenía lugar en un local con tres anfitrionas, cuya única diferencia consistía en el tono del azul de sus ojos. Pertenecían al tipo de personas que te abrazan aunque no te hayan visto nunca, que afirman que han oído hablar mucho de ti y que tenían muchas ganas de conocerte. Los chicos anidaban en pequeños grupos junto a la ponchera de bienvenida, lanzaban tibias miradas con la vista baja y apretaron mi mano con algo más de fuerza cuando Jonna me presentó.

—¿De dónde eres? —preguntó alguien.

Cuando respondí que era de Veberöd arquearon las cejas.

—«Zackarias» no parece un nombre sueco —dijo otro.

—Es bíblico —respondí.

Me miró muy escéptico.

Habían preparado una larga mesa con guirnaldas y serpentinas, alegres sombreritos y trompetillas, cancioneros con imágenes prediseñadas y un menú de tres platos con pan tostado y *skagenröra*, gambas con mayonesa y eneldo, seguido de lomo de cerdo como plato principal y, para acabar, *crème brûlée* espolvoreada.

—Elegid una carta de la baraja —dijeron las anfitrionas al unísono—. Después tenéis que buscar la misma carta entre los platos, así sabréis dónde tenéis que sentaros.

Le propuse a Jonna que hiciéramos trampas y cambiáramos una carta para así poder sentarnos juntos, pero ella me miró como si acabara de decirle que robáramos a una jubilada.

Cuando encontré mi sitio, me senté y esperé con los brazos sobre de la mesa. Jonna se sentó a diez metros de distancia, al otro lado de la mesa. No me quitaba ojo. Un chico con un *piercing* en una ceja conversaba con ella. Jonna asentía y sonreía, pero sin apartar la vista de mí.

A mi derecha se sentó una de las anfitrionas. Además de ser desconcertantemente parecidas, las tres tenían nombres que empezaban por «E»: Ellen, Elin y Ella. Para estar seguro, yo intercambiaba sistemáticamente los tres nombres cuando me dirigía a ella.

—Qué agradable.

—Eso espero —dijo ella.

—Seguro.

—Me alegro de que te guste.

Yo tenía una botella de vodka en la bolsa de plástico que había entre mis piernas y me animé a servirme un chupito para relajar la lengua y la mente.

—¡Salud, Ella! —dije en voz alta.

—Elin —dijo entre dientes.

—¿Disculpa?

—Me llamo Elin.

—¡Es verdad! ¡Salud, Ellen!

Elin declinó mi ofrecimiento de hacerle un combinado, pero el chico sentado a mi izquierda alzó con avidez su vaso vacío. No era nada tímido. Hice una mezcla cuarenta-sesenta en el vaso de plástico y sonrió satisfecho, puso el brazo en ángulo y se lo bebió de un trago. A continuación silbó, sonrió y se secó los labios con la manga de la camisa.

—Joder, me voy a emborrachar —constató—. ¡Después de todo, es Año Nuevo!

Conducía una excavadora. En un largo monólogo describió hasta el más mínimo detalle la construcción y las características de esta máquina. No parecía tener la menor importancia que hablara para unos oídos sordos. Le relléné el vaso. Elin y yo escuchábamos y asentíamos educadamente a la charla de la excavadora. Por fin guardó silencio un rato, como para indicar que había acabado la explicación, aunque carecía de cualquier final; era como si ya no encontrara más palabras. Tenía la vista clavada en mí.

—¿A qué te dedicas?

Yo en realidad guardaba una mentira piadosa en la manga. Era solo cuestión de tiempo que el asunto saliera a la luz en una reunión como esta. Pero ahora esa mentira me resultaba incómoda. ¿Por qué tenía que mentir? Lo miré fijamente a los ojos.

—Ahora mismo estoy haciendo un curso de Creación Literaria.

Se me quedó mirando sin parpadear.

—¿Qué has dicho?

—Creación Literaria, una especie de escuela para escritores.

El muchacho de la excavadora siguió examinándome y se volvió hacia la anfitriona como para confirmar que yo decía la verdad.

—¿Qué quieres ser cuando seas mayor? —dijo, y rio entre dientes.

—Conductor de excavadora, quizá —respondí, y vacié mi vaso.

Cuando me puse de pie el mundo se tambaleaba. Fui haciendo eses por el local con Jonna de remolque. Ella hizo valientes esfuerzos por sujetarme y dirigirme, mientras las miradas nos seguían por la sala: bocas que reían mientras los ojos denotaban disgusto.

—Aire fresco —dije, y abrí la puerta.

Salimos a la escalera, donde el último vendaval de diciembre me tiró de las solapas de la chaqueta e hizo que el cabello de Jonna se levantara como un paraguas.

—Maldito frío —dijo tiritando, y se pegó a mí junto la fachada.

La envolví entre mis brazos e hice un torpe intento por besarla, pero no conseguí dirigir correctamente la lengua, que apenas se deslizó y resbaló. Tiempo suficiente para que ella se escabullera con una claridad inequívoca.

Doblamos la esquina y hallamos refugio detrás de un cobertizo. Jonna se recogió el cabello y yo me armé de valor.

—Estoy tan contenta de que hayas venido esta noche —murmuró con una horquilla en la boca—. Aunque lamento que hayas tenido que perderte la fiesta de Adrian.

—¡Bah!, de todos modos seguro que será monótona y aburrida. —Ella rio. Y yo añadí—: Me gustas.

Las palabras aterrizaron con suavidad en el rostro de Jonna. Se soltó el cabello sobre los hombros al mismo tiempo que alrededor de sus ojos se formaban pequeñas líneas que resaltaban sus rasgos aniñados.

—¿Por qué? —preguntó.

¿Por qué? Eso era algo que se decía, que uno tenía que decir, que sonaba bien. Nunca lo había dicho, no así, pero me había imaginado ese momento por lo menos un millar de veces. Había visto la escena delante de mí y había pensado sobre la continuación, pero ni una vez siquiera se me ocurrió este resultado.

—¿Por qué te gusto? —dijo ella de nuevo, con la expectación reflejada en su mirada azul claro: una interacción violenta entre un deseo vehemente y el impulso de morderse las uñas.

Las palabras emergieron a borbotones:

—Me gusta que no puedas pronunciar la erre. Me gusta que hayas solicitado plaza tres veces para el curso de Creación Literaria sin rendirte. Me gustan tus hoyuelos cuando ríes. ¿Y sabes una cosa? Me gusta mucho cómo me miraste cuando leías uno de mis textos en el grupo de trabajo.

Me sentí como un personaje de una comedia romántica. Cerré los ojos, tragué saliva y esperé.

—Tú también me gustas —susurró Jonna.

El beso que siguió no encontraría lugar en ninguna comedia romántica. Me abalancé sobre ella, tanteé alrededor de sus labios y mejillas con la lengua, la introduje y la revolví hasta que me corté con un molar afilado. Mi toqueteo por debajo del vestido se limitó a un número demasiado técnico con total ausencia de delicadeza, por lo que enseguida nos encontramos sentados con las espaldas apoyadas contra la pared de la casa, totalmente de acuerdo en que el frío se había vuelto insoportable.

Regresamos a la mesa y los combinados. A través de la bruma vi el mundo tomar forma en la distancia. Extrañas voces y risas, un idioma que no entendí, y fui presa de un pensamiento candente. ¿Quizá yo sería así? Alienado en mi propia hermandad, en mi propio terreno, en mi propio salón.

Me resultó una fuente de consuelo descubrir que el chico de la excavadora era fan de Afzelius, lo llamaba Affe y se sabía todas sus letras de memoria. Incluso había leído la novela y había visto el reencuentro del grupo Hoola en Mölleplatsen. Nos pusimos de pie sobre las sillas y cantamos: «La política no es una moda, nada molona ni moderna, / para la mayoría es una necesidad vital. / Y a los payasos que se dan el lujo de invertir en sí mismos / les importa una mierda el resto de la humanidad».

Lanzaron *crème brûlée* por encima de la mesa y nos llamaron comunistas. Enseguida reinó un ambiente de pelea. Los demás gritaban frases de Ultima Thule abrazados, orgullosos y enfadados; pensaban que yo era un poeta de mierda e insultaron a Jonna, que se puso de mi lado. Un chico que vestía chaleco y calzaba zapatos náuticos había recibido una paliza hacía unos años de una pandilla de Veberöd y no le pareció nada disparatado que ahora yo pagara por ello. Jonna se puso en medio y estiró los brazos, tuvo que escuchar que era una puta, pero nadie pensaba pegar a una tía.

De todos modos, el encono amainó un poco cuando por los altavoces sonó el «Happy New Year» de Abba. Enseguida se lanzarían fuegos artificiales, aquí y ahora —todos ellos parecían acelerados niños del experimento del malvavisco—; las chicas se volvieron prudentes y maternales, amonestaban y tiraban de los brazos adormecidos por el alcohol, mantenían la distancia de seguridad y suministraban a los chicos propaganda sensacionalista, pero en el calor del momento eso no importaba nada.

—Ven, larguémonos —le dije a Jonna—. Antes de que todo se vaya a la mierda.

Un conocido de Furulund sabía de un taxi ilegal que circulaba toda la noche entre los pueblos de los alrededores, y Jonna consiguió, a base de halagos y unos elevados honorarios, que nos llevara hasta Lund.

—Grönegatan —dijo ella—, en Katte.

Yo me estaba quedando dormido en el asiento trasero con el traqueteo y las explosiones. El cielo flameaba bajo los fuegos artificiales.

—Os perderéis las campanadas —dijo el taxista.

Jonna me estiró del brazo para consultar la hora, vaciló y plantó sus labios húmedos sobre mi boca cerrada.

—Feliz Año Nuevo —murmuró, y me acarició el pelo con la mano.

Salía humo por la puerta. Había gente por todas partes, tropezamos y nos lanzamos a los brazos de Fredrik, Betty y Adrian.

«¿Dónde estabais?» y «¡Por fin!» y «¡Feliz Año Nuevo, joder!».

Pearl Jam hacía vibrar el suelo. Jonna se colgó de mi brazo y nos agachamos en el recibidor pues había unos chicos en camiseta cuyas melenas revoloteaban sin cesar. Rostros desconocidos flotaban a través de las nubes de humo. En mi habitación había tres tíos sentados en la posición de loto en torno a un cenicero y discutían sobre la visita a China de Göran Persson. Frente al espejo, una rubia anfetamínica le ponía rímel a un chico con medio cuerpo desnudo y un arete en la nariz. Unos puños aporreaban la puerta del cuarto de baño hasta que una marioneta con los ojos inyectados en sangre rodó hacia fuera, y tres chicas empezaron a chillar tirándose del pelo para ver cuál sería la primera en entrar.

Fredrik se lanzó sobre mí, suave y cariñoso. Dejó escapar un chorro de vaguedades: pruebas de cariño y titubeantes explicaciones sobre lo mucho que apreciaba mi amistad.

—¿Os estáis divirtiendo? —me gritó al oído.

—Oye —dije, y le puse un dedo en el pecho—. Esta fiesta es una puta mierda.

Echó la cabeza hacia atrás y rio.

—Estás borracho, Zack.

—En absoluto —respondí, y me adentré por el pasillo—. Este es mi nuevo yo. Zack versión 1997.

Jonna se pegó a mí e intentó decirme algo que se ahogó en el ruido caótico. Abrí la puerta de la cocina y me introduje en un ambiente completamente diferente: una atmósfera estricta y densa, seis o siete cabezas fijas en un mismo punto. En un rincón, bajo la cortina, iluminado por una vieja lámpara industrial que Adrian había comprado por diez coronas en un mercadillo, se encontraba sentado el mismísimo Leo Stark.

Se reclinaba en una silla de madera, con las piernas cruzadas, y vestía una camisa clara y una bufanda de color rojo brillante, gafas de sol de espejo y guantes de cuero negros. Su voz se arrastraba como el arco de un violonchelo, se detenía y reflexionaba, elegía cada palabra con la precisión de un neurocirujano. Y los que le escuchaban seguían su monólogo con un interés que rayaba el fanatismo puro y duro. Jonna y yo nos apretujamos en la cocina y nos quedamos de pie junto a la nevera, sin atraer ni una sola mirada. Leo hablaba sin parar, para gran satisfacción de los oyentes. Nada indicaba que se hubiera fijado en nosotros.

—Conocí a un joven una vez... Me recordó un poco a vosotros... Podrías haber sido tú... o tú.

Los señalados se enderezaron y resplandecieron.

—Tenía talento, sabía escribir... No le faltaban condiciones. Pero tenía una actitud muy particular sobre la literatura como forma artística. No leía libros.

Entre los oyentes se oyeron suspiros de indignación.

—Pensaba que eso podría arruinar su tono y estilo... reducir su voz a un eco, convertirle en alguien que solo reproducía los textos de otro. Decía defender lo único y peculiar, su propia creatividad.

—No obstante, eso tiene mucho sentido... —dijo una pelirroja de cabello encrespado con una reluciente diadema.

Apenas le dio tiempo a acabar la frase antes de que el resto del grupo se uniera en un grito de protesta.

—Vale, vale —dijo Leo, con un movimiento de manos contenido—. ¿Cómo creéis que le fue al talentoso escritor? En efecto, pudo mantener su voz para sí mismo. Es probable que su estilo y su tono fueran únicos, pero malinterpretó la naturaleza de la literatura. Escribir no es gritar más alto en un callejón desierto, se trata de encontrar la voz en un coro multicolor.

Casi podía oírse cómo tragaban y devoraban sus palabras, sin masticar, y las miradas en torno a la mesa brillaban como si el resplandor de Leo Stark se reflejara en ellos.

Un incidente fortuito lo cambió todo. Me liberé del brazo de Jonna, apoyé las manos en la mesa de la cocina y me subí a ella con un rápido movimiento. De repente, la cocina se animó. Ya no me ignoraba ni un alma. Expresiones y gestos de indignación, unos cuantos «¡Joder!» y «¿Quién coño es ese?» antes de que los hiciera callar con los brazos en alto.

—«Nunca nos invitaban
a las fiestas
pues no teníamos
los rostros adecuados.
El mundo era blanco y limpio,
sin tocar desde hacía mil años.»
Pausa artística. Respiración.

Todo quedó en silencio, todas las miradas puestas en mí. Alargué la pausa, contaba los segundos mentalmente como nos había enseñado Li Karpe y sentí un calor subir por los muslos y el diafragma, un hormigueo placentero que hizo que se me pusiera la piel de gallina. Leo miró desconcertado a su alrededor, abruptamente desamparado en su rincón, como un perro abandonado con su correa.

—«Nunca llegaremos a ninguna parte» —continué.

Entonces Leo se puso de pie. Dando grandes zancadas, sin darse la vuelta, salió por la puerta y desapareció.

Murmullos en la cocina, hombros encogidos, susurros, un dedo señalador. Finalicé mi recital sin que nadie me escuchara.

—Creo que tengo que pellizcarme el brazo —dijo un tipo bajito con chaqueta de tweed y pajarita—. ¿Acabamos de estar hablando con Leo Stark?

—Es la hostia —dijo una chica embutida en un vestido de fiesta de los años cincuenta.

Al momento siguiente entró Adrian con los ojos enfurecidos. Quería saber qué había dicho yo, qué había molestado tanto a Leo. ¿Por qué había abandonado la fiesta a toda prisa?

—Pasa de él —dije—. ¿Por qué te preocupas tanto por Leo Stark?

La mirada de Adrian se endureció. Él mismo parecía sorprendido.

—No lo sé. —Se retorció—. Francamente, no lo sé.

Octubre de 2008

Un coche patrulla estaba aparcado delante de la casa de mi madre. En la cocina había dos hombres sentados que probablemente tuvieran mi misma edad, pero los uniformes hacían que pareciesen mucho mayores. Olía a café y día festivo, un bizcocho recién horneado reposaba en una fuente de porcelana y en la radio sonaba una cálida música pop a bajo volumen para que la letra no perturbara el ambiente. Ahí estaba mi madre, con el delantal puesto, junto al fregadero: sorprendida por mi entrada, estresada y parlanchina, con un histérico lenguaje corporal; parecía que intentara enviarme señales secretas a través de su verborrea sin filtros.

—Zackarias, supongo —dijo uno de los hombres uniformados, y una montaña de metros se levantó sobre el suelo de linóleo.

Uno se llamaba Sten y el otro Fält, y habían venido para trasladarme a la comisaría. Ellos no sabían mucho más, ni siquiera podían suponer nada, y no deseaban especular. Me tenían que interrogar, y Sten y Fält solo cumplían órdenes.

—Estoy tan contenta de su labor —dijo mi madre—. Mucha gente se queja de la policía, pero yo estoy siempre de su parte. No es una tarea fácil. Y sé de qué estoy hablando. He leído todos los libros de Wallander, todos los de Maria Wern y también los de Anders Knuttas.

Sten y Fält se estiraron, y mi madre continuó:

—Zackarias también quería ser policía. Era su gran sueño.

Respiré hondo.

—Es el sueño de todos los niños de siete años, mamá.

Mi madre prosiguió como si no viera ni oyera:

—Policía o bombero, eso era lo que más le gustaba. Pero era demasiado débil para un trabajo así. En cambio, intenté convencerle de que se hiciera profesor. Habrías sido un gran profesor, Zack. Es una profesión importante, y además es segura y estable.

—Así, con treinta y dos años de edad, no habría tenido que vivir con mi madre.

Los policías se rieron, e incluso mi madre esbozó una risa forzada.

—Está escribiendo un libro —dijo después, muy seria—. Esa es la razón de que ahora viva aquí, para trabajar en el libro. ¿Se puede decir que es una novela policíaca, Zackarias?

La pregunta me pilló por sorpresa.

—No —dije—. No lo creo.

—Pero ¿hay policías en ella? —insistió mi madre.

—Sí, por supuesto.

Ella sonrió.

—¿Y trata de un asesinato?

Le dirigí una mirada penetrante y suspiré. Uno de los agentes, Sten o Fält, quienquiera que fuese, se rio un poco.

—¿No lo hacen todos los libros hoy en día?

Se metió un terrón de azúcar en el hocico y masticó con la boca abierta.

—¿Nos vamos? —dijo su colega.

En el recibidor, mi madre me detuvo junto a la escalera.

—¿No habrás hecho nada malo?

—Pero ¡qué dices!

Así que salimos al camino de entrada, un perro ladró en la distancia y en la casa del vecino las cortinas se movieron. Sten o Fält, el que todavía tenía restos de bizcocho en los labios, me indicó el camino posando su mano abierta en mi espalda.

El comisario Sjövall vino a mi encuentro con una amplia sonrisa. No era una sonrisa amable ni reconfortante, ni siquiera una sonrisa cariñosa; las comisuras de sus labios goteaban triunfo y venganza.

—Aquí estamos de nuevo —dijo.

En esta ocasión estaba acompañado de su antítesis femenina, una rubia de ojos azules con chaqueta y bufanda con estampado de leopardo, cuya sonrisa era mucho más complaciente.

—Clara Blomqvist, fiscal.

Nos sentamos a la misma mesa que la primera vez, Sjövall tuvo el mismo problema con la grabadora y me dijo las mismas palabras: me iban a interrogar para obtener información sobre el asesinato de Leo Stark. Sin proponérmelo, pensé en Josef K. ¿Qué hubiera hecho él en mi lugar?

—Usted ya fue interrogado sobre el caso el veintisiete

de septiembre en esta comisaría —dijo la fiscal Blomqvist, y hojeó un montón de papeles—. En esa ocasión, incluso se le tomó una muestra de saliva para realizar una prueba de ADN.

Alzó la vista hacia mí, con la cabeza algo ladeada. En los labios todavía quedaban restos de la sonrisa acogedora.

—Hemos recibido los resultados de la prueba —dijo, y se enderezó.

De repente pareció algo incómoda, como si se hubiera sentado sobre algo duro. A su lado, Sjövall resollaba por la nariz.

—Como comprenderá —continuó la fiscal—, los restos de Leo Stark estaban en muy mal estado. Su cuerpo ha permanecido enterrado más de once años y, a pesar de estar bien envuelto en plástico, no había mucho con lo que poder trabajar. Pero encontramos algo.

Su mirada cambió. Toda la habitación cambió. Como cuando se rompe un cristal.

La sensación kafkiana se tornó en hitchcockiana: pájaros negros y chirridos de cuerdas. Como despertar tras una pesadilla. Pero esto ocurría de verdad, no era ficción, y las partes inservibles no se podrían borrar después.

—Leo Stark llevaba un reloj de pulsera en la muñeca —dijo la fiscal—. En el interior del reloj, junto al botón que se utiliza para ajustar la hora, había un poco de sangre seca. Se trataba de un rastro ínfimo, apenas visible para quien desconociera lo que andaba buscando, pero nuestros técnicos han conseguido extraer el ADN de la sangre.

Contuve la respiración.

La fiscal Clara Blomqvist asintió.

—Es su sangre, Zackarias.

El *asesino inocente*

de Zackarias Levin

22

Día de Año Nuevo, 1997

El día de Año Nuevo era el más corto del año. Jonna y yo nos habíamos subido a un autobús en Veberöd, donde habíamos pasado la noche después de escaparnos de la fiesta descabellada en Grönegatan. Cuando nos apeamos en Lund, el anochecer nos estaba esperando.

Nos dimos un beso y nos despedimos precipitadamente junto al mercado. El padre de Jonna la esperaba detrás de los cristales tintados de un BMW con el motor en marcha y comida para llevar en el asiento trasero.

—¡Te llamaré luego! —gritó Jonna, y corrió sobre sus inseguros tacones por la acera helada.

Apreté el paso para llegar a Grönegatan antes de que oscureciera. Junto al patio de la escuela de la catedral cayeron unos copos de nieve lentos y poéticos a través de las ramas de los árboles. Hacía tanto frío que me temblaban las rodillas; al respirar, el aire parecía hielo. Tenía un gorro en el bolsillo de mi chaqueta, pero se me ocurrió que el frío agudizaba mi mente. Antes de marcar el código de entrada en el portal me soplé los dedos.

Betty estaba sentada en una silla de la cocina y vestía una camiseta de baloncesto demasiado grande y pantalones de ciclista; tenía las rodillas recogidas debajo de la barbilla y miraba por la ventana mientras tatareaba una melodía lenta. Se giró bruscamente hacia mí y me observó.

—¿Adrian no está aquí?

Negó con la cabeza y siguió tatareando. Como si cantara para alguien que estaba al otro lado de la ventana.

—¿Y Fredrik?

—Tampoco. Estoy sola.

Ronroneaba la melodía con los labios cerrados y los copos de nieve aterrizaban en el alféizar de la ventana. Una urraca solitaria saltaba de rama en rama en el nudoso sauce. Yo no conseguía adivinar de qué canción se trataba.

Miré el fregadero de reojo; estaba lleno de botellas vacías, latas de cerveza espachurradas y vasos con el fondo turbio. La mesa de la cocina tenía manchas rojas, y en el cenicero se acumulaban montones de colillas.

—Lo sé. En realidad, tendría que limpiar —dijo Betty con resignación.

—¿Ha ocurrido algo?

Me miró con seriedad.

—No, no ha ocurrido nada —dijo—. O de todo. Depende de cómo se vean las cosas.

—¿Y cómo las ves tú?

Suspiró hasta que se le hundieron los hombros. Durante un instante sopesé la idea de tocarla.

—Estoy cansada. Pero no puedo dormir.

—¿Quieres que te acaricie un rato? Puedo hacerlo hasta que te duermas.

Se rio.

—Para ti todo es tan sencillo, Zack. Desearía que de verdad todo fuera tan sencillo.

—¿Qué es lo que te resulta tan difícil?

Cerró los ojos y volvió a tatarear.

—He enviado la solicitud para un curso de escritura en la Universidad Popular de Sundbyberg. No puedo seguir más tiempo aquí.

—Pero no lo entiendo. Entonces Adrian...

—Él se viene conmigo. Tiene que hacerlo.

—¿Y qué pasará conmigo? ¿Y con la Creación Literaria?

Ella negó con la cabeza.

—Tengo que alejarme de Li y de Leo. Esto ha llegado demasiado lejos.

Enseguida se oyó la puerta principal. Ruidos, pasos sobre la alfombra. Reconocimos la voz de Adrian.

—Él me asusta —susurró Betty.

No estuve seguro de a quién se refería.

Octubre de 2008

El comisario Sjövall tamborileaba sobre la mesa con las yemas de los dedos hasta que la fiscal Blomqvist lo fulminó con la mirada.

—¿Están seguros? —pregunté.

—No solemos hacer conjeturas en casos de asesinato —dijo Sjövall.

Mi cerebro rumiaba a toda prisa. Intenté ver el reloj frente a mí, pero me fue imposible. No estaba allí. ¿Y esa sangre? ¿Mi sangre?

—¿Hay alguna razón que explique por qué su sangre se encuentra en el reloj de Leo?

No la había. En cambio, les expuse mi teoría sobre un montaje, un plan maquiavélico y bien organizado, y cómo todo parecía coincidir con mi libro.

—¿Por eso se mudó aquí? ¿Para escribir un libro sobre este caso?

—Más o menos, sí.

En este contexto, la relación causa-efecto jugaba un papel secundario.

—¿Por qué quiere escribir sobre este caso? —preguntó Sjövall.

—Quiero ganar dinero.

Ni el comisario ni la fiscal parecieron conformes con mi respuesta.

—A la gente le gusta leer sobre asesinatos y cosas así —dije—. Y es algo que sucedió de verdad. Solo con decir que sucedió de verdad se puede ganar mucho dinero con la historia.

Sjövall le lanzó una mirada de interrogación a la fiscal.

—Puede que sea así.

—Es así —dije—. Además, me acaban de despedir. Necesito dinero.

De repente, la fiscal Blomqvist se concentró en organizar sus papeles. Los levantaba y echaba un vistazo, los hojeaba y les daba la vuelta a un ritmo que ilustraba porqué había acabado la carrera de Derecho con las mejores notas.

—¿Cómo describiría su relación con Leo Stark? —preguntó, y fijó la mirada en uno de sus papeles.

—¿Relación? No creo que tuviéramos lo que se dice… una relación.

—Pero ¿no se movían en los mismos círculos? Usted coincidió con él en varias ocasiones durante el período precedente a su desaparición. Usted mismo declaró eso en el interrogatorio. Aquí tengo un acta del veintitrés de enero de 1997, cuando lo interrogaron como testigo. Eso fue unos días después de que desapareciera.

—Sí, nos vimos con cierta frecuencia durante ese otoño e invierno. Pero no lo conocía.

—A pesar de eso, parece que hubo alguna especie de disputa entre ustedes.

Ella siguió hojeando el expediente, con breves pausas para buscar mi mirada, y luego la bajaba de nuevo al montón de papeles.

—No sé si llamarlo «disputa». Leo se enfadó porque tomé prestado uno de sus poemas y lo reescribí. Él escuchó mi lectura y... se puede decir que no le gustó.

—¿Qué hizo él?

—Se metió conmigo diciendo que le había robado su poema y lo había arruinado. Ahora, echando la vista atrás, puedo comprender que se enfadara. Yo no era ningún Tranströmer.

—¿Un poema? —dijo el comisario, y se rascó la barba de tres días—. Tenía que haber algo más. ¿Dinero? ¿Líos de faldas? ¿Celos?

Negué con la cabeza.

—Para un verdadero escritor, un poema es suficiente.

La fiscal y el comisario se miraron entre sí.

—¿Nunca lo llamaron para el juicio? —preguntó Blomqvist.

—No tenía nada más que aportar.

Sjövall me miró airado y apoyó el brazo sobre la mesa, como si pensara agarrarme. Me sobresalté y retrocedí.

—Pero pensó que el veredicto era equivocado —dijo él.

Apenas murmuré, pegado al respaldo de la silla.

—Porque es así como se titula el libro —continuó el comisario Sjövall—. *El asesino inocente*, ¿no es cierto?

Asentí una única vez.

—¿Cree que era inocente? —preguntó la fiscal.

—No lo sé.

Me examinó de cerca.

—Es un buen título —añadí.

La fiscal se sorprendió y arqueó las cejas.

—¿Puede contarme algo de los días anteriores a la desaparición de Leo Stark? ¿Qué fue lo que sucedió, Zackarias?

Suspiré profundamente.

¿Qué había pasado? Esa era una pregunta muy fácil de hacer, pero condenadamente difícil de responder. ¿Cuál es el significado de la vida? ¿De qué trata un libro?

El *asesino inocente*

de Zackarias Levin

23

20 de enero de 1997

Era el primer día después de las vacaciones y me encontraba parado en la escalera de la facultad, esperando. Unos días antes había dejado de nevar y el suelo ya estaba desnudo.

Encendí mi segundo cigarrillo con el primero. Cuando por fin apareció Jonna por la cuesta, diez minutos más tarde de lo acordado, vi que venía acompañada de unas cuantas ratonas de biblioteca. Miraron en mi dirección, se calaron los gorros sobre la frente y cuchichearon entre sí formando un enjambre de vaho frente a mí, se taparon las narices y descuidaron sus saludos.

—¿Llevas mucho tiempo esperando? —dijo Jonna.

Me encogí de hombros, aunque parecía bastante molesto.

—Lo siento. —Se puso de puntillas y su beso fue fugaz, evasivo—. Algunas de las chicas tenían que comprar un cuaderno nuevo.

Entramos juntos en el sofocante ambiente académico y

bajamos la escalera. Esta era la primera vez que estábamos en el aula del sótano sin Adrian. Apenas nos habíamos visto durante las dos últimas semanas, pero yo lo había llamado por teléfono y le había dado la lata para que no abandonara el curso de Creación Literaria. Mis intentos por convencerlo, sin embargo, resultaron infructuosos.

Resultaba extraño estar ahí sentados en el sótano de nuevo, pero al mismo tiempo estaba deseando comenzar. Ahora escribía mejor que nunca.

Li Karpe fue directa al grano. Nada de cumplidos ni discursos de bienvenida, ni una palabra sobre el número de estudiantes ausentes.

—¿Dónde está Betty? —preguntó Jonna, y miró a su alrededor—. ¿Tampoco está Fredrik?

Me encogí de hombros. No sabía nada de Fredrik desde hacía una semana. ¿Por qué no estaba allí?

—¿Cómo te sientes? —dijo Jonna.

—Bien.

Li Karpe hizo una pausa y nos miró fijamente. Todo el sótano nos miró de forma airada. Bajamos los ojos, avergonzados.

—Los símiles son un mecanismo de defensa —empezó Li, y se paseó despacio por la sala—. Una manera de protegerse de la realidad, de huir de lo exacto, de lo que es necesario decir pero que uno evita por diferentes razones.

En la primera fila se alzó un brazo vacilante y Li, visiblemente molesta, le dio la palabra a una ratona de biblioteca con un moño tenso y un jersey Helly Hansen.

—¿Quieres decir que nunca debemos utilizar símiles?

—El símil es una expresión de cobardía —respondió—. De hecho, casi todo se puede comparar con todo lo demás. No existe nada que no se parezca a algo de algún modo. Aquel que utiliza un símil esquiva lo exacto y lo conciso. Es una manera de pasarle la responsabilidad al lector, pues uno como escritor no es capaz, o tal vez no tiene fuerzas, de encontrar las palabras adecuadas.

Escribió con amplios movimientos la palabra «como» en la pizarra. Nos pidió que la contempláramos, que le diéramos vueltas, que nos esforzáramos en comprender qué significaba esa pequeña palabra tan pronto como se le daba espacio en un texto.

Yo no podía dejar de pensar en Betty. ¿De verdad se había largado a Sundbyberg?

—Resulta algo confuso —susurró Jonna.

Ni siquiera la miré. Cerré los ojos, no conseguía alejar el mareo, tenía la sensación de que el mundo se movía bajo mis pies. ¿Fredrik? ¿Dónde estaba? No se perdería una clase a no ser que ocurriera algo importante.

—Incluso Shakespeare cuestionó el símil como recurso estilístico. *Shall I compare thee to a summer's day?* («¿Debo compararte a un día de verano?»). Pero a él se le pueden excusar todos los deslices, a él y a Burns y a todos los románticos, pues no sabían hacerlo mejor. Pero ¿se pueden defender los símiles en la escritura de 1997?

Tuve que levantarme. Durante medio segundo una niebla cubrió todo el sótano hasta hacerlo desaparecer y avancé con piernas tambaleantes entre las hileras de mesas, como en un túnel neblinoso, sentí el picaporte bajo mi mano y salí del aula. Me encerré en el cuarto de baño, me apoyé contra la pared y respiré hondo.

Al poco rato Jonna me llamaba desde el otro lado de la puerta.

—¿Te encuentras bien?

Murmuré alguna respuesta, me lavé la cara en el lavabo y le dije que volviera a clase, que enseguida iría yo.

Cuando abrí la puerta todavía seguía allí. Pasé de largo y me dirigí a la escalera.

—¿Qué pasa, Zack?

Me agarró del brazo.

—Quizá sea algún virus —dije, y evité su mirada—. Me voy a casa.

—¿Voy contigo?

—Regresa a clase —dije.

Una vez fuera, encendí un cigarrillo en la escalera, pero a las dos caladas comprendí que no podría fumármelo y dejé que se consumiera entre mis dedos.

Pedaleé cuesta abajo, perseguido por un nubarrón de catastrofismo. Después de colgar el abrigo en el recibidor me lancé sobre el teléfono. Lo dejé sonar y sonar. Betty no contestaba. El corazón me latía a ciento ochenta pulsaciones por minuto.

Colgué y volví a llamar. Seguía sin contestar.

Decidí probar con el móvil de Fredrik. Apenas sonó la señal cuando descolgó.

—¿Dónde estás? —grité en el auricular.

—Estoy en casa —dijo—. En casa de mis padres, vamos.

—Pero si hoy ha empezado el semestre.

Tardó algo en responder:

—No pienso continuar, Zack. Esto de la escritura no es lo mío.

—¿De qué coño estás hablando?

—Voy a dejarlo. Ya lo he decidido.

Volví a sentirme mareado y mi corazón se aceleró más.

—Pero no puedes largarte así, por las buenas.

—Sí, han pasado muchas cosas. Y, encima, ahora lo de Leo.

—¿Qué? ¿Qué pasa con Leo?

—¿No sabes lo que ha pasado?

—¡No, no lo sé!

Fredrik guardó silencio. La línea crepitó un par de veces y oí cómo contenía el aliento.

—Leo ha desaparecido.

—¿De qué estás hablando? ¿Desaparecido?

—Nadie sabe dónde está. Puede que lo hayan asesinado.

Me quedé de piedra. En el espejo del recibidor vi que mi rostro se había vuelto pálido y el pesado auricular estuvo a punto de escurrirse de mi mano.

—La policía ha detenido a Betty —dijo Fredrik—. Al parecer, han encontrado el manuscrito de Leo. Allí había cosas que… No sé mucho más, pero Betty es sospechosa.

En ese momento me quedé sin fuerzas y se me cayó el auricular.

Octubre de 2008

Clara Blomqvist me miraba con sus grandes ojos azules y un claro, aunque quizá insidioso, rasgo de empatía. Hasta ahora había dado por sentado que su atractivo habría sido una carga para su carrera judicial, pero cuando descubrí lo seguro que me sentía en su compañía, comencé a dudar.

—¿Alguna vez pensó que fuera Betty quien asesinó a Leo Stark?

—Yo no he dicho eso.

—Pero ¿sabía que ella ayudaba a Leo con su manuscrito?

—Yo sabía que ella... No, no lo sabía. Solía ir a casa de Leo, pero ninguno de nosotros sabía qué hacía allí.

El comisario Sjövall se inclinó hacia delante con una mirada perspicaz, pero la fiscal lo interrumpió antes de que abriera la boca.

—El fin de semana en el que Leo desapareció... —dijo, y hojeó sus papeles—, entre el cuatro y el seis de enero, ¿dónde estaba usted?

—De eso hace casi doce años.

—Soy consciente de ello —repuso Blomqvist—. No obstante, creo que uno no se olvida de un hecho tan extraordinario.

—Además, usted parece tener una memoria excelente —intervino Sjövall—. Incluso está escribiendo un libro sobre lo ocurrido.

Me tragué la irritación y miré a la fiscal.

—Ese sábado estuvimos todos reunidos en el apartamento de Grönegatan, pero eso ya lo saben. ¿Qué día era? El cuatro, ¿no?

—Correcto, fue el sábado día cuatro. —Ella pasó la yema de los dedos por encima del papel—. Sabemos que Leo Stark todavía estaba vivo el sábado por la tarde. Varios testigos lo vieron alrededor de las cuatro delante del edificio de Pålsjövägen.

—¿Qué hizo esa tarde? ¿Se quedaron en el apartamento de Grönegatan? —preguntó Sjövall.

Su tono de voz era exageradamente afilado. Al principio creí que era parte de un juego, alguna variante del poli bueno-poli malo, pero cada vez estaba más convencido de que le desagradaba mi persona.

—Sé que ya he respondido a esto antes —dije, y señalé el montón de documentos de la fiscal—. Seguro que ahí están todos los datos. Pero, claro, puedo hacerlo otra vez.

—Tendrá que hacerlo —dijo el comisario—. Por si acaso.

—Jonna y yo nos fuimos a su casa de Kävlinge. Cenamos con sus padres. Si no recuerdo mal, salimos para allá sobre las cinco o las seis de la tarde.

—¿Y cuánto tiempo estuvo allí?

—Me quedé a dormir. Supongo que nos despertamos tarde, eso es lo que hacíamos en aquel tiempo. Aunque tal vez no hayamos cambiado tanto. Al menos, los domingos.

Puede que me quedara hasta las once o las doce. Sé que luego fui a casa de mi madre en Veberöd.

—Eso fue lo que usted declaró entonces —dijo la fiscal, y leyó un papel que estaba sobre la mesa—. Eso dijo en el interrogatorio de 1997, que había estado en casa de Jonna Johansen en Kävlinge, desde el sábado día cuatro a las seis de la tarde hasta el domingo día cinco a las once de la mañana. Después se fue a casa de su madre en Veberöd.

Hizo una pausa. Ambos me miraron expectantes. Como si algo no encajara.

—¿Confirma esos datos? —dijo Sjövall en tono neutral.

—Sí, por supuesto. ¿Por qué habría de...?

Sjövall me interrumpió alzando un dedo.

—Hemos tomado declaración a Jonna Johansen sobre lo sucedido el sábado cuatro de enero de 1997. En aquella ocasión nadie la interrogó porque no había razón para cuestionar los datos que usted proporcionó. Pero hoy, como comprenderá, las cosas han cambiado.

Miró expectante a Clara Blomqvist, que se retorcía las manos sobre el montón de papeles. Su piel era suave y bronceada, tenía los brazos largos y alrededor de la muñeca colgaba una fina pulsera de plata. En 1997 ella debía de tener poco más de veinte años y dominaría las reuniones de la asociación de juristas. ¿Quizá con una pulsera del festival de Hultsfred en lugar de una de plata?

—Así es, hemos hablado con Jonna Johansen —dijo ella, y se inclinó hacia delante—. Y las versiones no coinciden del todo.

Mi cabeza era un revoltijo de pensamientos contradictorios. Como si me encontrara en medio de un cruce y cada instante de mi vida se precipitara sobre mí desde direcciones opuestas. Empezaba a resultarme difícil respirar.

—Ella sostiene que usted se marchó de la casa de Kävlinge el sábado día cuatro, justo antes de medianoche.

—Está segura de ello —dijo Sjövall, que ancló su mirada de acero en mi tembloroso interior—. Usted recibió una llamada de Adrian Mollberg. Él le pidió que le ayudara con algo. ¿Para qué necesitaba ayuda?

Me llevé la mano a la boca. Me entraron ganas de vomitar. Recordé que entonces también me sentí mal, en aquellos tumultuosos días de hacía doce años. Todo fluyó hacia mí como un psicodélico *déjà vu*.

—No lo sé. No lo recuerdo. ¿Están seguros…?

—Comprenderá que esto nos tiene desconcertados, ¿no? —dijo Clara Blomqvist.

—Por supuesto. Pero de eso hace doce años. Hasta Jonna puede estar equivocada.

—Ella no se equivoca. Usted recibió una llamada de Adrian Mollberg y tomó el tren a Lund. Betty Johnsson había ido en bicicleta a casa de Leo esa tarde, y Fredrik Niemi la siguió. ¿Qué fue lo que pasó realmente en esa casa?

Sjövall se negaba a apartar la mirada de mí. Habían pasado dos minutos desde la última vez que parpadeó, y además se levantó de la silla para remarcar su superioridad.

—No lo sé. ¡No estuve allí!

No conseguía poner mis recuerdos en orden.

—¿Qué quería Adrian cuando llamó? ¿Para qué necesitaba su ayuda?

—No lo sé. Nunca me lo dijo.

En un momento de duda, Sjövall aflojó la presión para mirar a la fiscal.

—¿No creerán que tuve algo que ver con todo esto? —dije rápidamente—. ¿Que yo maté a Leo Stark? ¡Esto es absurdo, joder!

Me observaron en silencio. Sjövall se echó hacia atrás y se cruzó de brazos.

—¿Qué hizo el día once de septiembre de este año? —preguntó Clara Blomqvist.

—Eso ya me lo preguntó Sjövall la última vez que estuve aquí. No imaginaba que fuera tan importante, pero seguro que puedo consultarlo.

—No estaría mal —dijo la fiscal.

—Tengo algunos apuntes en el ordenador. ¿Les parece bien si los miro?

Ya había puesto la funda del ordenador sobre mis rodillas, pero Sjövall me detuvo.

—Eso puede esperar.

—Sí, pero...

Alzó implacable la palma de la mano.

—¡Eso puede esperar!

—Disculpe un momento —dijo Clara Blomqvist, y se puso de pie—. Ahora mismo vuelvo.

Sjövall y yo permanecimos sentados, mirándonos. La comprensión de lo que estaba ocurriendo se fue afianzando en mí poco a poco, por lo menos en el plano intelectual, pues hasta ese momento cada pequeña sensación se había puesto a cubierto bajo un creciente malestar. Estaba hasta las narices. Me sentía cansado, mareado y acalorado.

Cuando la fiscal Clara Blomqvist regresó después de unos minutos estaba serena y, al parecer, era perfectamente consciente de que se había tomado su tiempo. Supuse que estaba a punto de disculparse por el desafortunado malentendido, que claro que no había ninguna sospecha en mi contra, y cinco minutos después yo saldría de la comisaría.

Clara Blomqvist me miró fijamente a los ojos. Frunció los labios y se quedó de pie delante de su silla.

—Zackarias —dijo, y movió la cabeza adelante y atrás—. Desde este momento es usted sospechoso de asesinato. Eso significa que tiene derecho a que un abogado esté presente durante el interrogatorio.

Deseé protestar, pero no pude moverme del sitio.

El *asesino inocente*
de Zackarias Levin

24

4 de enero de 1997

Betty me esperaba delante del portal.

—Por fin —dijo ella, y tras doblar la esquina me condujo al patio interior—. Adoro este lugar. ¿No te parece bonito?

El cielo estaba despejado, se podía ver toda la galaxia, y la luz del sol transformaba el patio cuadrado en una piscina de luz entre los edificios. Betty estaba debajo de la corona de tupidos arbustos que en primavera formarían una bóveda de hojas verdes, y la luz del sol caía sobre ella en diagonal desde lo alto como un foco suave. Me miró con los ojos entornados.

—Siento haberte hecho esperar —dije.

Ella rio.

—¡Bah!

Las medias de color carne apenas se veían entre la falda de cuero y las botas de color cereza de catorce ojales. Se metió las manos en los bolsillos de la cazadora y sonrió. Mi pecho se llenó de aire y mi corazón daba saltos de alegría. Así es como tenía que ser, pensé.

—¿Dónde está Jonna?

—Viene de camino —respondí lacónico. En ese preciso momento, no tenía ninguna gana de meter a Jonna en mis pensamientos.

Nos quedamos ahí parados un rato y nos miramos mientras la luz del sol iluminaba el rostro de Betty de forma que sus mejillas parecían casi blancas.

El tiempo estaba tan inmóvil como Betty. Sentí que mis hombros se hundían, una erupción de privación, como si estuviera resignado. Tal vez yo era uno de esos seres que se conformaban, uno que no necesitaba perseguir estrellas, de los que se quedaban en tierra y seguían el curso de la existencia sin preocuparse de más. Nosotros también éramos necesarios, éramos tan personas como los demás. Quizá hasta más felices.

—¿Entramos? —preguntó Betty.

—Claro.

Aunque habría seguido allí parado hasta ahora.

Vivíamos el instante en el raído sofá: Adrian repartía su atención entre una botella de Vino Tinto y una manoseada edición de bolsillo de *Las flores del mal*, Betty chasqueaba las deshilachadas cuerdas de nailon de la guitarra de segunda mano de Adrian, y Fredrik leía en alto el último número de la revista *Pop*. Jonna y yo nos magreábamos como si nos fuera la vida en ello.

Era un sábado por la mañana, el año acababa de nacer, estaba en blanco y nada hacía daño. Cuando todo parecía ser para siempre y libre de preocupaciones, entró Li Karpe y sacudió nuestra relajada existencia.

—Se trata de Leo —dijo—. Ya no sé qué hacer.

Nos enderezamos en el sofá, nos inclinamos hacia delante y, finalmente, Betty dejó de rasgar la guitarra.

—Está loco —dijo Li.

Estaba en el umbral y la luz del recibidor caía como un velo alrededor de su cabeza.

—¿Qué ha sucedido? —preguntó Adrian.

—Han rechazado su manuscrito.

Betty dio un salto a mi lado, se inclinó y atrapó la guitarra, que estuvo a punto de resbalar por su rodilla.

—Al menos esa es su interpretación —continuó Li—. En realidad, creo que se precipita en sus conclusiones. El editor quiere que trabaje el texto y para Leo eso es una auténtica derrota.

—¿No es normal que el editor haga algunos comentarios? —apuntó Adrian.

Li le dirigió una mirada exhausta.

—Nada es normal cuando se trata de Leo. Ni siquiera un poco.

Adrian hizo sitio en el sofá y le sirvió una copa de vino. No dijimos gran cosa, nos miramos unos a otros en círculo. Y cada vez que Li se inclinaba hacia delante para beber —y lo hizo a menudo, como para poner algo en marcha—, colocaba una mano sobre su escote para mantener los pechos en su sitio.

—Pedalearé hasta allí —dijo Betty al fin, y apoyó la guitarra contra la pared—. Iré a casa de Leo a ver cómo se encuentra. Puedo hablar con él.

Adrian se opuso. Leo no era problema de ella, era mejor dejarlo estar. Pero Betty insistió y enseguida se enfundó su cazadora, ató de cualquier manera los cordones de sus botas y nos dijo adiós con la mano desde el recibidor.

—¿De veras crees que podrá calmarlo? —preguntó Adrian cuando se cerró la puerta.

Li Karpe arqueó las cejas.

—Si alguien puede, esa es Betty.

—Él le tiene un aprecio especial —dijo Adrian, y luego dejó que su mirada diera una vuelta en torno al sofá esperando que cada uno de nosotros asintiera para confirmarlo.

La convicción en su voz era tan falsa que ni siquiera pudo engañarse a sí mismo. Ninguno tuvo el coraje de abrir la boca.

—¡Escuchad! —dijo a continuación, y empezó a leer en voz alta a Baudelaire.

Después de un rato, Li le pasó un brazo por el hombro y le susurró algo al oído. Adrian dijo que necesitaban estar a solas en su habitación. Tenían unas cuantas cosas que aclarar.

Fredrik, Jonna y yo murmuramos algo sarcástico y subimos el volumen del álbum *Unplugged*, de Nirvana. Luego Fredrik buscó algo que hacer con las manos, mientras que yo mordía cada centímetro del cuello enrojecido de Jonna.

Cuando la música paró, permanecimos en el sofá cada uno en su sitio, claramente separados por las rajas de los cojines. Nos miramos las manos, nos miramos entre nosotros, sonreímos y guardamos silencio.

—¿No deberíamos llamar a Leo? —dijo Fredrik.

—¿Por qué?

Fredrik me dirigió una mirada inusualmente afilada.

—¡Estoy muy preocupado por Betty! Leo no está bien del todo, y si las cosas son como asegura Li, que le ha dado...

—¿No creerás que podría hacerle daño? —dijo Jonna.

—Nooo. —Intenté calmarme al mismo tiempo que recordaba la noche que estuvimos delante de la galería de arte. Era obvio que Leo Stark podía ser agresivo. Y Betty había dicho que tenía miedo.

—¡Venga, vamos! —exclamó Fredrik, y se puso de pie.

Llamamos a la puerta de Adrian para pedirle el número de Leo Stark. Li Karpe estaba sentada en la cama con el pelo suelto y no le pareció buena idea que llamáramos, pero cedió ante la presión de Adrian.

Fredrik levantó el auricular del recibidor y marcó el número. Miré a Jonna, esperamos, Fredrik se separó el auricular del oído, lo estudió de cerca, colgó y volvió a marcar.

—No contesta.

—Seguro que todo va bien —dije yo—. Betty sabe manejar a Leo.

No soné muy convincente, y Fredrik me lanzó una mirada escéptica.

—Voy para allá —dijo—. ¿Venís conmigo?

Fue un impresionante acto de energía. Fredrik ya había metido los brazos en el abrigo y se había puesto el gorro.

—No sé si podemos. Los padres de Jonna nos han invitado a cenar.

Miré de reojo a Jonna.

—¡Se trata de Betty! —dijo Fredrik.

Jonna fijó sus ojos en mí. Al parecer, los argumentos de Fredrik no eran suficiente.

—Lo siento —le dije a Fredrik.

—¿Me prestas tu bicicleta?

Busqué la llave en el cajón del aparador y le advertí de que la cadena tenía tendencia a salirse cada dos por tres.

—¿En serio que vas a ir allí solo?

—No podría vivir conmigo mismo si le ocurriera algo a Betty.

—Betty sabe apañárselas sola —dije, pero no soné tan seguro como pretendía.

Fredrik negó con la cabeza.

—No me fío ni un pelo de Leo Stark.

Octubre de 2008

Nunca consideré la opción de llamar a un abogado. Tal vez fue un error, pero mi razonamiento daba por sentado que solo los culpables necesitan defenderse. Quizá también fuese una parte de mi propia defensa ante una realidad cada vez más molesta. Un abogado, sin duda, añadiría más peso a esas desafortunadas circunstancias.

Con toda seguridad, este percance pronto sería investigado y olvidado.

—¿Recuerda cómo se enteró de que habían encontrado un cuerpo en el bosque? —preguntó la fiscal Blomqvist.

—¡Perfectamente! Fredrik me llamó y me lo contó. Yo estaba en una gasolinera. Entré y compré el periódico.

—¿Así que lo leyó en el periódico?

—¿Qué día fue? —dije—. Un viernes, ¿no? Fue el viernes doce cuando los tabloides escribieron sobre esto.

—¿Recuerda qué hizo ese viernes?

Balbuceé. De repente mi memoria se tornó fotográfica.

—Había estado en casa de Betty. Después tenía que llevar a Adrian a su casa y fue entonces, estando los dos en el coche, cuando Fredrik me telefoneó.

—Espere un momento —dijo el comisario Sjövall—. ¿Adrian es Adrian Mollberg y Betty es Betty Johnsson?

Asentí. Todavía no era capaz de comprender qué importancia tenía eso.

—Y Fredrik es Fredrik Niemi, ¿verdad? —apuntó Clara Blomqvist—. ¿Es correcto?

—Eh, sí.

Sjövall resopló.

—¿La misma pandilla que en los años noventa?

—Bueno... sí...

—¿Las mismas personas que aparecen en la investigación? ¿Que podrían haber estado en la casa de Leo Stark en el momento de su desaparición?

Hice un descuidado intento por explicarme. Cómo me puse en contacto primero con Fredrik para contarle mi proyecto de libro ya que él trabajaba en el sector, y después encontré a Betty a través de Facebook y ella me dijo dónde vivía Adrian. Todos ellos eran importantes para la elaboración de mi novela.

Tanto Sjövall como Blomqvist escucharon con interés. Hasta bien entrada mi larga y tortuosa explicación, cuando llegué al punto en que dejé a Adrian en Flädie y me dediqué a dar vueltas con el coche por los bosques de Veberöd y Genarp, no empecé a comprender que esta versión no resultaba nada ventajosa para mí.

—¿Así que condujo hasta el lugar donde lo encontraron? —preguntó Sjövall, y se pasó la mano por la barba—. ¿Por qué?

Su tono lo dijo todo. Suspiré y me hundí. Pensé en qué

habría hecho Josef K. O, para el caso, Meursault. Pero la literatura no me ofreció ninguna salida.

—Estoy intentando escribir un libro.

—*El asesino inocente* —dijo el comisario, e hizo que sonara como el título más ridículo de la historia—. ¿Así que sostiene la tesis de que Adrian Mollberg fue condenado erróneamente?

Me maldije a mí mismo y a mis putas ideas. ¿Escribir un libro? En ese momento me arrepentía amargamente de no haber considerado siquiera sacarme el carné de taxista o el de recolector de bayas.

—No hay que fijarse solo en el argumento —dije con cierta desesperación—. Esto es ficción, se trata de una novela.

—Pero los hechos no cambian solo porque usted diga que es una novela.

—Claro que no, pero es…

Me di por vencido. No pensaba quedarme allí sentado discutiendo sobre la diferencia entre la ficción y la verdad objetiva.

—¿Qué hizo luego? —preguntó Clara Blomqvist—. Después de conducir por el bosque y observar el lugar donde se encontró el cadáver.

—Regresé a casa de mi madre en Veberöd. Esa fue la noche en la que Fredrik se presentó en nuestra casa. Acababa de tener una pelea con su esposa. Todo acabó cuando ella lo echó de casa. O él se largó. Quizá eso no importe.

De forma inesperada, Sjövall sufrió un ataque y dio un puñetazo en la mesa.

—¡Todo tiene importancia! —exclamó entre dientes, y me fulminó con la mirada—. Haga el favor de atenerse a la verdad.

Cerré los ojos. Probablemente la fiscal hizo un intento por tranquilizar al comisario Sjövall con la mirada. Oí que él suspiraba y me pareció ver que ambos arqueaban las cejas.

—Este Fredrik es Fredrik Niemi, si no he entendido mal —dijo Blomqvist.

—Sí, el mismo —respondí con cierto descaro.

—Así que Fredrik Niemi condujo hasta su casa en Veberöd. Tuvo que ser por la noche. ¿Era tarde?

Me sentí como si estuviera dando vueltas en círculos, atrapado en un tiovivo que se había desbocado, y me vi obligado a cerrar los ojos y restregármelos.

—En mitad de la noche —dije.

—¿En mitad de la noche? —repitió Sjövall—. Entonces, ¿usted y Fredrik Niemi se conocen bien?

—En realidad, no.

—Pero ¿han mantenido el contacto durante estos años?

Eso era una especie de emboscada. No sabía cómo salir de ella.

—No —contesté—. En realidad, no.

—¿No le pareció entonces un poco raro que lo buscara en mitad de la noche? —dijo la fiscal.

—¿Por qué precisamente a usted? —inquirió Sjövall—. Seguro que tenía más personas a las que acudir.

Quería gritarle que eso era justo lo que no tenía. Alguien como él debería entenderlo. Pero en lugar de eso, solo suspiré.

—¿Cuánto tiempo se quedó en su casa? —preguntó Clara Blomqvist.

—Se quedó a dormir.

La fiscal pareció sorprendida. A continuación se le tensó la mirada.

—Piense ahora en el jueves. Jueves once de septiembre. ¿Qué hizo ese día?

Rebobiné la película que tenía en el interior de mi frente e intenté concentrarme. Sjövall estuvo a punto de interrumpirme, pero la fiscal se lo impidió con eficacia.

—Sé que ese día estuve en casa de Adrian. Tenía que leerle el primer capítulo de mi manuscrito.

—¿Qué le pareció? ¿Qué piensa de que usted vaya a escribir este libro?

Esa fue una pregunta inesperada. Tal vez yo mismo debería habérmela hecho hacía mucho tiempo.

—No estoy muy seguro. Dijo que le gustaba. Bueno, aprobaba que lo escribiera. Pero tuvimos una pequeña discusión sobre cómo lo retrataba a él.

—¿Qué clase de discusión? —inquirió Clara Blomqvist.

—No estaba del todo satisfecho con cómo lo había descrito. Por lo visto, él no se consideraba un líder.

—¿Suponía eso un problema para él?

—Pues sí. Eso pareció.

—¿Deseaba que cambiara algo? ¿Que lo reescribiera?

—No, eso no fue lo que dijo.

Sjövall carraspeó.

—¿Es posible que estuviera más decepcionado de lo que usted creyó? —preguntó.

—Bah, tampoco era para tanto.

El comisario me miró sorprendido.

—Fue usted quien lo dijo. ¿Cómo era? «Para un escritor, un poema puede ser suficiente.»

Sus palabras se me atragantaron.

—¿Qué hizo después? —dijo la fiscal—. ¿Cuánto tiempo se quedó con Adrian?

—No mucho. Llegué a la hora del almuerzo y me fui de allí un par de horas después. Recuerdo que cené en Lund antes de regresar a Veberöd.

—¿Y Adrian?

—¿Qué?

—¿Lo acompañó?

—No, fui solo.

Sjövall asintió, pero dejó entrever una mirada desafiante.

—Ahora estaríamos encantados de echarle un vistazo a su ordenador —dijo él, y señaló mi portátil.

—Pueden mirarlo, no tengo nada que ocultar.

Clara Blomqvist me puso delante un acta y señaló una línea de puntos en la parte inferior.

—¿Qué pasa ahora? —pregunté.

—Prisión preventiva —respondió Sjövall.

—¿Desea llamar a alguien? —inquirió la fiscal.

Pensé en mi madre.

—No —respondí.

El *asesino inocente*

de Zackarias Levin

25

4 de enero de 1997

—Boxeo —dijo Benke Johansen con su marcado dialecto de Småland—. ¿Te gusta el boxeo?

Lanzó un par de golpes al aire y bailó de puntillas.

Jonna suspiró y dijo «pero papá» una y otra vez; luego se dio por vencida, como si hubiera pasado por esto tantas veces como para saber lo que venía a continuación.

—Participé en treinta y ocho combates en la categoría de semipesado durante mi juventud. Gané veintisiete de ellos, ocho por nocaut y dos por nocaut técnico.

Esbocé una mueca, como si estuviera impresionado. Incluso para alguien cuyos conocimientos de boxeo se limitaban a *Rocky* y *Mi vida como un perro*, sonaba como algo digno de admiración.

—Es un deporte maravilloso —dijo Benke.

Sonreí ante su manera de pronunciar la palabra: «depote».

—Mucha gente piensa que el boxeo es un deporte violento —dijo, y alargó el mentón—, pero si uno se toma el suficiente tiempo para entenderlo, entonces el boxeo resulta lógico e inteligente. ¿No es así con todo, Jack? ¿Verdad que se necesita tiempo y paciencia para comprender?

—Zack, papá.

Miró a Jonna como si se hubiera olvidado de que ella estaba sentada en un taburete de cuero en el salón.

—Se llama Zackarias —apuntó ella.

—Pues eso —dijo Benke, y prosiguió con ardor incansable—: Ya sabes, el boxeador es un cautivo del instante, todo sucede aquí y ahora. Tu supervivencia depende de un instante. Esa es la razón de que me guste tanto.

Traté de captar con discreción la mirada de Jonna, pero ella no me miraba; para mi sorpresa, parecía absorta en el entusiasmo de su padre.

—Cuando asistes a una buena pelea enseguida te conviertes en partícipe. Nadie puede ver el boxeo sin sentirse involucrado. Sabes que puede explotar en cualquier instante, y tú estás allí y no puedes hacer nada por impedirlo.

Sacó una cinta de VHS de la estantería y pasó con cuidado la mano por la funda. Le dio la vuelta bajo una mirada atenta antes de dejar que el reproductor de vídeo se la tragara.

—Liston contra Patterson, Chicago 1962, un clásico.

Benke toqueteó el mando a distancia.

—¿Una vieja pelea? —dije—. Entonces ya sabes cómo acabará.

Se rio a causa de mi incomprensión.

—En absoluto. Una pelea de boxeo solo existe aquí y ahora. Todo sucede en el presente, por hablar como un escritor.

Una corta carcajada y después se puso de lo más serio, arrancó la pelea y se quedó pegado a la pantalla del televisor durante los dos minutos que Sonny Liston tardó en noquear a Floyd Patterson. En el mismo instante en el que el árbitro hacía la cuenta a Patterson, Benke se levantó e imitó la serie decisiva de golpes de la pelea.

Cuando poco después Jonna y yo nos encontrábamos sentados cada uno en un cojín de su habitación, y había encendido incienso y sonaba «Changing of the Guards», en el silencio que nos rodeaba reinó una tensión inexistente hasta entonces. Era la primera vez que estábamos realmente solos y sobrios. La primera vez que estábamos sentados el uno frente al otro sin tocarnos, sin excavar con nuestras lenguas en la boca del otro.

—¿Todo bien? —dije, y miré el techo.

—¿Qué? —preguntó ella.

—¿El qué?

—¿Qué es lo que está bien?

Seguí una línea en el techo: justo encima de la ventana, una fina grieta desembocaba en un delta repleto de fisuras y agujeros.

—Espero que todo.

Ella no respondió.

Jonna dormitaba sobre mi hombro cuando sonó el teléfono. Al otro lado de la puerta oí pasos pesados —semipesados—, luego unos golpes rápidos, y Benke apareció en el umbral, en bata y con el pelo revuelto por el sueño.

—Teléfono para ti.

Jonna acababa de abrir los ojos.

—¿Para mí? —dijo ella.

—No, para él.

Me señaló con todo su puño de boxeador.

Jonna se restregó los ojos mientras me acompañaba hasta el teléfono del recibidor y se quedó allí, con los brazos cruzados con fuerza contra el pecho.

—Zackarias —jadeó Adrian en el auricular—. Necesito ayuda. No sé qué hacer.

Todos mis sentidos se pusieron en guardia, como si hubiera saltado un muelle en el interior de mi cuerpo.

—¿Puedes venir?

Su voz iba y venía en oleadas, no dejaba de mover el auricular.

—¿Dónde estás? —pregunté.

—En casa de Leo.

Jonna me tiró del brazo.

—¿Qué pasa? —preguntó impaciente.

—Espera un momento. Tengo...

—¡No le digas nada! —gritó Adrian—. ¡Ella no puede venir! ¡Solo tú!

—¿No está Fredrik contigo? ¿Y Betty? ¿Está Betty ahí?

Jonna me miraba fijamente de reojo. Parecía sospechar algo.

—Fredrik, no, no está aquí.

—Fue en bici hasta allí...

—¿Vienes o no?

Miré a Jonna. La ira había desaparecido de sus ojos. Como por arte de magia. Como si ella se hubiera dado por vencida.

—Sí, claro. Voy para allá —dije, y colgué.

Regresamos a la habitación de Jonna y recogí mis cosas. Ninguno de los dos dijo nada. Luego, cuando me agaché en el recibidor para atarme los zapatos, ella se plantó en medio y puso los brazos en jarras.

—Es mi amigo —dije.

—¿De verdad? —Se estiró aún más y sus ojos se estrecharon—. ¿Y yo? ¿Qué soy yo?

—Creo que ha sucedido algo grave. ¿Y si es Betty? ¿Y si...?

Jonna me estudió con una expresión de asco.

—Sí, ¿y si es Betty? —dijo con la voz impostada.

Cuando me levanté, los hombros de ella se hundieron.

—Me voy.

Ella asintió.

Eché a correr hacia la estación. El pánico en la voz de Adrian se mantenía como un recuerdo insoportable, una picadura de mosquito en el cerebro. Alguien había roto las farolas y continué en la oscuridad, sentí cómo me caía, y después llegué al andén siguiendo un estrecho rayo de luz.

Octubre de 2008

Me desperté con un pequeño infierno en la cabeza. La noche era larga y dolorosa como una cuchilla de afeitar. En el suelo, a mi lado, se encontraba el cuaderno con un borrador del capítulo vigesimoquinto. Cuando lo leí, con dos horas ininterrumpidas de sueño en la maleta, muchas alusiones me parecieron afectadas y pretenciosas. Pensé aterrado en *Una ardilla sentada en un abeto reflexionaba sobre el significado de la vida* y me sentí un fracasado.

El calabozo era algo mejor que las celdas para borrachos de la comisaría de Södermalm, y algo peor que una habitación de hostal cutre en cualquier gran ciudad del Sudeste Asiático. La cama era dura y las sábanas olían a desinfectante. Aun cuando decidí que debería ser por la mañana, en realidad no tenía ni idea de la hora que era.

Pensé en Caisa.

La vi frente a mí, más bella que nunca, como un fragmento de un sueño encantado. La llamaría cuando todo hubiera acabado. Llamaría a Caisa, regresaría a Estocolmo y me dejaría caer sobre mis rodillas ensangrentadas, dejaría esta maldita novela y la escritura. Regresaría a la vida. Volvería a boxear, aquí y ahora, enterraría todo lo que fue y lo que no fue y lo que podría haber sido. Solo estaría atento al instante. En cualquier momento podía ser noqueado.

De vez en cuando sonaba la trampilla de la puerta y un guardia miraba hacia el interior en silencio. Todo resultaba tan absurdo que la inquietud que debería estar sintiendo quedó eclipsada por una especie de vértigo existencial, una febril sensación-Raskolnikov, con la nada despreciable diferencia de que yo era cien por cien inocente.

Por fin se abrió la puerta y el guardia, un veinteañero con espinillas y una espalda como un armario, me sirvió una bandeja de plástico con panecillos resecos y queso con los bordes duros.

—¿Cuánto tiempo tendré que estar aquí? —pregunté.

—Ni idea. No es asunto mío.

Me zampé el desayuno y recogió la bandeja. Entonces comencé a pensar en un abogado. ¿Podía elegir a quien quisiera? Uno de esos abogados famosos con acceso directo a los medios de comunicación sería muy conveniente para mi libro. Silbersky, ¿seguía aún vivo?

La siguiente vez que el guardia abrió la puerta fue para recogerme a mí. El reloj del pasillo marcaba las tres menos veinte, y me condujo, aferrando con fuerza mi brazo, a través de una comisaría desierta.

Tengo que reconocer que fue un alivio ver de nuevo al comisario Sjövall. Estaba sentado en el cuarto de interrogatorios y hojeaba unos papeles, asintió y señaló una silla que tenía enfrente.

—He leído su manuscrito.

Levantó un montón de hojas impresas y reconocí mi prólogo en la primera página.

—Es solo un borrador —dije—. Aún le falta mucho.

Esbozó una sonrisa.

—Mi parienta solo lee a Liza Marklund —dijo—. El verano pasado me obligó a leer su último libro. Y tengo que admitir que esto es diferente. Usted sabe escribir.

Me miró directamente a los ojos, casi con timidez.

—Gracias —dije.

—Pero aquí hay unas cuantas cosas que me preocupan —continuó, y pasó el dedo por el montón de papeles—. Por ejemplo, esto.

Me pasó una hoja por encima de la mesa y leí el texto. A pesar de que solo hacía una semana que lo había escrito, me sorprendieron algunas expresiones. Parecía que lo hubiera escrito otro. Además, era realmente bueno.

—Ya he hablado de esto. Leo se enfadó porque parafraseé uno de sus poemas.

—¿Así que le golpeó y le hizo sangrar?

—No fue nada, una pequeña hemorragia nasal.

—¿Y esto? —dijo Sjövall, y me tendió otra hoja—. Se olvidó de mencionar esto.

Se trataba de un extracto del capítulo 17, cuando Leo aporreó nuestra puerta en mitad de la noche y exigió hablar con Betty. Leí con detenimiento todo lo que había escrito.

—Cuando uno lee esto —dijo el comisario—, tiene la sensación de que el conflicto entre Leo y usted era mucho más grave de lo que nos dio a entender.

Me arrebató el papel de las manos y leyó él en voz alta:

—«Solté mi puño en un rápido movimiento, su estómago se contrajo, como si hubiera golpeado un agujero a través de su cuerpo.»

—Solo se trata de una novela.

Miré alrededor de la sala. Una pared vacía, una puerta cerrada, ausencia de color por todas partes.

—¿No viene la fiscal? —pregunté.

—No, hoy no. No es habitual que los fiscales estén presentes en los interrogatorios.

Sjövall había bajado la voz. Me pareció que se sentía un poco ofendido.

—Aquí escribe que Leo se presentó en su casa en mitad de la noche y se pelearon. Él dice cosas como que Betty le pertenece y que usted no puede detenerle. ¿Qué quería decir con eso?

—¡Esto es una novela, joder!

Sjövall dio un respingo. La expresión alrededor de su boca se afiló, los ojos se empequeñecieron y las arrugas de la frente se tornaron irregulares.

—¿Qué quiere decir?

—No todo lo que aparece en una novela tiene por qué ser verdad.

—¿Así que todo esto son meras invenciones?

—Una invención, en singular. Es una recreación ficticia de la realidad.

Me miró fijamente.

—Entonces ¿Leo Stark no fue a su casa esa noche?

—Sí, lo hizo.

—¿Y se pelearon?

—Pelear y pelear. No recuerdo con exactitud cómo fue; después de todo, sucedió hace doce años.

Sjövall suspiró y me miró de reojo. Parecía no estar seguro de qué creer.

—¿Y esto de la fiesta de Año Nuevo? Cuando usted se sube a la mesa y recita ese poema, el poema que sacó de sus casillas a Leo Stark. ¿Eso tampoco es cierto?

Me llevé la mano a la boca y masculllé entre dientes.

—¿Qué? —me apremió.

—Esa noche estaba muy borracho.

—¿Así que eso también es… recreación ficticia de la realidad?

—No lo recuerdo bien. Pero, en todo caso, subirse a una mesa y recitar fue una chulería de cojones.

El comisario cruzó los brazos sobre la barriga, en un gesto de descontento.

—No lo entiendo —dijo, y sonó casi ofendido—. Creía que este libro exculparía a Adrian Mollberg, pero por lo visto solo son fantasías sueltas.

—Una buena historia es más importante que todo lo demás, comisario. En estos tiempos posmodernos la verdad es un concepto muy relativo.

—No en una investigación de asesinato.

—No, en eso tiene toda la razón.

Pasé más de veinte minutos en la fría sala de interrogatorios escuchando el silencio. Y a cada minuto que pasaba, crecía con más fuerza una convicción: abandonar este proyecto de novela y quemarlo en la chimenea, sin olvidar el formato digital.

Por fin entró Sjövall dando largas zancadas.

—La fiscal ha decidido soltarle.

—¿Qué?

—Puede irse, pero las sospechas se mantienen.

Resultaba demasiado sencillo. Demasiado bueno para que fuera verdad.

—Por cierto, tengo una notificación para usted.

Sjövall me tendió un papel.

—Pero ¿qué diablos...?

Era una notificación de confiscación. La policía había hecho un registro en casa de mi madre en Veberöd y habían confiscado su coche.

El nuevo apartamento de Fredrik Niemi se encontraba a cinco minutos de la comisaría. Abrió la puerta con el rostro pálido, descalzo, enfundado en unos viejos vaqueros y desnudo de cintura para arriba. Parecía como si tuviera gripe estomacal.

—Qué alegría verte, Zack.

—¿Cómo estás?

—Regular. Esta mañana la policía ha estado aquí y me han confiscado el coche. Soy sospechoso de asesinato.

—¿Tú también?

Le conté mi último día en la fría sala de interrogatorios con Sjövall y la fiscal, y el infierno de la celda. A Fredrik le costó creerlo.

—También se han llevado el coche de mi madre —dije—. Pero ¿qué es lo que andan buscando?

Fredrik se retorció y movió la cabeza.

—Debes explicarme unas cuantas cosas —dije—. Algunos detalles no me encajan.

Fredrik me miró fijamente con los ojos invadidos por el miedo.

El asesino inocente

de Zackarias Levin

26

Noche del 4 al 5 de enero de 1997

Fredrik Niemi no se reconocía a sí mismo. ¿Cuánto puede cambiar una persona en seis meses?

Le temblaban las manos y él lo interpretó como una buena señal, una confirmación de que sus valores y sentido de lo correcto aún no estaban completamente perdidos, aun cuando estuvieran a punto de disolverse. Las manos que temblaban mientras pescaba las llaves del coche en el aparador del recibidor seguían temblando cuando pasó por la puerta del dormitorio donde dormía la vieja, a pesar de que sabía que ella se quitaba el audífono por las noches.

Dio marcha atrás al Golf rojo de la mujer, se medio ahogó con el cinturón de seguridad y sintió que se le desbocaba el corazón en el pecho. Que no tuviera carné de conducir era, en ese momento, el menor de sus problemas.

La voz de Adrian en el teléfono era como una mano tendida. Por supuesto, sin ninguna condición, él tampoco esperaba eso.

—¿Puedes venir enseguida? ¡No sé qué voy a hacer!

Para Fredrik el significado era incuestionable. Había estado esperando esto: una participación, un reconocimiento, ser necesitado. Que lo consideraran un verdadero amigo.

Durante bastante rato creyó que esa llamada en mitad de la noche era una forma de tomar partido, una prueba de amistad muy especial. Hasta que se dio cuenta de que él no había sido la primera elección de Adrian.

—Solo tú —dijo Adrian al teléfono—. ¡No se lo digas a nadie!

—Pero ¿puedo ir hasta allí en taxi?

—¡No! Necesitamos un coche. ¡Tienes que hacerte con un coche!

Y después vino eso de la herramienta. ¿Una pala? Y fue entonces cuando los pies de oruga comenzaron a caminar por su estómago, y empezaron a temblarle las manos.

—No preguntes —dijo Adrian—. Solo ven aquí. ¡Y date prisa!

Fredrik aparcó el Golf en una calle desierta en la Ciudad de los Profesores y miró a su alrededor a través del silencio, para después cruzar a toda prisa la verja y caminar por la hierba para evitar el crujido del sendero de gravilla.

Solo unas horas antes había pedaleado hasta allí con la bicicleta del estudiante de Erasmus. Llegó con los dedos pringados de aceite porque se le había salido la cadena, como era de esperar. Llamó, pero nadie le abrió. Durante todo el tiempo había sentido un inquietante presagio en el estómago, esa desagradable sensación de que las cosas no iban bien. No debería haber renunciado tan fácilmente.

Se encontró a Adrian en la puerta y este tiró de él hacia la oscuridad.

—Fue un accidente —repetía Adrian una y otra vez.

Su mirada era salvaje, aunque sus acciones resultaban decididas mientras corría por delante de Fredrik escaleras arriba. En el gran salón sonaba una melodía tenue, como un rumor de olas de fondo, y dado que las cortinas estaban corridas Fredrik apenas pudo percibir el contorno de la figura sentada en el sillón: la incómoda postura, casi catatónica, con las piernas formando un ángulo bajo las caderas, los dedos cerrados con fuerza en torno al delgado brazo que apretaba contra el pecho, el cabello como una cortina sobre el rostro.

—¿Li? —dijo Fredrik.

Su pregunta no tenía destinatario y Adrian respondió enseguida:

—Dejémosla al margen de esto.

Li Karpe sollozaba sin mirarlos.

Para llegar al dormitorio tenían que pasar junto al sillón en el que estaba ella. Adrian fue delante, con pasos lentos, hasta la puerta cerrada de la habitación, y allí tomó aliento.

—Ahora tenemos que mantener la calma —dijo sin dar más explicaciones.

Bajó la manija despacio, de modo que la suave luz de la luna que entraba por las claraboyas del salón formó un sendero. Donde acababa la luz, en medio de la cama deshecha, Leo Stark yacía bocarriba. Sus pies desnudos sobresalían de su pijama negro con cerezas en el pecho. Parecía como si durmiera, aunque Fredrik comprendió de inmediato que no era así.

—Fue un accidente —dijo Adrian como si estuviera en trance.

Fredrik se detuvo en medio de la habitación. Flotaba un olor a podrido, el aire le raspaba la garganta. Bajó la vista hacia Leo, lo miró fijamente, y todavía esperó que se moviera.

—¿Qué diablos ha pasado?

La voz patinó. Carraspeó.

—Fue un accidente —repitió Adrian de nuevo.

Como un mantra.

Fredrik lo miró durante un breve instante. Después el mundo comenzó a dar vueltas y perdió el control. Se lanzó sobre Leo Stark, lo sujetó de los brazos e intentó insuflar vida en el cuerpo desmadejado.

Octubre de 2008

Intenté ordenar mis pensamientos.

—Si fue un accidente, ¿por qué Adrian no llamó a una ambulancia?

Fredrik se abrió de brazos. Detrás de él, a lo largo de toda la pared, había cajas de cartón de mudanza apiladas hasta el techo. Un sorprendente contraste con el resto del apartamento: ausencia total de cuadros, muebles y adornos.

—Desearía tener una buena respuesta para eso, Zack. Esa pregunta me ha atormentado durante doce años. Lo único que se me ocurre... Bueno, lo único razonable...

Cerró los ojos y respiró por la nariz.

—¿Que no fue un accidente?

Fredrik abrió los ojos y me miró fijamente. Después asintió levemente y apretó los labios, que habían perdido el color.

—Ni siquiera recurrió el fallo. Lo condenaron por motivos muy endebles. El tribunal de apelación seguramente lo habría exculpado. Si fuera inocente, por lo menos habría apelado, ¿no crees?

Poco a poco me fui dando cuenta de lo que eso significaba.

—En ese caso, tú serías su cómplice. ¡Tú lo ayudaste!

Fredrik esquivó la mirada.

—Pensé que por fin Adrian me tomaría en serio. Deseaba tanto ser su amigo. ¿Cómo podía decirle que no? —Movió la cabeza y se rascó el cuello—. Me he sentido muy mal. Adrian me pidió que mintiera en los interrogatorios, y yo solo deseaba complacerlo. ¿Crees que habría cambiado algo si hubiera contado la verdad?

—Para ti sí —dije pensativo—. Tú te libraste.

—No sé si se puede decir que me libré.

Alzó una mano. Le temblaba todo el brazo.

—Pero ¿qué sucedió después? —pregunté—. Cuando yo llegué a casa de Leo no había luz y estaba vacía.

Asintió.

—Adrian sabía que estabas en camino. Ya te había llamado, pero se dio cuenta de que hacía falta un coche. Esa fue la razón de que me llamara a mí también.

—¿Para trasladar el cuerpo?

Fredrik ocultó el rostro entre sus manos.

—Adrian me dijo que no mirara a Leo. Metimos el cuerpo en unas bolsas de basura y después los dos cargamos con él escaleras abajo. ¡Joder, fue horrible!

Sonaba tan irreal. Durante todos estos años esa noche fue un espacio vacío en mi mente. Infinidad de veces me había imaginado posibles escenarios y me figuré que saber lo que sucedió realmente me proporcionaría cierta paz. Ahora sentía cualquier cosa menos paz.

—¿Y Li? ¿Ella también participó?

Fredrik negó con la cabeza.

—Se quedó todo el tiempo sentada, paralizada en el sillón. La oí gemir y llorar, pero no dijo nada.

Esto era demasiado. Así que no solo Adrian, también Fredrik y Li. Los tres habían estado allí.

—¿Y Betty? ¿Dónde estaba Betty?

—Betty ya se había ido en bici a casa. De hecho, todo empezó con Betty. Leo se metió con ella. Estaba fuera de sí porque habían rechazado su manuscrito, y por alguna razón le echaba la culpa a Betty.

—Pero ¿y todo ese rollo sobre que Betty era la autora? ¿Intentasteis culparla?

Fredrik apartó la mirada.

—No, no, eso fue idea de Adrian. Ha estado encima de mí desde que has vuelto y dijiste que ibas a escribir esta historia. No sé por qué, pero quería que Betty apareciera en el libro. Dijo que sería ella o yo.

—¡Joder!

—Dijo que era por el bien del libro.

—¿Libro? Esto no es ficción, Fredrik. ¡A la mierda el libro!

Pareció como si se avergonzara. Me miró con una pregunta reflejada en el rostro.

—Aunque hay una cosa que no consigo comprender —dije—. ¿Cómo pudo llegar mi ADN al interior del reloj de pulsera de Leo? ¿Podría estar Adrian también detrás de esto?

Intenté ordenar mis pensamientos. De repente me encontraba en medio de un *thriller* realmente malo. El único atenuante, claro, era que tanto al público en general como a los departamentos de marketing de las editoriales esto les iba a gustar. En ese punto tenía que darle la razón a

Adrian. *El asesino inocente* acabaría en la lista de éxitos. Sin embargo, tenía que revisar el título.

Fredrik me acompañó a Veberöd como apoyo moral. Era lo menos que podía hacer.

—¡Ya no eres hijo mío! —gritó mi madre antes de que nos quitáramos los zapatos—. Y tú, desgraciado, no eres bienvenido. ¡Ahora comprendo por qué te echó de casa tu mujer!

—Pero, mamá…

—¡Vale ya! No comprendes la humillación que me has hecho pasar. Todo el barrio estaba en la calle mirando mientras la policía invadía mi hogar. Estuvieron revolviendo todo durante más de una hora.

Sus ojos echaban chispas. No la había visto tan enfadada desde mediados de los años ochenta, cuando asesinaron a Bobby Ewing. Tuve la precaución de mantenerme, por lo menos, a un brazo de distancia.

—Estoy tan indignado como tú, mamá. Soy completamente inocente, pero afirman haber encontrado mi ADN en el cuerpo de Leo Stark. Parece como si alguien quisiera implicarme.

Le dirigí una mirada elocuente a Fredrik, que retrocedió de inmediato. Su expresión resultaba culpable y lastimosa al mismo tiempo.

—Pero ¿por qué? —dijo mi madre, realmente sorprendida.

—No estoy seguro todavía. Pero voy a averiguarlo.

Ella rompió a llorar y me atreví a acercarme un poco, incluso alargué la mano y le toqué el codo.

—¿Qué pasará ahora con tu libro? —dijo entre lágrimas—. ¿Y quién va a querer casarse contigo después de esto?

Fredrik se quedó a pasar la noche. No paró de dar vueltas, como si el colchón de mi antigua habitación ardiera. Desde donde yo estaba, sentado al escritorio, seguí su respiración jadeante y sus profundos suspiros. Al mismo tiempo escribía, una y otra vez, la primera frase del capítulo 27. Borraba y comenzaba de nuevo, maldecía en todos los idiomas que conocía y, antes de que los periódicos de la mañana comenzaran a resonar en los buzones de las casas de la calle de mi madre, decidí cuatro veces que yo no era escritor, que mi manuscrito era basura y que *El asesino inocente* nunca llegaría a nada.

Cuando me desperté, cerca del mediodía, creí saber exactamente cómo se había sentido Leo Stark ante su manuscrito.

—¿También te costó conciliar el sueño?

Fredrik estaba sentado a la mesa y toqueteaba su teléfono móvil.

—¿No deberías estar trabajando? —pregunté.

—Llamé y dije que estaba enfermo. Ahora mismo todo me supera.

Mi madre había dejado en la cocina un termo con café templado, unos sándwiches de pan de molde envueltos en film transparente y una nota en la que decía que se había mudado, por tiempo indefinido, a la casa que tía Margareta tenía en el campo. Al parecer, algún idiota de un tabloide vespertino había llamado preguntando por mi infancia.

—¿Crees que escribirán sobre esto? —preguntó Fredrik.

—Claro, joder. A la gente le gusta leer estas cosas.

El sándwich no sabía como en los años ochenta, aunque mi madre lo había untado con dos centímetros de mantequilla.

—Oye, anoche pensé en una cosa —dijo Fredrik—. Fue algo que leí en tu manuscrito, sobre la tarde del recital poético en la galería de arte. ¿Escribiste que Leo te golpeó?

—Me pegó.

—¿Es eso cierto? Quiero decir, ¿totalmente cierto?

Me sentí ofendido y alcé la voz:

—¡Cada palabra es cierta! Me dio un puñetazo en la nariz.

—¿Y sangraste?

Fredrik vio que yo empezaba a caer en la cuenta. Su sonrisa frugal contenía a partes iguales expectativa y legítima satisfacción.

—¿Quieres decir que...?

—En efecto —dijo Fredrik—, tu sangre.

—¿Pudo haberse quedado en su reloj? ¿Sangre que se secó en esa pequeña ranura? ¿Te refieres a eso? Parece demasiado inverosímil.

Fredrik estaba imperturbable.

—No me parece tan improbable.

—No, quizá no. La policía dijo que se trataba de un rastro minúsculo de sangre.

—Y en tu manuscrito escribiste que la sangre chorreó. ¿Podría estar relacionado?

—Estaba convencido de que alguien quería involucrarme.

Fredrik no dijo nada, pero vi en sus ojos que era un escenario de lo más factible.

—Después de todo, alguien ha desenterrado el cuerpo —insistí—. Eso no lo puedes negar.

Fredrik intentó decir algo, pero alcé la voz y me adelanté:

—No puede ser una coincidencia. El mismo día que visito a Adrian y hablo sobre mi manuscrito, alguien desentierra el cuerpo de Leo en el bosque. ¡Claro que han querido ponerme una trampa!

Fredrik se mordió el labio inferior. Pareció querer decir algo importante. Le di tiempo y esperé, pero no dijo nada.

—Salgamos —dije al fin—. Tengo algo que hacer.

Fuimos a la estación de servicio. En efecto, los dos periódicos vespertinos dedicaban sus titulares al asesinato del escritor. En uno se decía que la policía estaba a punto de resolver el caso, y en el otro me presentaban como periodista y antiguo empleado de la competencia. Fredrik se detuvo y se quedó mirando algo fijamente, con cara de horror.

—Espera un momento.

Su móvil estaba sonando y se lo sacó del bolsillo del pantalón, observó la pantalla y me hizo una señal con la mano para que continuara.

—Adelántate tú.

Mientras Fredrik contestaba con su voz más suave y aterciopelada, entré en la tienda. Sin mirar a mi alrededor, me fui derecho al expositor de los periódicos al mismo tiempo que Malin Åhlén giraba en la estantería que estaba delante de mí, y apenas unos centímetros nos salvaron de una colisión frontal.

—Vaya —dijo, y esbozó una sonrisa—. ¿Eres tú?

Me miró con intensidad y se me enterneció el corazón. Entonces descubrí los titulares de los periódicos: nuevas sospechas, registro de vivienda en zona residencial. Me di la vuelta con brusquedad y me dirigí a la máquina de café. Mientras me servía café hirviendo en un vaso de papel, intenté mirar de reojo a Malin Åhlén. A lo lejos, junto a la estantería de las chucherías, se oían las risas de un grupo de quinceañeras. Me habían reconocido y me miraban con escepticismo. Un muchacho que al parecer había introducido la barba *hipster* en Veberöd pasó a mi lado y también me miró. Esas desagradables miradas por todas partes...

—¿Quieres algo más? —preguntó Malin Åhlén cuando puse el café sobre el mostrador—. ¿Tal vez un bollo para el café?

Me miró fijamente y volvió a sonreír. Pero en esta ocasión me di cuenta de algo nuevo en su sonrisa, un gesto mínimo, aunque muy significativo. Era un gesto antipático, algo arrogante, tal vez una especie de revancha.

—¡Que pases un buen día! —dijo en un tono excesivamente jovial.

Me apresuré hacia la salida y oí que las quinceañeras susurraban a mi espalda. Lo sabían todo, claro. ¡Ya lo sabían todos! En realidad, Veberöd no tenía más habitantes que el aforo del Gallerian un sábado por la tarde.

Eché un vistazo a mi alrededor. Fredrik estaba apoyado contra la pared un poco más allá, y cuando fui hacia él a paso rápido, el café se derramó y me quemó la mano. Maldije con palabras obscenas y Fredrik me miró. Fue entonces cuando descubrí que lloraba.

Estaba allí de pie llorando.

—Pero ¿qué ha pasado?

Se sorbió los mocos, se secó los ojos con las palmas de las manos y apretó los labios.

—¿No has comprado el periódico?

—Está en la red.

Asintió pensativo.

—Pero ¿qué ha pasado, Fredrik?

Intenté tranquilizarme. Él seguía sollozando, me miró reflexivo y se rascó la cara.

—Era Cattis. Estaba destrozada. Lo nuestro ya no tiene arreglo. Ahora sí que ha terminado todo.

No sabía qué decir. Primero me sorprendió que él todavía tuviera esperanzas porque se habían separado hacía tiempo y, según lo veía yo, eso era definitivo. Pero después pensé en Caisa y lo comprendí a la perfección.

—La policía ha pasado por Bjärred —continuó Fredrik—. Registraron la vivienda, toda la casa, el almacén y el garaje. Encontraron unas herramientas y unas palas y se las han llevado.

Fredrik agachó la cabeza y derramó nuevas lágrimas. Me quedé de piedra y alargué una mano consoladora, pero no supe dónde colocarla.

—Tengo miedo —dijo en voz baja.

—Todo se arreglará, Fredrik. No tienen nada contra ti.

Las lágrimas dejaron de correr y levantó la mirada.

—Yo fui el que desenterró el cuerpo.

—¿Qué coño dices?

Ahora estaba completamente pálido.

—Me embargó un pánico total. Parecía como si toda mi vida se derrumbara. Mi matrimonio se estaba yendo al carajo y de repente apareces tú y dices que vas a escribir un libro sobre Leo Stark. ¿Y si a Adrian se le hubiera ocurrido contar la verdad? ¿Y si revelaba dónde estaba el cuerpo? Vi cómo toda mi vida se iba a la mierda. ¡Sentí pánico, conduje hasta el bosque en mitad de la noche y lo desenterré!

No entendía nada.

—Pero ¿en qué estabas pensando?

—¡No pensaba en absoluto! O tal vez pensé en mover el cuerpo de sitio, para que nadie más que yo supiera dónde estaba. Tenía miedo de Adrian y de lo que pudiera contarte.

—¿Y qué pasó entonces?

—No fui capaz. Estaba cavando en el bosque; la oscuridad me rodeaba y mi paranoia fue en aumento. Me puse tan histérico que me largué corriendo de allí.

—¡Joder, Fredrik!

Eso fue lo único que se me ocurrió decir.

—Ahora la policía ha encontrado la pala.

Me rogó, buscó alguna clase de consuelo, pero mi único compromiso fue apretarle con más fuerza el brazo. No pensaba soltarlo.

El *asesino inocente*
de Zackarias Levin

27

24 de enero de 1997

Fredrik había regresado a casa y Betty estaba detenida por asesinato. El cielo estaba tan alto que parecía infinito, y cuando apoyé el cuello sobre el respaldo del banco del patio interior de Grönegatan y vi todo ese azul, me embargó tal vértigo que estuve a punto de caerme de espaldas.

Adrian y Li Karpe me preguntaron cómo estaba y parecían realmente interesados cuando examinaron mi rostro de cerca.

—Tienes que permitirte estar triste —sentenció Adrian.

Li Karpe le sujetaba de la mano.

—La echo de menos —dije—. Y si...

—Jonna es una buena chica —insistió Adrian—, pero hay muchas otras, Zackarias. Eres joven y estás vivo.

No comprendió que me refería a Betty.

—¿Por qué ha roto? —quiso saber.

—Probablemente fuera lo mejor.

Tanto Adrian como Li Karpe asintieron.

Apenas habían pasado unas horas desde que Jonna soltara la bomba. Ella y yo nos habíamos quedado en la ciudad después de la clase de Creación Literaria. Estábamos bebiendo unos capuchinos, con mantas de lana sobre las rodillas y una vela encendida entre nosotros, cuando dijo:

—Esto ya no funciona.

Después, durante una hora o dos, le dimos vueltas a la misteriosa desaparición de Leo y llegamos a la conclusión de que Betty era inocente, y Leo, con toda seguridad, había desaparecido por voluntad propia y pronto resurgiría como salido de una caja sorpresa.

—¿Qué es lo que no funciona? —pregunté.

—No lo sé —dijo Jonna, pero daba la impresión de que lo sabía perfectamente y solo intentaba ganar tiempo.

—¿He hecho algo mal? —dije.

—No, no a propósito. Pero creía que tú serías... diferente.

Ella perdía el hilo una y otra vez, y yo insistía con terquedad, exigía explicaciones y respuestas.

—Me gustaba tanto lo que escribías...

—¿Escribía?

—Sí, tus textos. ¡Son fantásticos!

—Pero ¿mi personalidad no alcanza los mismos estándares?

Apartó la mirada.

El sentimiento era recíproco. Por supuesto que era lamentable haberla decepcionado, pero al mismo tiempo me daba vértigo haber conseguido inscribirme en su corazón. Que quisiera dejarme no me afectó en absoluto. Mis sentimientos eran, por decir algo, tibios.

—Deberías enviarlos a una editorial —dijo a continuación.

En ese preciso instante sentí deseos de acercarme y abrazarla. Mientras yo dominaba ese impulso, Jonna inclinó la cabeza y se lamentó.

—Lo siento, Zack, pero así están las cosas. Los enamoramientos se acaban y hay que continuar.

No pude reprimir una gran sonrisa espontánea.

—Entonces ¿estabas enamorada de mí?

Me fulminó con la mirada con un gesto de confusión.

—Pues claro. ¿Tú no?

—Quizá —dije, y me encogí de hombros. Sobre todo por fastidiar, pues sabía que eso le dolería.

Caminamos juntos hacia la estación, a pesar de que me pidió expresamente que no la acompañara. Yo deseaba mostrarle que me necesitaba, que yo cumplía algún tipo de función. Dije cosas que sonaron inteligentes y especiales, pero ella apenas me escuchaba.

—Gracias de todas formas —dije cuando el tren entró en el andén.

—¿Gracias?

—Sí, por el tiempo que hemos pasado juntos.

Le tendí la mano, pero ella tiró de mí y me abrazó. Me quedé allí, completamente vacío, y miré cómo subía al tren. Me miró por encima del hombro de una manera diferente. La situación había cambiado. Solo existíamos en pretérito. ¿Y quién puede identificarse con un enamoramiento o una pelea de boxeo cuando se conoce el resultado?

Ninguno de nosotros podía conciliar el sueño. Pusimos *Rain Dogs* en el tocadiscos de Adrian. El viento rugía bajo el resplandor de las farolas. Cuando Tom Waits descansó su voz y Adrian le dio la vuelta al LP, los quicios de las ventanas parecían susurrar una oración. Después se puso a llover, primero como un suave aplauso y luego como martillazos contra el tejado de la escuela catedralicia. Aunque enero acababa de empezar, se presentía un final fatídico y pesado, como si lo que veíamos que se llevaba la lluvia fuese el invierno.

Estábamos sentados en el marco de la ventana y expulsábamos el humo hacia el techo. La mano de Li Karpe reposaba sobre el muslo de Adrian, pero hacíamos que no lo veíamos.

—¿Creéis que Leo volverá?

Li y Adrian se miraron entre sí.

—Seguro —dijo Li—. Habrá tenido la ocurrencia de largarse a Italia, Francia o a cualquier otro lugar.

Al parecer fue el editor de Leo quien denunció su desaparición. Justo antes de Epifanía, cuando Leo recibió su manuscrito de vuelta con la nota de que no sería publicado, el editor había concertado una reunión con él en Lund unas semanas después. Como Leo no se presentó, el editor se preocupó y fue a su casa.

—¿Así que la policía entró en su casa?

—Eso parece —respondió Adrian.

—Cuando me interrogaron, dijeron que habían encontrado un manuscrito de Leo, supongo que sería el último. Querían saber si lo había leído. Parece que hay algo en ese manuscrito que ha levantado sospechas.

—Algo sobre Betty —dijo Adrian pensativo.

Al momento siguiente Li se bajó de la ventana y apenas le dio tiempo a poner la cabeza sobre la almohada antes de que entrara en un sueño profundo. Permanecimos sentados y la observamos como si fuera un cuadro. Adrian me miró de reojo, la lluvia arreció y la música se ahogó en el estruendo.

Adrian se acostó junto a Li Karpe, tan cerca como pudo, sin tocarla. Me sentí como un mirón y desvié la vista a la calle. La lluvia caía como una cama de clavos a la altura de la rodilla, olas que azotaban la acera y limpiaban la calle. Volví a mirar a Adrian, ya estaba dormido. El LP se había acabado pero el tocadiscos seguía girando con la aguja raspando el borde de la etiqueta.

Octubre de 2008

En la estación de servicio decidimos coger un taxi; cada uno miraba por su ventanilla en silencio. Tomamos Fjelie-vägen para salir de la ciudad, la carretera 16 hacia Bjä-rred, la E6 hacia el pueblo de Flädie. Nos detuvimos ante la luz roja en el paso a nivel con barreras y miré a Fredrik.

—¿Adrian te ha amenazado? —pregunté—. No creerás que él...

—No, no le tengo miedo a Adrian. —Negó con la cabeza.

Todavía me resultaba difícil imaginarme todo lo que me había contado. Fredrik Niemi conduciendo su 4 × 4 por el bosque en mitad de la noche para desenterrar el cuerpo que había enterrado doce años antes. Era obvio que Adrian lo había llamado la tarde que estuve con él en la casa en ruinas de Flädie y le dejé leer mi primer capítulo. Luego, Adrian le habló de mi manuscrito, le explicó a Fredrik lo bueno que era y que por fin, de una vez por todas, quedaría libre de toda sospecha.

—Hablaba como si yo no hubiera estado allí aquella noche, como si él fuera inocente —dijo Fredrik—. Resultó muy desagradable, y no me atreví a decir nada.

—¿Por qué no?

—Pongamos que no se acuerde de nada. Que de alguna manera lo haya reprimido todo. Tal vez creía que era inocente de verdad.

—Es inverosímil.

—¿Hay algo que no sea inverosímil en todo este jaleo? —añadió Fredrik.

Nos reímos. Aunque fue una risa nerviosa y pasajera, fue una risa al fin y al cabo.

—Puede haber otra razón —dije, y me mordí el labio con cuidado.

Fredrik me miró fijamente.

—¿Qué quieres decir?

—Que Adrian sea inocente.

Bajamos del taxi un poco antes de llegar a la casa. Nos quedamos ahí parados observando cómo las luces traseras se volvían más pequeñas en el estrecho sendero, para finalmente disolverse entre los campos donde el camino doblaba por una hondonada. En el prado pastaban dos caballos curiosos que resollaron, la E6 cantaba en la distancia, y la extensión de la calma solo era rota por una bandada de gansos cuyas alas hicieron que el aire vibrara.

—Pero si no fue Adrian...

Fredrik estaba quieto y movía la cabeza. Parecía tan pequeño ante el extenso paisaje, como un punto en el universo. El cielo era eterno y el horizonte, lejano.

Su pregunta quedó flotando en el aire mientras caminamos hacia la casa por el sendero. Adrian ya se encontraba en la ventana y nos miraba. Tal vez porque tenía motivos para ser cuidadoso rayando en lo paranoico o porque, sencillamente, por aquí era muy raro ver peatones.

—¿Traes el manuscrito? —Fue lo primero que dijo.

Había algo hilarante en él, una sonrisa despierta en la comisura de los labios y sus ojos resplandecientes de emoción.

Pasé por alto la pregunta, di dos grandes zancadas en el pasillo para evitar que las suelas de mis zapatos fueran perforadas por algo afilado que pudiera estar oculto entre la basura del suelo. Fredrik me siguió. Adrian se quedó parado junto a la puerta y nos fulminó con la mirada.

—¿Qué coño pasa? —dijo—. ¿Ha ocurrido algo?

—Somos sospechosos de asesinato —dijo Fredrik.

Dicho así sonaba ridículo, y la reacción de Adrian fue bastante lógica, aunque por el momento no lo apreciáramos en absoluto. Soltó una carcajada.

—¿En serio?

Luego se acercó al sillón y se sentó en el reposabrazos, sacudió la cabeza en un gesto afirmativo y le cambió la expresión: apretó los labios y una arruga se cruzó en su frente.

—No es cierto —murmuró.

—Es cierto —dijo Fredrik.

Yo ya no estaba seguro de qué significaba ese concepto.

Le dije a Adrian que la policía había encontrado mi ADN en el cuerpo de Leo. Le conté todo de principio a fin: el interrogatorio y el registro domiciliario y mi noche en el calabozo, al mismo tiempo que intentaba descifrar sus reacciones.

—Esto es una locura —resumió la situación.

Aun cuando nada en su comportamiento indicaba que él pensara otra cosa, a estas alturas comprendí que Adrian poseía tantos rasgos antisociales que era mejor no fiarse.

—Durante un tiempo pensé que fuiste tú el que puso mi sangre en el cuerpo —dije.

Adrian dirigió una mirada furtiva a Fredrik y se hizo el sorprendido, todo de cara a la galería.

—Puedes estar tranquilo —dije—. Ya sé que fuisteis vosotros los que enterrasteis el cuerpo esa noche y que Fredrik intentó cambiarlo de sitio.

Adrian se puso en pie. Su cuerpo no emitía ninguna amenaza, solo estaba a la defensiva. Miró a Fredrik buscando su complicidad, pero no le sirvió de mucho. Fredrik dio un paso hacia mí para mostrar de qué lado estaba. Lo miré y me armé de fuerza.

—¿Por qué intentaste que sospechara de Betty? —pregunté.

Adrian dio un paso atrás.

—Fue solo por el libro —dijo, y pareció dudar en su respuesta.

—¿Qué? ¿Qué quieres decir?

—Solo pensé en el libro. Se necesitaba otro sospechoso, incluso unos cuantos, para que tu enfoque funcionara.

Bajó la voz y pronunció las últimas palabras muy despacio.

—Se trata solo de un libro —dijo Fredrik.

Tanto Adrian como yo lo miramos sorprendidos.

—Deseaba poner las cosas en marcha, Zackarias. Lo veía todo como un proceso de marketing. Quería que renaciera el interés por el caso. —Adrian agitó los brazos—. Fue por el libro. Ya he hablado con un par de editoriales que se han mostrado interesadas.

—¿Qué dices que has hecho?

Adrian bajó la mirada como un niño desobediente.

—Creo que me dejé llevar un poco. La idea me absorbió —dijo—. No os imagináis lo que es no hacer nada de nada durante más de diez años. Las personas están hechas para actuar. He sentido cómo me marchitaba cada día que pasaba, así que cuando viniste aquí y me hablaste del libro...

Fredrik y yo nos miramos. ¿Hasta qué punto era cierto?

—No habrá libro alguno —dije—. Paso de todo esto.

—¡No! —exclamó Adrian—. ¡No puedes hacer eso!

—No soy escritor. Ese manuscrito solo ha ocasionado problemas. Ahora empiezo a comprender cómo se sentía Leo Stark.

—Pero si es muy bueno —dijo Adrian—. Es una novela redonda.

—Ni siquiera es una novela. Es un revoltijo de textos, una madeja de verdades y especulaciones. ¿Cómo voy a ser capaz de desenmarañar todos los hilos?

—¡Te ayudaremos! Todos nosotros tenemos formación en creación literaria. Recrearemos los grupos de discusión y analizaremos el texto.

A pesar de lo angustioso de la situación no pude dejar de reírme. Adrian pareció molesto, como si no lo hubiera dicho en broma.

Fuera como fuese, el ambiente se destensó un poco y nos sentamos. Adrian parecía realmente arrepentido. Dijo que nunca tuvo intención de hacerle daño a nadie, que nunca pensó que la cosa fuese a acabar así. Por supuesto que debería haber dudado, cada fibra de mi cuerpo gritaba que debía dudar de él y, sin embargo, solo sentía simpatía. Por primera vez, las imágenes de Adrian encajaban:

por un lado, el muchacho errático de pelo alborotado con un paquete de cigarrillos que me encontré el primer día en Lund delante de la biblioteca de la universidad; por otro, el recluso cansado y resignado que se había aislado en una choza al margen de la sociedad. Por muchas vueltas que le diera, Adrian Mollberg significaba muchísimo para mí.

Fredrik dijo que le preocupaba que los técnicos de la policía encontraran algo comprometedor entre las cosas requisadas en el garaje de Bjärred, pero Adrian intentó calmarlo y hasta se ofreció a hablar con el comisario Sjövall.

—Limpiaste la pala, ¿verdad?

—La limpié y la lavé —dijo Fredrik—. Pero si han encontrado una gota de sangre en el interior de un reloj después de doce años, seguro que...

Adrian posó una mano en su brazo e insistió en que estuviera tranquilo. No estábamos hablando del CSI.

—¿Has escrito más desde la última vez? —me preguntó.

—Bastante. En ocasiones, con mucha fluidez. Veintisiete capítulos en total.

—No está mal —respondió Adrian—. ¿Puedo leerlos?

A pesar de que un momento antes estaba completamente seguro de que no habría ningún libro, que nunca conseguiría sacar nada de ese texto, no pude resistirme a la petición de Adrian. Estaba muy emocionado, y yo quería ver su mirada mientras lo leía, deseaba oír sus comentarios. Anhelaba una respuesta.

—Está sin corregir —dije, y saqué mi ordenador portátil.

—Ja, ja, ja, no te preocupes —dijo Adrian, que apenas podía dominarse.

Mientras leía, Fredrik y yo permanecimos sentados el uno frente al otro y mantuvimos una especie de conversación en silencio por encima de la cabeza de Adrian. Miradas, asentimientos y pequeños gestos. Lo interpreté como que ambos estábamos de acuerdo en darle una oportunidad.

Frente a la pantalla, Adrian tarareaba y susurraba, frunció la boca y afiló la mirada. Yo esperaba impaciente.

—No —dijo al fin, y alzó la vista.

Sentí un pinchazo en el pecho. ¿No le gustaba?

Adrian se rascó debajo del mentón, y volvió a leer en la pantalla.

—Hay una serie de cosas que no concuerdan —dijo.

Fredrik lo observaba temeroso.

Yo empezaba a estar acostumbrado.

El *asesino inocente*

de Zackarias Levin

28

4 de enero de 1997

Adrian estaba sentado en la cama con la manta enrollada alrededor de las piernas. A su lado, Li yacía desnuda y desparramada. Toda la habitación olía a su unión.

La vergüenza y la culpa enviaron altas ondas a través de su cuerpo. Ese era el precio de la tensión que un poco antes lo había significado todo.

Mientras lo estaban haciendo, había oído varias veces la conversación de Betty y Leo a través de la pared. Pero Li solo se había reído. Cuando se corrió, se llevó la mano a la boca para amortiguar el sonido.

Ahora la hizo callar de nuevo y Li respondió besándolo. Apenas una pared ocultaba su secreto. Al otro lado, en el salón, Leo y Betty hablaban a voces. Las punzantes palabrotas de Leo Stark y los gritos de Betty crepitaban en un sibilante aullido.

Corrían por el salón. Betty lloraba y chillaba. ¿Leo la perseguía?

—Tengo que hacer algo —dijo Adrian.

Salió apresurado de la cama y se puso los pantalones.

—Espera —dijo Li.

Pero Adrian no se atrevió a esperar más. Tenía miedo.

—¿Qué pasa? —gritó al abrir la puerta.

El tumulto se detuvo de repente. Leo y Betty lo miraron de hito en hito.

—¿Adrian? —dijo Betty aterrada.

—Esto no es asunto tuyo —dijo Leo Stark, e intentó agarrar a Betty.

Ella se zafó y corrió por el salón con Leo detrás. En sus brazos llevaba un fajo de papeles que parecía querer proteger. Leo se tambaleó, su mirada se detuvo y sus manos buscaron a Betty, que consiguió mantenerse a salvo con facilidad.

—¡Detente, joder! —exclamó Leo.

Betty lo miró sofocada. La camiseta se le había bajado por un hombro y dejaba al aire su clavícula. Permanecía inmóvil con los papeles apretados contra el pecho.

—¿Por qué me haces esto? —dijo Leo, y se dirigió hacia ella.

Betty retrocedió y Leo se acercó en un baile lento. Sus miradas estaban clavadas la una en la otra, ya solo jadeaban. Y justo cuando los talones de Betty tocaron la pared, en el mismo instante en que Adrian fue consciente de lo crítico de la situación, Leo lanzó su ataque.

Todo fue muy rápido. Leo se abalanzó, sus manos rodearon el cuello de Betty y después la empujó con todas sus fuerzas contra la pared. Ella dejó caer el manuscrito y un centenar de hojas mecanografiadas se deslizaron y se esparcieron por el suelo.

Adrian fue junto a Leo y tiró de él, mientras que los ojos de Betty se agrandaban y su rostro se volvía morado.

—¡Suéltala, Leo! ¡Suéltala, joder!

Pero no conseguía apartarlo y los segundos corrían. Los pies de Betty colgaban en el aire, los tendones de su cuello pasaron del verde al lila, estaban a punto de explotar contra la piel, y de entre los labios le caía saliva.

Adrian, desesperado, buscó ayuda con la mirada a su alrededor. Gritaba con todas sus fuerzas, no emitía ninguna palabra, tan solo gritos. Tenía que hacer algo. ¡Ya!

Junto a la chimenea estaban los utensilios de hierro forjado. Adrian corrió hasta allí y cogió un atizador. Lo sujetó con las dos manos y tomó impulso hacia la espalda de Leo.

Vio la agonía reflejada en los ojos de Betty, escuchó un silbido procedente de su garganta… Adrian alzó el pesado atizador por encima del hombro de Leo. Se le nubló la vista. Un solo *swing*, un golpe potente que lo alcanzó en la nuca y postró a Leo de rodillas.

Betty se desplomó lentamente por la pared con la mirada fija en el techo, respiraba con dificultad. Pero Adrian enseguida la socorrió con manos cuidadosas y el corazón desbocado. Los ojos de Betty adquirieron poco a poco su tamaño natural, la piel cambió de lila a azul, a rojo y a rosa, hiperventiló y tuvo algunas arcadas. Adrian la abrazó hasta que se derrumbó sobre él y rompió a llorar.

Betty, Adrian y Li estaban sentados en el salón y escuchaban sus respiraciones. Lentamente fueron encontrando su ritmo habitual. El único que no parecía recuperarse era Leo, que seguía tumbado con la frente en el suelo y no paraba de gemir.

Después de una breve deliberación decidieron llevarlo al dormitorio. Le dieron la vuelta en el suelo y entre todos lo cargaron hasta la cama. Él los miró con ojos lastimeros y alzó despacio una mano hacia Betty, como si le suplicara algo.

Cerraron la puerta y se sentaron en el sofá. El manuscrito de Leo seguía esparcido por el suelo formando un gran abanico de hojas sueltas, pero ninguno tuvo fuerzas para recogerlo.

Adrian se acercó con cuidado a Betty y le tendió una mano conciliadora, que ella apartó sin contemplaciones. Li Karpe los observó alternativamente con una vaga sonrisa en los labios.

Después de un rato, Betty se puso de pie, se tambaleó sobre los talones e intentó encontrar algo que hacer con las manos: el bolsillo de los vaqueros, el bolsillo trasero, las mejillas, el flequillo.

—Voy a entrar a echar un vistazo —dijo.

Adrian le dirigió una mirada penetrante.

—No podemos dejarlo ahí tumbado —insistió Betty—. ¿Y si está gravemente herido?

—¡Ha intentado matarte!

Betty dio media vuelta y balanceó la parte superior del cuerpo.

—Es Leo —añadió ella—. Se siente tan frustrado que a veces explota. Este manuscrito ha sido una pesadilla para él.

Adrian negó con la cabeza.

—Me quedaré con él un rato —dijo tajante, y se encaminó despacio al dormitorio.

Adrian y Li se miraron. Seguía picándoles el ambiente de violencia y venganza. Li tomó la mano de Adrian. Él buscó de nuevo a Betty, pero la puerta del dormitorio permaneció cerrada.

Adrian luchó en balde contra el deseo que lo asaltó de nuevo cuando Li se inclinó y respiró en su cuello. La mano de ella se movió despacio sobre su muslo y él capituló. No podía controlar su propio cuerpo. Li Karpe era su dueña.

—¿Bajamos? —susurró ella, haciendo un gesto hacia la escalera con una mirada solícita empapada en nostalgia. Y antes de llegar al último escalón ella tenía los brazos alrededor de su cintura.

Oyeron a Betty bajar de puntillas por la escalera. Sus pasos lentos se detenían para sopesar el siguiente movimiento. Adrian y Li estaban tumbados en silencio y escuchaban. Cuando Betty alcanzó el parqué del recibidor, la frecuencia de sus pasos aumentó a pequeños impulsos, apenas audibles, como si solo apoyara los dedos en el suelo.

En un segundo, Adrian tomó una decisión. Se subió los pantalones y se puso el jersey forzándolo por la cabeza, abrió la puerta del dormitorio y encontró a Betty en el recibidor. Acababa de meter un brazo en la manga de su chaqueta y cuando vio a Adrian actuó como si la hubieran pillado por sorpresa.

—Está durmiendo —dijo ella.

Había tantas cosas que decir, pero Adrian no sabía por dónde empezar. Betty se puso en cuclillas delante de la puerta de la calle y se ató los cordones de las botas.

—Necesita dormir —dijo ella—, y yo también.

Adrian se quedó en la puerta y vio cómo ella abría el candado de su bicicleta. Se despidió de él en la calle con un guante de lana en la mano, el manillar se tambaleó y consiguió, por los pelos, que la bicicleta no se cayera al suelo.

Adrian regresó con Li. Subieron la escalera, pasaron por encima del manuscrito de Leo y después se tumbaron medio vestidos en el sofá. Pusieron el disco *På andra sidan drömmarna* («Al otro lado de los sueños»). Estuvieron de acuerdo en que Lundell estaba insuperable, a pesar de que a ambos les encantaba *Måne över Haväng* («La luna sobre Haväng»). Ahora hablaban de mudarse a Connemara, como si ese lugar siempre hubiera existido en su conciencia.

Li había leído *Estrellas sin trampa* y estaba indignada por toda la especulación sobre la personalidad de Kaja y los posibles modelos de lo que ella, en un tono de burla, llamaba «la auténtica vida».

—Estamos a punto de matar la ficción. El diálogo tiene que fluir —dijo, sin darse cuenta de que su razonamiento pasaba por la cabeza de Adrian.

Después de una hora o dos, ella quiso ir a ver cómo estaba Leo. Para estar segura. Adrian estaba medio dormido con un cuaderno pegado a la mejilla, el CD 2 volvía a sonar y frases inconexas, melodías y estribillos resonaban en su cabeza.

Se había quedado dormido, claro. Le resultaba imposible saber cuánto tiempo había pasado envuelto en sueños, unos minutos o unas horas, pero se despertó cuando desde la puerta Li le gritaba que tenía que ir, que necesitaba ayuda. Decía tonterías y frases que no entendió, cosas como que no podían dejarse llevar por el pánico, aunque todo apuntaba a que ese era justamente el estado en el que ella se hallaba.

La puerta del dormitorio estaba abierta de par en par. Li fue la primera en entrar, se detuvo junto a la cama y señaló. Adrian todavía seguía bajo la influencia del sueño.

Leo Stark yacía inmóvil en medio de su cama. Parecía dormido.

—¿Qué pasa, Li? ¿Qué ha ocurrido?

—¡No respira!

Adrian sintió que su cuerpo se diluía. Todo su peso se desplomó hacia el suelo y se disolvió. No podía sentir ni sus propias piernas.

A un lado, Li cruzó los brazos por encima de la cintura y murmuró algo que recordaba una oración.

Adrian respiraba con dificultad por la nariz. Apretó la mano contra su boca y dejó que sus pensamientos volaran adonde quisieran.

Nunca había visto un muerto, y mucho menos se había encontrado junto a uno. Cuando se estiró en busca de la muñeca de Leo, entrecerró los ojos para no ver. Tanteó con los dedos. Por más que lo buscó, no le encontró el pulso. Nada se movía, ni un ápice de vida.

Octubre de 2008

Nos dirigíamos hacia Hallandsåsen en el único vehículo que la policía no había confiscado, el de Adrian. Fredrik y yo íbamos sentados en silencio, a la espera, mientras Adrian hablaba sin darse tiempo para tomar aire entre las frases. Era como si quisiera compensar los doce años de silencio con una parrafada eterna y un goteo de nombres de artistas, escritores, nuevos pensadores interesantes. Tan pronto como sonaba una nueva canción en la radio, daba un salto en el asiento y subía el volumen.

—¡Tenemos que escuchar esta! ¡Es maravillosa!

Observé a Fredrik por el espejo retrovisor, y lo vi rígido a pesar de su inquieta mirada.

Avanzábamos por la E6 en ese cacharro oxidado por razones completamente diferentes. Fredrik y yo íbamos a ver a Li Karpe para limpiar nuestra reputación. Si lo que Adrian nos había contado era cierto, Li tenía varias cosas que aclarar. Adrian iba por otros motivos. Al principio, yo había dado por sentado que para él volver a encontrarse con Li Karpe sería una gran oportunidad, que cualquier excusa era buena para verla de nuevo. Pero poco a poco caí en la cuenta de que Adrian tenía otro motivo mucho más importante: mi manuscrito.

—Imagínate el último capítulo, quizá un epílogo, en el que Li Karpe lo revela todo: «La verdad sobre la desaparición de Leo Stark», o «La verdad sobre el asesino inocente».

Su entusiasmo era tan sospechoso como el de un vendedor ambulante que intenta endosarte una oferta irresistible y luego descubres que escondía un pacto con el diablo en la letra pequeña.

—Este libro tiene todo lo necesario para convertirse en un éxito de ventas —continuó exaltado.

Al parecer, había una editora en particular que había mostrado mucho interés y deseaba que yo le enviara el texto lo antes posible. Se trataba de una de las grandes, cuyo nombre yo conocía muy bien. Incluso él la había visto en un par de ocasiones, aunque nunca sobrio. La cuestión es que tenía fuertes razones para dudar de la veracidad de la gestión de Adrian, pero también tenía razones para, de momento, centrarme en cosas más importantes que mi manuscrito.

Cuando llegamos había dos coches aparcados delante de la casa de Li. En esta ocasión Fredrik me empujó hacia la verja, pero ahora ya sabía que los perros sobre los que advertía el letrero no diferían mucho de un montón de pelos en el plato de una ducha pública.

Se acercaron saltando sobre mis rodillas y los aparté con la mano. A la mitad del sendero empedrado vi una pelota de fútbol con forma de elipse entre los matorrales y la lancé por la hierba, de forma que los perros la persiguieron a ciento setenta por hora. La puerta principal se abrió frente a mí.

—Vosotros otra vez —dijo Li, en un tono no solo escéptico sino francamente despectivo—. ¿Qué queréis ahora? No tengo nada más que decir.

—Solo será un momento —dije.

Pero Li ni siquiera me miró.

—¡Tú! —exclamó, casi presa del pánico—. ¡Tú no puedes estar aquí!

Adrian se encontraba en el límite de la propiedad y esperaba con la mano en la verja.

—¡Llamaré a la policía! —gritó Li—. Estás incumpliendo la ley.

—¿Qué quieres decir? —preguntó Fredrik.

—Pero ¿no lo sabéis? —Li nos observó a Fredrik y a mí—. ¿No sabéis nada de la orden de alejamiento?

—¿Orden de alejamiento?

Al parecer, Adrian todavía no nos lo había contado todo. Aún se le podía dar una vuelta de tuerca a la verdad.

—Esto es una excepción —dijo Adrian—. En realidad, la prohibición no incluye contactos que, teniendo en cuenta las circunstancias, están obviamente justificados.

—¿Obviamente justificados? —dijo Li, antes Karpe—. ¿Qué circunstancias harían que esta visita estuviera obviamente justificada?

Adrian soltó la verja y se estiró.

—Estoy pensando sobre todo en el libro que Zackarias está escribiendo y que se publicará en una gran editorial. Un libro que revelará lo que le sucedió realmente a Leo Stark.

Li ni siquiera pareció impresionada.

—Ya he hablado con Zack de esto. No tengo nada más que añadir.

Fredrik fue a dar un paso al frente, pero los perros acababan de regresar con la pelota y mendigaban un nuevo lanzamiento empujando con el hocico. Se limitó a levantar una rodilla y dejó que saltaran en el aire.

—En realidad este libro me importa un bledo, pero Zack y yo somos sospechosos de asesinato, un asesinato que no hemos cometido. La policía ha requisado nuestros vehículos y Zack ha estado arrestado un día entero. Ya basta. La verdad tiene que salir a la luz.

Su frustración obtuvo un resultado inmediato. Li se tornó más complaciente. Miró por encima del hombro y sujetó la puerta para dejarnos pasar. Incluso Adrian se atrevió a pisar el sendero.

—¿Es cierto? ¿Sospechan de vosotros?

El rostro de Li dejaba traslucir las múltiples cavilaciones de su cerebro. Hinchó las narinas para llenar su pecho de aire.

—Está bien, entrad —dijo ella al exhalar.

Nos quitamos los zapatos sobre la alfombra del recibidor y Li nos invitó a pasar al interior.

—Esto es una locura —dijo ella—. Este caso ya se resolvió en los tribunales hace mucho tiempo. ¿Realmente pueden hacer esto?

Nos ofreció un café y fuimos a la cocina. Fredrik me miró y yo miré a Adrian y él miró a Li.

Se creó un extraño ambiente durante los diez minutos que Li estuvo preparando el café. Nosotros esperábamos sentados en silencio, mientras ella abría el armario, pescaba con una cuchara los granos de café, elegía la porcelana, cambiaba de opinión, y volvía a poner la mesa. Había algo fatídico en el ambiente, algo estremecedor. Como si nos encontráramos en medio del clímax. Como si diéramos saltos sobre un cuadrilátero tras haber sonado el gong. Si hubiéramos sido personajes de una novela estaríamos ante la resolución del conflicto.

Cuando sirvió el café y sacó los bollos de canela del microondas, Li por fin se sentó a la mesa, y fue como si toda la cocina tomara aliento.

—Ha llegado la hora de contar la verdad —dijo Adrian, y clavó la mirada en Li.

Ella se mostraba indiferente.

—¿Puedes contarla tú?

—Preferiríamos oírla directamente de ti —dije, e incliné la cabeza hacia ella, como diciendo «vamos», pero no parecía que Li tuviera intención de cooperar.

Adrian arqueó las cejas y nos miró a Fredrik y a mí.

—No hago esto por mí. Yo ya he pasado ocho años encerrado y ese tiempo no voy a recuperarlo. Tampoco creo en ninguna clase de rehabilitación. Pase lo que pase, en el ámbito legal yo siempre habré sido condenado. Mi vida no cambiará si se conoce la verdad.

—¿La verdad? —dijo Li, como si no supiera lo que significaba esa palabra.

Tal vez ninguno de nosotros sabía qué significaba.

—Lo hago por ellos —dijo Adrian, y nos señaló a Fredrik y a mí—. Tienen seres queridos que están sufriendo por esto. Ya han salido en la prensa. No quiero que pasen por lo mismo que yo. Tienes que contar la verdad, Li.

—¿De qué estás hablando? —respondió ella. Sus ojos parpadearon y su mano temblaba sobre la mesa. No recordaba haberla visto nunca tan vulnerable.

—La verdad —dijo Adrian—. Tú eres la única que conoce toda la verdad.

—No sé a qué te refieres. He contado todo lo que sabía. ¿Por qué tendría yo que saber algo que tú no sepas?

—Por favor, Li —dijo Adrian, y se inclinó hacia delante por encima de la mesa—. Hazlo por Fredrik y por Zackarias. Se lo merecen.

—Pero ¡para ya! Si Fredrik no se vio involucrado fue gracias a mí.

Se abrió de manos hacia Fredrik, que inmediatamente acaparó las miradas.

—Mentí por ti —dijo ella—. Nunca revelé que estuviste allí. ¿Qué creéis que oculto?

Ahora sus ojos estaban húmedos. Pensé que era cierto que se podía ser una nueva persona.

—¡Vale ya! —exclamó Adrian implacable—. ¡Cuéntanos qué pasó en el dormitorio! ¿Qué le hiciste?

Li se llevó la mano a la boca y una súbita luz vaciló en sus ojos.

—¿Hablas en serio?

Pasaron unos segundos. Después todo se precipitó. De pronto, Adrian se quedó paralizado. Se recostó contra el respaldo de la silla, su mirada vagó para afianzarse y murmuró, tartamudeó, pero no consiguió pronunciar ninguna palabra inteligible.

—¿Crees que fui yo quien mató a Leo? —preguntó Li—. ¿Crees realmente que fui yo?

Adrian miró con los ojos inexpresivos. Todavía era incapaz de pronunciar palabra.

Yo estaba petrificado. A mi lado Fredrik había palidecido y parecía que fuera a vomitar de un momento a otro.

—¿Has creído eso todo el tiempo? —dijo Li—. Te pasaste ocho años encerrado a pesar de que… Ni siquiera recurriste la sentencia. ¿Asumiste la culpa incluso creyendo que fui yo quien mató a Leo?

Adrian era un fantasma.

—Creía que lo sabías. Creía que lo habías entendido.

—¿Pensaste que te sacrificabas por mí? —Li no podía posar la mirada en ninguna parte. Sus manos buscaban a tientas algo a lo que aferrarse—. ¿Así que esa era la razón de que no me dejaras en paz? Creías que estaba en deuda contigo.

—Me sentí devastado cuando no quisiste saber nada más de mí. Pasé ocho años en el infierno por ti. Nunca volveré a ser libre.

Adrian se llevó las manos a la frente. Le temblaba todo el cuerpo.

—¡Ah, no! —exclamó Li.

—Pero tuviste que ser tú —continuó Adrian—. Tú fuiste al dormitorio y le pusiste una almohada en la cara. ¡Alguien tuvo que hacerlo! Estaba vivo cuando cargamos con él.

A Li se le reflejó el dolor alrededor de los ojos.

—Fue un golpe violento, Adrian. Lo más seguro es que se le dañara el cerebro, una hemorragia o algo por el estilo.

Bajamos la vista a la mesa durante un minuto, en silencio, una oportunidad para reflexionar y sopesar. Yo ya no sabía qué creer. Cada vez entendía menos. Pero estaba seguro de una cosa: la verdad puede ser muy diferente dependiendo de a quién se pregunte.

El asesino inocente

de Zackarias Levin

29

Febrero de 1997

Por suerte, el día de San Valentín llovió. La temperatura acababa de sacudirse los cero grados cuando Li Karpe abandonó la facultad esa tarde. En el sendero de gravilla, bajo el imponente árbol negro, se detuvo y miró hacia el edificio de ladrillo una última vez. El armario estaba vacío, el escritorio también. A pesar de que había pasado allí un tiempo relativamente largo, más de dos años, ahora que hacía su equipaje y se marchaba, todavía se sentía como una huésped. Ni regalos de despedida ni tartas, ningún abrazo. Apenas un «adiós» de pasada.

El atardecer llegó antes de que la corriente de bicicletas se acercara zumbando cuesta abajo, antes de que la serpiente de vehículos comenzara a zigzaguear a lo largo de Tunavägen. A esas alturas del año uno pasaba la mayor parte del día sumido en la oscuridad y eso a Li siempre le había gustado. Resultaba mucho más fácil ocultar aquello que uno no desea que otros vieran. Y ahora, además, llovía, una llovizna apacible que apenas se dejaba sentir en la piel. Eso contribuyó, por supuesto, a ocultar las lágrimas que de manera inesperada aparecieron en sus ojos.

No deseaba ver a nadie, ni hablar, ni siquiera necesitaba estar con otra persona. Se iría directamente a casa, a su apartamento, a la cama. No pensaba encender las luces siquiera.

Cuando Betty la alcanzó en el camino de tierra, casi abajo del todo, junto al paso de cebra, el primer instinto de Li fue simular que no la había oído. O hacerse pasar por otra persona. Como si hubiera sufrido una crisis de psicosis aguda, solo quería ignorarla, sin importar cómo lo interpretara ella.

—Todo es culpa tuya. Lo entiendes, ¿verdad?

Betty se había bajado del sillín y empujaba su bicicleta al lado de Li. Cada tres pasos tenía que correr para seguir su ritmo.

—¿Por qué tuviste que involucrarme? Crees que eres una especie de dios que puede jugar con la vida de otras personas. ¡Pero la vida no es una novela, Li! ¡No se puede tachar y reescribir cuando todo se va a la mierda!

Li aceleró el paso. La gente comenzaba a volver la cabeza a su alrededor.

—Uno no puede hacer suya la vida de otro —proseguía Betty—. Todo el proyecto estaba abocado al fracaso desde un principio. Claro que pasó lo que pasó. Pero ¿por qué precisamente yo? No lo entiendo. ¿Por qué tenía yo que escribir su libro?

Li se dio la vuelta e impuso silencio con la mirada. Eso no podía pronunciarse. Cualquier cosa, menos eso.

—Tú ya lo habías hecho, ¿verdad? —prosiguió Betty—. Seguro que fuiste tú la que escribió el libro anterior, ¿no? ¡Y ahora necesitaba a otra!

El semáforo cambió de color y el pitido indicó que estaba en verde. Li pasó a toda prisa por delante de la bicicleta de Betty y puso el pie en la calzada a la vez que miraba con preocupación por encima del hombro. Se apresuró a cruzar, giró a la izquierda y se detuvo sobre la hierba húmeda mientras el entorno se difuminaba en un telón de fondo con sonidos enlatados y formas imprecisas.

Betty la alcanzó jadeando y dejó la bicicleta sobre la hierba.

—¿Por qué yo? —dijo de nuevo, aunque ahora su tono era distinto, como si ya no esperase una respuesta.

Li sintió las lágrimas sobre sus mejillas, se preguntó si la lluvia las ocultaba. Si frenaba el impulso de secárselas, por lo menos cabría esa posibilidad.

—Porque quería estar a tu lado —dijo, y miró a Betty.

El primer domingo de febrero la policía se presentó en casa. Buscaban a Adrian. Los agentes estaban en el hueco de la escalera envueltos en aroma a café matutino: uno joven y bien peinado delante, respaldado por dos policías fornidos y uniformados.

—¿Adrian Mollberg?

Adrian apenas asintió y el más joven posó una mano en su brazo.

—Vístete, tienes que acompañarnos.

Existían pruebas forenses, un posible móvil, varios factores agravantes, claras pruebas circunstanciales. Li estaba en el apartamento de Trädgårdsgatan, que en ese momento se hallaba a oscuras, y luchaba contra un interminable e inútil análisis de la relación causal. Leía atentamente cada artículo de cada periódico, y según los reporteros, parecía que la policía y el fiscal estaban bastante seguros. Tenían al hombre correcto. Ahora solo quedaba encontrar el cuerpo de Leo.

«Existe riesgo de que no encontremos a Leo Stark con vida», dijo el fiscal en el noticiario de la tarde. «Sin embargo, estoy convencido de que dentro de poco podremos aclarar lo sucedido.»

Li no compareció en el primer interrogatorio. Estaba demasiado enferma para acudir. Unos días después la policía se presentó en su casa y le explicó que era urgente, no podían esperar más tiempo. Una mujer con el cabello rojo y voz cálida presidía el interrogatorio.

Li supo que había evidencias en contra de Adrian. Cuando la policía entró en casa de Leo después de que el editor denunciara su desaparición, encontraron el atizador en el salón del piso de arriba. En él hallaron huellas de Adrian y sangre de Leo.

—Si esto fue un accidente, lo mejor para todas las partes involucradas es que cuenten lo que sepan —dijo la mujer policía—. ¿Puede explicarnos cómo fue a parar la sangre de Leo al atizador?

—No, no lo sé.

Li cerró los ojos y respiró hondo.

—¿No me lo puede contar? —dijo la mujer de cabello rojo, y posó su mano sobre la de Li.

Sintió que recobraba la confianza.

—Contar ¿qué? —preguntó Li.

—La verdad.

Noviembre de 2008

No sin cierta decepción, el comisario Sjövall lanzó las llaves del coche de mi madre sobre la mesa. Señaló el acta con el dedo índice y me pidió que firmara el recibo.

—El coche se encuentra en la parte de atrás —dijo.

Cogí las llaves y esbocé una sonrisa.

—¿Qué pasará ahora? —pregunté.

Sjövall murmuró sin mirarme:

—Eso tendrá que decidirlo la fiscal.

Me detuve en la puerta para estrecharle la mano. Pensé que sería agradable tener una conclusión tangible. Pero Sjövall no había contemplado tal cosa.

—¿Qué pasará ahora con su libro? —preguntó.

—No lo sé. No encuentro inspiración para acabarlo.

Pareció como si comprendiera de qué hablaba.

—Empezar resultó fácil, pero el final...

—Es difícil amarrarlo todo —dijo el perspicaz comisario.

—En efecto.

—De todos modos, estaré al tanto. Mi parienta acabará necesitando algo nuevo que leer.

Moví el coche de mi madre unos cuantos metros desde la comisaría hasta la estación. Fredrik me esperaba en una cafetería. Bebía un té que olía a perfume y hojeaba una revista cultural en peligro de extinción. Rechazó mi charla como si estuviera espantando un enjambre de mosquitos, ansioso por ir directo al grano.

—Ahora todo está en manos de la fiscal —dije—. Pero no creo que pase nada más. Sjövall parecía bastante desanimado.

Fredrik se echó hacia atrás y resopló.

—He hablado con Adrian hace un rato —dijo—. Al parecer, la policía pasó ayer por casa de Li, pero ella lo interpretó como tú: dijo que la investigación está cerrada.

Yo todavía seguía de pie y me preguntó si no pensaba sentarme, ¿tenía tiempo para tomar un café?

—No, lo siento. Tengo que ir a Veberöd y entregarle el coche a mi madre.

—¡Salúdala de mi parte!

No supe si se trataba de una ironía.

En el mismo instante en que giré para entrar en la calle de la casa de mi madre, ella abrió la puerta y salió corriendo en calcetines y albornoz. Me agarró de los brazos mientras miraba en todas direcciones, controlando lo que nos rodeaba, y me susurró que teníamos que darnos prisa.

—¿Qué está pasando?

—No puedes quedarte aquí fuera —espetó, y me tiró del brazo.

En el sendero me empujó para que la adelantara. Cruzamos la puerta, que cerró tan deprisa que se pilló un talón, y soltó tal salmodia de blasfemias que habría hecho que todas sus amigas del grupo de costura se pincharan con la aguja.

—Por aquí no están acostumbrados a estas cosas —dijo, y se puso a correr todas las cortinas de la casa—. Esto no es Estocolmo. No importa que uno sea inocente. A la gente eso le da igual.

—Pero tranquilízate, mamá. Es solo cuestión de tiempo que cierren la investigación. Acabo de estar en comisaría y...

—Eso da igual. Aquí a nadie le importa lo que resuelva la policía.

Se estiró hacia la ventana que había encima del fregadero y apartó la cortina para asegurarse de que en el jardín no había ningún vecino-Stasi con mucho tiempo libre.

—La gente no olvida con facilidad. Mira a Christer Pettersson. Recuerda todo lo que tuvo que aguantar durante años a pesar de que lo absolvieron.

—¿Me estás comparando con Christer Pettersson?

—Ya sabes a qué me refiero.

Pero yo no lo sabía. No del todo. Aunque, por una vez en la vida, comprenderlo todo no era una cuestión vital.

—Me he ocupado de que puedas vivir durante un tiempo en casa de la tía Margareta, en Genarp.

Mi madre ya había guardado todo lo que necesitaba en nuestra vieja maleta del viaje que hicimos a Mallorca, y me metió en el coche a escondidas lo más rápido que pudo.

Subí el volumen de la radio mientras ella me machacaba hablando de lo mal que me habían ido las cosas. Por supuesto que todo era culpa de mi padre, en el fondo todo era culpa de mi padre. Y de esa ridícula escuela de escritores. En cambio, si hubiera estudiado magisterio como una persona normal, o ingeniería civil como todo el mundo... Pero yo tenía que entrar a toda costa en ese mundo decadente de intelectuales ilusos.

—Si no te hubieras relacionado con esos bohemios y comunistas...

Me reí en su cara. El grupo Thorleifs cantaba *Gråt inga tårar* («No derrames ninguna lágrima») y mi madre conducía diez kilómetros por encima de la velocidad máxima permitida.

La tía Margareta era una solterona de edad indeterminada a la que le olía la boca a restos de café y hablaba como si hubiera olvidado tragarse las gachas. Desde que tenía uso de razón detestaba visitar la pequeña cabaña a las afueras de Genarp. Por no hablar de los días festivos —Navidad, Semana Santa, Pascua— que tuve que soportar sus quejas sobre el tiempo, los programas de televisión y la política. Todo era peor cada año que pasaba, a pesar de que todo parecía rematadamente malo desde el principio.

Abrió la puerta con un golpe y nos apremió para que pasáramos.

—Vais a dejar que entren los ratones.

El tiempo se había detenido en la deformada casa de altos umbrales y techos bajos.

—¿Así que quieres escribir un libro? —dijo la tía Margareta, y me estudió con una mueca de duda.

—Eh, ya no estoy seguro de ello.

—Bien, bien. —No parecía interesarle ninguna explicación—. Lars Norén se crio aquí en Genarp. ¿No lo sabías?

—Sí, ahora que lo mencionas... No parece estar satisfecho del todo.

La tía Margareta apenas gruñó.

—Seguro que aquí conseguirás inspiración para escribir —dijo mi madre, y sonrió.

—Seguro —dije bastante turbado.

La tía Margareta miró airadamente a mi madre.

—¿Cuánto tiempo se quedará? —preguntó.

Por la noche mi tía preparó estofado y cenamos en silencio. De postre puso una botella de whisky ahumado sobre la mesa, sirvió unos cubitos de hielo en unos vasos grandes y los llenó sin escatimar.

Hablamos de política estadounidense. Contrariamente a lo que había imaginado, mi tía Margareta leía mucho, estaba muy bien informada y tenía una mente abierta.

—Imagina que sale un presidente que es…

—¿Negro? —dije enseguida.

Ella pareció ofenderse.

—Afroamericano —dijo con énfasis.

Levanté mi vaso en señal de brindis.

—Podría cambiar el mundo —dijo la tía Margareta, y dio un trago a la bebida dorada.

—¡*Yes, we can*, tía!

Nos reímos.

Resultó tan entrañable que se me encogió el corazón.

Cuando después de un rato ella se sentó en el sofá delante del televisor, salí al pequeño jardín y vi encenderse las estrellas en el cielo. El alcohol me había llenado de esperanza y sentimentalismo a partes iguales. A lo lejos se oía relinchar a los caballos, el aire era de un frío cortante y yo tenía un gran agujero en el pecho.

Llevaba el teléfono en el bolsillo de los vaqueros y me

quemaba. Resultaba imposible escapar de él. Deseaba oír la voz de Caisa. Deseaba contarle cuánto la echaba de menos, que me había dado cuenta de todos mis defectos, que ahora era un hombre nuevo, que solo le pedía que me diera otra oportunidad.

—¿Zackarias? —dijo—. ¿Estás borracho?

—En absoluto —respondí, y me esforcé en parecer sobrio.

—He leído que te consideran sospechoso. ¿Qué está ocurriendo en realidad? ¡Esto es una locura!

—Lo sé. Pero ahora parece que todo se arreglará.

—¡Qué bien! —Fue todo lo que dijo—. Oye, ahora estoy ocupada.

Se oían voces de fondo. Tal vez se tratara solo de una voz. Una voz de hombre. Un hombre que quizá estaba sentado a su lado y preguntaba con quién hablaba.

—¿Quién es él? —dije.

—Ya hablaremos en otra ocasión. Ahora no tengo tiempo.

La línea chasqueó y la voz de Caisa desapareció. Me quedé mirando el teléfono en mi mano temblorosa.

Me abandonó toda esperanza. Apenas un chasquido en la línea. ¿Había conocido a otro? Enseguida empecé a especular. ¿Esa voz no me resultaba familiar? Pero no conseguía identificarla.

Estaba tan metido en mis reflexiones que el teléfono estuvo a punto de escaparse de mi mano cuando comenzó a vibrar.

Un número de Estocolmo. ¿Sería Caisa? A lo mejor solo se había quedado sin batería. ¿Tal vez llamaba para aclararlo y pedir disculpas? Esa voz de hombre podía pertenecer a cualquier extraño. Quizá fuera el televisor, que estaba encendido.

—Hola —respondí contento.

Pero no era Caisa. Al otro lado de la línea, la mujer aseguró que llamaba de una editorial. Por supuesto que reconocí el nombre compuesto. Solo podía haber una que se llamara así.

—Qué bien —dije, y activé mi acento de Estocolmo-Escania y todas las frases de cortesía. Solo era necesario que alguien nombrara esa empresa familiar con un gran efe para que yo entrara en barrena y me pusiera firme.

—No sé si sabrá por qué le llamo.

Por supuesto que tenía mis sospechas, pero no importaba cómo lo expresara, corría el riesgo de parecer un idiota.

—¿Desea venderme alguna suscripción?

Se hizo un corto silencio.

—No, soy editora.

Me reí de un modo artificial.

—Era solo un mal chiste.

Su risa fue igual de artificial. Sin duda estaba acostumbrada a escritores dudosos que se comportaban como psicópatas.

—He leído un fragmento de su manuscrito —dijo con seriedad profesional. Parecía hojear unos papeles y leyó en voz alta—: *El asesino inocente*.

—Sí, bueno, es solo un primer borrador. Necesita una buena revisión.

Por lo visto no escuchó lo que yo acababa de decir.

—Pero ¿hay un manuscrito acabado? ¿Podría enviarnos lo que haya escrito hasta ahora?

—No sé si está acabado. ¿Se llega a acabar alguna vez?

—Envíenos lo que tenga. —Se mostraba ansiosa—. ¿Estará en Estocolmo en un futuro próximo? Sería interesante que nos viéramos.

No tenía planeado ir a Estocolmo, pero tampoco me ataba nada aquí. Pensé de nuevo en Caisa.

—Lo arreglaremos —dije—. Puedo ir a Estocolmo.

Canturreó como si nunca hubiera considerado lo contrario; de hecho, nunca se lo había planteado.

—Tenemos los derechos de otro manuscrito muy interesante en este contexto.

Yo no la seguía del todo. ¿De qué contexto estaba hablando?

—Vamos a publicar la última novela de Leo Stark —explicó la editora—. En la que estaba trabajando cuando desapareció.

El *asesino inocente*
de Zackarias Levin

30

Febrero - mayo de 1997

Esperamos el cuarto de hora académico e incluso unos minutos más, pero Li Karpe no apareció. Mientras los murmullos de las ratonas de biblioteca se convertían en ruidosas quejas y los dedos índices repiqueteaban en el cristal de los relojes de pulsera, se oyeron unos tacones en la escalera. Yo estaba a un lado, apoyado contra la pared de los cuartos de baño, y seguramente fui el primero en percibir el cambio.

—Disculpad, disculpad que llegue tan tarde. ¡Esto no volverá a repetirse, os lo aseguro!

Toda la clase de Creación Literaria se quedó mirando fijamente a la mujer que bajaba los escalones con un bolso colgado del hombro. Tenía el cabello teñido de zanahoria y el cuerpo en forma de pera. Llevaba varios chales coloridos alrededor del cuello.

—¿Dónde está Li? —murmuró alguien.

—Ah, ¿nadie os ha informado? —dijo ella, y se quitó uno de los chales con un amplio movimiento circular—. Desde hoy yo me haré cargo del curso.

Entré él último en la sala del sótano, me senté en primera fila, como de costumbre, y todas las miradas se clavaron en mi espalda. Todos en Creación Literaria sabían que Adrian se encontraba bajo arresto. Cuchicheaban sin parar y examinaban mis gestos.

—¡Esto va a ser genial! —dijo la sustituta de Li Karpe, lanzando su bolso sobre la mesa y gesticulando como si quisiera abrazar a toda la clase.

Miré por encima del hombro y descubrí, para mi sorpresa, que todas mis compañeras de curso se inclinaban hacia delante y se dejaban abrazar.

—¡Genial! —repitió la mujer de los chales, y esta vez aplaudió.

Nos contó que había escrito dos libros y que era una apasionada de la creación.

—Vaya, también hay un chico —dijo.

Me señaló alargando el brazo y pareció como si quisiera adoptarme.

Durante el primer descanso me llevé a Jonna aparte y le pregunté si había tenido noticias de la policía.

—No —dijo asustada—. ¿Han hablado contigo?

—Me han interrogado dos veces.

Masticó su chicle con fuerza mientras procesaba esa información.

—¿Quizá debería llamar yo?

—Bah, seguro que se ponen en contacto contigo si pasa algo importante.

Una de las ratonas de biblioteca la llamó. Se iban al griego, ¿quería acompañarlas?

—¿No vas a comer? —me preguntó.

—No tengo dinero.

Las seguí hasta la cuesta y encendí un pitillo.

Perseguí a Betty durante una semana. Como había dejado de responder al teléfono, una tarde, a finales de febrero, me acerqué en bicicleta a su apartamento en Delphi. Golpeé la puerta hasta que un vecino asomó la cabeza en el pasillo.

—¡No está aquí!

No me quedó más remedio que darme por vencido.

Dos días después me encontré a Betty sentada con las piernas abiertas en mi escalera de Grönegatan, con los ojos enrojecidos, el cabello revuelto y las botas desabrochadas.

—¿Dónde diablos te habías metido? —dijo, y se sacudió los vaqueros mientras se ponía de pie.

El tiempo parecía haberse detenido. Tomamos un café solo bien cargado, expulsamos anillos de humo hacia el techo de la cocina y guardamos silencio un buen rato. Betty tocaba a Dylan en la guitarra y se encerró en el cuarto de baño. Me pareció oír que lloraba, pero no hablamos de ello.

—Regresará pronto —dije antes de que se fuera.

Me refería a Leo Stark. Betty tal vez pensó en Adrian.

Fue mi insomnio lo que activó el proceso. Pasé horas dando vueltas en la cama, moviendo la almohada, arreglando y estirando la manta, bebiendo agua, comiendo sándwiches, yendo continuamente al lavabo, con dolor de barriga y de cabeza, pero luego me sentí rebosante de palabras y me senté a escribir a altas horas de la noche.

Apreté con fuerza la pluma, deseaba fijar mi rabia en el papel. Lo rompí en pedazos y comencé de nuevo. Las palabras salían como estornudos, pequeñas obras de arte surrealistas. Ya se encontraban en mis dedos, picaban y dolían. Solo necesitaba plasmarlas en el papel. Formaban grandes patrones irregulares que carecían de reflexión. Yo no estaba muy puesto en la poesía actual, sin embargo, estaba seguro de que esto era algo totalmente nuevo.

La sucesora de Li Karpe dedicó bastante tiempo a su lectura. Le dio varias vueltas al papel y permaneció sentada en silencio con la mano en el mentón.

—Es muy oscuro.

—Sí —respondí.

—Pero ¿de qué trata?

A la mañana siguiente se volvió a salir la cadena de mi bicicleta en Allhelgonabacken, así que tuve que caminar el último tramo hasta llegar a la facultad. En el ambiente flotaba un ligero olor a humo de fábrica, metal e industria. Me quedé un rato parado en la escalera y vi pasar a los estudiantes con sus bicicletas.

Esa mañana dejé que el grupo de trabajo leyera mi nueva creación. Las reacciones fueron las esperadas. En Creación Literaria la gente rara vez desperdiciaba elogios. Tampoco pasaba nada por cargarse las obras. Era «emocionante, bonito, conmovedor». Algún intento banal de interpretación abandonó mi conciencia mientras subía la escalera cuando salí del aula de Creación Literaria.

Al día siguiente me desperté tres horas tarde, me quedé sentado a la mesa de la cocina con la cabeza palpitante y decidí que mi tiempo en el curso de Creación Literaria había terminado.

Abril transcurría entre días de sol y lluvia. Esa falta de regularidad se contagiaba a la existencia. La frontera entre la esperanza y la desesperación era insólitamente frágil y yo hacía equilibrios sobre ella varias horas al día. En la sala del tribunal el silencio no se parecía a ningún otro. Yo respiraba despacio, me sentaba junto a Betty e intentaba seguir el juicio oral con pensamientos como caballos desbocados.

Por las noches seguía escribiendo mi poesía asesina e indiscriminada, de forma automática, como si me la estuvieran dictando. Interpretaba la ausencia de dudas que experimenté cuando disfrutaba de mis propias líneas como una garantía de calidad. Con el amor incondicional de un padre, abracé con fuerza a mis frutos queridos y los protegí con mi vida.

En medio del juicio recibí una llamada inesperada del estudiante de Erasmus, ese que le había alquilado el apartamento de Grönegatan a Adrian. Acababa de enterarse de lo sucedido y me explicó que tenía dos días para recoger mis cosas y largarme.

Al día siguiente fui en bicicleta hasta el servicio de fotocopias de la universidad, que estaba en Sölvegatan, y regresé con cuatro ejemplares de mi manuscrito encuadernados. Cuando sostuve las 36 páginas contra mi pecho y presioné el olor químico del papel contra mi nariz, cuando lamí los sellos y escribí las direcciones de las editoriales en unos sobres grandes, no fue con la esperanza de que lo publicaran, sino con la plena certeza de que había creado algo grande.

El jueves siguiente regresé a casa de mi madre. Mientras cargaba con la maleta desde la parada del autobús hasta la casa, vi frente a mí la imagen de un criminal convicto que era puesto en libertad y dejaba atrás los muros de la cárcel, marchándose con la cabeza gacha.

Mi madre me abrió las puertas, generosa como pocas veces antes. Estaba junto al fregadero y me preparó unos dulces mientras dejaba que hablara un silencio inusual.

—¿No puedes quedarte hoy en casa? —dijo una mañana cuando el juicio entró en su recta final—. Me gustaría tanto que te quedaras conmigo.

Una pesada losa de culpa instalada en mi pecho me obligó a complacerla. Betty se las apañaría sin mí en la sala. Dedicarían casi todo el día a cuestiones técnicas, y todo indicaba que, dentro de poco, Adrian quedaría libre de toda sospecha.

Almorcé con mi madre en la terraza y después nos quedamos en las tumbonas del jardín, bien arropados bajo el sol de abril que nos quemaba las mejillas. No dijo nada cuando le conté que había dejado el curso de Creación Literaria, pero su manera de colocarse las gafas de sol y hundirse en la tumbona lo revelaba todo.

Cuando se comunicó la sentencia fue como si entrara en una habitación insonorizada y alguien cerrara la puerta. El mundo desapareció y me dejó solo con mis pensamientos.

Llamé a Fredrik y guardamos silencio al teléfono mientras una vida vibraba entre nosotros. Rara vez me había sentido tan alejado de todo.

«¿Continuar?», gritaba Betty en mi cabeza cada noche antes de que el sueño por fin se apoderara de mí. «¿Cómo diablos podré continuar cuando ni siquiera tengo fuerzas para sostenerme en pie?»

Ella iba a esperar el recurso del abogado. Seguro que el tribunal de apelación sacaría otras conclusiones. La vida se encontraba en punto muerto.

En el centro de orientación universitaria me sugirieron la escuela de periodismo Poppius, en Estocolmo, y envié una solicitud. Durante algún tiempo me abstuve de comentar el tema con mi madre; lo hice una mañana tras la rebelión de la aspiradora, que había esparcido el polvo y la basura por todo el suelo de la cocina. Mi madre acababa de arreglarla, o al menos eso parecía. Presenté los hechos en una oración subordinada.

—Estocolmo —dijo mi madre cuando la aspiradora enmudeció de nuevo—. Estocolmo. ¡Vaya!

Tensé cada uno de mis músculos. En mis diecinueve años de existencia había aprendido algunas estrategias defensivas que funcionaban. Casi siempre se basaban en la no-resistencia.

Mi madre sujetaba el cable de la aspiradora con ambas manos y tomó impulso.

—Tal vez Estocolmo te vaya bien —dijo sin apenas interés.

Yo me esperaba algo más.

—¿Eso crees? —dije.

Ella asintió con ciertas reservas.

—Además, es solo un año. Un año pasa rápido.

Pensé en mi último año y me costó estar de acuerdo con ella. Pero por nada del mundo deseaba llevarle la contraria en ese momento.

—Esa es una profesión de verdad —dijo—. Periodista, una buena profesión. Creo que necesitas alejarte por un tiempo.

Yo, en cambio, veía la carrera de periodismo como una vía secundaria, un pasatiempo a la espera del gran éxito literario. Pero sobre eso no dije nada, claro. Ni una palabra sobre mi colección de poemas. Y cuando llegó una carta de la editorial soñada a nuestro pequeño buzón, mi madre la lanzó sobre la mesa de la entrada entre la propaganda y las facturas. En cuanto la vi, me lancé sobre ella y abrí el sobre con el pulgar. Pestañeaba y tenía todos mis sueños concentrados detrás de mis párpados.

Hemos leído su manuscrito *Adonde los sueños vuelan por la noche para morir*. Lamentablemente no estamos interesados en publicar su obra.

Le di la vuelta al papel. El otro lado estaba en blanco. Tan poco para tanto.

Hice una pelota con el sobre y lo tiré a la basura sobre los restos de las salchichas Strogonoff del día anterior.

Un manuscrito, una vida. ¿Qué valían en realidad?

Diciembre de 2008

El buen humor reinaba sobre Estocolmo. En lo alto de Tegnérlunden el sol centelleaba sobre la fina capa de nieve y se me ocurrió silbar. Más abajo, en la cuesta, la risa de los niños se esparcía por la zona de juegos como una pequeña sinfonía. Bajé por Upplandsgatan y me detuve delante de una agencia inmobiliaria. Miré mi reloj de pulsera. Comprobé mi aspecto en el cristal de la ventana. Me sentía fuerte. Tenía buena apariencia. Había perdido unos kilos, pero tenía las mejillas encendidas y los ojos luminosos. Me detuve delante de la iglesia y esperé rodeado por el vaho de mi aliento en el aire gélido. Metí la nariz dentro de la chaqueta y olí. Casia detestaba a la gente que olía a sudor. A mí, la gente que olía demasiado a perfume me producía un disgusto similar. Me sentía en el adecuado equilibrio.

Era importante que pareciera un encuentro fortuito, una de esas extrañas rachas de coincidencias, como un insondable misterio de la vida. Justo como le gustaba a Casia.

A las cinco y cinco, justo a la hora prevista, dobló la esquina con su bolso de Gucci colgado del brazo y las gafas de sol sobre la cabeza. Para darle más realismo, me había colocado de espaldas y, cuando ella pronunció mi nombre, simulé sorprenderme tan bien que podría haber acudido a un casting para actuar en cualquier película policíaca sueca.

—¡Vaya, Casia!

Toqueteó torpemente el bolso antes de que nos abrazáramos. Fue un abrazo demasiado intenso para que alguien que nos viera pudiese adivinar que hacía solo seis meses estuvimos a punto de matarnos el uno al otro. Su olor era exactamente el mismo y aproveché para acercar mi nariz un poco más a su cuello.

—¿Has regresado?

—Quería volver a estar con una chica de Estocolmo —dije de forma un tanto precipitada.

Yo sabía que ella aborrecía esa frase. «Lundell en sus peores momentos», solía decir. Y entonces yo la provocaba cantando las estrofas de «Isabella» sobre aquellos que luchaban por las mujeres y los débiles, y a veces leía en alto un fragmento de *Fittstim* mientras yacíamos entrelazados en el apartamento más céntrico que esa primavera habíamos podido alquilar de tercera o cuarta mano.

—¿Estás bien? —dijo ella. El sol le daba en los ojos, posó la mano en mi brazo—. ¡Tienes buen aspecto!

Y lo tendría aún mejor, pensé.

Fuimos a Nytorget, cerca del apartamento que me habían prestado. Pasaron las horas y nos reímos, y fue casi como antes, aunque mejor. El último año lo encerramos entre corchetes y pulsamos «borrar». Teníamos nuevos temas de los que hablar, días sin hollar ante nosotros, un nuevo tiempo para llenar de vida, una nueva verdad sobre la que escribir.

Unas noches después me invitó a una cena con velas. La lista de canciones fue perfecta y la velada resultó mágica. Pero lo más asombroso fue la nueva forma de mirarme de Casia, como si sus instantes estuvieran exclusivamente dedicados a mí. Su mundo me absorbía y no deseaba nada más que quedarme allí y llegar a viejo. Estaba preparado para una nueva vida. Y ni una sola vez durante toda la noche me quedé fuera, ni un pensamiento voló hacia el Premio August, ni hacia la Feria del Libro, ni hacia *El asesino inocente*.

El sexo fue de la variedad reconciliación violenta. Después ella permaneció tumbada sobre la almohada y me miró sorprendida, casi impresionada. Yo fumaba y sonreía.

—*Voilà* —dije después, y lancé sobre la mesilla de noche la propuesta de contrato de la editorial.

Leyó a toda prisa con los ojos como platos.

—Esto es fantástico —dijo, y acarició con el dedo el logotipo de la editorial impreso en la esquina izquierda—. Tenemos que celebrarlo.

La recepcionista de la editorial me pidió que repitiera mi nombre una vez más mientras tecleaba en el ordenador. Me resultaba difícil ocultar mi desilusión. ¿Recibía Leif GW Persson el mismo trato?

—Levin, Levin, Levin —repitió para no olvidar mi nombre completamente desconocido—. Sí, aquí le tenemos.

Señaló el ascensor al fondo y dijo que enseguida bajaría la editora para reunirse conmigo.

Cuando llegué por primera vez a Estocolmo, a veces

pasaba por la acera de enfrente y alzaba la vista hacia la fachada del edificio con ojos soñadores. Ahora, por fin, me encontraba en el lado correcto y le estrechaba la mano a una editora. Mi editora.

Me ofreció agua del grifo en un vaso de Ikea y desparramó elogios sobre mi manuscrito.

—Queremos publicar su libro cuanto antes —dijo ella—. El caso Leo Stark vuelve a estar de actualidad y está claro que tenemos que coger esta ola. Seguro que no habrá ningún problema. Hacía mucho tiempo que no leía un manuscrito tan bien acabado.

Al parecer, el departamento de marketing estaba entusiasmado, los diseñadores ya estaban con la portada y tenían al corrector perfecto para limpiar mi selva de metáforas y alusiones demasiado evidentes.

La editora tomó un libro de su mesa.

—¡Huélalo! —dijo, y lo abrió al tuntún, pegó la nariz a las páginas y esbozó una mueca de satisfacción—. Nunca me canso de este olor.

La imité, como un perro obediente. Olfateé el libro y puse la mejor de mis sonrisas.

Me pareció que mi editora se sentía orgullosa.

El libro que me dio tenía cuatrocientas páginas, con letra no muy grande y estrechos márgenes, difícil de leer en todos los sentidos. La cubierta era de un solo color, naranja o más bien del color del escaramujo. El nombre del autor aparecía en la parte superior, en mayúsculas, a un tamaño dos veces mayor que el título. «LEO STARK.» Toda la edición estaba en palés lista para su distribución. Teniendo en cuenta las extraordinarias circunstancias, el equipo de marketing creía que se podría colocar buena literatura hasta en las cadenas de supermercados.

—Recibiremos muy mala crítica —dijo la editora—. La razón por la que no publicamos el libro hace doce años es que la historia no está terminada, le falta un final adecuado. Las redacciones culturales nos llamarán oportunistas y especuladores, lo que hará que vendamos más libros todavía.

Bajé corriendo la escalera con el libro en la mano. Sentía un cosquilleo por todo el cuerpo. Una vez en la calle, miré a derecha e izquierda, y busqué con la vista hasta que descubrí una marquesina de autobús donde resguardarme. Allí me senté y me quité la bufanda antes de empezar a leer.

El último grito, de Leo Stark

1

Lund, 1996

Dejo todo tras de mí. No hay otra manera. Tengo que ser una persona nueva, ya que el mundo es nuevo.

Elisabeth está muerta. ¡Viva Betty!

Pulido exterior: nuevo peinado y ropa nueva. Evito los espejos y ensayo la forma de caminar. Una nueva sonrisa. Trabajo con el misterio, pequeñas expresiones sutiles. Acudo a mi propia escuela de teatro. Me mudo a cuatrocientos kilómetros.

Por dentro es más complicado. ¿Se puede borrar a una persona después de veinte años? Me lavo el cerebro con cloro, escribo un guion en el interior de mis párpados. El yo no es más que sinapsis cerebrales y algunos litros de sangre que bombean alrededor. Me convierto en mi propio Phineas Gage. Me introduzco una estaca en el lóbulo frontal y enderezo la espalda como un Fénix. Estoy muerta y enterrada. Resucitada.

Nos encontramos en la escalera de la facultad. Los cuatro estamos allí por la misma razón. Creemos que es para escribir, pero estamos allí para huir. Todos sabemos lo mismo de todos, pero simulamos que no sabemos nada.

Damian abandonó la oscuridad. Erik abandonó la luz de la clase media. Y Johannes. Apoya un pie en la escalera, fuma con mano temblorosa. Él todavía se encuentra a medio camino.

Era el relato de Betty. Así que en esto era en lo que había trabajado todas aquellas noches en casa de Leo.

Se me nublaba la vista mientras iba pasando las páginas, desaparecí en el universo del texto y casi me había olvidado de dónde estaba cuando un autobús se precipitó por el bordillo de la acera y un montón de pies apresurados pasaron por delante de mí.

Las mejillas me ardían y tenía los ojos hinchados, me llegaban voces desde cien metros de profundidad, como si me hallara en lo alto de una ladera y hubiera perdido la vista. Deseaba regresar a la ficción, al sueño literario en el que cada párrafo era un chute de morfina.

Durante un período de tiempo que no se dejó medir permanecí enredado en ese mundo paralelo, que me lanzó de vuelta a doce años atrás, un sueño de cuatro dimensiones con calidad HD. Todavía existía una verdad, todavía existía una historia. Uno podía volver a vivir su vida, crear una nueva. Uno podía reescribir sus narraciones.

En la década de los noventa la editorial rechazó el manuscrito, o por lo menos quiso que Leo lo reescribiera. Tal vez fuera porque el aura de Betty se había adherido demasiado al texto, su voz se abrió paso y cortó la narrativa de Leo Stark. Ahora el libro sería publicado y nuestros relatos chocarían entre sí en todos los lugares posibles. ¿O tal vez solo se complementarían? Después de todo, quizá fuera cierto que cada verdad tenía su propio lugar. Pues claro que era posible. Y claro que se necesitaban. Y la vida no es una investigación de asesinato. Hay sitio para la interpretación.

Cuando me puse de pie estuve a punto de caerme. Incluso me tambaleé y tuve que apoyarme con una mano en el banco. Ya había empezado a oscurecer.

Tan pronto como Caisa abandonó el apartamento, después de una fiesta de besos y una mano diciendo adiós a través de la rendija de la puerta, me quedé delante de la ventana de la cocina y puse el manos libres.

Se veía toda la ensenada, el ayuntamiento y medio cielo. Me gustaba la altura, Escania era demasiado plana.

—Dígame. —Fue Henry el que respondió—. ¡Zack! ¿Cómo va el libro?

—Bien. Saldrá en primavera.

—¡Felicidades!

Intenté agradecérselo como se hace cuando le felicitan a uno por su santo.

—También han aceptado mi libro —dijo Henry de pronto—. Se publicará en otoño.

Guardé silencio un rato antes de conseguir sacar un «felicidades». Al parecer habíamos acabado en la misma editorial; una cierta sensación de derrota se apoderó de mí. Una envidia rancia. Como si no hubiera espacio para ambos.

Pregunté por Betty.

—Se ha largado —respondió.

—¿Largado?

Henry murmuró algo que pareció una queja, no muy seguro de haber utilizado la palabra correcta.

—Si te soy sincero, no sé dónde está.

—Pero ¿volverá?

Se hizo un silencio.

—Como te he dicho, no sé nada.

Me irritó.

—¡Algo habrá dicho! ¡La gente no desaparece así, por las buenas!

—Tranquilízate un poco —dijo Henry—. Betty ha decidido alejarse un tiempo. Esta última temporada ha sido muy dura para ella. Dijo que necesitaba un poco de aire.

—¿Aire?

—Sí, aire.

Era inútil. Colgamos, no íbamos a llegar a ninguna parte.

Me puse en contacto con Fredrik. Resopló en el auricular. O quizá fuera el viento. En Escania siempre sopla el viento.

—¿Desaparecida? —dijo sorprendido—. ¿Necesitaba aire?

—Sé lo que hizo Betty durante las noches en casa de Leo.

—¡Cuéntame!

Tomé el libro del alféizar de la ventana y le di la vuelta.

—Acabo de leer la última novela de Leo Stark.

Desdoblé la cubierta y estudié la solapa, que estaba dominada por una foto del autor en cuatricromía. Leo Stark me sonreía, conciliador. No se parecía en absoluto a la persona que yo recordaba. Su mirada era clara y suave, y reposaba algo de simpatía en la comisura de sus labios, alzados con esmero. Parecía, tal vez, un poco cansado, pero de una manera agradable y tranquila.

—¿Es bueno? —preguntó Fredrik, y dejó de resoplar.

—No sé qué decirte.

Leí la corta biografía que aparecía debajo de la foto. Una necrología. Leo Stark era aclamado como uno de los grandes escritores del siglo xx y nos había dejado demasiado pronto.

—Trata de nosotros —dije.

El *asesino inocente*
de Zackarias Levin

Epílogo

Agosto de 1997

Después de acabar su turno en la fábrica de cerillas, Betty solía pasar por delante del café de la esquina. Si tenía suerte, cosa que casi siempre ocurría, alguno de los chicos que la veía por la ventana la saludaba con la mano. Las pocas veces que no tenía suerte y nadie se fijaba en ella solía detenerse un rato junto al arroyo, y después daba media vuelta y regresaba a casa pasando de nuevo por delante del café.

Ahora esta era su vida. La nueva. No era la primera vez que empezaba de cero y sabía que la resistencia que experimentaba al principio se calmaría con el tiempo. Aprendería la jerga del trabajo, las miradas cambiarían, tanto las envidiosas como las lánguidas. Continuaría esforzándose y eso daría resultado. A veces solo necesitaba una sonrisa, una mirada comprensiva o una palabra en el momento oportuno. Los encuentros humanos eran solo una tirada de dados, nada más. Betty esperaría su momento.

De camino a casa pasó por el puente. El crepúsculo veraniego era un prolongado suspiro con cirros ardientes al oeste y llamas crepitantes en el tranquilo arroyo. No se dio la vuelta ni una sola vez. Siempre hacia delante, eso era todo lo que sabía. Nunca podría regresar.

Ahora Adrian era todo lo que tenía. En la sala de visitas, él le lanzó una breve mirada y después apartó la vista. Últimamente solía pensar en él como si fuera un niño pequeño.

—¿Cómo estás hoy?

Él se encogió de hombros.

—Como siempre —dijo.

—Pronto te sentirás mejor.

Ella le acarició la mano.

—Si tú lo dices —dijo él, pero siguió sin mirarla.

Eso era lo peor, que él ya no la miraba.

Durante un tiempo pensó en una vida sin él. Empezar de nuevo de verdad. Y si se quedó a su lado no fue por miedo. Ella no necesitaba seguridad y no tenía problemas con romper, cortar cada fibra nerviosa. Se trataba de algo distinto, casi inexplicable, que hizo que se aferrase a Adrian.

Cuando se dictó la sentencia, Betty había dado por sentado que él apelaría. Diez años eran una eternidad. Se pelearon por eso. Ella gritó y derramó lágrimas, mientras que Adrian perseveró con las mejillas enjutas y los dientes chirriantes. Betty intentó pensar en ello como un acto de amor, como si lo hiciera por ella, pero se había dado cuenta de que ese planteamiento tenía demasiados fallos. Adrian escondía otros motivos. Sin duda, tanto él como Li no habían contado toda la verdad en el juicio y así habían logrado mantener a Betty fuera. Pero cuando Adrian decidió no recurrir, la cosa cambió. En esa ocasión no lo hizo por Betty.

—No me merezco esto —dijo, todavía sin mirarla—. Estás desperdiciando tu vida.

—¿Por qué crees que solo tenemos una vida?

Sonaba extraño, por supuesto, pero Betty sabía perfectamente de qué hablaba.

Entonces se volvió. La miró fijamente, como si ella hubiera perdido la razón.

Betty sonrió. Estaba contenta de que la mirase.

Cuando al día siguiente Betty acabó con las cerillas, tomó el autobús que la llevaba hasta la cárcel y se sentó en la sala de espera. Había llegado temprano, hojeó una revista de papel satinado y se sonó con una servilleta arrugada.

Un guardia fue a buscarla. Betty plegó la revista y estaba a punto de ponerse de pie cuando vislumbró un rostro que reconoció enseguida. Iba vestida de negro, con zapatos de tacón alto, y su cabello bailaba sobre sus hombros al caminar.

—Li —dijo Betty para sí.

No era posible que la hubiera oído, sin embargo Li Karpe se dio la vuelta. En el instante en el que abría la puerta a la libertad miró a Betty de hito en hito. Pareció como si pidiera disculpas.

Betty caminó con pasos decididos hacia la sala de visitas. Adrian la miró confundido.

—Hoy llegas pronto —dijo.

Betty no pensaba decir nada sobre Li Karpe. Ahora le tocaba a él. Ella se limitó a esperar.

—¿Estás a gusto aquí, en la ciudad? —preguntó Adrian—. ¿Tienes algo que hacer durante el día?

Era una pregunta extraña, y Betty no fue capaz de responder.

—¿Estás escribiendo algo? —siguió él—. Me gustaría leer lo que escribes.

El pecho de Betty se movió más rápido, su respiración se aceleró. Las manos se le cerraron casi involuntariamente y el pulso le latió detrás de la oreja.

—¡La he visto! —exclamó.

Adrian asintió.

—Me di cuenta casi enseguida.

—Pero ¿por qué? ¿Estás obsesionado con Li Karpe?

Estaban sentados muy cerca, a solo medio metro de distancia, sin embargo ella se sentía más lejos que nunca. Los ojos de él se movían despacio como para abarcar toda su persona. Y Betty pudo ver que su mirada no solo era triste, sino que estaba llena de compasión.

—Lo mejor será que te vayas a casa —dijo él finalmente.

Betty tragó saliva.

—¿A casa?

¿A qué se refería? Ella estaba dispuesta a ceder y a olvidarlo todo. No tendrían que volver a hablar de ello, nunca más pronunciaría el nombre de Li Karpe. Cualquier cosa menos esto.

—Se acabó —siseó Adrian, y la miró fijamente—. ¡No perteneces a este lugar! ¡Lárgate mientras puedas!

A Betty le brotaron las lágrimas. Se puso de pie e intentó abrazarlo con fuerza, pero Adrian se separó de ella, se agachó y se zafó.

—¡Olvídame! —exclamó—. Búscate una nueva vida y

no vuelvas a pensar nunca más en mí. ¡Eres libre! Y yo merezco estar encerrado.

Betty se secó las lágrimas con la palma de la mano. Primero una mejilla, después la otra. Volvieron a mirarse. Adrian respiraba con dificultad.

—No creerás que soy inocente, ¿verdad? —dijo.

Ella no respondió, pero no apartó los ojos de él. Esperó, hasta que comprendió que eso era todo, no habría más. Seguía mirándole cuando él llamó a la puerta para que el guardia abriera desde el otro lado.

Fue entonces cuando comprendió que él no había entendido nada.

La última noche, Betty tomó el manuscrito y hojeó las páginas escritas a máquina.

Estaba terminado. Lo había leído una y otra vez. Cada palabra era su alma gemela. Las conocía mejor que nadie. A pesar de eso, todavía podía detenerse en algunos fragmentos y contener la respiración.

Todo ese invierno de 1996 había trabajado duro para acabarlo. Había reescrito y vuelto a reescribir hasta que las frases sonaran en sus oídos y el estómago se contrajera. Al fin había comprendido a Leo Stark.

Ahora sabía que un texto podía arrancar angustia y lágrimas, desgarrar el pecho y llenar la cabeza de pensamientos descabellados. Sabía que un texto podía ser vida o muerte, los dedos con los que agarrarse para no caer al precipicio o una piel oscura que se cierne en torno a los restos de un alma.

Se marcharía al día siguiente. La maleta estaba preparada en la alfombra del recibidor, delante de la puerta. La esperaba una nueva vida, aunque todavía no sabía cuál. Solo tenía clara una cosa: jamás volvería a escribir.

Estaba tumbada en la cama y pensaba en todo lo que había ocurrido.

Cuando Li Karpe le explicó que Leo necesitaba ayuda con el manuscrito, Betty dijo que no lo entendía y Li contestó que no había nada que entender.

¿Por qué se había dejado seducir por Li Karpe? Echando la vista atrás, resultaba difícil de explicar, pero pensaba en ello como si hubiera sido una tormenta. No se podía hacer nada, y menos intentar dominarla. Quizá ponerse a cubierto y aguantar todo lo que pudiera, pero al final arrasaría con todo lo que encontrara a su paso. Además, Betty se había sentido libre e ingrávida, dispuesta a seguir al viento.

Volvió a sumergirse en el texto.

Ahí se hallaba la verdad. Y solo había una.

La misma noche que murió Leo, ella ya había escrito el final. El final por el que había luchado durante semanas. El final de *El último grito*. El final que el editor había exigido para publicar el libro, pero al que Betty aún no había llegado.

Aunque casi se escribió por sí solo. La vida dispuso que así fuera.

En una prosa impecable, libre de toda metáfora, Betty reprodujo en el último capítulo el momento en el que entra en el dormitorio de Leo. Al principio Li y Adrian se opusieron, pero enseguida volvieron a lo suyo. Ella oye que desaparecen escaleras abajo. Ambos le han fallado una vez más.

Leo yace en la cama con los ojos cerrados y Betty lo observa a la suave luz de la lámpara de la mesilla de noche. Parece tan tranquilo, como si por fin hubiera alcanzado la paz. Betty nunca lo ha visto así. Alarga la mano para tocarle una última vez y es entonces cuando él se sobresalta. Su rostro se contrae y convulsiona, la boca se abre y la garganta resuella. Sin pensarlo, Betty levanta la gran almohada de plumas y aparta la mirada. Una calma armoniosa se apodera de ella mientras presiona la almohada sobre los últimos suspiros de Leo.

Durante la redacción final había dudado, cambiado y reescrito el texto infinidad de veces antes de darse por satisfecha. Tan satisfecha como era posible, pues nunca se podía estar satisfecha del todo, claro.

Leyó el párrafo una última vez y dejó el manuscrito a un lado. Antes de apagar la luz, la decisión ya estaba tomada. La liberación se extendió como un suspiro por todo su cuerpo, las endorfinas y el nuevo oxígeno le pusieron la piel de gallina: cuando se despertara se desharía de él. La verdad sobre la muerte de Leo Stark. Rompería el texto en pedazos y lo vería arder.